本书列入

2017年国家社会科学基金重大委托项目

"十三五"国家重点图书出版规划项目

中华传统文化百部经典

# 楚辞

赵逵夫　解读

国家图书馆出版社

**图书在版编目（CIP）数据**

楚辞／赵逵夫解读 ． — 北京：国家图书馆出版社，
2019.6（2025.7重印）
（中华传统文化百部经典／袁行霈主编）
ISBN 978-7-5013-6757-3

Ⅰ．①楚… Ⅱ．①赵… Ⅲ．①古典诗歌－诗集－
中国－战国时代 ②《楚辞》－注释 Ⅳ．① I222.3

中国版本图书馆 CIP 数据核字 (2019) 第 086325 号

国家图书馆出版社官方微信

| 书　　名 | 楚辞 |
| --- | --- |
| 著　　者 | 赵逵夫 解读 |
| 责任编辑 | 于春媚 |
| 重印编辑 | 谢阳阳 |
| 特约编辑 | 邢鸿文 |
| 封面设计 | 敬人设计工作室 |

| 出版发行 | 国家图书馆出版社（北京市西城区文津街 7 号　　100034） |
| --- | --- |
| | 010-66114536　63802249　nlcpress@nlc.cn（邮购） |
| 网　　址 | http://www.nlcpress.com |
| 印　　装 | 北京科信印刷有限公司 |
| 版次印次 | 2019 年 6 月第 1 版　2025 年 7 月第 3 次印刷 |

| 开　　本 | 710×1000　1/16 |
| --- | --- |
| 印　　张 | 23.75 |
| 字　　数 | 254 千字 |
| 书　　号 | ISBN 978-7-5013-6757-3 |
| 定　　价 | 68.00 元（精装） |

# 中华传统文化百部经典

## 顾　问

# 编纂缘起

　　文化是民族的血脉，是人民的精神家园。党的十八大以来，围绕传承发展中华优秀传统文化，习近平总书记发表了一系列重要讲话，深刻揭示出中华优秀传统文化的地位和作用，梳理概括了中华优秀传统文化的历史源流、思想精神和鲜明特质，集中阐明了我们党对待传统文化的立场态度，这是中华民族继往开来、实现伟大复兴的重要文化方略。2017 年初，中共中央办公厅、国务院办公厅印发《关于实施中华优秀传统文化传承发展工程的意见》，从国家战略层面对中华优秀传统文化传承发展工作作出部署。

　　我国古代留下浩如烟海的典籍，其中的精华是培育民族精神和时代精神的文化基础。激活经典，熔古铸今，是增强文化自觉和文化自信的重要途径。多年来，学术界潜心研究，钩沉发覆、辨伪存真、提炼精华，做了许多有益工作。编纂《中华传统文化百部经典》（简称《百部经典》），就是在汲取已有成果基础上，力求编出一套兼具思想性、学术性和大众性的读本，使之成为广泛认同、传之久远的范本。《百部经典》所选图书上起先秦，下至辛亥革命，包括哲学、文学、历史、艺术、科技等领域的重要典籍。萃取其精华，加以解读，旨在搭建传统典籍与大众之间的桥梁，激活中华优秀传统文化，用优秀传统文化滋养当代中国人的精神世界，提振当代中国人的文化自信。

这套书采取导读、原典、注释、点评相结合的编纂体例，寻求优秀传统文化与社会主义核心价值观之间的深度契合点；以当代眼光审视和解读古代典籍，启发读者从中汲取古人的智慧和历史的经验，借以育人、资政，更好地为今人所取、为今人所用；力求深入浅出、明白晓畅地介绍古代经典，让优秀传统文化贴近现实生活，融入课堂教育，走进人们心中，最大限度地发挥以文化人的作用。

《百部经典》的编纂是一项重大文化工程。在中宣部等部门的指导和大力支持下，国家图书馆做了大量组织工作，得到学术界的积极响应和参与。由专家组成的编纂委员会，职责是作出总体规划，选定书目，制订体例，掌握进度；并延请德高望重的大家耆宿担当顾问，聘请对各书有深入研究的学者承担注释和解读，邀请相关领域的知名专家负责审订。先后约有 500 位专家参与工作。在此，向他们表示由衷的谢意。

书中疏漏不当之处，诚请读者批评指正。

2017 年 9 月 21 日

# 凡　例

一、《中华传统文化百部经典》的选书范围，上起先秦，下迄辛亥革命。选择在哲学、文学、历史、艺术、科技等各个领域具有重大思想价值、社会价值、历史价值和学术价值的一百部经典著作。

二、对于入选典籍，视具体情况确定节选或全录，并慎重选择底本。

三、对每部典籍，均设"导读""注释""点评"三个栏目加以诠释。导读居一书之首，主要介绍作者生平、成书过程、主要内容、历史地位、时代价值等，行文力求准确平实。注释部分解释字词、注明难字读音，串讲句子大意，务求简明扼要。点评包括篇末评和旁批两种形式。篇末评撮述原典要旨，标以"点评"，旁批萃取思想精华，印于书页一侧，力求要言不烦，雅俗共赏。

四、原文中的古今字、假借字一般不做改动，唯对异体字根据现行标准做适当转换。

五、每书附入相关善本书影，以期展现典籍的历史形态。

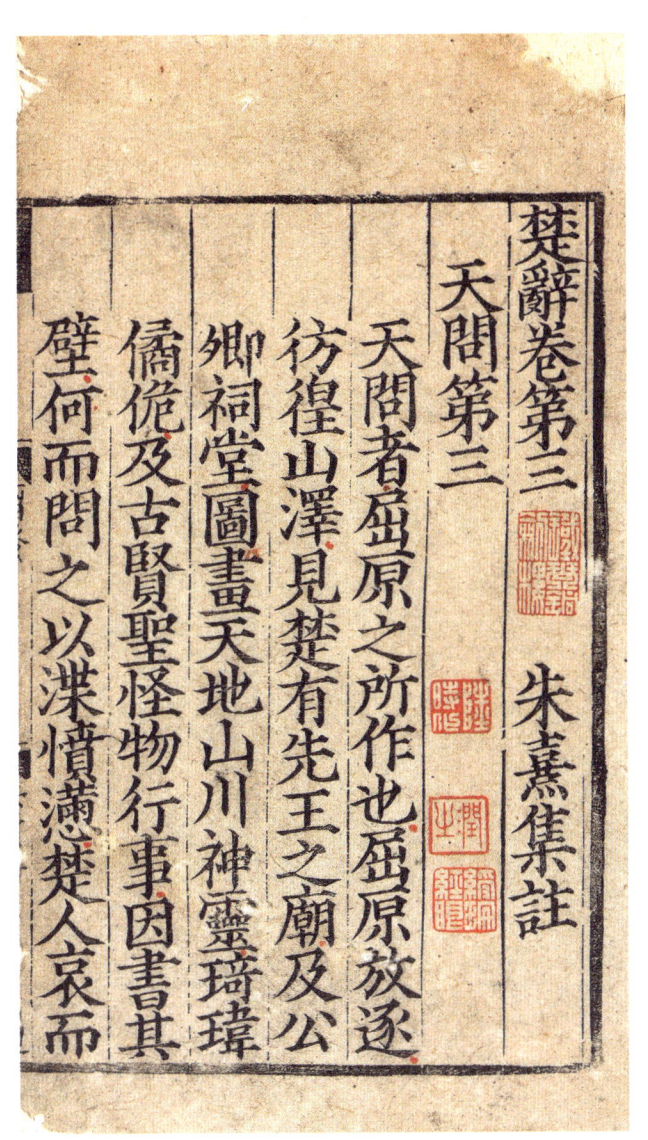

楚辭卷第三

天問第三　　朱熹集註

天問者屈原之所作也屈原放逐
彷徨山澤見楚有先王之廟及公
卿祠堂圖畫天地山川神靈琦瑋
儒佹及古賢聖怪物行事因書其
壁何而問之以渫憤懣瀉楚人哀而

楚辞集注八卷辩证二卷　（宋）朱熹撰　反离骚一卷　（汉）扬雄撰　宋嘉定六年（1213）
王泺章贡郡斋刻本（卷一至二配清影宋抄本）　杨讷庵圈点批校　国家图书馆藏

章句與近世洪興祖補注並行於世其於訓詁名物
之間則已詳矣顧王書之所取舍與其題號離合之
間多可議者而洪皆不能有所是正至於其大義則又
皆未嘗沈潛反復嗟歎詠歌以尋其文詞指意之所
出而遂欲取喻立說旁引曲證以強附於其事之已然
是以或迂滯而遠於性情或迫切而害於義理使
原之所為彊鬱而不得申於當年者又晦昧而不見白
於後世予於是益有感焉疾病呻吟之暇聊据舊編粗
加櫽括定為集註八卷慿殘讀者得以見古人於千載
之上而死者可作又足以知千載之下有知我者而不
恨於來者之不聞也嗚呼悕矣是豈易與俗人言哉

楚辞集註卷第一

離騷經第一　　　　　朱子集註

離騷一

離騷經者屈原之所作也屈原名平與楚同姓
仕於懷王為三閭大夫三閭之職掌王族三姓
曰昭屈景　屈原序其譜屬率其賢良
以厲國士入則與王圖議政事決定嫌疑出則
監察群下應對諸侯謀行職脩王甚珍之同列
上官大夫及用事臣靳尚妬害其能共譖毀之
王疏屈原屈原被讒憂心煩亂不知所愬乃作
離騷

# 本书凡例

一、《楚辞》异文较多，且个别地方有窜简现象，尤其《天问》中较为突出。为避免校勘文字过多过繁，本书原文采用《楚辞语言词典》（赵逵夫主编，上海辞书出版社 2013 年）所附《楚辞原文与校正》文本。个别地方有所增订，如今本《楚辞》中"芷""茝"并存。据段玉裁《说文解字注》，"茝"为"芷"之异体，今改"茝"为"芷"。有极个别地方恢复用洪兴祖《楚辞补注》原文处，再未出校记。此外之增改均出校记，附于有关注文之后。

二、《楚辞》异文中与文意理解关系不大、对作品艺术表现无所影响者，概不改易正文，也不出校记。

三、王逸《楚辞章句》、洪兴祖《楚辞补注》及朱熹《楚辞集注》系主流传本，凡正文校改后整句或数句与此三本不一致者，出校记说明。

四、本书引用洪兴祖《楚辞补注》、朱熹《楚辞集注》、汪瑗《楚辞集解》、王夫之《楚辞通释》及闻一多《楚辞校补》较多，本书注中分别简称为《补注》《集注》《集解》《通释》《校补》。

五、假借字、古今字一般不改，只于注解中说明；但读音变化比较大（如"浇"借作"纛"），为诵读方便，改为本字。

六、异体字改为正体。为便于阅读，凡中国社会科学院语言研究所编《现代汉语词典》中所列不见于《通用规范汉字表》的异体字也改用正体（如"鮌"改为"鲧"）。

七、在原文阐解上，学界有分歧者注释稍详，为说明本书所取说法的理由，也适当列举例证。其他尽量从简。

# 目　录

# 导 读

## 屈平词赋悬日月

"屈平词赋悬日月，楚王台榭空山丘。"这是唐代伟大诗人李白《江上吟》一诗中的名句。可以说，两千多年来我国一代代杰出的诗人、作家，很多都受到屈原辞赋的影响。现代文学史上最杰出的文学家也同样都受到《离骚》等楚辞作品的浸润，对屈原极为敬仰，给予他很高的评价。鲁迅论《离骚》说：

> 逸响伟辞，卓绝一世。后人惊其文采，相率仿效。……较之于《诗》，则其言甚长，其思甚幻，其文甚丽，其旨甚明。凭心而言，不遵矩度……然其影响于后来之文章，乃甚或在《三百篇》以上。①

　　郭沫若在20世纪四十年代不但完成了六万余字的《屈原研究》，还创作了剧本《屈原》，以弘扬屈原的爱国精神，后来还翻译了屈原的作品。其《屈原研究》开头的第一句话便是："中国有史以来的第一个伟大的诗人要推数屈原。"论文的第二部分《屈原的时代》中说：

> 　　他在诗域中起了一次天翻地覆的革命。他有敏锐的感受性，接受了时代潮流的影响，更加上他的超越的才质和真挚的努力，他的文学革命真真是得到了压倒的胜利。气势和实质都完全画出了一个时期。②

　　下面对屈原的生平、创作和在他影响下产生的宋玉等作家加以介绍。

## 一、屈原的家世、早期生平与创作

　　《史记·屈原列传》说："屈原者，字平③，楚之同姓也。"屈原在他的长篇抒情诗《离骚》的开头说："帝高阳之苗裔兮，朕皇考曰伯庸。"东汉王逸《楚辞章句》注曰："父死称考。"父死可以称"考"，但不能称"皇考"。过去学者大多据王逸之说，以"伯庸"为屈原父亲之名，但编校了《楚辞》的西汉时刘向在其悼念屈原的《九叹》的开头说：

> 伊伯庸之末胄兮，　　　　（本是伯庸的远末子孙啊，
> 谅皇直之屈原。　　　　　这真正有着光明正直品德的屈原。）

西汉刘向的说法应该比东汉王逸的说法更可靠。伯庸为屈氏的始祖，这在早期史书中是有记载的。战国末年成书的《世本》中说：

熊渠立其长子庸为句袒王。④

按古代"伯、仲、叔、季"之义，先秦时长子之名字前往往加称"伯"，"长子庸"即"伯庸"，他是屈氏的始祖。《史记·楚世家》中说：

> 熊渠生子三人。当周夷王之时，王室微，诸侯或不朝，相伐。熊渠甚得江汉间民和，乃兴兵伐庸、杨粤，至于鄂。熊渠曰："我蛮夷也，不与中国之号谥。"乃立其长子庸（今本误为"康"）为句亶王，中子红为鄂王，少子执疵为越章王。皆在江上楚蛮之地。⑤

熊渠的三个儿子是在楚人开拓中建立了巨大功勋的。此前楚人居商洛之地（今陕南）。熊渠向西南、东南开拓，建都丹阳（今河南省丹水以北），大大扩张了地盘，增强了实力，使楚国一跃而成为一个受到中原各国关注的国家。熊渠将其长子伯庸封于句亶。句亶在甲水边上，本为古庸国之地。楚君继位时有改名的传统，因被封于古庸国之地，故以"庸"为名。⑥屈氏之"屈"即由庸地的甲水而来（"屈""甲"古音相近），故先秦时楚三大姓"昭、景、屈"有时也写作"昭、景、甲"。屈氏从春秋至战国末期，在楚国政坛上一直占有重要的地位，以防卫北方为主的莫敖之职基本上为屈氏所世袭。

春秋之时，史书中所见屈氏人物最早为见于《左传·桓公十一年》（前701）的莫敖屈瑕。王逸认为屈瑕为楚武王之子、屈氏之祖，然而此说难以成立。上古王族后代以封地为氏，受封之本人并不改姓氏，至其子（王之孙）方以新封之地为氏。史书中屈瑕以"屈"为氏，可见并非屈氏之祖。所以屈瑕并非屈氏的始封君，屈氏之始在他之前。据《吴越春秋》可知，楚三王之后除王族一支外，都是称为侯的。则伯庸至屈瑕之间应有三四代屈侯，今史料阙如，不知其名。

据各史书及近些年地下出土的文献，屈瑕以后楚国的屈氏人物，春秋之时有18人，多任莫敖之职，并出了一些具有政治远见、危难之际不顾个人安危为国献身的人。

今可考知的战国时屈氏人物，连同屈原在内，共有17人，有任大莫敖者，有任息公者，有任连嚻（敖）、大将军、大敓尹、新大厩、少司马等职者。按时代、官职来看，见于包山楚简的大莫敖屈阳为是屈原的父亲。包山楚简中说："王廷于蓝郢之游宫，安（焉）命（令）大莫嚻屈昜（阳）为命邦人内（纳）其瑦（弱）典，臧王之墨，以内（纳）其臣之瑦（弱）典。"（第7—8简）"莫嚻"即"莫敖"，"昜"为"陽"（阳）的本字。出土包山竹简的墓主卒于楚怀王十三年（前316）。又据简中所记事，屈阳为之任大莫敖在楚怀王八年（前321）之前。

《离骚》中说：

　　　　摄提贞于孟陬兮，　　　（岁星在摄提格的建寅之月，
　　　　惟庚寅吾以降。　　　　　当庚寅的一天我便降生。）

这里诗人告诉了我们他自己的生年。近代以前学者多用干支历史年表推算之，但先秦之时纪年并不用干支。郭沫若、浦江清等先生用星岁纪年法推算，也遇到了一些问题，不是十分满意。胡念贻在此前各家研究的基础上，推算出屈原生于公元前353年。[⑦]金开诚说："迄今为止，关于屈原生年的考证虽还有多种说法，但比较而言都不如胡氏之说为近是。"[⑧]

西汉时东方朔作《七谏》悼念屈原，叙其生平，其中说：

　　　　平生于国兮，长于原野。

文中之"国"为国都之义。屈原之父在朝任职，屈原自然是生于都城的。

关于"长于原野"一句，洪兴祖解释说："长大见远，弃于山野，伤有始而无终也。"误以为是指屈原被流放之事。屈原被流放在中年之时，已同"成长"联系不起来了。屈原作于被放汉北时的《惜诵》中说：

思君其莫我忠兮，　　（思念君王啊！没有人比我更为忠诚，
忽忘身之贱贫。　　　我因此也忘记自己低贱的身份。）

他本是楚国宗族，祖上一直担任要职，而出此"身之贱贫"之语，除屈原作此诗时已任同北方国家的小官泽虞差不多的"掌梦"之职，身份低微之外，似乎其父应有过因事遭受遣放之经历。屈阳为在怀王初年任大莫敖之职，但后来史书无载，可能曾被削职而移居原野之地。楚威王六年（前 334）屈原至加冠之年，有《橘颂》之作。⑨《战国策·赵策二》中列出各国特产最有名之地一处，楚国是"橘柚云梦之地"。屈原在诗中以橘自喻，应同其当时的生活环境有关，屈原在二十岁以前应生活在汉北云梦。

屈原所受的教育应该是良好的，从后来所作《天问》等篇可以看出他对于楚国和北方的典籍《诗经》《尚书》等都很熟。《离骚》中说：

纷吾既有此内美兮，　　（我具有很多内在的美德，
又重之以修能。　　　　我还要培养优异的才能。
扈江离与辟芷兮，　　　披上江蓠和系结起来的白芷，
纫秋兰以为佩。　　　　又编织了秋兰佩戴在身。）

前二句是说他具有很好的品德修养，后二句是比喻他不断地学习以提高修养和能力。明代钱澄之《屈诂》解释说："扈兰纫芷，所谓被服礼义、涵濡道德学问之事也。"说得最为明白。原诗中下面接着说：

汩余若将不及兮，　　　（时光像流水总是追赶不上，

恐年岁之不吾与。　　　我怕这年岁不能将我等待。

朝搴阰之木兰兮，　　　早上到山坡上摘了木兰花，

夕揽洲之宿莽。　　　　黄昏时又到洲渚把宿莽采。）

反映出他青年时唯恐青春虚度，抓紧时间努力全面提高自我修养。

　　由以上论述可知，屈原生于贵族家庭，受过良好的教育，他在青年时代就希望自己能成为有作为之士。

　　楚宣王十一年（前359），卫鞅说服秦孝公进行变法；楚宣王十四年（前356），秦下变法令。不数年，秦国民富国强，于是向东扩张。楚宣王十九年（前351），秦人在商（今陕西丹凤，古丹阳之西北）筑塞，其后占去包括楚人发祥地丹阳在内的商於之地，造成楚人的奇耻大辱。楚宣王三十年（前340），秦孝公将商於封给卫鞅，"封鞅为列侯，号商君"（《史记·秦本纪》），"秦封卫鞅于商，南侵楚"（《史记·楚世家》）。楚宣王得此消息受到巨大打击，当年殒命。关于这段历史的细节虽然史书无载，但可以想见，楚宣王死时，必是嘱咐其子要尽快夺回商於之地，其子遂改名为"商"而继位，以明其志。此即楚威王。时屈原十四岁。

　　此后楚国的威王、怀王虽然都对商於之地念念不忘，但皆未能从国内政治、对外战略方面考虑楚国的发展前景，于是造成沈尹章（任莫敖，字子华，名章，氏为沈尹）和屈原的政治悲剧。

　　史载铎椒为楚威王傅，为了使威王能吸收古代盛衰成败的经验教训，在前代史书基础上编成《铎氏微》。《史记索隐》说："名'铎氏微'者，《春秋》有微婉之词故也。"这里说的《春秋》，不是指鲁《春秋》，而是泛指史书，这里应该主要指楚国的史书。史书叙事中体现着历史的经验与教训，这要读者来体会，故曰"有微婉之词"。但是楚威王商读《铎氏微》后，在思想认识上似乎没有多大提高。史载楚威王好道，《庄子·秋水》

篇载楚威王曾派人聘庄周而被拒绝。《战国策·楚策一》载，莫敖子华曾向楚威王讲楚国历史上励精图治及为国捐躯之人，希望他能改革政治，富国强兵，因而引起小人的中伤，楚威王遂疏远了莫敖子华。屈原应该也从沈尹章那里对楚国的现实及将来之发展有了更清楚的认识，对楚国吴起变法和秦国商鞅变法的意义也有了更深刻的理解。

　　楚威王六年（前334），屈原有《橘颂》之作。从《橘颂》中可以看出屈原在青年时代是自信且积极向上的。他志趣高尚，性格坚韧，对楚国怀有深厚的感情。在诗的前半部分，他借咏橘以明志，后半部分承上，用咏橘的口气表现了他的个人修养与志向。

　　按当时贵族子弟的一般情况，行冠礼之后即应承担一部分家族或朝廷的事务。公元前329年，屈原二十五岁，楚威王薨死。屈原作《大招》以招威王之魂。王逸《楚辞章句》云：“《大招》者，屈原之所作也。或曰景差，疑不能明也。”景差（瑳）生年与宋玉相当。如他们写招怀王、顷襄王之魂的作品，已有屈原《招魂》在前，形式上、语言上会更为灵动一些。但《大招》形式质朴，前无小引，后无乱辞，通篇四言，看不出有多少抒情的特征，完全是传统招魂辞的套路。而且，当时楚国的形势已使很多人失去信心，不可能有最后一段所写的那种富裕、和平、政治英明、国家强盛、疆域广大的景象，但《大招》对楚国的前途又充满了希望，则《大招》作时显然在《招魂》之前，故为屈原早年之作无疑。也可能因此，怀王继位后看重屈原，至其十年时即任命他为三闾大夫。

　　《九歌》十一篇，王逸以为是屈原放逐沅湘之间，见俗人祭祀歌舞，因其词鄙陋而作，朱熹《楚辞集注》又以为是屈原就民间之作“颇为更定其词”。但从作品的内容、情调来看不像是流放后的作品。现在学者们多主张《九歌》为宫廷祭祀所用。金开诚《屈原辞研究》、汤漳平《出土文献与〈楚辞·九歌〉》二书皆有专论。只有《湘君》《湘夫人》二篇可能成于被流放江南之野时。从各方面看，《九歌》中除《湘君》《湘夫人》之外的九篇应作于三闾大夫升任为左徒之前的几年中。

屈原早年之作，今可知者有《橘颂》《大招》，以及今本《九歌》中除《湘君》《湘夫人》之外的九篇。

## 二、任左徒期间的政治作为与政治理想

清代蒋骥在其《山带阁注楚辞》书前所附《楚世家节略》中言，怀王十一年屈原已任左徒之职。陆侃如的《屈原年表》、聂石樵《屈原论稿》都主张屈原任左徒在怀王十年（前319）。楚怀王十年魏国以公孙衍（犀首）为相。公孙衍与齐国苏秦发动联合抗秦，楚国也参加五国攻秦，屈原任左徒之职应在此时。

楚国左徒掌外交大政，相当于中原国家的大行人。《史记·屈原列传》中说，屈原"为楚怀王左徒，博闻强志，明于治乱，娴于辞令。入则与王图议国事，以出号令；出则接遇宾客，应对诸侯"。

楚怀王十年，楚国"城广陵"（《史记·六国年表》）。广陵即今之扬州。楚国在那里筑城，是控制南方、稳定后方并逐步统一南方的第一步。若楚国统一了广大的南方之地，再统一北方列国，便成必然局势。由这件事也反映出屈原思想的一个方面。

屈原在此之前还处理了一件事，从中可以看出他的思想、作风及其对五国伐秦这一重大行动的维护。《战国策·齐策三》载：

> 孟尝君出行国，至楚，献象床。郢之登徒直（值）使送之。不欲行，见孟尝君门人公孙戌曰："臣，郢之登徒也，直（值）送象床。象床之直（值）千金，伤此若发漂，卖妻子不足偿之。足下能使仆无行，先人有宝剑，愿得献之。"公孙戌曰："诺！"⑩

"郢之登徒"即楚国任登徒者。公孙戌是孟尝君的亲信，此登徒对孟尝君以五国相信齐、相信孟尝君能率五国以成大事言之，然后说："今君到楚而受象床，所未至之国，将何以待君？"孟尝君省悟而拒收象床。象床即象牙装饰的床，自然十分珍贵。楚怀王九年，齐威王死，宣王刚继位，故楚为纵长。齐国能让楚怀王为"纵长"，同孟尝君有很大的关系，故楚怀王特别感激。可是孟尝君受重礼，必然引起六国之间的矛盾。《战国策·齐策三》中所记载的楚国这位登徒（陞徒），可能就是屈原。文中称作"登徒"而不作"左徒"，据汤炳正先生说，是因为有时"左徒""右徒"也被泛称为"登徒"。⑪如果说登徒只是左徒属下的官员之称，则这件事也应是屈原指使属下之人所为。看来，屈原一担任左徒之职，便表现出思想与政治作风的不凡。

屈原任要职之后迫切想做的事，是对内的政治改革。

楚悼王在其十四年（前388）前后任用吴起进行变法，楚国国势一度强大，"南攻杨、越，北并陈、蔡"（《战国策·秦策三》），"却三晋，西伐秦"（《史记·吴起列传》），"南并蛮越，遂有洞庭、苍梧"（《后汉书·南蛮传》），形成楚国历史上第二次大的扩张与振兴之势，比楚庄王称霸时所显示的实力还要大。但由于旧贵族的反对，悼王一死，吴起就被杀死，变法也随即夭折。而秦国任用商鞅进行变法，取得很大成效，使秦国很快跃居七国之首。

屈原在五国伐秦失败之后，即着手进行国内政治改革。《史记·屈原列传》在介绍了屈原的身世与素养后，即叙其任左徒之后起草宪令及因此遭受打击陷害之事：

> 怀王使屈原造为宪令，屈平属草稿未定，上官大夫见而欲夺之，屈平不与，因谗之曰："王使屈平为令，众莫不知。每一令出，平伐其功，曰以为'非我莫能为'也。"王怒而疏屈平。⑫

左徒本来是主持有关外交之事，由于当时怀王对屈原特别信任，故内政方面很多事也听他的建议。"怀王使屈原造为宪令"，正是说怀王同意屈原的建议，命令他起草变法条例。

屈原所制定的宪令包括哪些内容，史书缺载。但我们从屈原的著作中可以看出屈原最关注哪些方面。以下试加分析。

（一）坚持法度，反对心治。《离骚》中说："循绳墨而不颇。""绳墨"即法度，为当时主张法制者的习用语。《管子·法法》中说："引之以绳墨，绳之以诛僇（戮）。"《荀子·儒效》中说："设规矩，陈绳墨，便备用。"屈原主张制定上下都遵守的法规。屈原之后具有法家思想的景瑳在为悼念屈原所作的《惜往日》中说：

| 奉先功以照下兮， | （继承先王的功绩而光照臣民， |
| 明法度之嫌疑。 | 明确法度执行中含混不清之处。 |
| 国富强而法立兮， | 国家富强而一切以法行事， |
| 属贞臣而日娭。 | 君王将国事委于忠贞之臣而天天欢娱。） |

所谓"明法度之嫌疑"即把法规中不十分明确、可以随意解释的地方都明确下来，上下一致、全国一致。君王只要任命思想纯正、办事可靠的臣子依法执行就成，不事事过问，也一切顺当。

（二）举贤授能。《离骚》中说大禹、商汤、周文王、武王"举贤而授能"。"贤"指德高无私欲私怨者，"能"指有本事有才能者。此即所谓"贤者在位，能者在职"。

屈原的这一思想，是继承自前代的。《离骚》中说：

| 昔三后之纯粹兮， | （当初楚三王的德行纯正精粹， |
| 固众芳之所在。 | 本来就聚集着很多贤才俊士。 |

> 杂申椒与菌桂兮，　　　　还兼有申椒菌桂这些香草，
> 岂唯纫夫蕙茞！　　　　何止仅仅是联缀了蕙草、白芷？）

诗人认为，楚国第一次大开拓的楚三王时代，就是任用了很多贤能之士的。

同时，屈原对夏商周三代的兴衰成败有深刻的体会。他在青年时代所作的《大招》中说：

> 魂乎归徕，　　　　（魂啊，你回来，
> 尚贤士只。　　　　好崇尚臣民中的高贤大德。
> ……　　　　　　……
> 举杰压陛，　　　　提拔英杰能人站满殿前的台阶，
> 诛讥罢（疲）只。　　黜退只会说三道四的无能庸才。
> 直赢在位，　　　　正直之人进用居官，
> 近禹麾只。　　　　疆域会接近大禹九州的气概。
> 豪杰执政，　　　　豪杰之士管理大事，
> 流泽施只。　　　　广大的百姓会感受到君王的恩泽。）

"近禹麾"指接近大禹时之疆域（上古时新得土地要插上自己国家的旗帜），可以看出屈原这种举贤授能思想产生得很早。

（三）力耕强本，反对"游大人以成名"。屈原《卜居》中说："宁诛锄草茅以力耕乎？将游大人以成名乎？"强本是历来法家的共同主张。《史记·范睢蔡泽列传》中说，吴起变法之时"禁游客之民，精耕战之士"。商鞅在这方面有很多极深刻的论述（见《商君书·农战》）。《大招》中说："田邑千畛，人阜昌只。美冒众流，德泽章只。"表现出同吴起、商鞅一样的思想。

（四）励战图强，奠定统一天下的基础。《大招》中说：

德誉配天，　　　　　　（德政的美名与上天媲美，

万民理只。　　　　　　天下百姓都平顺安宁。

北至幽陵，　　　　　　使楚国的疆域北至幽州，

南交阯只。　　　　　　南面一直到交阯之境。

西薄羊肠，　　　　　　西边逼近陇山的羊肠小道，

东穷海只。　　　　　　东边一直到大海之滨。）

施行德政的声誉上可配天，下理九州，自然是指使天下归心的圣君。关于楚国疆域的设想，不仅中原与楚地应合之为一，而且包括最北、最南、最西、最东的当时所谓北狄、南蛮、西戎、东夷之地，与今天我们说的统一的中华大地基本一致，反映出统一的多民族国家的观念，这是十分了不起的，它最有力地说明了屈原思想的历史进步性。

（五）禁止朋党，以君国之事为重。屈原对于结党营私者抱有极度的痛恨。《离骚》中以诗的语言揭露这些人的作为：

固时俗之工巧兮，　　　（本来世俗都喜投机取巧，

偭规矩而改错。　　　　面对着规矩不用而改变措施。

背绳墨以追曲兮，　　　违背有关法规而追求斜曲，

竞周容以为度。　　　　相互间包容而自以为法式。）

禁止拉帮结派、干侵犯国家百姓利益之事，一方面完全是为了维护法制，另一方面是对于奴隶主旧贵族维护亲情利益、相互勾结行为的制约。这正是政治改革的一项重要内容。⑬

屈原的政治改革中，还应包括防止蔽壅、赏罚得当等内容。前者如《哀郢》中回忆怀王晚期朝廷中的状况："忠湛湛而愿进兮，妒被离而鄣之。"也要求君王克服私情、赏罚得当，要重法治而去心治。

历史上所有的变法改革，都是分步进行的，并不是一次公布全面推开，一蹴而就的。《屈原列传》中载上官大夫在楚怀王面前谗害屈原说："王使屈平为令，众莫不知。每一令出，平伐其功，曰以为非我莫能为也。"言"每一令出"如何如何，可见是公布过几次的。既然公布了，就会有相应的反响。

以往学者们只是谈屈原的联齐抗秦主张，似乎这是屈原一生唯一的政治主张，屈原同一些旧贵族、旧官僚之间的矛盾也只在这一点上。其实，这只是他对外策略的一个方面，不能认为是他对外策略的全部。他的最终目标是建立一个统一的、法治的、施行仁政的国家。评价屈原的爱国主义思想，不能只看到他热爱楚国这一点，更要看到他主张建设一个以民为本的统一的法治国家，以永远消除战争这一政治思想。

屈原在这段时间中没有留下什么文学作品，因为他的理想、他的注意力并不在文学创作方面。但他在这个阶段政治、外交上的作为，正体现出后来一系列创作的主要精神。可以说他这一段的努力正是他后来逸响伟辞灵魂的呈现。

## 三、任三闾大夫期间的一封信与一次外事决策上的贡献

屈原所主张的政治改革是损害旧贵族利益的，因而引起了一批权臣的激烈反对。《史记·屈原列传》中说，屈原草拟宪令，"属草稿未定，上官大夫见而欲夺之，屈平不与，因谗之"云云。不少讲屈原生平的书中说成是上官大夫"想夺过去看看"，屈原不给他看。这是一个很大的误会。《管子·立政》中说："宪未布，使者未发，不敢就舍。就舍谓之留令，罪死不赦。"在卿大夫受国君之命立宪之时，其他臣子是不可能强行夺取看其内容的。这里的"夺"是改易、变易的意思，"不与"是不同意的意思。上官大夫大约是有所风闻，故私下里让屈原不要损害世

族大家的利益，屈原不同意，于是楚朝廷中权臣都嫉恨他。秦国正是利用了这一矛盾，指使一些楚国权臣在楚王面前进行挑拨离间。于是，"王怒而疏屈平"。这是楚怀王十六年（前313）前半年的事。因为《屈原列传》中说"屈平既绌，其后秦欲伐齐，齐与楚从（纵）亲，惠王患之，乃令张仪详（佯）去秦，厚币委质事楚"云云，而《楚世家》中则明确说："十六年，秦欲伐齐，而楚与齐从亲，秦惠王患之。"可见当年秦国就派人进行了离间。屈原被疏之后，张仪才到楚国去。

屈原这次被"疏"，是免去其左徒之职。屈原《渔父》中写渔父遇屈原游于江潭而问："子非三闾大夫欤？何故至于斯？"这是怀王二十四年（前305）屈原被放汉北之时所作，可见在被放以前是任三闾大夫之职的。

关于三闾大夫的职责，《楚辞章句·离骚序》说是"序其谱属，率其贤良以厉国士"（其下"入则与王图议政事"几句是引述《史记·屈原列传》中关于左徒职责的论述，有误）。楚人所说的"三闾"即"三户"，所谓"楚虽三户，亡秦必楚"的"三户"，并非后代学者所说的"昭、景、屈"，而是西周末年熊渠的三个儿子即楚三王（句亶王熊伯庸、鄂王熊红、越章王熊执疵）的后代。楚三王为楚人兴盛及向南发展之始，故后人以"三户"称指楚最早的三族，用以代表楚王族后代。春秋时代楚在古丹阳有城邑名"三户"，即说明这一点。三闾大夫应是教育王族子弟的学官，同于中原国家的公族大夫。

《屈原列传》中说，"屈平既绌，其后秦欲伐齐"，因齐与楚纵亲，秦国便设法先让齐、楚断交。张仪到楚国后对楚怀王说："秦甚憎齐，齐与楚从亲，楚诚能绝齐，秦愿献商於之地六百里。"楚怀王于是与齐断绝关系。文中说"楚怀王贪而信张仪"，这是事实。但同时也反映出楚王族对于丹阳一带的情结之深。楚国与齐断交之后，派人到秦国去受地。张仪说："仪与王约六里，不闻六百里。"楚使者回国告诉怀王，"怀王怒，大兴师伐秦。秦发兵击之，大破楚师于丹、淅，斩首八万，虏楚将屈匄，遂取楚之汉中地。怀王乃悉发国中兵以深入击秦，战于蓝田。魏闻之，袭楚至邓。楚兵惧，自秦归。而齐竟怒不救楚，楚大困"。可以说，是楚怀王的糊涂造成了楚国的彻底失败。

楚国连续遭丹阳、蓝田之败是在怀王十七年（前312）。至怀王十八年（前311）：

> 秦割汉中地与楚以和，楚王曰："不愿得地，愿得张仪而甘心焉。"张仪闻，乃曰："以一仪而当汉中地，臣请往如楚。"如楚，又因厚币用事者臣靳尚，而设诡辩于怀王之宠姬郑袖。怀王竟听郑袖，复释去张仪。是时屈平既疏，不复在位，使于齐。顾反，谏怀王曰："何不杀张仪？"怀王悔，追张仪，不及。⑭

看来楚怀王多少有一点省悟。但他只是认识到当初同秦和好是错了，并未认识到联秦抗齐在整个长远战略决策中的错误，更未认识到他疏远贤能之士、任用奸佞之徒是造成一次次重大失败的根源。

事实上，屈原也是从各方面想办法，通过他人向怀王进言，争取恢复齐楚邦交。上引《屈原列传》文中说当时"屈平既疏，不复在位"，是指不在左徒之位，而担任同政治、外交毫无关系的三闾大夫之职。但三闾大夫并非有关外交的官职，为什么又说屈原"使于齐"呢？《战国策》中有一篇文字为我们了解这背后的重要情节提供了珍贵的材料。这就是《楚策一·张仪相秦谓昭雎》章。其文开头说：

> 张仪相秦，谓昭雎曰："楚无鄢郢、汉中，有所更得乎？"曰："无有。"曰："无昭滑⑮、陈轸，有所更得乎？"曰："有所更得。"⑯张仪曰："为仪谓楚王，逐昭滑、陈轸，请复鄢郢、汉中。"昭雎归报楚王，楚王说之。⑰

　　昭雎是亲秦人物，张仪替秦国向楚王所提出的要求，是要让楚国彻底败亡：在屈原被疏远调离政治中心之后，朝中只有昭滑（古代文献中或作"邵滑""卓滑"。出土文物中作"淖滑"）、陈轸等不多的人是主张联齐抗秦的。贾谊的《过秦论》中列举战国后期联合六国攻秦的合纵派人物，就有"陈轸、昭滑"。张仪又以归还鄢郢、汉中为诱饵，企图彻底瓦解楚朝廷中的抗秦力量。屈原听到这个消息之后，给昭滑写信揭露秦国的阴谋。《张仪相秦谓昭雎》章在上引那段文字之下一大篇文字，便是屈原写给昭滑的一封信。陈轸和昭滑虽都主联齐抗秦，但陈轸为游说之士，又非楚人，昭滑则为楚之世族，从楚国的长远利益考虑，为坚定的合纵派，而且同屈原的思想在很多方面一致。信的原文由"有人谓昭滑曰"领起。其原文如下：

　　　　甚矣，楚王不察于争名者也。韩求相工陈籍而周不听，魏求相綦母恢而周不听，何以也？周曰："是列县畜我也。"今楚，万乘之强国也；大王，天下之贤主也。今仪曰逐君与陈轸而王听之，是楚自待不如周，而仪重于韩、魏之王也。且仪之所行，有功名者秦也，所欲贵富者魏也。欲为攻于魏，必南伐楚。故攻有道，外绝其交，内逐其谋臣。陈轸，夏人也，习于三晋之事，故逐之，则楚无谋臣矣。今君能用楚之众，故亦逐之，则楚众不用矣。此所谓内攻之者也，而王不知察。今君何不见臣于王，请为王使齐交不绝。齐交不绝，仪闻之，其效鄢郢、汉中必缓矣。是昭雎之言不信也，王必薄之。⑱

　　屈原希望昭滑设法使自己能面见楚王，请求"为王使齐"，以粉碎张仪的阴谋。《战国策》中这篇文字记载了屈原争取赴齐的过程，《史记·屈原列传》中记载了屈原由齐归来的情况。

　　屈原的这篇《致昭滑书》是《楚辞》所收作品之外今所考定的唯一一篇存至今日的屈原作品。[19] 张仪以诱饵让楚怀王将昭滑、陈轸赶出楚朝廷的阴谋未能得逞，避免了楚国迅速灭亡的灾难。屈原这次使齐也是取得了成功的。《史记·楚世家》载楚怀王二十年（前309）齐王遣使者给楚怀王送信。楚怀王听了昭滑（唐司马贞之时已误作"昭雎"）的话，"合齐以善韩"。在楚国此前背信弃义做得十分过分的情况下，齐王还给楚怀王书信与之联络，可见屈原于怀王十八年（前311）的赴齐之行是有成效的。

　　屈原在这一阶段中的第二件大事，是在经营南方方面取得了成绩。《战国策·楚王问于范环（蠉）》章中，范蠉对楚怀王说：

　　　　且王尝用滑于越，而纳句章。昧之难，越乱，故楚南察濑湖而野江东。[20]

滑即昭滑，句章为越故地。是楚怀王任用了昭滑而取得越之句章之地。昭滑造成越国昧之难，楚人趁越国内乱占领句章之地，在濑湖筑塞而守，使江东成为楚之邑县。

　　关于昭滑灭越的时间，清代黄以周《儆季杂著》以为在怀王二十三年（前306），杨宽《战国史》（修订本）同。《韩非子·内储说下》载楚臣干象谓楚怀王语：

　　　　前时王使邵滑之越，五年而能亡越。所以然者，越乱而楚治也。[21]

邵滑即昭滑。言其"五年而能亡越"，则昭滑是在怀王十九年（前310）赴越。怀王十九年到二十三年，正是楚国两次大败于秦之后，楚怀王听从屈原之建议避免了再一次上当，也恢复了齐楚邦交，对屈原稍稍恢复了信任的时候，也因此才有按屈原的设想派昭滑入越之事。

屈原在这段时间虽然未担任左徒之职而任三闾大夫，但尚未被赶出朝廷。他在教育王族子弟之外，也时时关心朝政，并在一些内政邦交中起到了很大作用。这段时间所存作品只有《致昭滑书》。

## 四、屈原之被放汉北与庄蹻起事

然而，没有想到的是，楚怀王很快便忘记了此前的教训，在屈原统一南方的工作取得初步胜利的第二年，又被秦国的迷魂汤灌得糊里糊涂。《史记·楚世家》载楚怀王二十四年（前305）：

> 倍齐而合秦。秦昭王初立，乃厚赂于楚。楚往迎妇。[22]

楚怀王再次做出背齐合秦的决策，屈原必然会竭力相争。受了秦国贿赂的后妃、王子和旧贵族全力攻击屈原，最终屈原被放于汉北。楚朝廷内那些不以国事为重、只认识黄金与珍宝的世臣，在这当中起了很大的作用。明白这一点，也就可以知道何以屈原在《离骚》《惜诵》《抽思》《思美人》和《卜居》等篇中对结党营私的奸佞之徒那样愤恨。《楚世家》中说："二十五年，怀王入与秦昭王盟，约于黄棘。秦复与楚上庸。"这应是在屈原被放之后。

关于屈原此次被放的地点，《抽思》中说："有鸟自南兮，来集汉北。"战国之时楚建都于纪郢（即郢都，在后来的纪南城），故将郢都以东汉水折而向东那一段水的北面之地称作"汉北"。其地距郢都近，向东过汉水即是，称说中常提及之。这一大片地方，其西部为山陵，东部多林薮沼泽，有大的湖泊，为楚宫廷和贵族之家提供山珍野味、水产和木料之类，也是楚王和贵族田猎之地。因有大湖，故也称作"云梦"。云是

地名，即春秋时的"邔"。楚人名湖泊为"梦"。司马相如《子虚赋》写
楚王猎于云梦，正是此处。《战国策·宋策》中说："荆有云梦，犀、兕、
麋鹿盈之。"（荆为"楚"之代称）《国语·楚语下》中也说："又有数曰
云连徒洲，金木竹箭之所生也，龟、珠、角、齿、皮、革、羽、毛，所
以备赋以戒不虞者也，所以供币帛以宾享于诸侯者也。"

　　屈原被放于汉北，任掌梦之职（参《招魂》《惜诵》），那情形应同《水
浒传》中所写禁军教头林冲被高俅陷害，充军至沧州管草料场差不多。
楚国的掌梦，大体相当于北方国家的泽虞。《周礼·地官》："泽虞，掌国
泽之政令，为之厉禁。使其地之人守其财物，以时入之于玉府，颁其余
于万民。凡祭祀、宾客，共（供）泽物之奠。丧纪，共（供）其苇蒲之事。
若大田猎，则莱泽野，及弊田，植虞旌以属禽。"屈原的《惜诵》作于
被放汉北之时，其中说：

思君其莫我忠兮，　　　（思念君王啊！没有人比我更为忠诚，<br>
忽忘身之贱贫。　　　　我因此也忘记自己低贱的身份。<br>
事君而不贰兮，　　　　我替君王办事没有一点私心杂念，<br>
迷不知宠之门。　　　　痴迷于君国之事而从来不会钻营邀宠。<br>
忠何罪以遇罚兮，　　　忠心于朝廷有什么罪而遭受惩罚？<br>
亦非余心之所志。　　　我怎么也弄不明白这当中的道理。<br>
行不群以巅越兮，　　　行事不能随俗从众而一蹶不振，<br>
又众兆之所咍。　　　　又成了一些人幸灾乐祸的谈资。）

　　因为放于汉北是在楚怀王晚期，诗中还表现出对君王的怀念。至于
放在江南之野，那是顷襄王初年之事，怀王已死，顷襄王与诗人没有一
点君臣情义，诗人要返回朝廷已毫无希望，故《涉江》《哀郢》《怀沙》
几首中再没有思君和希望返回朝廷的意思。《惜诵》中还说：

> 矰弋机而在上兮，　　（带着细绳的矰和捕猎的机关设在高处，
> 尉罗张而在下。　　　大小的网罗铺设在湖泊低洼之地。
> 设张辟以娱君兮，　　设置这些都是为了君王的欢愉，
> 愿侧身而无所。　　　想侧身君王身边却没有我的位置。）

由这里可以看出屈原被放汉北时的职掌，他精心为楚王的狩猎做准备，要想亲近楚王却没有可能。

屈原在汉北经历的一次最大的事件，是怀王在田猎中因射野牛而受惊。屈原是负责田猎事宜的掌梦，自然有责任。这便是《招魂》的创作动因。《招魂》中说：

> 与王趋梦兮，课后先。（侍奉着君王乘马在云梦狩猎比赛先后。
> 君王亲发兮，青兕㤉。　君王亲自发箭射中野牛惊得它发疯。）

王逸注曰："言怀王是时亲自射兽，惊青兕牛而不能制也。"怀王在亲自射青兕（野牛）的时候，因为中箭的野牛未当即死去而发疯乱冲，怀王受到惊吓，情况十分紧急。云梦泽怀王临时歇息之处彻夜亮着灯，大家侍候求其安宁。

屈原被放汉北以后，齐楚关系进一步恶化。《楚世家》载：

> 二十六年，齐、韩、魏为楚负其从（纵）亲而合于秦，三国共伐楚。楚使太子入质于秦而请救。秦乃遣客卿通将兵救楚，三国引兵去。
> 二十七年，秦大夫有私与楚太子斗，楚太子杀之而亡归。
> 二十八年，秦乃与齐、韩、魏共攻楚，杀楚将唐昧（应为"眜"），取我重丘而去。[23]

此次齐楚作战始于楚怀王二十八年（前301）前半年，但正式交战在此年冬，即齐宣王死，湣王继位之初（次年为湣王元年）。这一战尤其复杂激烈。《吕氏春秋·似顺论·处方》载：

> 齐令章子将而与韩、魏攻荆。荆令唐篾（应为"蔑"）将而拒之。军相当，六月而不战。齐令周最趣章子急战，其辞甚刻。㉔

唐蔑（汉以后文献多误作"唐昧"，二字古音相近）。章子即匡章。匡章大约也是合纵派，故虽受命攻楚，但与楚夹河对峙六个月未开战。齐湣王一继位就派人严厉督促匡章开战，匡章于是夜袭楚人强守之地，杀死唐蔑。唐蔑为楚国的亲秦人物，任令尹之职。这一战楚国军事上损失巨大，引起朝廷内部两派斗争的激烈化。亲秦派自然是据眼下败于齐、魏、韩的事实而严厉打击合纵派，合纵派则从根本战略方面揭露那些旧贵族是在把国家拉向败亡之路。这中间自然也会有中立或两头讨好的人。糊涂的楚怀王缺乏主见，于是朝中势力四分五裂，造成楚国历史上最严重的一次分裂。《商君书·弱民》篇末所附战国末人一段文字中说："唐蔑死于垂沙，庄蹻发于内，楚分为五。"《荀子·议兵》中说：

> 然而兵殆于垂沙，唐蔑死，庄蹻起，楚分而为三四。是岂无坚甲利兵也哉？其所以统之者非其道故也。㉕

两文中都谈到垂沙之战中楚唐蔑死而楚国四分五裂，及庄蹻起事之事。

在这种情况下，屈原被从汉北召回。《屈原列传》和《楚世家》载，楚怀王三十年（前299），秦昭王约怀王会于秦，屈原与昭滑（今本《史记》误作"昭睢"）阻谏怀王入秦。可见当时屈原已回朝。我认为屈原回朝是在怀王二十九年。垂沙之战惨败在怀王二十八年冬，庄蹻起事应在怀王二十九年年初。在庄蹻起事对楚国旧贵族造成冲击与伤害的情况下，楚怀王召回屈原，自然是希望他能平复庄蹻之乱。然而，到屈原回朝之时，庄蹻已选择了一条既可以避免回朝廷被杀，又可以为统一南方打下基础的路径，打着楚朝廷的旗号，扬言要完成楚威王的遗愿而由湘西向南而去。

从一些文献看，庄蹻与昭滑都是以作战见长者，同时他与昭滑一样，对屈原的对外主张有深刻的理解与认同。庄蹻在无法立身的情况下发动兵变，《吕氏春秋·季冬纪·介立》将"庄蹻之暴郢"同"郑人之下靷""秦人之围长平"并列称之，说："此三国者之将帅贵人皆多骄矣，其士卒众庶皆多壮矣，因相暴以相杀，脆弱者拜请以避死。"起事的兵将对某些奸佞权臣之家有抢劫杀害之举在所难免。其后庄蹻由今湘西南下，直至且兰（即牂柯，在今贵州省黄平县以西），伐夜郎，入滇池称王。《史记·西南夷列传》《华阳国志》皆载此事。二书并言后因"秦夺楚黔中地，无路得反，遂留王滇池"。这应是庄蹻扬言奉楚威王之遗命且无法返回朝廷的一种解释。

屈原被放汉北期间的作品，大体按时间先后排列，有以下八篇：

（一）《渔父》。为到汉北不久所作，当地之人已闻其事而多不识屈原。

（二）《抽思》。其中说："有鸟自南兮，来集汉北。"又说："望孟夏之短夜兮，何晦明之若岁？惟郢路之辽远兮，魂一夕而九逝。"则初放时在四月，作此诗应在当年秋天，即楚怀王二十四年（前305）秋。"悲秋风之动容兮"一句亦可证。

（三）《思美人》。从篇中所表现的对楚王思念的情绪等来看，与《抽思》相近。篇中说"独历年而离愍兮"，又说"开春发岁兮，白日出之悠悠"，应是被放第二年（前304）春天所作。

（四）《惜诵》。篇中说"忠何罪以遇罚"，又说"待明君其知之"，则是怀王时被放汉北所作甚明。篇中又写到设网罗为国君狩猎服务的句子，也可证明是任掌梦之职时所作。创作时间应在怀王二十六年（前303）前后。

（五）《招魂》。篇中说："献岁发春兮，汩吾南征。绿蘋齐叶兮，白芷生。""目极千里兮，荡春心。"则作于春季。今姑且定为怀王二十六年春所作。

（六）《卜居》。《楚辞章句》序中说此篇是"乃往至太卜之家，稽问神明，决之蓍龟"，则应是至楚别都（本为故都）鄢的先王之庙，问于太卜，归而作此。太卜之官除设于都城外，只有故都先王之庙中会设。屈原被放不能返都，只有至先王之庙。鄢在汉北云梦之西北汉水边上（当今宜城东南也叫鄢郢），当时去那里较为方便。篇首说"屈原既放，三年不得复见"，则应作于怀王二十七年（前302）。

（七）《离骚》。诗的开头说："帝高阳之苗裔兮，朕皇考曰伯庸。"第一句言楚人之始祖，第二句言屈氏之始祖。末尾又写到当诗人升上高空即将离去之时，看到地下升起皇祖赫赫的灵光，又由之而"忽临睨夫旧乡"，于是再不忍心离去。此诗也是被放汉北时至鄢郢的楚先王庙及公卿祠堂拜谒先祖之后所作，构思上自然同先祖、"旧乡"相联系。篇中所写灵氛占卜、巫咸降神情节也与《卜居》相近，要打算离开楚的构思又与《惜诵》相近，应作于怀王二十七年、二十八年间。

（八）《天问》。《天问》所表现的思想实乃《离骚》中陈辞部分的放大，只是改为发问的形式。如王逸所言，是在被放后拜谒先王之庙与公卿祠堂之后所作，从创作心理、构思过程、材料准备方面考虑，应成于《离骚》之后，当成于怀王二十八年（前301）。

屈原被放汉北时年纪在四十八至五十三岁之间，精力较好，且正当为完成政治理想而努力奋斗之时，此时被放，情绪上受打击很大，故为一生创作最多之时。

## 五、被放江南之野的行踪与投汨罗而死

《屈原列传》中记载，屈原在怀王三十年（前299）劝怀王不要入秦，然而怀王幼子子兰劝怀王入秦，言"奈何绝秦欢！"怀王终于起身。不用说，子兰同郑袖都是秦国厚赂的重点对象。结果怀王"入武关，秦伏兵绝其后，因留怀王以求割地"。

《楚世家》中对怀王到秦国后的情形记述更为细致。国中无主，会引起各种混乱。时楚太子又质于齐。楚大臣相与谋，由昭滑（文中同《张仪相秦谓昭雎》章一样，因"昭滑"不常见而误作"昭雎"）赴齐交涉，迎楚太子归国。齐湣王听从其相之说，放归楚太子。

然而，事情的发展似与昭滑等的想法相左：太子一回国即被亲秦派拥立为王，即顷襄王。他首先是"以其弟子兰为令尹"。楚人对子兰劝怀王入秦大为不满。屈原对此也有论说，"令尹子兰闻之大怒，卒使上官大夫短屈原于顷襄王"，顷襄王怒而放逐了屈原（参《史记·屈原列传》）。顷襄王为什么以其弟子兰为令尹？因为若非子兰劝怀王入秦，就不会有顷襄王的提前继位。而屈原自然认为子兰有重大过失，应设法营救怀王回国。

楚国当时的情形与南宋初年很相近。南宋初，宋徽宗、钦宗都被金人房之于北，赵构登基于应天府（今商丘），为高宗。南宋王朝说要收复北方以迎二帝回归，只是口头上说说而已。岳飞却是拼死与金兵作战，一再长驱直入。他的《满江红》词中说："靖康耻，犹未雪。臣子恨，何时灭？"要"驾长车踏破贺兰山缺"，所以被以"莫须有"的罪名杀死。屈原的再次被放情形同此。此后楚国走向衰亡的迹象立见。《楚世家》载：

> 顷襄王横元年，秦要（要胁）怀王不可得地，楚立王以应秦，秦昭王怒，发兵出武关攻楚，大败楚军，斩首五万，取析十五城而去。

也就是在这个时候，即顷襄王元年（前298）二月，屈原被放逐于江南之野。从《哀郢》一诗所写离开郢都时的情况看，当时正是秦人大破楚军、取析等十五城而去之时。江南之野，即当时与郢都、汉北、云梦相对的长江以南之地。

由《哀郢》所写的内容看，屈原是同逃难的老百姓一起沿长江向东的。过夏首（汉夏合流处），至洞庭与长江相连处，他折向西南，入洞庭之中，在湖上久久漂浮。大体因为湖边老百姓也不安然，才又出洞庭继续向东，直至彭蠡，由庐江（今庐水与赣水的合流。类似于楚人称夏水流入汉水后至流入长江一段为夏水）向西南至陵阳。这个路线同地下出土的《鄂君启节·舟节》所标行船路线是一致的。《鄂君启节·舟节》上说：

逾夏，入邔。逾江，适彭蠡……入泸江，适爰陵。㉖

爰陵大约即今庐水上游的武功山。陵阳，应在爰陵以南（山之南为阳）。1953年在湖南长沙仰天湖出土的遣策楚简上有"蹸昜公"三字，"蹸昜公"即"陵阳公"，也说明洞庭湖以东属陵阳。屈原是被放于陵阳的，陵阳作为楚邑也包括洞庭湖以东、湘水下游，故《怀沙》一诗写诗人最后一次沿沅水南行之后，仍回到汨罗江边。

屈原从郢都出发东行，是在顷襄王元年（前298）二月，即《哀郢》中所说的"方仲春而东迁"。大约他在陵阳住到当年九月，便返回湖湘之西。《涉江》中说："乘鄂渚而反顾兮，欸秋冬之绪风。"说明当年秋冬之际已由水路至鄂渚（今武昌）。

《涉江》所反映的屈原至鄂渚以后的路线，同庄𫏋的南行路线是一致的。如其中说："朝发枉渚兮，夕宿辰阳。"枉渚在洞庭湖以西，今常德以南；辰阳在今辰溪县，两地都在沅水边上。屈原之行最南直至溆浦（今溆浦县），如再向南则出楚之国界。由他一直向南直至溆浦这一点看，他可能是想了解一下庄蹻的消息。《涉江》中反映出诗人在溆浦是住了一段时间的。诗中说："入溆浦余僮佪兮，迷不知吾所如。"下面写了当地的自然状况，这是所有屈作中写景最集中的段落。在这段文字的后面，屈原说："哀吾生之无乐兮，幽独处乎山中。吾不能变心而从俗兮，固将愁苦而终穷！"可见他在溆浦停留了一段时间，才到了湘水下游打算定居之地。

屈原在湘水下游汨罗江一带十余年，作为一个关心人民又具有深厚文化素养的诗人，同广大人民生活在一起，见到当地老百姓祭神歌舞的演唱，他觉得这就是楚国老百姓的心声，是楚国的文化，即使楚国不存在了，反映楚人心声和历史的这些歌舞辞应保留下来，因而创作了今《九歌》中的《湘君》《湘夫人》二篇。

至顷襄王十六年（前283）四月，屈原又有一次辰阳、沅水之行。《怀沙》一诗中说："滔滔孟夏兮，草木莽莽。伤怀永哀兮，汩徂南土。"乱辞中说："浩浩沅湘，分流汩兮。修路幽蔽，道远忽兮。"可见是先由沅水南下，后又由湘水北上，路线与上一次一样。诗人对这条路线这样关注，也正是希望了解庄蹻的状况；所谓"伤怀永哀"，也是就当年垂沙之战引起楚国空前的内乱而言。

当时楚国西部和北部汉水中游之地已全部归秦，越国旧族也趁机收复了一部分被楚国占领的地方。楚国在一步步走向衰亡。

顷襄王十六年，诗人北上回到湘水支流汨罗江边时，听到了顷襄王与秦王会于楚之故都鄢郢的消息，则鄢郢已成秦东部之城邑。诗人认为楚亡国之迹已见，在那里写成《怀沙》一诗。当五月五日这一天，诗人抱石投汨罗江而亡。

屈原在被放江南之野这段时间的作品，今可确定者有五篇：

（一）《涉江》。这是诗人由陵阳到溆浦以后所作，应作于顷襄王元年（前298）年底。

（二）《哀郢》。从诗中的"至今九年而不复"一句可知，此诗当作于被放九年之后，即顷襄王九年（前290）。

（三）《湘君》《湘夫人》。前代学者就《九歌》名曰"九歌"却有十一篇做过多种解释，但都难惬人意。实际上，《湘君》《湘夫人》两篇完全表现湘君与湘夫人的相互爱慕之情，而缺乏敬神、赞神的语气，有一定情节，表演性强，应是沅湘一带常见的民间歌舞表演，屈原"颇为更定其辞"而成。诗人在沅湘流域是否还有一些同类作品，已不可知。

（四）《怀沙》，当作于顷襄王十六年五月之初。

《九章》中《惜往日》《悲回风》两篇，过去学者们多认为是屈原之作，这是一个误会。《惜往日》末尾说："不毕辞而赴渊兮，惜壅君之不识。"《悲回风》中说："骤谏君而不听兮，任重石之何益！"这不是活着的屈原的语气。《九章》并非屈原所编成，而是汉代人收集屈原与宋玉、景瑳之作所编。东方朔仿屈原《惜诵》等作《七谏》，可见东方朔、刘安之时，屈原名下的作品，在《离骚》《天问》《九歌》之外，骚体之作只有七篇，《惜往日》《悲回风》尚未加入其中。

从屈原各个时期的作品中都可以看出《诗经》等典籍和江汉一带民歌对屈原的深刻影响，也可以看出诗人善于继承又善于创造的卓越才华。

## 六、宋玉和唐勒、景瑳的生平梗概与创作

《史记·屈原列传》中说："屈原既死之后，楚有宋玉、唐勒、景差之徒者，皆好辞而以赋见称。然皆祖屈原之从容辞令，终莫敢直谏。其后楚日以削，数十年竟为秦所灭。"可见宋玉同唐勒、景瑳都是屈原的晚辈。楚国之灭在公元前223年。宋玉《风赋》开头说："顷襄王游于兰台之宫，宋玉、景差侍。"《对楚王问》说："楚顷襄王问于宋玉曰。"《登徒子好色赋》开头引述大夫登徒子在楚王前贬损宋玉之辞，说宋玉"体

貌闲丽"，则年龄不会太大。看来，宋玉、唐勒、景瑳三人都主要活动于顷襄王之时。又《高唐赋》《神女赋》中说到"游于云梦之台""云梦之浦"，《大言赋》中言"游于阳云之台"，也即云梦之名。《小言赋》又言楚王赐宋玉"云梦之田"。可见宋玉、唐勒、景瑳最得意之时在迁陈以前，即在前298年至前278年的二十年中。

《楚辞章句》卷八说："《九辩》者，楚大夫宋玉之所作也。"又说："宋玉者，屈原弟子也。"宋玉小时学于屈原，是有可能的。屈原在怀王二十九年（前300）被召回朝廷后的一二年时间，职务上大约也只能恢复三闾大夫之职，宋玉或读于兰台，或者以好文而私下向屈原请教，均有可能。再据《史记》中"其后楚日以削，数十年竟为秦所灭"的记载来看，宋玉应卒于考烈王（前262—前238）中期，生于楚怀王中期。

从《韩诗外传》等材料和宋玉作品来看，宋玉并未担任重要的职务。虽为大夫，但主要是陪顷襄王游玩，最多也只是备王咨询诗赋掌故之类。其《高唐赋》前小引云："昔者楚襄王与宋玉游于云梦之台，望高唐之观……王问玉曰。"《神女赋》的开头云："楚襄王与宋玉游于云梦之浦，使玉赋高唐之事。"《小言赋》开头还说，楚王令诸大夫并造大言赋，"赋毕，而宋玉受赏"。赋《小言赋》之后，楚王又曰："善，赐以云梦之田。"楚襄王也欣赏他的文才，所以游玩、闲谈时带他在身边。所有文献中都没有宋玉与君王或同僚谈论政事的文字。看来顷襄王只把他看作文学侍臣。

另外，宋玉的《对楚王问》开头说："顷襄王问于宋玉曰：'先生其有遗行与？何士民众庶不誉之甚也？'"这同《登徒子好色赋》中反映的情形一致。可见，当时有的人还把他看作是一个轻薄文人。

宋玉是因何被削职的，文献无载。其前期作品中只提到与顷襄王在一起的事，《九辩》《悲回风》中又没有怀念顷襄王的内容，不应是作于顷襄王死后。则宋玉应是在顷襄王末年被解职的。

宋玉之作传至今者，《楚辞》中有《九辩》《悲回风》。这两篇在思想情调、艺术特色上都基本一致，可以说是悲秋之祖，既是作者心境的写照，也是当时楚国境况的写照。另外《昭明文选》中收有其《风赋》《高唐赋》《神女赋》《登徒子好色赋》和《对楚王问》。《古文苑》中《钓赋》《大言赋》《小言赋》三篇也可以确定为宋玉的作品。这几篇均作于顷襄王前期。

宋玉是先秦时期杰出的文学家。他不仅在文赋（散体赋）的创作上继承了莫敖子华、屈原等人的成就，创造出骈辞大赋的格局，在骚体赋创作上，也联系季节和自然景致描写心情，尤其在心理刻画方面做出了重大推进。

关于唐勒，学者们常引的一段材料是《西京杂记》卷三："楚大夫唐勒一产二子，一男一女，男曰贞夫，女曰琼华。皆以先生为长。"而关于其生平没有任何记载。台湾"中央图书馆"所藏孤本《事类寄奇》卷一引汉代纬书《春秋文耀钩》，其中有一段反映唐勒生平与职务身份的重要资料：

> 太史唐勒以葭灰遗于地，乃更灭拂之，其苍云为之半减；又遗灰如前，乃更去之。

由此可知，唐勒是楚太史，掌天文者。明代董说《七国考》卷一引张华《感应类从志》说：

> 有苍云围轸——轸，楚之分野——是不善之征。楚太史唐勒乃夜以葭灰遗于地，乃更灭拂之，其苍云为之半灭。[27]

《太平御览》卷二三五引《春秋文耀钩》文，与此大体一致，并说："楚立唐氏，以为史官。苍云如霓，围轸七蟠，中有荷斧之人，向轸而蹲。楚惊。

唐史曰：'君慢命，又简宗庙。'"《史记·天官书》言"昔之传天数者"，楚国则举出唐眜（mò）。因古代天文星占之职都是世袭，则唐勒应是唐眜之后。

唐勒的作品传至今日的，首先是《远游》和山东银雀山出土汉简中的《论义御》。<sup>㉘</sup>从作品中反映的历史背景与思想、风格等方面看，《惜誓》也是唐勒所作。<sup>㉙</sup>

关于景瑳（cuò）<sup>㉚</sup>，可以肯定的一点是：昭、景、屈都是战国之时楚之大姓。景瑳也应为楚贵族出身。景瑳的作品，可以确定的只有收于《九章》的《惜往日》。<sup>㉛</sup>《惜往日》表现出明显的法家思想，与宋玉、唐勒思想皆不一致。《史记·六国年表》和《战国策·东周·秦攻宜阳》《战国策·楚策二·齐秦约攻楚》记载景翠为怀王大臣，主张合纵，具有一定法家思想。景瑳有可能是景翠之子，故思想相近。《楚辞章句·大招序》怀疑《大招》为景瑳之作，应是因为《大招》中"赏罚当""尚贤士""先威后文，善美明只"体现了显明的法制思想，另外"察笃夭隐，孤寡存只""田邑千畛，人阜昌只。美冒众流，德泽章只"，及"接径千里，出若云只"也都表现出法家的政治理想。从政治思想方面来说，景瑳的思想与屈原最为相近。

屈原之后楚地的作家还有杰出的思想家荀况，他有《赋篇》和仿民歌之作《成相》。<sup>㉜</sup>此外大体同时的庄辛有《谏楚襄王》和《说剑》（因其中用"庄子"指代作者，后之学者误以为庄周之作，收入《庄子·杂篇》）。<sup>㉝</sup>

由以上这些作家存留至今的作品，可以看出屈原在当时的影响。我们读《楚辞》一书后半部分所收的西汉作品，就可以知道屈原、宋玉等文学家对汉代辞赋创作的巨大影响。

# 七、《楚辞》的成书与注本

屈原、宋玉等人的作品产生以后，或单篇流传（篇幅较长者），或几篇合并流传（如汤炳正先生所言，最早有《离骚》《九辩》合并的传本，又两汉前期将《惜诵》等七篇屈原自叙生平之作辑录在一起，后又将景瑳悼念屈原的《惜往日》和宋玉的《悲回风》误为屈原之作合在一起形成《九章》的传本）。因为汉代以前文籍多书于竹简，每卷篇幅不会太大。刘安任淮南王，正在楚晚期都城寿春，应该在搜集屈宋等人的作品方面做了一些工作，将屈原除《大招》《招魂》之外已收集到的所有作品和宋玉的《九辩》、唐勒的《远游》收集到一起，并附题作"淮南小山"的《招隐士》。㉞刘安还奉汉武帝之诏写了评论《离骚》大旨的《离骚传》。㉟至西汉末年，刘向基本编定了《楚辞》一书，还收录了汉代东方朔《七谏》、王褒《九怀》这两篇悼念屈原之作，末附他代屈原立言的《九叹》。

东汉初年注《离骚》者有贾逵、班固，其后马融曾注《楚辞》，但他们的注本都没有流传下来（洪兴祖注《大招》"曼鹔鹴只"一句曾引马融说）。东汉中期的王逸增辑了屈原的《大招》、唐勒的《惜誓》（误为贾谊之作）、严忌的《哀时命》，末附自己所作代屈原抒发忧愤的《九思》，在此前学者有关成果的基础上，做了全面的注释解说。此为《楚辞》注本的早期集大成之作。王逸《楚辞章句》的可贵之处一是总结了两汉时期各家的一些重要看法；二是距屈宋时代较近，王逸又为南郡宜城人，属楚故都鄢郢之地，对书中一些掌故与楚方言的解说应较为可靠；三是依据当时能见到的一些史料及相关传说，在内容说解与背景介绍方面参考价值大。

魏晋南北朝至唐代注释《楚辞》之作也有一些，多亡佚。但《昭明文选》中收有《离骚》《涉江》《卜居》《渔父》《招魂》和《九歌》中的二篇，宋玉《九辩》中的五段，凡注《文选》者，对这些作品，也都能在吸收前人之说的基础上有所探究，提出一些有参考价值的看法。

宋代在《楚辞》研究方面有所创获的学者较多，而突出的、集大成之作有两部：一为两宋之间洪兴祖的《楚辞补注》，一为南宋初年朱熹的《楚辞集注》。

洪兴祖《楚辞补注》既是《楚辞章句》之后最重要的楚辞传本，也是王逸之后总结此前一千年中楚辞研究成果的最重要的注本。洪兴祖本来另有《楚辞考异》，列出《楚辞》正文和王逸注各种传本的异文，现均散列于《楚辞补注》相关部分的王逸注之后；若某句无王逸注，则列于正文之下。也因此有学者将此误认为王逸之注。体例上，保留王逸《楚辞章句》各篇前的序，注释也是先列王逸注，再为《补注》，在总结吸收各家之说的基础上，对王逸之说有所补充、阐释或驳正，具有重要的参考价值。

朱熹《楚辞集注》同《楚辞补注》的不同之处在于，作者摆脱此前注本的体例与框架，更侧重于体会原文之意，在此基础上对各家之说斟酌去取，阐发文意。可以说，读《楚辞补注》有助于了解此前学者们的看法，读《楚辞集注》则更多地是从文本入手去体会作品的思想与情感。书中对一些词语的解说如果不同于前人，也不在注文中罗列材料进行辩说，而另作《楚辞辩证》上下两卷，附于其后。简明精到，更便于阅读。在篇目选定上，朱熹也改变了王逸以来形成的篇目构成，删去了《七谏》《九怀》《九叹》《九思》这四篇写屈原事迹而艺术上缺乏创造性的作品，增加了贾谊的《吊屈原赋》与《服赋》（《鵩鸟赋》）。另外，又选荀况的《成相》《佹诗》、荆轲的《易水歌》直至宋代张载的《鞠歌》、吕大临的《拟招》等五十二篇骚体作品，辑编为《楚辞后语》六卷，大体展现出楚辞的影响与骚体赋的发展状况，可以开阔读者的眼界。

北宋末年宋金交兵时以及宋王朝偏安东南时产生的这两部《楚辞》注本，自然突显了屈原的爱国思想与正道直行的优秀品质。

明清时期，尤其是清代，研究、注释《楚辞》的著作很多。明代如汪瑗的《楚辞集解》、陆时雍的《楚辞疏》、黄文焕的《楚辞听直》等都为后代学者所重视。清代影响最大的注本有王夫之的《楚辞通释》、林云铭的《楚辞灯》、蒋骥的《山带阁注楚辞》、戴震的《屈原赋注》。近代学者俞樾、王闿运、马其昶、梁启超、刘师培等也都有相关论著存世。

现代老一辈学者中，游国恩、陆侃如、闻一多、郭沫若、林庚、姜亮夫、刘永济、朱季海、汤炳正、陈子展成绩最为突出，影响最大。本书《主要参考文献》列出部分书目，可以参看。此后又有不少学者致力于屈原与《楚辞》研究，取得了相当的成就。崔富章为总主编的《楚辞学文库》四卷五大本，总计 800 余万字，对从古至今重要著作及其成就均有介绍，其中《楚辞集校集释》卷对各家在文字是正、内容解说上的重要创获均摘要列出，《楚辞评论集览》卷集录古今名家的重要学说，《楚辞著作提要》《楚辞学通典》具体展现出楚辞研究的进程。这些都可借以全面了解楚辞研究的历史与现状，这里不再赘述。

## 八、《楚辞》的价值与屈原的历史地位

《诗经》中的作品以民歌和合乐之诗为主，虽然其中也收有西周时周公旦、召伯虎、尹吉甫、南仲、张仲、芮良夫、周宣王静、伯奇、寺人孟子、家父，春秋时许穆夫人、鲁国的奚斯、史克等的作品，但所存不多，且并未署名，同《小雅》《大雅》及三《颂》中史官、乐官等无名氏的作品混列在一起。所以，这一时期中国的抒情诗总体上如黑格尔所说："既没有达到主体个人的独立自由，没有达到对内容加以精神化，正是这种内容的精神化形成了浪漫型艺术的心情深刻性。"[36]屈原留下了大量抒发他个人情感、表现他政治理想与爱国情感的作品，成为我国历史上第一位伟大的诗人。

《尚书·尧典》中说："诗言志。"这是中国诗歌发展的纲领。在这里"志"指情志，包括意志与情感两方面。屈原继承了这种文学思想。《惜诵》一诗开头便说："惜诵以致愍兮，发愤以抒情。"他也主张诗是用来抒情的。诗同散文作品相比具有音乐美，是语言表现功能与音乐感染功能的有机结合，所以更宜于抒发个人感情。至于叙事，则散文在发挥语

言的表达功能上不受字数、句式、押韵的束缚，可以绘声绘色，而避免多余的字句。世界上其他民族从古代流传下来的一些篇幅巨大的史诗，都有珍贵的文献价值和认识价值，但从文学的角度而言，则如同中国古代讲唱文学的拼接，大部分缺乏艺术感染力。季羡林先生在译完印度的长篇史诗《罗摩衍那》之后说"大多数篇章都是平铺直叙，了无变化，有的甚至叠床架屋，重复可笑"，就反映了这种情况。所以中国古代诗歌的发展选择了抒情的路子是明智的。

《离骚》等作品奠定了中国诗歌发展的基础。自屈原之后，不管是空前繁荣的唐诗，还是今日的新诗，一直继承、发展着屈原所开创、形成的一些传统。

《诗经》中作品以四言为主（《国风》部分的句子、用韵等都较为自由，《雅》《颂》较为齐整），至楚辞则变为六言为主，五言、七言辅之，句子结构灵活，表达功能增强，成为后来五言诗、七言诗之前导。

《诗经》押韵方式有句句韵，有隔句韵，有密韵，有疏韵，有叠韵、交韵、抱韵；各类之中，又五花八门，读王力《诗经韵读》书前之《诗经韵例》可知。《离骚》等屈宋之作则基本上是偶句韵，确立了此后两千多年中国诗歌偶句韵的传统格式。这是同汉语的特征结合在一起的。

《诗经》中作品可按内容分章，不存在诗体形式范畴的"诗节"。《离骚》等很多骚体诗是四句一节，按节押韵；节与节之间可以连韵，也可以换韵。这对秦汉以后中国古体、近体，乃至现代新诗产生了巨大影响。古体诗和绝句不用说，即便是唐代以来的律诗，实际上也是平仄基本相同的两节诗的重合。现代诗人中，郭沫若等很多人的诗作都是四句一节，李季、闻捷的几篇长篇叙事诗，如《当红军的哥哥回来了》《复仇的火焰》等，也都是四句一节。改革开放以来新诗在各方面创新，但其主流仍表现出向传统的格律诗的回归。

从思想内容方面说，《离骚》等作品表现出对美政、仁政的追求，强调法治，反对心治，重视个人品德修养，反对违背社会公德的贪婪、钻营、相互勾结、陷害正直等卑劣行为。以美政、仁政为主导的爱国思想，体现着历来卓越思想家的政治理想，也包含着一种放大了的感恩思想，这在任何时代、任何民族中都是具有教育意义的。

　　1953 年，世界和平理事会号召全世界纪念屈原、哥白尼、拉伯雷、何塞·马蒂四位世界文化名人。当年《文艺报》发表社论《屈原和我们》，指出："屈原是世界性的伟大诗人，是登上了世界文学史上最高峰的人物之一。"[37]当年的苏联《真理报》发表了苏联语文学博士、著名汉学家费德林的文章《伟大的中国爱国诗人——纪念屈原逝世二千二百三十年》，文中说："屈原是世界文学之前列中最杰出的不朽诗人和作家之一。""屈原是不可比拟的杰出的古典诗的创始者，他的诗以其令人惊异的形象，丰富的语汇和非凡的想象力而使人迷恋。"[38]对中国古代诗歌有较深入研究的其他外国学者也对屈原有很高评价。黑格尔对于中国抒情诗是比较隔膜的，但他还是说："在对东方抒情诗方面有卓越成就的个别民族之中，首先应该提到中国人。"[39]按照前面所引黑格尔的理论，中国古代诗歌能达到这个水平，同屈原不无关系。

　　所以说，《楚辞》中《离骚》等作品永远是中国抒情诗的典范，是世界文学的瑰宝。屈原的名字同世界上最早的一批诗人荷马、萨福、阿纳克瑞翁、品达等一样，将永远闪耀于世界文学史上。

①　鲁迅《汉文学史纲要·屈原及宋玉》，人民文学出版社 1973 年版，第 20 页。
②　郭沫若《郭沫若全集·历史编》4，人民文学出版社 1982 年版，第 69—70 页。
③　字平：原误作"名平"。《史记》同其他文献一样，凡举人物，都以名称之，□□，《仲尼弟子列传》介绍七十七人，皆如此。另一种通例，□□□生》中"管仲夷吾""晏平仲婴"。以人们□□字或号之后即介绍其名，而是

介绍其身份之后才介绍其名。这也只有《伍子胥列传》《商君列传》二例。如："商君者，卫之诸庶孽公子也。"《伍子胥列传》为："伍子胥者，楚人也，名员。"《屈原列传》行文之例与此不合。《昭明文选》各篇下之署作者字，在屈原的《离骚》等篇目之下均署"屈平"，也可见"平"为屈原之字。又《离骚》："名余曰正则兮，字余曰灵均。""正则"之意为"原"，连称"原则"即见其义；"灵均"之意为"平"，连称"平均"即见其义。

④ 清茆泮林辑《世本》之《诸侯世本》，清秦嘉谟等辑《世本八种》之《茆泮林辑本》，商务印书馆 1957 年版，第 27 页。

⑤ 司马迁《史记》，中华书局校点本 2013 年修订版，第 2031 页。

⑥ 参拙文《屈氏先世与句亶王熊伯庸——兼论三闾大夫的职掌》，《文史》第 25 辑（1985 年 10 月）。

⑦ 见胡念贻《屈原生年新考》，收入《先秦文学论集》，中国社会科学出版社 1981 年版。

⑧ 金开诚《屈原辞研究》，江苏古籍出版社 1992 年版，第 45 页。

⑨ 参拙文《屈原的冠礼与早期任职》，收入拙著《屈原与他的时代》，人民文学出版社 2002 年版，第 110 页。

⑩ 汉刘向集录，范祥雍笺证，范邦瑾协校《战国策笺证》，上海古籍出版社 2006 年版，第 605—606 页。

⑪ 汤炳正《"左徒"与"登徒"》，收入其《屈赋新探》，齐鲁书社 1984 年版，第 52 页。

⑫ 司马迁《史记》，中华书局校点本 2013 年修订版，第 2993 页。

⑬ 参汤炳正《草宪发微》，收入其《屈赋新探》；赵逵夫《屈原的对内政策及同旧贵族的斗争》之三《屈原改革思想管窥》，收入《屈原与他的时代》。

⑭ 司马迁《史记》，中华书局校点本 2013 年修订版，第 2996 页。

⑮ "滑"原误作"雎"，与上文"谓昭雎曰"相冲突，据有关史料正之。下一"滑"字同。

⑯ "有"字原作"无"，与下文意相扞格，显系涉上文而误，今正。

⑰ 汉刘向集录，范祥雍笺证，范邦瑾协校《战国策笺证》，上海古籍出版社 2006 年版，第 804 页。

⑱ 汉刘向集录，范祥雍笺证，范邦瑾协校《战国策笺证》，上海古籍出版社 2006 年版，第 804—805 页。

⑲ 参拙文《〈战国策·楚策一·张仪相秦谓昭雎章〉发微》，全国高等学校古籍整理研究工作委员会办《古籍整理与研究》总第 6 期，中华书局 1991 年。又收入拙著《屈原与他的时代》。

⑳　汉刘向集录，范祥雍笺证，范邦瑾协校《战国策笺证》，上海古籍出版社 2006 年版，第 782 页。

㉑　王先慎撰，钟哲点校《韩非子集解》，中华书局 2013 年版，第 277 页。

㉒　据《六国年表》和《屈原列传》，当为"秦来迎妇"。参梁玉绳《史记志疑·楚世家》，中华书局 1981 年版。

㉓　司马迁《史记》，中华书局校点本 2013 年修订版，第 2067 页。

㉔　陈其猷《吕氏春秋校释》，学林出版社 1984 年版，第 1670 页。

㉕　王先谦撰，沈啸寰、王星贤点校《荀子集解》，中华书局 2013 年版，第 333—334 页。

㉖　殷涤非、罗长铭《寿县出土的鄂君启金节》，《文物参考资料》1958 年第 4 期。

㉗　董说《七国考》，文物出版社 1986 年版，第 28 页。

㉘　参拙文《唐勒〈论义御〉与由楚辞向汉赋的转变——兼论〈远游〉的作者问题》，《西北师大学报》1994 年第 5 期。又收入拙书《屈原与他的时代》。

㉙　参拙文《论〈惜誓〉的作者与作时》，《文献》2000 年第 1 期。

㉚　景瑳，今本《史记·屈原列传》中作"差"，应为"瑳"字之省借，《汉书·古今人表》中作"瑳"。《汉书》写定之后即有人作注，成定本，而《史记》有相当长的时间里在民间流传，传抄中改字情况较多。应从《汉书》。

㉛　参拙文《〈楚辞〉中提到的几个人物与班固刘勰对屈原的批评》，《西北师大学报》（社会科学版）1983 年第 2 期；《再论〈惜往日〉〈悲回风〉的作者问题》，《文献》2009 年第 3 期。

㉜　参拙文《〈荀子·赋篇〉包括荀卿不同时期两篇作品考》，《贵州社会科学》1988 年第 4 期。

㉝　参拙文《庄辛——屈原之后楚国杰出的散文作家》，《西北民族大学学报》（哲学社会科学版）1990 年第 4 期。

㉞　汤炳正先生认为即刘安之作，见其《楚辞成书之探索》一文，收入《屈赋新探》。

㉟　见《汉书》卷四十四。西汉时"传"是泛论原文大意加以评论的文字。到东汉才称"故训"为"传"。参杨树达《离骚传与离骚赋》，收入其《积微居小学述林》，中华书局 1983 年版。

㊱　黑格尔《美学》第三卷下册，朱光潜译，商务印书馆 1981 年版，第 229 页。

㊲　《文艺报》1953 年第 11 号，收入《屈原研究论文集》，作家出版社 1957 年版，第 1 页。

㊳　同上书，第 458 页。

㊴　黑格尔《美学》第三卷下册，第 231 页。

# 楚　辞

## 九　歌

　　《楚辞》中《九歌》刘向编定为十一篇。自宋代学者项安世的《项氏家说》以来，不少学者认为《九歌》作于怀王时，当为朝廷所用祭祀乐歌，非屈原放逐后的作品。1978年江陵天星观一号楚墓出土竹简，上载楚人所祭神灵多有与《九歌》所祭神灵相合者，看来《九歌》中主要部分是屈原根据楚国国家祭典的需要而创作的祭歌。其中只有《湘君》《湘夫人》二篇表现的是沅湘一带的民间传说，情节上具有明显的民间色彩。金开诚也说："从前许多注者之所以相信王逸之说，认为《九歌》出于沅湘地区，这与《九歌》中有《湘君》《湘夫人》二篇是不无关系的。"（《屈原辞研究》）"二湘"应作于沅湘流域，后来的《楚辞》编集者以其内容、体例相近，而加入《九歌》之中。《九歌》中除《湘君》《湘夫人》皆成于初任三闾大夫之时，即楚怀王初年。其中除《山鬼》充满缠绵之情，其他皆情调欢快、充满昂扬之气，即说明成于诗人中青年之时。

闻一多《楚辞校补》说："惟《东君》与《云中君》，皆天神之属，宜同隶一组，其歌词宜亦相次。顾今本二章都居悬绝，无义可寻。其为错简，殆无可疑。余谓古本《东君》次在《云中君》前。《史记·封禅书》《汉书·郊祀志》并云'晋巫祠五帝、东君、云中君'，《索隐》引王逸亦云'东君、云中君见《归藏易》'（今本《注》无此文），咸以二神连称，明楚俗致祭，诗人造歌，亦当以二神相将。且惟《东君》在《云中君》前，《少司命》乃得与《河伯》首尾相衔，而《河伯》首二句乃得阑入《少司命》中耳。"闻说是，今移《东君》于《云中君》之前。《湘君》《湘夫人》移于《国殇》之后。

《九歌》中凡祭天神之辞，除《东皇太一》之外，全是扮天神的灵巫与主祭巫觋（巫之男者称觋，也可统称为巫）的对唱；祭地祇之辞则都是扮地祇或参与祭祀的巫觋的独唱。主祭巫觋多是表现对神灵的崇敬和爱慕之情。

从《大司命》中"导帝之兮九阬"一句看，战国之时举行这个盛大的祭祀活动是在郢都附近的九阬（冈）山上。祭祀活动应是从黎明前开始，至演唱《东君》时正当日出之时。

# 东皇太一<sup>[1]</sup>

吉日兮辰良<sup>[2]</sup>，穆将愉兮上皇<sup>[3]</sup>。抚长剑兮玉珥<sup>[4]</sup>，璆锵鸣兮琳琅<sup>[5]</sup>。

瑶席兮玉瑱<sup>[6]</sup>，盍将把兮琼芳<sup>[7]</sup>。蕙肴蒸兮兰藉<sup>[8]</sup>，奠桂酒兮椒浆<sup>[9]</sup>。

扬枹兮拊鼓<sup>[10]</sup>，疏缓节兮安歌<sup>[11]</sup>，陈竽瑟兮浩倡<sup>[12]</sup>。灵偃蹇兮姣服<sup>[13]</sup>，芳菲菲兮满堂<sup>[14]</sup>。五音纷兮繁会<sup>[15]</sup>，君欣欣兮乐康<sup>[16]</sup>。

[注释]

[1] 东皇太一：楚人所祭祀的最高神。太一，神名。即下文说的"上皇"，也即《庄子·秋水》中说的"大皇"。成玄英《疏》："大皇，天也。"《礼记·礼运》："是故夫礼必本于太一，分而为天地，转而为阴阳，变而为四时，列而为鬼神，其降曰命，其官

明汪瑗云："此乃祭天之礼，楚国之典也，非民间之俗也……如后祭云、祭日、祭山河、国殇之类，岂可谓民间之俗乎？"（《楚辞集解》）

清蒋骥云："《九歌》凡言灵者皆指神，无所谓巫者。灵保，犹言神保，谓尸也。"（《楚辞余论》）

于天也。"其官于天"即主管整个天上的意思。《吕氏春秋·大乐》:"万物所出,造于太一。"又《史记·封禅书》:"天神贵者太一。"可见太一为最高神。由于日月星辰都起于东方,故楚人认为太一之神在东方而称作"东皇太一"。《东皇太一》是祭最高神灵东皇太一时祭祀群巫的合唱。　[2]辰良:即良辰,为叶韵而倒置。宋洪兴祖《补注》引沈括云:"'吉日兮辰良',盖相错成文,则语势矫健。"　[3]穆:恭敬。上皇:指东皇太一。　[4]抚:手持。玉珥(ěr):指镶有玉石的剑鼻,即剑柄与剑刃相接处左右伸出的半圆形,像两耳,故叫"剑耳"。因多用玉饰,故其字加斜玉旁。　[5]璆锵(qiú qiāng):形容佩玉的和鸣声。朱熹《集注》云:"《孔子世家》云:'环佩玉声璆然。'《玉藻》云:'古之君子必佩玉,进则揖之,退则扬之,然后玉锵鸣也。'琳琅,美玉名,谓佩玉也。"　[6]瑶席:华美的坐席。瑶,原指玉,这里用来形容坐席的美丽。玉瑱(zhèn):大祭时陈设的宝玉。《周礼·天府》:"天府掌祖庙之守藏与其禁令。凡国之玉镇大宝器藏焉。若有大祭大丧,则出而陈之。"镇,通"瑱"。　[7]盍:通"合",集合。将、把:都是手持之意。琼芳:色泽如玉而芳香的花草。　[8]蕙肴:拌有蕙烹制的肉。蕙,香草名,即九层塔,也叫薰草。能去除恶臭,古人佩戴或作为香料,焚烧以避疫。肴,本指蒸肉之带骨者,此处指熟肉。蒸:进献。藉(jiè):古代祭祀朝聘时陈列物品的垫物。　[9]奠:献祭。桂酒:用桂花浸制的美酒。桂,木名。秋季开花,极芳香。椒浆:加上花椒浸制的酒浆。花椒因其香味具有驱虫之功效,故古时南方之楚人也佩戴之。　[10]扬:举起。枹(fú):鼓槌。　[11]节:用以节乐的鼓点,也即节拍。　[12]竽瑟:两种古代乐器。竽形似笙而略大,有三十六簧。瑟为弦乐器,形似古琴。浩倡:浩唱,即引吭高歌。浩,大。倡,同"唱"。　[13]灵:指由灵巫扮演的东皇太一。偃蹇(yǎn jiǎn):

这里是屈伸自如的样子。姣服：美好的服饰。　[14]菲菲：形容香气很浓。　[15]五音：指宫、商、角、徵、羽，古代音乐的五个基本音阶。纷：盛大的样子。繁会：指众乐器齐奏，形成交响。会，交会，会合。　[16]君：指东皇太一。欣欣：愉快的样子。

## [点评]

　　先秦时祭祀神灵，包括祭祀祖先，都有人着其服饰，象征其身份，使受祭之神灵有所附依，祭者对其行礼、祭赞。当时北方称这种代替受祭神灵的人为"尸"。南方的楚国则是由巫充当被祭之人，叫"灵巫"。

　　《东皇太一》的演唱是紧接着一系列庄严盛大的仪式的，祭祀仪式应该首先是祭东皇太一。《东皇太一》一方面表现整个祭祀场面之庄严盛大，气氛之热烈；另一方面赞颂已光临祭场的东皇太一之神。不同于祭东君、云中君、大司命、少司命的四首，本篇中饰东皇太一的巫觋只接受祭祀，没有同其他巫觋的对唱，而是由全体参与祭祀的群巫合唱，所以气势宏大而庄严，篇幅也较短。因为整个仪式主要是祭祀东皇太一，其他天神、地祇都只能说是配祭，因而祭其他神的歌辞中有很多情节性描述，带有娱神的成分。

　　本篇可分为三层。第一层首句先说祭祀东皇太一是选好的日子、好的时辰。所谓好的时辰，是指仪式正式开始的时间。这正说明了当时楚国的祭祀是以东皇太一为中心的。第三、四句承"上皇"写东皇太一的高贵威严，从装饰的角度写出人们所看到的神灵。虽然在人们的意识中神灵附于灵巫之体，但人们所看到的主要是不同神灵的不同装饰、佩戴。

第二层通过祭祀用品之高贵、贡品之丰盛表现了场景的盛奢与祭祀的虔诚。

第三层从音乐声响的角度写祭典之庄严。清林云铭说:"鼓之节奏,希而且徐,故歌亦甚安。""及丝竹既列,则歌大其声以为倡,而使吹弹以为和。"(《楚辞灯》)显示出祭祀气氛之庄严肃穆。末尾将目光转到饰东皇太一的灵巫身上,因为他是整个祭祀仪式的中心,人们目光之所聚。写了他的美艳裳服,以及在各种祭祀和歌舞中的神态。"五音纷兮繁会,君欣欣兮乐康",这是对整个场面的概说。因为祭祀的目的就是要让上皇高兴。上皇乐而康,则人民乐而康。

全诗通过眼所见、耳所闻、鼻所嗅,以及整个精神的感觉写了祭祀东皇太一这个盛大的祭典,体现出当时楚人的祭祀是以祭东皇太一为主,其他神灵处于陪享的地位。因为整个祭祀仪式中第一个上场的灵巫是代表东皇太一的,其他神灵在后面的祭祀歌舞表演中才出现,故本篇也带有迎神曲的作用。

# 东 君[1]

"暾将出兮东方[2]，照吾槛兮扶桑[3]。抚余马兮安驱[4]，夜皎皎兮既明[5]。驾龙辀兮乘雷[6]，载云旗兮委迤[7]。长太息兮将上[8]，心低徊兮顾怀[9]。羌声色兮娱人[10]，观者憺兮忘归[11]。"

[注释]

[1]东君：当时楚人所信奉的日神。日出于东，故名日神为东君。洪兴祖《补注》引《博雅》："朱明、耀灵、东君，日也。"朱熹《集注》也说："此日神也。《礼》曰：'天子朝日于东门之外。'"《汉书·郊祀志》亦有"东君"。由此也可以证明《东皇太一》《东君》等九篇为朝廷祭祀之用。本篇今本《楚辞》列于《少司命》之后、《河伯》之前。《东君》《云中君》《大司命》《少司命》都是饰受祭神灵的灵巫同娱神巫觋的对唱。因为这些神灵处于陪祀的地位，故祭祀这些神灵的歌舞辞带有娱神、娱人的因素，有一

汉王逸云："言日以龙为车辕，乘雷而行；以云为旌旗，委蛇而长。"

又云："言日色光明，旦耀四方，人观见之，莫不娱乐，憺然意安而忘归也。"（《楚辞章句》）

以上为东君所唱。

清周拱辰曰："按此是昧爽朝日之仪式，时尚属夜分而未旦，故曰'将出'、曰'将上'，既明而曰'夜皎皎''照吾槛''抚余马。'"（《离骚草木史》）

点情节性。　[2]暾（tūn）：用为名词，指初升的太阳。　[3]吾：东君自称。槛（jiàn）：栏杆（阑干）。亭阁周边用竹、木、金、石之类制成的遮拦物。扶桑：神话中日升处的大树。据《山海经·海外东经》和《淮南子·天文训》所说，日浴于海，升上扶桑之后始东行。　[4]抚：轻拍。余：东君自称。安驱：缓步徐行。　[5]皎（jiǎo）皎：明亮的样子。皎，原作"皎"，洪兴祖引一本作"皎"，洪兴祖、朱熹并言"皎"与"皎"同，今据改。　[6]龙辀（zhōu）：雕有龙的图案的车子。辀，楚语指车辕，此处代指车。乘雷：车子所发出的巨大声响。朱熹《集注》："雷气转似轮，故以为车轮。"可参。　[7]载：承举，这里指树起。云旗：以云霓为旗。委迤：指旌旗一路曲折飘荡的样子。迤，原作"蛇"，古音同。《太平御览》卷三四〇引作"迤"，今据改。　[8]太息：叹息。　[9]低佪（huí）：留连徘徊。顾怀：眷顾怀念。　[10]羌：句首语助词，无意义。声色兮娱人：指祭神场面歌舞纷呈，热闹非凡，使人愉悦。　[11]观者：指观看祭礼的人。憺（dàn）：安乐，安定。

　　　　"緪瑟兮交鼓[1]，萧钟兮瑶簴[2]，鸣篪兮吹竽[3]，思灵保兮贤姱[4]。翾飞兮翠曾[5]，展诗兮会舞[6]。应律兮合节[7]，灵之来兮蔽日[8]。"

以上为参与祭祀的巫觋所唱。

### [注释]

[1]緪（gēng）瑟：将瑟的弦绷紧，急促地奏瑟。交鼓：王逸注："对击鼓也。"　[2]萧钟：撞钟。萧，"撟"之省，击也（闻一多说）。瑶：借作"摇"，这里为使动用法，使摇动，使摆动。簴（jù）：悬钟磬等乐器的木架。《招魂》有"铿钟摇簴"一句，与此句义同，言撞击钟力度大，使钟架振动。　[3]篪（chí）：一种竹制乐器，

上有孔，横吹之。原作"籲"，"箎"之异体。洪兴祖、朱熹俱引一本作"箎"，今据改。　[4]灵保：扮神之巫。这里指扮东君之巫，"犹《诗经》称'尸'（扮祖神）为'神保'，如'神保是飨''神保是格'"（汤炳正等《楚辞今注》）。《诗经·小雅·楚茨》第二章："先祖是皇，神保是飨。"朱熹《诗集传》："神保，盖尸之嘉号。《楚词》所谓'灵保'，亦以巫降神之称也。"按"尸"即古代祭祀时代替祖先受祭的人。诗人称"尸"为"神保"，是对先祖神的美称。贤姱（kuā）：亲善而美丽的样子。姱，美好。　[5]翾（xuān）飞：回旋飞扬。翠曾："卒翿"之误。传写中将"羽"误置于"卒"字之上。卒，通"猝"，迅速、忽然。翿（zēng），高飞。王逸注："曾，举也。"也是以"曾"为"翿"之借。此句形容群巫起舞之状。　[6]展诗：放声唱诗。洪兴祖《补注》："展诗，犹陈诗也。"早期诗歌是用来歌唱的，故"陈诗"即唱诵诗。会舞：合舞，多人共舞。　[7]应律：与音律相应。合节：与节奏相合。　[8]灵：指扮东君之巫，与"灵保"同。蔽日：形容东君的侍从之多，与《湘夫人》"灵之来兮如云"的意思一样。

"青云衣兮白霓裳[1]，举长矢兮射天狼[2]。操余弧兮反沦降[3]，援北斗兮酌桂浆[4]。撰余辔兮高驰[5]，杳冥冥兮东行[6]。"

以上为东君所唱。

[注释]

[1]青云衣、白霓裳：都是指东君所穿戴的华美服饰。古代上身所着为衣，下身所着为裳。霓，虹的一种，即副虹（古称雌虹），是由阳光射入水滴经两次折射和两次反射在空中形成的彩色或白色的圆弧。　[2]矢：箭。天狼：天狼星。古人认为天狼星是制造

灾祸的恶星。    [3]操：手持。余：这里为东君自称。弧：木弓，也用为弓的通称。古代有星名曰"弧"，其状九星相连似弓（见《晋书·天文志》）。这里作者或将天上弧矢星想象为弓箭，故操之以射天狼。沦降：指太阳向西方降落。    [4]援：执，拿。北斗：星宿名，在北面天空，由七颗星组成，形状像古代舀酒用的酒斗，这里作者想象日神东君以北斗为器，以酌美酒。酌：舀（酒），盛（酒）。桂浆：用桂花酿制的美酒。    [5]撰：手执。辔：马缰绳。"高驰"原作"高驼翔"，闻一多《楚辞校补》言《大司命》"高驰兮冲天"，《离骚》"神高驰之邈邈"俱作"高驰"，翔字当是受下句韵字"行"字的影响误加。实际上本句是不押韵的，且古多单音节词。闻说是，今据以删之。    [6]杳（yǎo）冥冥：幽深昏暗的样子。

## [ 点评 ]

《东君》是祭日神的歌舞辞，是东君（由代表东君的灵巫承担）与主祭女巫的对唱。

因为太阳在白天出现，月亮为夜晚所见，按中国古代的阴阳观念，日为阳而月为阴，男为阳而女为阴，故日神为男神。《九歌》中祭男性神是由女巫迎神、娱神，祭女性神是由男巫迎神、祭神。凡祭天神之辞，多是扮天神的灵巫与主祭巫觋的对唱。主祭巫觋所表现的感情自然也代表当地老百姓对神灵的信仰、崇敬、爱慕之情。

本篇按内容与结构方式可分为三段，分别为东君、娱神的女巫所唱。

第一段为东君所唱。开头说"暾将出兮东方"，是日神自谓将升起而普照大地，语气充满了自豪与自负。"照吾槛兮扶桑"由所在之处进一步明确身份。第三句写其从容之态，第四句写其起身将引起整个人间的变化。这些都是对日神特征、功能的含蓄而概括的描述。第二节先述说其仪仗之盛和对祭祀场面的留恋，末二句是对上二句"长太息兮将上，心低徊兮顾怀"两句的说明，说整个祭祀场面的布置、装饰和音乐都令他感到高兴，观看的人也都沉浸其中而忘记回家。这一段既显出了东君神灵的威严，也体现了他对于祭祀活动的赞许和留恋。

第二段是女巫所唱，先说乐师们的热情演奏，因为人们诚心礼敬是感念着东君神灵的善良美好。接着描述了迎神、娱神巫者的表演及在其他女巫配合下的舞蹈，表现出一个又热烈又具诗意的环境。在这种情况下，成群的仪仗簇拥着日神东君来到了祭坛。"蔽日"的说法，也正与上节的"灵保"之称相照应。日神并非就是太阳本身，这同古人认为人之灵魂不等于肉身一样。同时"蔽日"也含有侍从众多将其拥蔽其中之义。

第三段又是东君的唱词。开头的"青云衣兮白霓裳"，是对自身形象的摹写，与第一段的"龙辀""乘雷""云旗"等相照应。下一句"举长矢兮射天狼"，则体现出楚人的一种一贯的政治观念。《史记·天官书》："秦之疆也……占于狼、弧。"《晋书·天文志》："狼一星在东井东南。狼为野将，主侵掠。"虽然汉承秦制，但文化观念多承楚（刘邦为楚人）。看来楚人一直视秦人为对头。"操余弧兮反沦降"，给人们留下了一个永久的保卫者的神灵形象。弧，也是星名，《晋书·天文志》："弧九星，在狼东南，天弓也。主备盗贼，常向于狼。"戴震《屈原赋注》言："此章有报秦之心，故举秦分野之星言之。"诗中实反映出诗人抗秦的思想。

这首诗将日的自然特征（东升、西降、光芒照射、有云飘于其上及有时出现虹霓等），同作为神灵的东君的博大胸怀与不凡气势结合起来，又将其从东向西而行的规律与天上的弧矢星、天狼星联系起来，表现出合纵抗秦的观念，既自然贴切，又韵味深长。

# 云中君<sup>[1]</sup>

"浴兰汤兮沐芳<sup>[2]</sup>，华采衣兮若英<sup>[3]</sup>。灵连蜷兮既留<sup>[4]</sup>，烂昭昭兮未央<sup>[5]</sup>。"

以上为参与祭祀的巫觋所唱。

**［注释］**

[1] 云中君：云神。王逸曰："云中君，云神丰隆也。一曰屏翳。"《史记·封禅书》中有"东君、云中、司命"。《汉书·郊祀志》中有"东君、云中君"。服虔曰："云中君，谓云神也。"江陵天星观一号墓出土战国祭祀竹简中有"云君"，显然是"云中君"的简称。古人认为雨由云所下，有雨必先见云，且楚地多水田，怕涝不怕旱，故不称"雨神"而称"云君"或"云中君"。全诗按其内容与押韵情况，三节各为一段，由主祭女巫与云中君对唱。　[2] 浴兰汤：在用兰草所煮的水中洗浴。沐芳：在香水中洗头。　[3] 华采衣：盛服彩衣。《方言》："华，……晠也。齐楚之间或谓之华。""晠"即"盛"。采，古同"彩"。　[4] 灵连蜷（quán）兮既留：灵巫摇摆着，神灵已经附体。灵，指云

中君。王逸注："楚人名巫为灵子。"则"灵子"指饰为神灵的巫。连蜷，曲屈回环的样子。既留，已经降临附身。　[5]烂昭昭：光明灿烂的样子。未央：未尽。

以上是云中君所唱。

"蹇将憺兮寿宫[1]，与日月兮齐光。龙驾兮帝服[2]，聊翱游兮周章[3]。"

[ 注释 ]

[1]蹇（jiǎn）将憺（dàn）兮寿宫：将在寿宫祭祀之处安乐享用。蹇，句首语词。憺，安乐，安定。兮，这里有"于"的作用。寿宫，祭神的场所。这是云中君上场所唱。　[2]龙驾：以龙为驾。服：章服，车驾上所树旌旗。此言车上树有天帝颁赐的旌旗。　[3]聊：姑且。翱游：来去自由貌。周章：四处周游。

以上为参与祭祀的巫觋所唱。

"灵皇皇兮既降[1]，猋远举兮云中[2]。

览冀州兮有余[3]，横四海兮焉穷[4]。

思夫君兮太息[5]，极劳心兮忡忡[6]。"

[ 注释 ]

[1]皇皇：同"煌煌"，光明灿烂的样子。既降：已经降临。以下是主祭女巫所唱。　[2]猋（biāo）：本义为群犬快奔，后亦称龙卷风，字也作"飙"。此处为快速的样子。远举：高升。举，起来。　[3]览：观，望。冀州：上古九州之一，在《尚书·禹贡》中居九州之首，又因其在九州之中部，这里用以代指九州。　[4]横四海兮焉穷：言云神可以到很远之地。横，横渡。焉

穷，安有穷极，无穷。穷，尽，到头。　[5]夫：指示代词，那。君：指云中君。　[6]极：程度副词，很。劳心：忧伤的样子。

[点评]

《云中君》是祭祀云神的歌舞辞。

全诗三节，为祭祀女巫同扮云神的主巫（灵子）的对唱，来颂扬云神，表现对云神的思慕之情。

为什么说是对唱的形式呢？首先，"灵连蜷兮既留"和"灵皇皇兮既降"二句中"灵"均指云神，又称云中君为"君"，则应为颂神的女巫所唱。而诗中"蹇将憺兮寿宫"一节四句和"览冀州兮有余，横四海兮焉穷"二句明显是云中君的口吻。

开头一节是祭祀女巫所唱，说她用香汤洗浴了身子，穿上花团锦簇的衣服来迎神。已看到灵子身体摇摆起舞，神灵已经附体，灵巫的身上隐隐放出神光。这一段是表现祭祀的虔诚和神灵附体后的情景，表现出对神灵的企盼。

第二节为云中君（灵巫）所唱，表现出神的尊贵、排场与威严。由于群巫迎神、礼神、颂神，神乃安乐畅意、神采飞扬。"蹇将憺兮寿宫"是云中君已至受祭之处，将在这里接受祭享。"与日月兮齐光"自道其不凡。在天空中能同日月并列的唯有星和云，但星在晴朗而没有日光时方能看见，云则是借日光而生辉。所以说，这两句上句是表明神的身份，下句是显示云神的特征。"龙驾兮帝服"，是说十分有排场地出行。"聊翱游兮周章"表示不负人们祭祀之意，愿周游以了解下情。古人以为雨是从云中下来的，云师有下雨的职责。《周礼·大宗伯》中有雨师而无云师，《九歌》中有云师而无雨师，其实是同一神。"屏翳"或以为云师，或以为雨师，也因云神与雨神是一回事。"屏""翳"都是遮蔽的意思。阴云遮蔽才下雨。人们祭祀云神主要还在于祈雨。"屏翳"之名正表现了同"览冀州兮有余，横四海兮焉穷"一样的意思。

第三节女巫唱"灵皇皇兮既降，猋远举兮云中"，是说祭享结束之后云中君离去。神灵受祭观察结束之后，则如狂飙一般上升而去，表现出云神的威严与不凡。"览冀州兮有余，横四海兮焉穷"是云中君所唱，表现了其高覆九州、广被四海的特征。清代林云铭《楚辞灯》中说："云之为章于天，无远不到，或行或止，皆使人可望而不可即，其为神亦犹是也。"末尾二句，是祭巫表示对神灵离去的惆怅与思念，表现出民众对云神的依赖情绪。

《云中君》对神的思念，表现了人对云和雨的企盼之情。

《云中君》的"灵连蜷兮既留""聊翱游兮周章"等句体现出一种柔情，而不似《东君》充满了威严与力量。本诗开头的二句实已衬托出这样的情调。这似乎是借写神灵反映由男性和女性所构成的人类社会的普遍伦理现象。阳光和雨露是人类和一切生命所必需，这一点在人类由猿到人的发展中已有深切的体会。所以，祭祀日神、云神应来自最原始的自然崇拜。

# 大司命[1]

"广开兮天门[2]，纷吾乘兮玄云[3]。令飘风兮先驱[4]，使涷雨兮洒尘[5]。君回翔兮以下[6]，逾空桑兮从汝[7]。纷总总兮九州[8]，何寿夭兮在予[9]！高飞兮安翔[10]，乘清气兮御阴阳[11]。吾与君兮齐速[12]，导帝之兮九坑[13]。云衣兮披披[14]，玉佩兮陆离[15]。壹阴兮壹阳[16]，众莫知兮余所为[17]。"

王逸云："回风为飘，暴雨为涷雨。言司命爵位尊高，出则风伯、雨师先驱，为轼路也。"（《楚辞章句》）

以上为大司命所唱。

[ **注释** ]

[1] 大司命：掌管生死之神，为男性神。王夫之《通释》："大司命统司人之生死，而少司命则司人子嗣之有无。以其所司者婴稚，故曰少；大，则统摄之辞也。"两神所主有关联，而侧重点不同。从《大司命》《少司命》两篇内容看，大司命、少司命应是

一对，相互间有爱恋之情。古人以现实生活去设想神灵世界。朱熹《楚辞辩证》云："楚俗祠祭之歌，今不可得而闻矣。然计其间，或以阴巫下阳神，或以阳主接阴鬼。"本篇是灵巫与女巫以大司命和少司命口吻的对唱。以下为大司命唱词。　[2]广开：大开。天门：天界之门。　[3]纷：盛多的样子。吾：大司命自称。乘玄云：以青云为车。　[4]飘风：暴风。《诗经·小雅·何人斯》："彼何人斯，其为飘风。"毛传："飘风，暴起之风。"先驱：前导，引路。　[5]涷（dōng）雨：暴雨。洒尘：洒水除尘。　[6]君：大司命称少司命。回翔：回旋飞翔。　[7]逾：越过。空桑：山名，在东方。据《吕氏春秋·本味》载，有侁（shēn）氏得婴儿于空桑，献于其君，即辅商汤灭夏的伊尹。此为远古传说，故空桑之地同主管生育与婴儿的神灵少司命有关。汝：指少司命。原作"女"，通"汝"。为便于诵读，今改为"汝"。　[8]纷总总：众多的样子。九州：据《尚书·禹贡》载，禹分天下为冀、兖、青、徐、扬、荆、豫、梁、雍九州。这里"九州"指整个华夏，也即上古之人观念中的"天下"。　[9]寿夭：长寿与夭折。　[10]安翔：从容安适地飞翔。　[11]乘：登升。清气：天地间的清澈明净之气。御：驾驭，控制。阴阳：中国古代哲学中有阴阳二气之说。王逸注："阴主杀，阳主生。言司命常乘天清明之气，御持万民死生之命也。"[12]吾：大司命自称。君：指少司命。齐速：一样的速度。　[13]导：引导，向导。帝：指东皇太一。之：到。大司命管人生死，少司命管子嗣。在古人的观念中，这些本由最高神灵决定，而楚人认为东皇太一即最高神灵，故歌词中写大司命约少司命一起为前导，引上皇至九冈山受祭。大司命、少司命不做具体管理。九阬（gāng）：即九冈。《文苑》作"九冈"。阬，同"冈"。荆州市下辖松滋市有九冈山，秀色如黛，蜿蜒虬曲，为"郢都之望也"。《左传·昭公十一年》载"楚子灭蔡，用隐大子于冈山"（以隐太子祭于冈山），则春秋战国时楚人献馘于九冈山，也祀神于此。　[14]云衣：以云为衣。原作"灵衣"。《北堂书钞》《太平御览》所引俱作"云衣"。闻一多《校补》云："灵当为云字之误也……俗书灵作霝（唐《内侍李辅光墓志》），与云形近易混。云衣与玉佩对文。《东君》曰'青云衣兮白霓裳'，亦言云衣。《九叹·远逝》曰：'服云衣之披披'，则全袭此文。"汤炳正《楚辞今注》说："西汉古本作'云衣'无疑。"今据改。披披：长长飘动的样子。披，原作"被"，洪兴祖、朱熹皆引一本作"披"。洪兴祖注："被，与'披'同。"今据改。　[15]玉佩：玉制佩饰。陆离：直而长的样子。　[16]壹阴、壹阳：此处指世界万物的变化莫测。　[17]众：指天下众人。余：大司命自称。

"折疏麻兮瑶华[1]，将以遗兮离居[2]。老冉冉兮既极[3]，不浸近兮愈疏[4]。乘龙兮辚辚[5]，高驰兮冲天[6]。结桂枝兮延伫[7]，羌愈思兮愁人[8]。愁人兮奈何，愿若今兮无亏[9]。固人命兮有当[10]，孰离合兮可为[11]？"

汪瑗云："此章极叙己与少司命离别之叹、衰老之苦也。麻，谷名也，其生扶疏，故曰疏麻。瑶华谓麻花也。麻花色白，比之于瑶，故曰瑶华，犹曰琼芳，赞美之词耳。离居，彼此分处也。故折疏麻之瑶华以赠之，而慰此离别之情也。"（《楚辞集解》）

以上为女巫以少司命的口吻所唱。

[注释]

[1]疏麻：王逸注："疏麻，神麻也。"今也叫升麻。瑶华：美玉般的白花。瑶，原指玉，此处用来形容升麻花之美。以下为少司命所唱。　[2]遗（wèi）：赠送。离居：相离而居者。因大司命即将离去，即将相隔，所以称之为离居。　[3]冉冉：渐渐，一般用来形容时光流逝。既极：已经来临。极，到来。《诗经·大雅·崧高》："崧高维岳，骏极于天。"毛《传》："极，至也。"　[4]浸近：

渐渐接近。浸，原作"寖"，据洪兴祖、朱熹所引一本改。愈疏：越来越疏远。　[5]乘龙：驾驭龙车。辚辚：象声词，形容车轮滚动之声。《诗经·秦风·车邻》："有车辚辚，有马白颠。"毛《传》："辚辚，众车声也。"　[6]高驰：飞驰于高远处。　[7]结桂枝：编结桂树枝，意谓寄情于桂枝。桂，木名，桂花树。延伫（zhù）：久久远望。伫，"竚"字之借。　[8]羌：为何。愈思：越来越思念。　[9]无亏：没有止歇。　[10]固：本来。有当：有一定之数。　[11]孰：谁。可为：犹言可以掌控。为，做，此处有掌控之义。

## ［点评］

《大司命》是祭大司命之神的歌舞辞。大司命是管人生死的。所以篇中大司命唱词曰"何寿夭兮在予"。"大司命""司命"早见于金文、楚简。春秋末年的齐侯壶铭文中有"辞誓于大辞（司）命，用璧、两壶、八鼎"之语。江陵望山、江陵天星观出土竹简上也有"司命"。

人类在进入男权社会以后，除个别由原始社会遗留下来的女性神（如女娲、西王母）以及同生育有直接关系的神祇（如送子娘娘）之外，多为男性神。本诗中大司命唱词中表现出的威灵显赫的气概，就带有男性的特征。司子嗣、生育的少司命则是女性神。

祭祀歌舞中《大司命》和《少司命》前后相连，表现出两神恋爱的意思。明代汪瑗《楚辞集解》中说："亦托为二司命彼此赠答之词，思慕之意。……此篇乃大司命赠少司命者也。凡曰'吾'、曰'予'、曰'余'者，皆大司命自谓也。曰'君'、曰'汝'者，皆大司命谓少司命也。"关于两篇中神灵的关系及人称代词的含义，所论是也。当时的传说中，这两个神灵有相互爱怜的关系，则主祭的巫师便以爱慕神灵者的身份来唱。只是宫廷祭祀歌舞中情调不似民间歌舞辞那样突出和明显。《大司命》篇中的对唱，是充当大司命的灵巫同娱神的女巫的对唱，而女巫似是以少司命的口吻来表情达意的。

此诗第一段四节为扮大司命的灵巫所唱。歌辞中"纷总总兮九州，何寿夭兮在予""高飞兮安翔，乘清气兮御阴阳"等句与开头大司命所表现出的呼风唤雨、声势夺人的气概一致。第四节末尾"壹阴兮壹阳，众莫知兮余所为"，也只能出于大司命之口。大司命动辄以"吾""予""余"自称，体现出权大无比、东皇太一之外唯我独尊的意识。

"折疏麻兮瑶华"以下三节是娱神女巫以少司命口吻所唱，表现对大司命的怀念之情，愁怀无限，所表现的情绪及抒情主人公的性格特征与前四节完全不同。

这首诗表现出的大司命的气派简直无与伦比。他要到人间，不是一般地打开天门，而是"广开天门"；他以龙为马，以云为车，命旋风在前开路，让暴雨澄清旷宇，表现出主宰人生死的大神的威严。大司命在天宫的地位究竟怎样可以不说，在人间不用说，他是比东皇太一之外其他神灵的威力都要大的。

对于大司命的描写，从其服饰、乘驾，到其精神、职责、作为，都一一写到。尤其是用了第一人称，表现出一个执掌人类生死大权的尊神的内心世界。作为一个抒情主人公形象，是具有典型意义的。

在后三节中，女巫表示对大司命的怀念。其中离别的幽怨，无法摆脱的愁绪，也多多少少体现了男权社会中广大妇女普遍的心理状况。"折疏麻兮瑶华，将以遗兮离居。"为什么要折疏麻呢？因为麻秆折断后皮仍连在一起，有藕断丝连之意。谢灵运《从斤竹涧越岭溪行》"折麻心莫展"就是由此处化出，表现久别之后一时不能见到的愁情。所以说，折疏麻之白花相赠，有身虽离而思念不绝之意。这实际上是借以表现了当时广大人民在长期战乱生活下的心愿。

"乘龙"两句，是说大司命离开祭堂而去。同诗开头表现的大司命形象一致。神将离去，女巫以少司命的口吻表现出留恋的情绪。离别是不可避免的，只希望以后能常常像今晚一样。大司命是主宰人的寿命的，人的寿命本来就有定数，但天地间的悲欢离合谁又能管得了呢？这里问出了一个千百年来无数多情之人都永远不得答案的问题。这首诗，真是凝聚了人类情感经历中最深刻的内容。

# 少司命[1]

"秋兰兮麋芜[2]，罗生兮堂下[3]。绿叶兮素华[4]，芳菲菲兮袭予[5]。夫人自有兮美子[6]，荪何以兮愁苦[7]？"

以上为男巫以大司命的口吻所唱。

[ **注释** ]

[1] 本篇是祭祀少司命神的歌舞辞，是灵巫与主祭的男巫以少司命和大司命的口吻的对唱。少司命是主管人间子嗣与生育的神；因为主管儿童，所以称作"少司命"。宋代罗愿《尔雅翼》说："少司命，主人子孙者也。"王夫之《通释》从其说，并说古代"弗（祓）无子者祀高禖"。少司命乃由高禖（通"媒"）演变而来，是女神。《礼记·月令》："以太牢（牛、羊、猪三牲）祠于高禖。"高禖即求子之神。所以齐楚民间，以高禖为"少司命"。 [2] 秋兰：即兰草，古人以为生子之祥。麋芜：即蘼芜，细叶芎䓖。叶似芹，丛生，七八月开白花，根茎可入药，治妇人无子。 [3] 罗生：成片生长。

罗,罗列,分布。堂:祭堂。 [4]素华:白花。 [5]袭:指香气扑人。予:我,男巫以大司命的口吻自称。 [6]夫:发语词,兼有远指的作用,略同于"那"。 [7]荪:溪荪,即石菖蒲,具有特殊香味。古人用以缩酒(将酒从成束的溪荪上灌下,香味扩散,味有向上者,以示神已享用)。故亦以之指称君王等尊贵者。《抽思》中"数惟荪之多怒兮""荪佯聋而不闻"等俱指楚怀王。本篇中指少司命。何以:因何。

明王世贞云:"'入不言兮出不辞,乘回风兮载云旗',虽尔恍惚,何言之壮也!'悲莫悲兮生别离,乐莫乐兮新相知',是千古情语之祖。"(《艺苑卮言》)

"秋兰兮青青[1],绿叶兮紫茎。满堂兮美人[2],忽独与余兮目成[3]。入不言兮出不辞,乘回风兮载云旗[4]。悲莫悲兮生别离,乐莫乐兮新相知。荷衣兮蕙带,倏而来兮忽而逝[5]。夕宿兮帝郊[6],君谁须兮云之际[7]?"

以上是少司命所唱。

[注释]

[1]青青:借为"菁(jīng)菁",茂盛的样子。 [2]美人:指祈神求子和来看祭祀歌舞的妇女。 [3]忽:很快地。余:我,少司命自谓。目成:用目光传情,达成默契。 [4]回风:旋风。云旗:以云彩为旗。 [5]倏(shū):迅疾的样子。逝:离去。 [6]帝郊:天帝居处的郊野,指天边。 [7]君:称大司命。须:等待。因大司命受祭结束后升于云端等待少司命,所以这样说。

王逸云:"言己愿托司命,俱沐咸池,干发阳阿,斋戒洁己,冀蒙天佑也。"(《楚辞章句》)

"与汝沐兮咸池[1],晞汝发兮阳之阿[2]。望美人兮未来[3],临风怳兮浩歌[4]。孔盖兮翠旌[5],

登九天兮抚彗星<sup>[6]</sup>。竦长剑兮拥幼艾<sup>[7]</sup>，荪独宜兮为民正<sup>[8]</sup>。"

## ［注释］

[1]汝：你。原作"女"，通"汝"。下句同，今并改。咸池：神话中的天池，月入于此以向东。此句上原有"与女游兮九河，冲风至兮水扬波"二句，王逸无注。洪兴祖《楚辞考异》云："古本无此二句。"按：此二句与《河伯》中二句重复，当是由《河伯》窜入，今删。　[2]晞（xī）：晒干。阳之阿（ē）：即阳谷，也作"旸谷"，神话中日所出处。《淮南子·天文训》："日出于旸谷，浴于咸池。"阿，山湾。　[3]美人：指少司命。大司命在云端，少司命尚在人间受祭，所以说"未来"。　[4]恍（huǎng）：神思恍惚的样子。浩歌：放声高歌。　[5]孔盖：孔雀羽毛做的车盖。翠旌：翠鸟羽毛装饰的旌旗。旌，原作"旍"，同"旌"。据洪兴祖、朱熹引一本改。　[6]九天：古代传说天有九重。此处指天之最高处。抚：持。　[7]竦（sǒng）长剑兮拥幼艾：一只手里握的剑直直地上指，一只手保护着幼儿。竦，高高，直持。拥，保护。《汉书·匈奴传》："今既享单于聘贡之质，而更受其逋逃之臣，是贪一夫之得而失一国之心，拥有罪之臣而绝慕义之君也。""拥"之义同。幼艾，幼儿。　[8]民正：以人之善恶功过决定人之子嗣者。

## ［点评］

少司命与先秦之时中原一带所祀高禖为同一神，由高禖神而来。高禖的来源，郑玄注说是："玄鸟遗卵，娀简吞之而生契，后王以为媒官，嘉祥而立其祠焉。变媒言禖，神之也。"玄鸟即燕子。就中国而言，燕子春天由

清林云铭《楚辞灯》云："开手以堂下之物起兴，步步说来，中间故意作了许多波折，恣意摇曳，但觉神之出入往来，飘忽迷离，不可方物。末以赞叹之语作结，与《大司命》篇另是一样机轴，极文心之变化，而步伐井然，一丝不乱。"

以上为男巫以大司命的口吻所唱。

南来巢于人家，时天气已暖，便于洗浴，且春暖花开，人的兴致较高，怀孕者多。故远古多有玄鸟遗卵而生人之说。据《史记·秦本纪》，秦人始祖大业也是"玄鸟陨卵，女修吞之，生子大业"，也可见高禖为司子嗣之神。

本篇可分三段，是少司命与娱神的男巫的对唱。其末尾说："荪独宜兮为民正"，则末一段为男巫之唱词。第一段有"荪何以兮愁苦"一句，也应为男巫所唱。由歌词内容看，第二段为少司命（灵巫）唱词。

本篇同《大司命》前后照应，但宾主关系相反。此篇开头是男巫以大司命口吻唱出，来赞颂少司命。两篇在情节上似有关联，《大司命》篇表现出少司命愁苦的心情，故此篇开头大司命说："夫人自有兮美子，荪何以兮愁苦？"都表现出对于世人命运的关怀，实际上体现出广大人民的心愿。

"秋兰兮麋芜，罗生兮堂下"，一方面是对少司命这个爱护生命的女神的烘托，另一方面也暗示此祭祀为的是求子嗣。宋代罗愿《尔雅翼》中说："兰有国香，人服媚之，古以为生子之祥。而蘼芜之根主妇人无子。故《少司命》引之。"《证类本草》也说芎䓖根茎可以入药，治"妇人血闭无子"。所以说，这两句不仅突出了诗的主题，也反映了古老的治愈妇女不能生子疾病的经验。少司命一开始赞叹的也是兰草。

上古时代人们也常将神灵信仰同重视生活经验结合在一起。同样暗示了生子的喜兆。"满堂兮美人，忽独与余兮目成"，是说少司命看到来参加迎神祭祀的妇女很多，都希望有好儿女，对她投出乞盼的目光，她也回以会意的一瞥。她愿意满足所有人的良好愿望。她同这些人既已"目成"，他们也就没有愁苦了。她看祭堂上人的虔诚礼敬，心领神受，"入不言"而"出不辞"，满意而去。她乘着旋风，上面插着云彩的旗帜。对于认识了很多相知之人，她感到十分快活；而对于同这些人分离，她又感到惋惜。这是将人的感情与神相通，体现出女神的多情。

下面一节是女神说自己的服饰和离开祭堂的情形。"荷衣兮蕙带"同大司命的"云衣兮披披，玉佩兮陆离"比起来，带有女性的特征。"夕宿兮帝郊"是说自己离开后将去的地方。《礼记·月令》孔颖达疏引《郑志》云，简狄做禖官嘉祥之后，"祀之以配帝，谓之高禖"。则由之转化而来的少司命宿于帝郊，也是有原因的。"君谁须兮云之际"是反过来回问大司命的话。这侧面反映出大司命对她的等待，与《湘君》篇反映的湘夫人的性格特征很相近。

第三段是迎神祭神的男巫所唱，先是回答少司命的问话："我等待你，要陪你到咸池去洗头，在阳阿之地晒发。因为一直等你不来，所以在云端恍然而立，临风高歌。"下一节描述了少司命升上天空后的情况，描绘出一个保护儿童的光辉形象：她一手笔直地拿着长剑，一手护着儿童。她不仅是送子之神，而且"为民正"，在拥有子嗣上为人间主持正义。这就唱出了广大人民群众对少司命的崇敬与爱戴。

《少司命》塑造了温柔多情、深爱儿童的少司命的形象。少司命在多情善感之外，还有公正而不可犯的一面。她虽是一个一往情深的女性，在保护儿童方面又是一个不可干犯的女神。

这首诗一方面用人物自白、倾吐内心的方式展示其精神世界，另一方面用对方眼中所见来刻画，既变换角度，又内外结合，互相映衬。可以说，这首诗中的每一段唱词，都是既写"他"，又写"我"。全诗采取了抒情与描写相结合的手法，所以辞采华丽，又韵味深长。

# 河　伯<sup>[1]</sup>

与女游兮九河<sup>[2]</sup>，冲风起兮横波<sup>[3]</sup>。乘水车兮荷盖<sup>[4]</sup>，驾两龙兮骖螭<sup>[5]</sup>。登昆仑兮四望<sup>[6]</sup>，心飞扬兮浩荡<sup>[7]</sup>。日将暮兮惝忘归<sup>[8]</sup>，惟极浦兮寤怀<sup>[9]</sup>。

王逸云："言己设与河伯俱游西北，登昆仑万里之山，周望四方，心意飞扬，志欲升天，思念浩荡而无所据也。"（《楚辞章句》）

[ 注释 ]

[1] 河伯：黄河之神。姜亮夫同意前人关于楚人为炎帝之后的说法。认为"楚族起自姜水，在西极流沙之间。此屈子《离骚》所以西海为一篇最神往之所"（《荆楚名义及楚史地》，见其《楚辞学论文集》）。则《楚辞·九歌》中有祭河神的歌舞辞，便可以理解。《河伯》《山鬼》等都是祭地祇的歌舞辞，每篇都是独唱。本篇是祭神女巫以爱恋的口吻歌唱的。　[2] 女：同"汝"。九河：对黄河众多支流的总称。《尚书·禹贡》："九河既道。"　[3] 冲风：两山间的大风，也叫遂风、谷风。因顺山谷而冲出，风力大，

# 河　伯[1]

与女游兮九河[2]，冲风起兮横波[3]。乘水车兮荷盖[4]，驾两龙兮骖螭[5]。登昆仑兮四望[6]，心飞扬兮浩荡[7]。日将暮兮惝忘归[8]，惟极浦兮寤怀[9]。

王逸云："言己设与河伯俱游西北，登昆仑万里之山，周望四方，心意飞扬，志欲升天，思念浩荡而无所据也。"（《楚辞章句》）

[ 注释 ]

[1] 河伯：黄河之神。姜亮夫同意前人关于楚人为炎帝之后的说法。认为"楚族起自姜水，在西极流沙之间。此屈子《离骚》所以西海为一篇最神往之所"（《荆楚名义及楚史地》，见其《楚辞学论文集》）。则《楚辞·九歌》中有祭河神的歌舞辞，便可以理解。《河伯》《山鬼》等都是祭地祇的歌舞辞，每篇都是独唱。本篇是祭神女巫以爱恋的口吻歌唱的。　[2] 女：同"汝"。九河：对黄河众多支流的总称。《尚书·禹贡》："九河既道。"　[3] 冲风：两山间的大风，也叫遂风、谷风。因顺山谷而冲出，风力大，

也称暴风。横波：狂涛卷起。　[4]乘：驾御。水车：河神之车。河神是乘波涛而行，故曰水车。荷盖：以荷叶为车盖。　[5]驾两龙：《山海经·海内北经》中言河伯冰夷"驾两龙"。骖螭（cān chī）：以螭驾于龙之两旁。古代四马拉一车，中间的两马称"服"，两侧的马称"骖"。这里是说以两龙为服（在中间），以两螭为骖（在两边）。螭，传说中无角的龙。　[6]昆仑：古人认为黄河发源于昆仑山，其上有醴泉、瑶池等仙境，盛产美玉。　[7]浩荡：恣意放纵的样子。　[8]憺（dàn）：安乐。　[9]惟：思，念。极浦：遥远的渡口。寤怀：眷念之意。

鱼鳞屋兮龙堂[1]，紫贝阙兮珠宫[2]，灵何为兮水中[3]？乘白鼋兮逐文鱼[4]，与女游兮河之渚[5]，流澌纷兮将来下[6]。

王逸云："言河伯所居，以鱼鳞盖屋，堂画蛟龙之文，紫贝作阙，朱丹其宫，形容异制，甚鲜好也。……言河伯之屋殊好如是，何为居水中而沉没也。"（《楚辞章句》）

　[注释]

[1]鱼鳞屋：以鱼鳞为盖的房屋。龙堂：以蛟龙为装饰的厅堂。　[2]紫贝阙：用紫纹贝装饰的庭院前门。珠宫：原作"朱宫"。据洪兴祖引《文苑》本改。　[3]灵：指河伯。　[4]乘：驾御。白鼋（yuán）：白色的大鳖。逐：跟随。文鱼：一种有花纹的鱼。　[5]河渚：指黄河中的某一小洲。　[6]流澌：带有冰块的流水，指初春的河水。王逸注："流澌，解冰也。""澌"为"凘"字之借。纷："汾"字之借，水波纷乱的样子。

洪兴祖云："《庄子》曰：'河伯顺流而东行。'""江淹《别赋》云：'送君南浦，伤如之何？'盖用此语。"（《楚辞补注》）

子交手兮东行[1]，送美人兮南浦[2]。波滔滔兮来迎[3]，鱼鳞鳞兮媵予[4]。

**［注释］**

[1]子：古人对男子的尊称或美称，这里指河伯。交手：拱手。这是告别的表示。　[2]美人：指河伯。蒋骥《山带阁注楚辞》："子、美人，皆指河伯。子，尊之；美人，亲之也。"南浦：南面的水滨。浦，水边，河岸。　[3]滔滔：水势疾速迅猛的样子。　[4]鳞鳞：众多的样子。媵（yìng）：送行，相送。予：人称代词，我，此处为祭河伯之女巫自称。

**［点评］**

河伯是地上的神，即古人所说的"地祇"。《河伯》是女巫以爱慕的口吻颂扬河伯，表现了河伯作为九州最大河流黄河之神不同于其他神灵的宏大气派，及他对自己职责的尽心尽力。

姜亮夫先生说："盖楚之先，来自西方，本为游牧民族。"（《楚辞学论文集》第128页）《左传·宣公十二年》载，楚庄王"祀于河，作先君宫，告成事而还"。可见楚人不仅在春秋之时就祭祀黄河，而且在其意识中黄河同楚人先祖的活动有关系。

《天问》中说到河伯之妻即洛水之神洛嫔。那么，河伯为男神。当然这从"河伯"这个名称也可以看出来。王逸在注《天问》时引"传"说："河伯化为白龙，游于水旁，羿见射之。"则河神是常常沿河而游的。这同本篇中所表现主祭的女巫跟从河伯一起出游，下至九派支流的下游，上至传说中的源头之地，是一致的。

诗的第一段说，祭者与河伯从黄河下游九河之地开始游览，西至昆仑山顶的众神居住之地，胸襟开阔，心旷神怡，忘记了归去。只是一醒来便想起那极远之地水边的家乡。"惟极浦兮寤怀"一句，正体现出了祭河伯的目的，很含蓄地表现出希望河伯能照顾到祭祀者家乡的平安和丰足。诗中写主祭者同河伯"驾两龙兮骖螭"，也是有很古老的传说基础的。可见本诗中所写的一些细节同古代神话的关系。

第二段歌唱了河伯在昆仑山上的居处。《山海经·西山经》："昆仑之丘，是实惟帝之下都……河水出焉。"则诗中写河伯的爱恋者随河伯至众神居处。他的爱恋者问：既然有这样华丽的宫室，你为什么不常在这里，而要在水里来去忙乎呢？这就间接地反映出河伯对于自己职责的尽心。因为河伯要在河上巡行，所以他们又乘白鼋，随文鱼而下，至河中小洲上。可谓一波三折，极尽缱绻之意。《庄子·秋水》中写："秋水时至，百川灌河，泾流之大，两涘渚崖之间，不辩（辨）牛马。于是焉，河伯欣然自喜，以天下之美为尽在己。顺流而东行，至于北海……"本节和下一节沿河游览的情节，与《庄子·秋水》所写河伯沿河而行那段极有诗意的文字很相近。

第三段写分手，但也是充满诗意。先说河伯与其爱恋者至原先的相会之地，然后拱手道别。自朱熹以来，学者们多解释"交手"为"执手"，误。《汉书·燕刺王刘旦传》："诸侯交手事之八年。"颜师古注："交手，谓拱手也。"因古人之拱手是两手相交举于胸前，表敬意。诗中称河伯为"美人"，因先秦时男女均可称"美""美人"。屈原的《思美人》一诗，即为流放汉北时思念怀王之作。《离骚》中"恐美人之迟暮"，《抽思》中"矫以遗夫美人""与美人抽怨兮","美人"均指楚怀王。这里以"美人"指河伯,正见尊敬又爱慕之意。河伯东行,爱恋者依依不舍,又送他至向阳开阔的南浦之地,才分手而别。从河伯这方面说,有滚滚的波涛来迎,因为河伯是以波涛为车的;又有成群的鱼送爱恋者以归,因为大小的鱼都是属河伯统管的。这样既突出了河伯的身份,也表现出河伯对下民的深情。

《河伯》一诗,无论是其包含的神话因素、体现出的楚人的远古历史,还是呈现出的当时楚人的生活愿望以及对真诚爱情的重视,都很值得玩味。它结构谨严,内容丰富,意境广阔,称得上是先秦诗歌的杰作。

# 山　鬼 [1]

若有人兮山之阿 [2]，被薜荔兮带女萝 [3]。既
含睇兮又宜笑 [4]，子慕予兮善窈窕 [5]。

乘赤豹兮从文狸 [6]，辛夷车兮结桂旗 [7]。被
石兰兮带杜衡 [8]，折芳馨兮遗所思 [9]。余处幽篁
兮终不见天 [10]，路险难兮独后来。

[注释]

[1]清代顾成天《九歌解》指出，山鬼为巫山上的瑶姬。《山
海经·中山经》中说："姑媱之山，帝女死焉。其名曰女尸，化
为䔄草。……服之媚于人。"郭璞注："一名荒夫草。"所谓"荒
夫"，即身边没有丈夫。《昭明文选·别赋》李善注引宋玉《高
唐赋》记瑶姬之言："我帝之季女，名曰瑶姬，未行而亡，封
于巫山之台，精魂为草，实曰灵芝。"郭沫若更举诗中"采三

秀兮於山间"一句，言"於山"即"巫山"（句中"兮"字已有"於"（于）的意思，故此"於"字非介词，传抄中或写作"於"。古"於""巫"音同，"於"为"巫"的借字）。又诗中山鬼解释自己在山上等待的原因："留灵修兮憺忘归。""灵修"在屈原作品中凡三见，除此处之外，另两处见于《离骚》"伤灵修之数化""怨灵修之浩荡"，都是对君王的代称，这同宋玉《高唐赋》中所说"昔者先王尝游高唐"之说大体也一致。帝之季女，所爱恋的也应是君王、王子一类。可见《九歌》中的"山鬼"即由传说中的瑶姬而来。　[2]若：仿佛。"若"字用以形容山间女神那种飘忽不定、若隐若现的形态。山之阿（ē）：山湾。　[3]被：通"披"。带女萝：以女萝为带。女萝，即松萝，一种蔓状寄生植物，多附于松柏树上。　[4]含睇（dì）：含情流盼。睇，斜视。宜笑：善笑，喜好笑。汪瑗《集解》云："睇，微盼貌。含睇者，窈窕之见于目者也；宜笑者，窈窕之见于口者也。"　[5]子：对男子的美称。指下文的灵修。善窈窕：表现着优美的体态。　[6]赤豹：赤毛黑斑的豹子。从文狸：使文狸跟从于后。文狸，毛色黑黄相杂的狸猫。　[7]辛夷车：以辛夷香木为车。辛夷，木兰一类的花树，又名紫玉兰。结桂旗：系结有花叶的桂树枝条为旗。　[8]被：通"披"。石兰：兰草的一种，也称山兰。带杜衡：以香草杜衡的枝条为带。　[9]芳馨（xīn）：指芳香的花草。遗（wèi）：赠送。所思：所思念的人。　[10]篁（huáng）：竹林。终：一直。

表独立兮山之上[1]，云容容兮而在下[2]。杳冥冥兮羌昼晦[3]，东风飘兮神灵雨[4]。留灵修兮憺忘归[5]，岁既晏兮孰华予[6]。采三秀兮於山

王逸云："言山鬼所在至高邈，云出其下，虽白昼犹暝晦也。""飘，风貌。《诗》曰：'匪风飘兮。'言东风飘然而起，则神灵应之而雨。"（《楚辞章句》）

间<sup>[7]</sup>，石磊磊兮葛蔓蔓。怨公子兮怅忘归<sup>[8]</sup>，君思我兮不得闲<sup>[9]</sup>？

### ［注释］

[1]表：特出。　[2]容容：云流动的样子。　[3]杳冥冥：阴暗的样子。羌：楚方言，何乃，为什么。这里表"竟然"的语气。昼晦：白天也昏暗不明。　[4]飘：吹着。雨：用为动词，下雨。　[5]留灵修：为了让灵修能留下来。灵修，楚人对国君、公子的美称。由本诗末句看，山鬼的恋人是公子。憺（dàn）：安然地。　[6]岁既晏：年岁已大。晏，晚暮。孰华予：意谓有谁能使我再华美。华，同"花"，此处为使动用法。　[7]三秀：灵芝。因其一岁三次开花，故又名"三秀"。於（wū）山：巫山。"於"为"巫"之借。　[8]公子：即上文的"灵修"，山鬼的恋人。怅：失意，伤感。　[9]君：山鬼对其恋人之称。此句是推想、谅解之词。

山中人兮芳杜若<sup>[1]</sup>，饮石泉兮荫松柏。君思我兮然疑作<sup>[2]</sup>。雷填填兮雨冥冥<sup>[3]</sup>，猿啾啾兮狖夜鸣<sup>[4]</sup>。风飒飒兮木萧萧<sup>[5]</sup>，思公子兮徒罹忧<sup>[6]</sup>。

### ［注释］

[1]山中人：山鬼自谓。　[2]然疑作：一会儿相信，一会儿怀疑。　[3]填填：雷声。雨冥冥：雨织如盖，一片昏暗。　[4]狖（yòu）：黑色长尾猿。　[5]飒（sà）飒：风声。萧萧：形容树木因风吹摇落之声。　[6]罹：遭受。原作"离"，通"罹"。今改作罹。

明陈第云："灵修，即前所思也。欲俟其至，留使忘归，不然则岁晚而无与为娱，孰有以我为美者？此所以欲留之也。"（《屈宋古音义》）

朱熹云："然，信也。疑，不信也。至此，又知其虽思我，而不能无疑信之杂也。"（《楚辞集注》）

## [ 点评 ]

在明清之际的杰出画家萧云从以前，一些人绘《九歌》图，把山鬼画成一副狰狞鬼魅的面目。萧云从则根据原诗，将山鬼描绘成妙龄女子"含睇宜笑"的形象。萧云从的理解是正确的。那么，既然本篇所表现的是美丽少女的形象，为什么又叫"山鬼"呢？原来诗中所写的，乃是传说中炎帝之女瑶姬，她尚未出嫁便死了，死后葬在巫山，所以被称为"巫山神女"。因为她是"未行而亡"的少女，故称为"鬼"（至今民俗中称早夭者为"死鬼"）；又因葬于巫山，精灵居于山上，故称为"山鬼"。

《山鬼》全诗是以山鬼的口吻歌唱，表现其在山上恶劣的环境中对恋人的企盼。全诗可分四段。

第一段山鬼自述在山上的穿着及沉浸在深深眷恋中的心理状态。"若有人兮山之阿"，意谓在此广大空旷之山中，还有一个孤苦伶仃、形影相吊、完全被遗忘者。"被薜荔兮带女萝"，是对自己服饰的富于特征性和浪漫主义色彩的描绘。"含睇""宜笑"则是直接表现其外貌、情态和气质。她虽然无年无月地生活在山上，处于悲凄的境遇之中，但她仍然没有失去对于幸福的期待，她相信她的心上人是喜欢她的。以下她的一切自白，都是说给她的心上人听的。这一段虽只四句，但已在读者面前展示了一个在无尽的失望中永远抱着希望的纯真少女的心灵。

第二段表现了山鬼打扮之后又去到山的高处等待、远望恋人时的心理状态。她换了一身新装，并且"折芳馨"准备赠给所思念的人。然而，在这种希望的背后，无数次失望已在她心上形成阴影，因而又使她担心：这次会不会又由于路途艰险耽误了时间，而错过了机会？——这完全是一个痴情女子的设想，是对她每次都等不来恋人的一种神经质的解释。她是"未行而亡"的，她永远保持着死前的年龄，也永远保持着死前的情感和愿望。

第三段写山鬼到常常等待恋人的地方等候的情景。她站在高高的山巅，久久地凝望着，云海在眼下流动，她总以为她的希望在这渺茫的云海上会忽然出现，然而所看到的，只是漂浮的云团，阴云密布，虽是白天，却一片昏暗。东风作为雨的先行吹来，随之降下了大雨。然而，她还是纹丝不动地站在那里望着，望着……她为了她的心上人而停留在雨中，忘记归去。"岁既晏兮孰华予"——我这样一年年地等着，年且老大，谁还能使我的容貌保持青春呢？——山鬼这样想着，一直等待着。

"采三秀兮於（巫）山间，石磊磊兮葛蔓蔓。"三秀即芝草，传说是瑶姬精魂所化，生于巫山，它对山鬼（瑶姬）来说，就像《红楼梦》中贾宝玉的通灵宝玉一样，而将它赠给所思之人，便如同将一颗心、将自己的生命交付于对方一般。然而，所思者并未见到，因而难免产生了埋怨之情，但还是替她的恋人寻找不能来的原因。这首诗正是通过抒情主人公的这种矛盾心情来表现她的纯真感情和爱情的悲剧结局。

诗中对于山鬼心理的刻画，采用了多种手法，含蓄而耐人寻味。由"岁既晏兮孰华予"可以看出爱情对她之珍贵；写她在风雨中久等而忘归，采三秀欲赠所思，可以看出她的执着坚持与精诚专一。

后七句为第四段。《重修政和证类本草》卷七言：杜若久服，"令人不忘"。周拱辰《离骚草木史》卷二认为《九歌》中写赠杜若亦取"令人不忘"之义。山鬼自言"山中人兮芳杜若"，除了与她作为山中神灵的特征一致外，也与她的心情、意识相一致。《山鬼》全篇，就表现了"不忘"二字。孤独的山鬼像杜衡一样芳香，饮石泉，食山果，以松柏的树冠为居处的遮盖，而保持着美好、高尚的情怀；唯一支持着她不散精灵的，便是死生难忘的爱情。轰轰的雷声，突然划破了黑暗夜空的闪电，远远传来凄厉的猿鸣之声，这一切，都同飒飒越过黑暗中山沟林莽的风声，同在风吹雨打中哗哗作响的树叶声交织成一片，就像是山鬼自己的心声。她思念公子，然而事实上她是在白白地遭受着忧伤。瑶姬的古老神话，造成了这样一个悲剧女性的典型。

山鬼的死是因为爱情。但究竟是在即将成婚之时恋人因故远出不归，因而怨气郁结，一命身亡，还是说正当热恋之中恋人意外亡故，因而造成她悲恸而亡，这些都难以肯定。然而，也正由于情节上的模糊性，此诗具有了更广阔的涵盖性，具有了超越时空条件的普遍性和永恒性，因而也就具有更大的象征意义。

事实上，瑶姬的神话能长久流传，特别是到了战国时代，楚人仍在歌唱这一首哀苦的歌来祭祀这个神话故事的主人公，说明这个悲剧故事触动着千千万万人的心弦，具有突出的典型意义。自古以来，徭役、战乱、灾荒以及反动的剥削阶级礼教，造成无数青年妇女的丈夫、恋人外出而下落不明或先死，使后死者陷入无尽的痛苦之中。《山鬼》成了历来各个民族中流传的"望夫石""望夫山""望夫台""望夫云"之类传说中最早、最原始也最动人的悲歌。

晋张华《列异传》中说："武昌新县北山上有望夫石，状如人立者。传云：昔有贞妇，其夫从役，远赴国难，妇携幼子饯送此山，立望而形化为石。"（转引《太平御览》）《水经注·浊漳水》云："漳水又东北，历望夫山。山之南有石人，伫于山上，状有怀于云表，因以名焉。"其地均在江汉一带。另外，古代其他地方也多有以"望夫"为名的山、石、台，历代很多诗人也都吟咏过它们。读这些诗颇可加深对《山鬼》这首诗的理解。如李白《望夫山》云："颙望临碧空，怨情感离别。江草不知愁，岩花但争发。云山万重隔，音信千里绝。春去秋复来，相思几时歇？"又李白《望夫石》："仿佛古容仪，含愁带曙辉。露如今日泪，苔似昔年衣。有恨同湘女，无言类楚妃。寂然芳霭内，犹若待夫归。"而王建《望夫石》、刘禹锡《望夫山》及李嘉佑、严郾、苏东坡、黄山谷等诗中也写到"望夫石"，都表现了同《九歌·山鬼》相近的主题，情境颇为相似，由之可以看出《山鬼》一诗在后代的影响。

# 国　殇[1]

操吴戈兮被犀甲[2]，车错毂兮短兵接[3]。旌蔽日兮敌若云[4]，矢交坠兮士争先[5]。凌余阵兮躐余行[6]，左骖殪兮右刃伤[7]。霾两轮兮絷四马[8]，援玉枹兮击鸣鼓[9]。天时坠兮威灵怒[10]，严杀尽兮弃原野[11]。

清屈复云："埋轮絷马，示必死也；援枹击鼓，言志愈厉，气愈盛也。"（《楚辞新解注》）

以上由受祭的阵亡将军讲述战争的激烈情况。由饰为受祭将领的巫所唱。

[注释]

[1]《国殇》是祭祀楚国为国牺牲的将军的。洪兴祖《补注》说："谓死于国事者。"1987 年出土的包山楚简中有"新王父殇""殇东陵连嚣"等，则《国殇》本为楚朝廷祭典中所用，屈原据原有祭祀歌词所创作。同祭天神之辞一样，也用饰为受祭将领的灵巫（男巫）同行祭之巫对唱的形式，由此可以看出楚人对为国牺牲者的尊崇。　[2]吴戈：吴地所制的戈。自春秋时代，吴

地所制剑、戈就很有名。被：同"披"。犀甲：用犀牛皮做的铠甲，厚而坚牢。这是写一位将领或主帅的形象。　[3]车：战车。错：交错。毂（gǔ）：车轮中心安插车轴的部分。这里指毂轴。车轴从毂中穿过，毂长出车轮之外，轴又长出毂之外。双方短兵相接，则毂轴交错。短兵：一般指刀剑之类短兵器，是相对于弓矢和矛戟等长柄武器而言。　[4]敌若云：形容敌人多。联系"旌蔽日"及下文所写来看，不但敌军人多，而且是从高处冲下来。　[5]交坠：言乱箭交叉落下。　[6]凌：侵犯，包含有由上向下之义。余：我。此处犹言"我方"。阵：交战时布成的队形。躐（liè）：践踏。行：行列。　[7]左骖（cān）：左侧的边马。古人多一车四马，中间两匹称为"服"，两边的称为"骖"。殪（yì）：死。右刃伤：右侧的马被兵器所伤。此处与前半句互文，省"骖"字。此句是主将自叙当时自己车马的状况。　[8]霾（mái）：借作"埋"。埋轮是指主帅、主将在形势极为严峻的情况下，在自己所乘车下铲坑，将车轮陷下去，用土壅定，以示决不后退。絷（zhí）四马：绊住四匹马的腿，使之无法跑。以上行为都是表示决一死战。絷，绊系。《孙子兵法·九地》中说到"方马埋轮"，"方马"即絷四马，绑定四匹马的腿使之不能动。　[9]援：执。玉枹（fú）：其上嵌有玉饰的鼓槌，为主将指挥军队所用。鸣鼓：声音响亮的鼓。古代指挥作战，击鼓为进，鸣金为退。　[10]天时坠：形容当时战斗的气氛如天塌一般。其意与后代形容激战时用的"天昏地暗"相近。天时，本指日月星辰的运行。威灵怒：神灵震怒。这里形容当时一片激战，似乎神灵也因之震怒。　[11]严杀：残酷的厮杀。尽：指全部阵亡。

出不入兮往不反[1]，平原忽兮路超远[2]。带

长剑兮挟秦弓[3]，首身离兮心不惩[4]。诚既勇兮
又以武[5]，终刚强兮不可凌[6]。身既死兮神以
灵[7]，魂魄毅兮为鬼雄[8]！

以上是参祭群
巫的合唱。

明冯觐云："此
篇叙殇鬼交兵挫北
之迹甚奇，而辞亦
凄楚。固知唐人
《吊古战场文》为
有所本。"（明蒋之
翘《七十二家评楚
辞·九歌》）

[ **注释** ]

[1]反：同"返"。　[2]忽：荒忽渺茫的样子，形容宽阔。超
远：遥远。此句既包含有将士走很远的路去到极荒远之地征战之
意，也包含有英魂难归之意。　[3]挟：持。秦弓：秦地制造的
弓，指良弓。　[4]惩：因受创而戒惧。"心不惩"等于说"至死
不悔"。　[5]诚：确实。勇：精神勇敢。武：武力高强。　[6]终：
始终。凌：侵犯。　[7]神以灵：精神威灵。　[8]毅：刚强坚韧。

[ **点评** ]

《国殇》所祭为楚国历史上为国战死者。

蒋骥《山带阁注楚辞》中说："《国殇》所祀，盖指
上将言，观援枹击鼓之语，知非泛言兵死者矣。"与上述
包山楚简上的记录相合。诗的前半部分是以一位牺牲的
主将的口吻唱的，并不是泛泛表现一般的战士，这从第
一句的"操吴戈兮被犀甲"即可看出。吴戈、秦弓非一
般士兵所能有，犀甲非一般战士所能服。"车错毂兮短
兵接"以下五句写主将眼中看到的紧张、激烈的战斗情
形；第二句写两军已直接交锋，三、四句写敌军人数极
多，又占有有利的地形，由上向下冲来，而己方士兵也
奋勇争先。这里通过临阵指挥的主帅亲眼所见，对所有
士兵的英勇战斗、不顾生死的精神加以赞扬。五、六句

写主帅车前的战马一死一伤，于是他埋定车轮，绊定战马，表示绝不后退、一心死战。"援玉枹兮击鸣鼓"便是他全力指挥士兵奋战的写照。"天时坠兮威灵怒"是用一句带有比喻、象征性的语言，总写当时战斗的激烈，说就像天塌了下来，神灵也震怒了一样。要指出的是，这一句仍是站在自己一方的立场上来写的：对我方将士来说，就像天塌地陷一般，仿佛神灵也和自己一起震怒而拼死一战，其他一切不再顾及。而最后的结果却是"严杀尽兮弃原野"。

后半部分是从参祭者的立场来颂扬战死疆场的英雄，不仅指出其勇武的秉性，还特别指出其"终刚强兮不可凌"的英雄气概。后两句是颂扬，同时也同祭祀联系起来。

本诗以英灵的口吻述说当时战斗并牺牲的过程，使祭祀活动成为一次为国作战、英勇顽强精神的教育。失败的原因，一是敌方人数众多，二是敌方占据有利地势。然而迎战将士皆忘死奋战。全诗结构严谨，语言简洁而富于形象性。本诗是两千多年来最好的一篇爱国主义、英雄主义教育的教材之一，也是屈原爱国主义思想与刚毅、顽强品格的集中体现。

# 礼 魂[1]

成礼兮会鼓[2]，传芭兮代舞[3]，姱女倡兮容与[4]。春兰兮秋菊[5]，长无绝兮终古[6]。

[ **注释** ]

[1] 魂：在这里为诸神的统称。礼魂是以礼相送的意思。　[2] 成礼：指完成了整个祭礼仪式。会鼓：各种敲击乐器都响起来。"鼓"为动词，指敲击。　[3] 传芭：舞者执花相递。芭，"葩"的异文。葩，花。代舞：更迭起舞。　[4] 姱（kuā）女：美好的女子，这里指参与祭祀歌舞的女巫。倡：同"唱"，指众人齐唱（以别于"歌"）。容与：从容而有节度。　[5] 春兰：多年生草本，叶丛生，春季开花。此句是用春兰与秋菊两个季节的芳物，来概括时间的变迁。　[6] 长无绝：永远没有结束。终古：终身，引申为永久。

林云铭云："'长无绝乎终古'句，虽指世世长享其祭，亦因楚师屡败于秦，欲自此以往，不复用兵，使民得送死为幸。其忧国忧民之意微矣。"（《楚辞灯》）

[**点评**]

　　这首诗是祭祀仪式和娱神歌舞结束时的送神曲。表现出了祭祀歌舞至结尾阶段声、色、节奏都达于顶点时的景象，也充分表现了人们对众神灵永久的感恩之情。

　　诗开头的"成礼"两字已说明它的作用。它虽然短，但在气氛上达到高潮，要给人们留下长久的记忆。从"会鼓"来看，是所有参与祭祀的巫觋全部参加的合唱与共舞，所以所有的敲击乐器都响起来。自然，这是诗的语言。过去不少学者说《东皇太一》是"迎神曲"，不是很恰当，但主要的祭祀仪式是在祭东皇太一时举行的，迎东皇太一，其他神灵随之而至，从这个角度说，也有迎神的意义在里面。众神都来了，开始一个个娱神歌舞，每场娱神歌舞都是对某一个神灵的专门颂扬，都是向他们表示尊敬与热爱之情。娱神歌舞全都完结，众神离开时要送一下，《礼魂》就是送神时全部参与祭祀活动的众巫的合唱与共舞。

　　"传芭（葩）兮代舞"表现出满意欢乐的气氛。"传芭"表现出场面的宏大与气氛的热闹，"代舞"是说参与祭祀的巫觋一批一批作舞，展示了结尾的热烈情景。"春兰兮秋菊，长无绝兮终古"，春、秋两季的祭祀活动，年年会有，不会中断，给人以余音绕梁之感。

# 湘　君<sup>[1]</sup>

君不行兮夷犹<sup>[2]</sup>，蹇谁留兮中洲<sup>[3]</sup>？美要眇兮宜修<sup>[4]</sup>，沛吾乘兮桂舟<sup>[5]</sup>。令沅湘兮无波，使江水兮安流！望夫君兮未来，吹参差兮谁思<sup>[6]</sup>！

蒋骥云："祀神之道，乐以迎来，哀以送往。欲其来速，斯愈觉其迟；欲其去迟，斯愈觉其速，固祭者之常情也。"(《楚辞余论》)

［**注释**］

[1] 本篇与《湘夫人》是沅湘一带祭祀湘君、湘夫人时演唱的歌舞辞，两篇在情节上有联系，有较强的情节性与表演性，共同反映了湘君和帝女恋爱的传说。湘君为湘水之神，自然是居于湘水流域，湘夫人是天帝之女，居于洞庭山。《山海经·中山经》言：洞庭之山，"帝之二女居之，是常游于江渊。澧沅之风，交潇湘之渊，是在九江之间，出入必以飘风暴雨"（按：此"九江"指多水交汇之处，即沅湘一带）。因为湘水与洞庭山相距甚近，古代民间传说湘君与天帝之女相爱，故称"湘夫人"。后来舜南巡死于苍梧，传说他的二妃（尧的女儿娥皇、女英）追至南方，知

舜已死，而自投湘江，楚人又将此事附益于湘水之神，以舜为湘君，以舜之二妃为湘夫人。民间传说总是这样由于某些因素的加入而嬗变。本篇为祭湘君的歌舞辞，女巫以湘夫人的口吻表现了对湘君的思慕与追求。　[2]君：指湘君。以下"望夫君兮未来""隐思君兮陫恻"两句中的"君"也是。游国恩《论九歌山川之神》一文说："《湘君》首句之'君'为夫人之语气。"夷犹：犹豫。　[3]蹇谁留兮中洲：因谁梗阻而留在那水洲？蹇，楚方言发语词，有梗阻之义。中洲，洲中。陈第《屈宋古音义》云："君谓湘君也。不行，不来也。中洲，水中可居者，言不知其为谁而淹留于彼。"　[4]要眇（yāo miǎo）：美好的样子。宜修：适宜得体的打扮。　[5]沛：水速流的状态，此处用以形容舟行之速。　[6]吹参差（cēn cī）兮谁思：吹着排箫在思念谁呀。参差，排箫。因竹管长短不齐，故名。洪兴祖引一本作"篸篸"，这是后起的专字。谁思，思谁。这一句表现出因等湘君不来而产生的埋怨情绪。

　　驾飞龙兮北征[1]，邅吾道兮洞庭[2]。薜荔柏兮蕙绸[3]，荪桡兮兰旌[4]。望涔阳兮极浦[5]，横大江兮扬灵[6]。扬灵兮未极[7]，女婵媛兮为余太息[8]。横流涕兮潺湲[9]，隐思君兮陫恻[10]。

[ 注释 ]

[1]飞龙：龙形船。前面的"桂舟"是就材料言，这里是就外形言。征：行。这是说在湘水临近入江之处未等来湘君，因而出湘水转道洞庭去寻找。　[2]邅（zhān）：转折。洞庭：我国第二大淡水湖，在湖南省北部，长江南岸，与长江相连。　[3]薜荔：

常绿藤本灌木，蔓生，又名木莲。柏：席箔，指船舱的箔壁。此句谓以薜荔饰舱壁。蕙绸：以蕙草编成的床帐。蕙，一种香草，又名九层塔、零陵香、薰草。全株具有芳香味。绸，借为"帱"（chóu），帐子。　[4]荪（sūn）：香草名，即菖蒲。桡（náo）：曲木。此句言以溪荪缠绕曲木，在其顶端扎上兰草作为旌头。　[5]涔（cén）阳：在涔水之北。当洞庭湖以西，稍靠近长江处。极浦：很长的水滨。此句是说向西远望。　[6]横：横渡。扬灵：让船冲过去。灵，借作"䑩"，指有窗的船。此句是说向北探寻。　[7]未极：未至。　[8]女：指湘夫人的侍女。婵媛（chán yuán）：叠韵联绵词，义存于声（形体上会有多种写法），大都用来描绘声色形状。这里形容侍女叹息、气喘（引起面部抽搐）的样子。　[9]横流涕（tì）：指涕泪交集。涕，眼泪。《文选·长门赋》："涕流离而从横。"李善注："自眼出曰涕。"潺湲（chán yuán）：形容涕泪涟涟的样子。　[10]隐：痛伤。悱恻：内心悲苦。原作"陫侧"，闻一多《校补》："'陫侧'即'悱恻'。萧士赟《李太白集注》二二《代寄情楚词体》注引正作：'悱恻。'"其说是，今据改。

　　桂棹兮兰枻[1]，斫冰兮积雪[2]。采薜荔兮水中，搴芙蓉兮木末[3]。心不同兮媒劳[4]，恩不甚兮轻绝[5]。石濑兮浅浅[6]，飞龙兮翩翩[7]。交不忠兮怨长[8]，期不信兮告余以不闲[9]！

[**注释**]

[1]桂棹（zhào）：桂木的长桨。兰枻（yì）：木兰做的短桨。这句是说侍女和湘夫人在同时尽力划船。　[2]斫（zhuó）冰兮积雪：形容船桨打入平静的水面，划起一道道白色的浪花，如推

宋代魏泰云："诗者述事以寄情，事贵详，情贵隐。及乎感会于心则情见于词，此所以入人深也。如将盛气直述，更无余味，则感人也浅，乌能使其不知手舞足蹈，又况厚人伦、美教化、动天地、感鬼神乎？……'采薜荔兮水中，搴芙蓉兮木末''沅有芷兮澧有兰，思公子兮未敢言''我所思兮在桂林，欲往从之湘水深'之类，皆得诗人之意。"（《临汉隐居诗话》）

起白雪。斫，砍。积，推起，堆起。姜亮夫《屈原赋校注》云："斫冰者，言刺船之速，破水而去，如斫冰；水自船舷激而为浪，翻腾如雪之积也。" [3]搴（qiān）：楚方言，摘。木末：树梢。 [4]媒劳：媒人奔走白白地疲劳。 [5]恩不甚：恩爱不深。轻绝：轻易地断绝了感情。 [6]濑（lài）：湍急之水。浅（jiān）浅：水流很快的样子。 [7]飞龙：龙形船。翩翩：在水上轻轻飘动的样子。这是写龙舟沿着江岸的石濑轻快飘行的状态。 [8]交：交往，结交。怨长：留下了长久的怨恨。 [9]期：约定，约会。不信：不守信。

朝骋骛兮江皋[1]，夕弭节兮北渚[2]。鸟次兮屋上[3]，水周兮堂下[4]。捐余玦兮江中[5]，遗余佩兮醴浦[6]。采芳洲兮杜若[7]，将以遗兮下女[8]。时不可兮再得[9]，聊逍遥兮容与[10]。

汤炳正云："玦与决音义相通，故古人赠玦以示诀别或断绝关系。此言弃玦江中，则示永不诀别，此为音义双关。佩：与'背'古同音，故'倍''背'古常通假。"（《楚辞今注》）

[ 注释 ]

[1]朝：早上。骋骛：是以马骋喻船之快行，极写一天的紧张劳苦。江皋：江边。 [2]弭（mǐ）节：止息。弭，指停止前进。节，旌节。上古时使臣等路途通过关卡所用通行凭证。北渚（zhǔ）：靠近北岸的水中小洲，应在洞庭湖北边。 [3]次：止宿。以下二句写环境之凄凉。 [4]周：环绕。 [5]捐：抛弃。玦（jué）：一种玉佩，其状似环而有缺口。 [6]遗：丢弃。醴浦：澧水之滨。醴，通"澧"。 [7]杜若：一种香草，又名山姜。 [8]遗（wèi）：赠与。下女，湘君的侍者，代指湘君。明张凤翼《楚辞合纂》云："下女，湘君之从也。不敢指言湘君，而托之下女，犹云下执事也。"其说

是。　[9]时：指相会的时机、机会。　[10]聊：姑且。逍遥、容与：漫步、徘徊的样子。这一句是说继续等待湘君。

[点评]

　　湘君是湘水神，《湘君》篇全诗是女巫以湘夫人的口吻独唱，表现对湘君的思念与追求。全诗为我们展现了一个大胆追求爱情的女性的内心世界。《湘君》《湘夫人》都是感情浓郁的抒情诗，在抒情之中，又体现了一定的故事性。

　　第一段写湘夫人迎候湘君而湘君未至。因为表现的是湘夫人对湘君的思念，所以诗中三次提到对方都称"君"。全诗以"君不行兮夷犹，蹇谁留兮中洲"开篇，点明湘夫人的心思，她甚至怀疑是不是有人把湘君留住了。这样就突出地体现出了一个"情"字。"美要眇兮宜修"是说自己长得美，又进行了恰到好处的打扮。此即古代所说"女为悦己者容"的意思，也借以表现"情"。"沛吾乘兮桂舟"的"沛"形容船顺流而下（由湖入江及沿江至湘浦都是顺流）速度快，表现出心情的急切。久候不见湘君，于是吹起排箫，排遣忧思。

　　第二段写湘夫人驾船北行，出湘浦，转道洞庭去寻找。她隔岸远望涔阳的水浦，湘君身影杳然不见。于是又北出洞庭。"望涔阳兮极浦，横大江兮扬灵"两句表现出湘夫人迫切的心情。同是一个桂舟，这里从式样的角度用了比喻性的名称"飞龙"，使人产生带云冲波的联想；身在洞庭之中，却可以骋目沅水以西，收澧水以北的涔阳于眼底，就同李白的《庐山谣》写登高远望，看到"黄云万里动风色，白波九道流雪山"一样，纯从感觉、想象方面入手，从而创造出一个寥廓广远的意境，抒情主人公的形象也就显得格外高大。

本段末四句写侍女被湘夫人真挚的爱情所感动，于是为之叹息；湘夫人悲凄伤感之情也由此触发，一时涕泪横流。"横流涕兮潺湲"，深刻揭示了湘夫人真挚、深沉的爱。

第三段，"桂櫂兮兰枻"至"期不信兮告余以不闲"，表现了湘夫人在情绪激动的情况下尽力划船到江对岸时的思想活动。"斫冰兮积雪"，以形象的比喻写出了两人奋力划船的景象：诗中将清澄的江水比喻为冰，将用船桨拨起一堆堆的浪花喻为扫雪、堆雪，形象、新奇而有韵味。看来，苏东坡的名句"惊涛拍岸，卷起千堆雪"，是由屈原的诗句化出。湘夫人在猜疑和埋怨的心情中到了江对岸。然而，她寻找的结果不过是进一步加深了她的疑虑和悲情。

第四段，"朝骋骛兮江皋"四句，前两句是举出一日的早晚行程，意味着一天的忙碌将无结果地结束。本来将与他们的欢乐、美满、幸福联系在一起的北渚堂舍，如今令人悲凄难耐。至此，人物感情的发展达到了高潮。

"捐余玦兮江中"至末尾，写湘夫人又起身，带着黄昏的哀怨，同时也带着希望，把玉玦投入江中，又远至澧浦，将香佩放在那里。"玦"与"决"音同，故古人赠玦以示诀别或断绝关系。捐玦表永不分离之意。"佩""背"古音也相同，"遗佩"表示不相背之意。所以这两句实表达了对湘君至死不渝的爱情。然后在芳洲上采集杜若，准备送给湘君。这个尾声给读者以丰富的想象余地，形成了这个故事绕梁三日的余音。

《湘君》篇写湘夫人的心理活动，曲尽其妙。其情绪既随着一次次希望的破灭表现出递进式的发展（失望——怀疑——痛伤——埋怨），又根据具体事件而有起有伏（如因侍女的叹息引起的突然的感情波动，在芳洲采集杜若时的归于平静等），而爱与追求则始终不渝。

本篇刻画的抒情主人公湘夫人的形象具有以下特点。第一，她是一个年轻的女神，拥有浪漫多情的心灵。她在去与湘君相会时进行恰如其分的打扮，她会吹参差，有时用参差来排遣自己的忧思。

第二，在爱情上敢于大胆和执着地追求。她先按时到达约会地点等待。她关切湘君，因而在她由湖入江之后，"令沅湘兮无波，使江水兮安流"，希望湘君赴约时一帆风顺。她久等不来，虽然怀疑湘君可能被什么人留在洲上（湘水与洞庭湖所夹之地曰"长洲"，见《水经注·湘水注》），但她仍然要到各处去找。她本来打算在北渚停宿，却因为没有见到湘君，所以又去江中、澧浦、芳洲等地，并且投玦、遗佩，表示了她与湘君永不分离、永不相忘的决心。其坚强性格是同她对湘君的大胆追求紧密联系在一起的。

第三，坦率、泼辣。首先，她的性格是开放型的。她等湘君不来，便吹起参差，一则召唤湘君，二则宣泄忧思；当她感情冲动之时，便涕泪横流地哭了起来，当她找湘君不见之时，便说："心不同兮媒劳，恩不甚兮轻绝。""交不忠兮怨长，期不信兮告余以不闲。"怨愤的情绪便坦率地表现了出来。其次，她的性格也是泼辣的。她不仅让湖水听从自己的吩咐，同时也向江流发号施令。可以说，在湘夫人身上带有劳动妇女的性格特征。

第四，多疑。她在湘浦等待之时便怀疑湘君被谁留住，在遍寻不见之后便怀疑是"心不同""恩不甚""交不忠"。这一性格特征是当时男女不平等的社会制度造成的。作者表现出了湘夫人的这一性格特征，使这个形象更为真实，更具有认识的价值。

《湘君》《湘夫人》所表现的情节并非湘君、湘夫人恋爱故事的全过程，而只选取了一次约会中相觅不见的一段情节。这种剪裁方法，与两诗重在抒情的目的是一致的。这两首诗又都采取了独白的方式，这是把人物心灵深处展现给读者的最理想的方法。

# 湘夫人 [1]

帝子降兮北渚[2]，目眇眇兮愁予[3]。袅袅兮秋风[4]，洞庭波兮木叶下[5]。登白薠兮骋望[6]，与佳期兮夕张[7]。鸟何萃兮蘋中[8]？罾何为兮木上[9]？沅有芷兮澧有兰[10]，思公子兮未敢言。荒忽兮远望[11]，观流水兮潺湲[12]。麋何食兮庭中[13]？蛟何为兮水裔[14]？朝驰余马兮江皋，夕济兮西澨[15]。

[注释]

[1] 当时的民俗中称帝女为"湘夫人"。在《湘君》与本诗中，湘夫人还是一位未婚的女神。本篇为祭湘夫人的歌辞，由娱神的男巫以湘君的口气唱出，表示对湘夫人的爱慕，所以诗中称对方是"佳人"或"佳"，又称为"帝子""公子"（上古王公之后无

宋吴子良云："文字有江湖之思，起于《楚辞》。'袅袅兮秋风，洞庭波兮木叶下'，模想无穷之趣，如在目前。后人多仿之者。杜子美云：'蒹葭离披去，天水相与永'，意近似而语亦老。陈止斋《送叶正则赴吴幕》云：'秋水能隔人，白蘋况连空。'意尤远而语加活。水心《送王成叟侄》云：'林黄橘柚重，渚白蒹葭轻'，意含蓄而语不费。"（《荆溪林下偶谈》）

明胡应麟云："'沅有芷兮澧有兰，思公子兮未敢言。恍惚兮远望，观流水兮潺湲。'唐人绝句千万，不能出此范围，亦不能入此阃域。"（《诗薮》）

论男女均可称公子）。全诗是湘君的独唱，通过湘君等待、寻找湘夫人的过程，揭示了湘君内向而又深情的性格特征与内心世界。 [2]帝子：对湘夫人之称。北渚：即《湘君》篇"夕弭节兮北渚"的北渚。诗之第一句即点出二诗情节上的关联。 [3]眇（miǎo）眇：远望而模糊的样子。愁予：使我发愁。 [4]袅袅：微风吹拂的样子。 [5]波：用为动词，起波浪。木叶：树叶。 [6]白蘋（fán）：一种秋天生的草，此处指长满白蘋的高地。 [7]佳：佳人，指湘夫人。期：约定。夕张：至夕来张罗，陈设铺张，以为欢会的准备。洪兴祖云："言夕张者，犹'黄昏以为期'之意。"张，张施帷帐。 [8]萃（cuì）：聚集。蘋：一种水草，叶裂成四片小叶，如"田"字，故今多称作"田字草"。 [9]罾（zēng）：一种用竹竿或木棍撑起的方形渔网。 [10]芷：白芷。原作"茝"。"茝""芷"为古今字。澧：澧水。原作"醴"，通"澧"。均据朱熹《集注》改。 [11]荒忽：即"恍惚"，迷糊不清的样子。此下二句写远望出神。 [12]潺湲：形容水流不断的样子。 [13]麋：一种似鹿而大的动物，又名驼鹿。庭：院子。 [14]水裔：水边。麋应在野外，蛟应在深水之中。以上二句是自怨自艾之词，言自己心里想着湘夫人，但又未能早早赴约，大胆去追求。 [15]济：渡过。西澨（shì）：指洞庭湖西岸。澨，水边。

闻佳人兮召予，将腾驾兮偕逝[1]。筑室兮水中，葺之兮荷盖[2]。荪壁兮紫坛[3]，播芳椒兮盈堂[4]。桂栋兮兰橑[5]，辛夷楣兮药房[6]。罔薜荔兮为帷[7]，擗蕙櫋兮既张[8]。白玉兮为镇[9]，疏石兰兮为芳[10]。芷葺兮荷屋，缭之兮杜衡[11]。

合百草兮实庭[12]，建芳馨兮庑门[13]。九嶷缤兮
并迎[14]，灵之来兮如云[15]。

**［注释］**

[1]腾驾：使车马很快地跑起来。偕逝：一起去。指如此前所
约定那样，同湘夫人一起去到相聚处以成合欢之事。　[2]葺（qì）：
覆盖。荷盖：以荷叶为盖（指屋顶）。　[3]荪壁：用菖蒲编成的
壁衣（或曰壁毯）。紫坛：紫贝砌成的中庭。坛，楚人谓中庭为坛
（此一义旧读 shàn）。　[4]盈堂：满堂屋。满堂撒上椒，主要是
取其味之芳香。　[5]桂栋：桂木的正梁。橑（liáo）：椽。　[6]辛
夷：又名木笔，是药用植物和香花植物。楣（méi）：门上横梁。药：
芍药。房：卧室。　[7]罔：通"网"，用为动词，为编织之意。帷：
帐子的四周。　[8]擗（pǐ）：分开。櫋（mián）：屋檐板。既张：
已经张挂起来。　[9]镇：压席子四角的东西。　[10]疏：散布。
石兰：即石斛，一种生长在岩石上的富有香气的植物，花色美丽，
可作药用。　[11]缭：缠绕。杜衡：马蹄香，又名杜葵。　[12]合：
汇集。实：充满。此处指种满（庭院）。　[13]庑（wǔ）：廊屋。
庑门指大门。　[14]九嶷：九嶷山，在今湖南宁远县城东南。此
处指九嶷山之神。缤：纷纷然，多的样子。此处想象九嶷山的众
神一起来迎接湘夫人。　[15]灵：指九嶷山诸神。

捐余袂兮江中[1]，遗余褋兮醴浦[2]。搴汀洲
兮杜若，将以遗兮远者[3]。时不可兮骤得[4]，聊
逍遥兮容与。

[ 注释 ]

[1] 袂（mèi）：衣袖末端所接开口的部分。"捐余袂兮江中"与《湘君》篇"捐余玦兮江中"对应。    [2] 褋（dié）：一种对襟的单衣。袂开口，其上古之音应同"玦"；褋亦为衣襟而从中开口，含义俱与玦、佩相同。"遗余褋兮醴浦"与《湘君》"遗余佩兮醴浦"对应。    [3] 遗（wèi）：赠送。远者：不在身边的人，指湘夫人。    [4] 时：时机。骤得：犹轻易得到。

[ 点评 ]

《湘君》篇末一段说湘夫人"夕弭节兮北渚"，本诗开头即为"帝子降兮北渚"，表现出这两篇在情节上的关联。

湘君对湘夫人是很爱的，但缺乏追求的勇气。"沅有芷兮澧有兰，思公子兮未敢言"，这就清楚地表明了这一点。联系《湘君》篇来看，湘夫人同湘君约定了相会的时间、地点与最后要去的地方，但是由于湘君未能及时赶到约会地点，造成了湘夫人整整一天的寻找和他在后半天的后悔与焦急。

这首诗可以分为三段。

第一段开头说"帝子降兮北渚"，不说"到"而说"降"，因为湘君把湘夫人是看作帝女的。湘君听说湘夫人到了北渚，但他远远望去，并未看到，因而陷入忧愁之中。"袅袅兮秋风，洞庭波兮木叶下"，用秋风、微波、树叶这些最能表现季节特征的事物，描绘出一幅南国秋景，同时，又在一定程度上表现了抒情主人公沉思的状况。

湘君为什么沉思而内心不平静呢？本来"与佳期兮夕张"，与佳人约好相会后当夕合欢，但自己开始时未能鼓起勇气按时赴约，结果时至下午，尚未见到湘夫人。"鸟何萃兮蘋中？罾何为兮木上？"他抱怨自己的行为与愿望南辕北辙。

湘君在长满白蘋的高地上骋目远望，"荒忽兮远望，观流水兮潺湲"，表现人物翘首伫立、久久入神之态，借写景以写人，借写景以抒情，情景交融，真切感人。屈原这种刻画人物情态与心理的手法，为后代开了无限法门。李白的名句"孤帆远影碧空尽，惟见长江天际流"可以说正是由《湘夫人》篇的这两句化出来的。

诗的第一段点明了故事发生的节令、时间和地点、环境，通过湘君的自白，揭示出他与湘夫人相约而不见的主观上的原因，从而初步表现了湘君在爱情上蕴藉、不够大胆主动、好幻想、多自责的性格特征。

末尾四句，再次表现了湘君对前半天自己行为的悔恨。"麋何食兮庭中？蛟何为兮水裔？"他再次后悔自己的行为与心愿的不一。"朝驰余马兮江皋"一句，是对早上应赴约之时自己行为的回顾。这就像戏剧表演中的暗场，对湘君在前半天的行为做了交待。"夕济兮西澨"说的是眼下的行动。

第二段由"闻佳人兮召予"一句引起，表现了湘君听到湘夫人在寻找他时的兴奋心情。他首先想到"筑室兮水中，葺之兮荷盖"，表现了他内心所潜藏的无比的热忱。这种热忱虽未充分流露出来，却在他的内心剧烈地涌动着。

下面承接"芷葺兮荷屋"以下是设想对新居的布置装饰，然后想象九嶷山的众神也纷纷到来，一起迎接湘夫人。而这一切的描写，也都是为了表现一个"情"字。

第三段回到了现实。湘君幻想着他们的新居和即将开始的新的生活，赶到北渚，还是没有见到湘夫人。诗的结尾同《湘君》篇一样，以丢弃有缺口的东西，表示永不分离的决心，"袂""褋"与"玦""佩"具有同样的象征意义，把它们丢在水中表示永不相背。湘君也到了汀洲上去采集杜若，准备见面时送给湘夫人。

湘君同湘夫人当天是不是相会了呢？诗中没有交待。本诗重在通过细节表现抒情主人公的内心世界。

读完全诗，就会看到抒情主人公湘君的鲜明个性。首先，他在女性面前显得胆怯，缺乏大胆追求的勇气。他甚至把妇女看得更高尚、尊贵、神圣，这在整个男权社会中都是少有的。其次，他的性格是内向型的。他把情感蕴蓄于心中，行动上反应较迟。他常常陷入深思或幻想之中。

《湘君》《湘夫人》这两首诗在艺术上的成就是多方面的。有的在以上分析中和前一篇当中已经谈过，这里再提出三点：

第一，诗人将人物活动的背景安排在众水汇集之地和清秋时令，一则与湘夫人、湘君的故事切近，二则形成人物相距不远，却望而不见寻而不得的情形，构成双方渴望、思念和误会等情节。

第二，诗中的人物以秋天绚烂的花草装饰行舟、屋舍，作为旌旗帷帐之类，用这种香洁而富于色彩的东西，代替现实生活中的器具用品，充满了诗意。

第三，通过人物的幻想来表现人物的内心世界。湘君不仅对他们的新居做了细致的设想，而且还想象了他迎接湘夫人时壮观盛大的场面。

　　本诗对后世诗人影响深远。杜甫在安史之乱快结束时写的《闻官军收河南河北》一诗中说，当他在剑外听到官军收复了蓟北时，激动得泪水沾湿了衣裳，然后高兴地设想他返回家乡洛阳的情形："白日放歌须纵酒，青春作伴好还乡。即从巴峡穿巫峡，便下襄阳向洛阳。"这就是运用了本诗后半部分通过人物的幻想表现其愿望、情绪和情感的手法。然而，《湘夫人》篇更充满浪漫主义色彩。就这一点而言，李白的《梦游天姥吟留别》写梦境的一段在艺术表现上与之更为相近。李白写："霓为衣兮风为马，云之君兮纷纷而来下。虎鼓瑟兮鸾回车，仙之人兮列如麻。忽魂悸以魄动，恍惊起而长嗟。惟觉时之枕席，失向来之烟霞。"这些奇幻的想象，无疑是受到《湘夫人》中"九嶷缤兮并迎，灵之来兮如云"一段影响的。屈原诗中的浪漫主义手法对中国文学的巨大影响，有很多论著都谈到过，这里不多说。从其思想内容方面说，《梁山伯与祝英台》《白蛇传》等几个重要的爱情故事中，男方迟钝、木讷、胆小，女方大胆、坦率，而男女双方都纯真执着的形象，更可以看到《湘君》《湘夫人》两诗的影子。即使不是受这两首诗的影响，也可证明这两首诗在表现青年男女爱情上的典型性。

　　这两首诗所反映的湘君湘夫人传说，同产生于秦地、与秦汉之时已广泛流传于北方的牵牛织女传说，都表现了打破门第观念追求真正爱情的思想。它们一产生于湘水流域，一产生于汉水流域，反映了一个共同的主题。它们在世界文学史上闪烁着耀眼的思想光辉。

# 离　骚

　　《离骚》是屈原于楚怀王二十四年（前305）被流放于汉北时，至楚故都鄢郢拜谒楚先王之庙与公卿祠堂后所作，故首二句先言楚人之远祖与屈氏之始祖。诗中写到灵氛占卜、巫咸降神，与《卜居》所写一致。《离骚》之末尾，说在人间见不到君王亦无知音，寻遍天上亦无知音的情况下，听从灵氛、巫咸之劝说，将另寻可以实现美政理想之地，天空上看到楚旧乡（即别都鄢）升起的先祖之神光（"皇之赫戏"），即不忍心离去。诗的结尾说："国无人莫我知兮，又何怀乎故都！既莫足与为美政兮，吾将从彭咸之所居。"故都即鄢郢。说明《离骚》一诗是诗人在鄢郢拜谒楚先王之庙及公卿祠堂以后所写。本诗所表现出的诗人在去留问题上的思想斗争，全因他所抱美政的政治理想在楚国不能实现，而他的爱国之情和作为楚国宗族臣僚的责任又使他难以割舍而离去。

帝高阳之苗裔兮[1]，朕皇考曰伯庸[2]。摄提贞于孟陬兮[3]，惟庚寅吾以降[4]。皇览揆余初度兮[5]，肇锡余以嘉名[6]。名余曰正则兮[7]，字余曰灵均[8]。纷吾既有此内美兮[9]，又重之以修能[10]。扈江离与辟芷兮[11]，纫秋兰以为佩[12]。汨余若将不及兮[13]，恐年岁之不吾与[14]。朝搴阰之木兰兮[15]，夕揽洲之宿莽[16]。日月忽其不淹兮[17]，春与秋其代序[18]。惟草木之零落兮[19]，恐美人之迟暮[20]。

以上第一段，总叙身世、怀抱与为实现政治理想所做的努力。"美人"二字引起以下向怀王倾诉之词。

[注释]

[1] 帝高阳：古帝高阳氏，指楚人的远祖祝融，即吴回。苗裔：远末子孙。　[2] 朕（zhèn）：我的。战国以前"朕"用为领格，一般人也可以用，自秦始皇才定为皇帝专用的第一人称代词。皇考：太祖，始封君。《诗经·周颂·雍》诗小序曰："禘太祖也。"《鲁诗》《韩诗》之说同。该诗中即有"假哉皇考"一句，言太祖神灵之到来。又刘向《九叹》咏屈原之生平与遭遇，其开头说："伊伯庸之末胄兮，谅皇直之屈原。"意思是说，伯庸的远末子孙，确实就有皇美忠直的屈原。西汉时刘向之说，应较王逸之说为可靠（王逸认为"皇考"指父亲，难以成立。"考"指父亲而非"皇考"指父亲）。　[3] 摄提贞于孟陬（zōu）：岁星在摄提格的建寅之月。摄提，摄提格，即俗所谓寅年。太岁在寅叫"摄提格"。这一年为公元前353年，即楚宣王十七年（参胡念贻《屈原生年新考》，收入其《先秦文学论集》，中国社会科学出版社1981年）。贞，正当。孟陬，夏历正

月。　[4]惟：句首语助词，用于表时间的句子开头。庚寅：庚寅之日（用干支纪日）。楚宣王十七年正月二十三日为庚寅。《史记·楚世家》：“帝乃以庚寅日诛重黎，而以其弟吴回为重黎后，复居火正，为祝融。”楚之先祖出自祝融吴回，故楚人认为吴回始任祝融之庚寅日所生之子为非同寻常之人。降：降生。　[5]皇览揆余初度：太祖察看我初生时的样子。皇，皇考。览，视。揆，测，估量。初度，初生时的样子。《白虎通·姓名》引《礼服传》：“子生三月，则父名之于祖庙。”则楚俗是生子三月后由父亲在祖庙中求先祖的旨意，为子取名。　[6]肇锡余以嘉名：太祖的神灵通过卦兆赐给我美名。肇，借作“兆”，卦兆。锡，通“赐”。　[7]名：同下“字”都用为动词，指取名、取字。“正则”“灵均”均为屈原在诗中的化名。《水经注·汾水注》引《春秋说题辞》：“原，端也，平而有度。”“有度”即有法则，至今“原则”二字连用。则“正则”包含着“原”的意思。　[8]灵均：屈原的字“平”在诗中的化名。王念孙《广雅疏证》谓“灵”“令”同声同义。令，善也。“灵均”中包含有“平”字之义。至今“平均”二字连用。《史记·屈原列传》中“屈原者，名平”，应作“屈原者，字平”。　[9]纷：多，盛。内美：内在的美，指思想、精神、情操之美。　[10]重（chóng）：加上。修能：优异的才能。“修”本有整饬、修养之义，由之又引申出美好贤俊一义。内美以质言，修能以才言。　[11]扈（hù）：披，楚方言。江离：即江蓠，大叶芎䓖。有浓烈香味，古人用来熏衣，以免虫蠹。以产于古江国（今河南省南部信阳、息县一带）者有名。辟芷：缀织联接起来的白芷。辟，“擘”字之借，缉纺、系结。芷，白芷，一种香草，多年生，开白花。有祛风解表、消肿、止痛作用。其叶楚人也称为“药”，用来煮水沐浴。　[12]纫：联结。秋兰：即古所谓兰草，《诗经·溱洧》中的“茼”。秋末开淡紫色小花，香气更浓，故曰秋兰。可以防蠹藏衣、沐浴佩身。佩：身上佩带之饰物。古人一般佩玉，楚人有佩戴香草的习俗，这同南方多虫瘴有关。　[13]汩（yù）余若将不及兮：形容时间像急流的水一样，好像总是赶不上。汩，水流急的样子。这里比喻时间过得快。不及，赶不上。　[14]吾与：等待我。　[15]搴（qiān）：摘。阰（pí）：山坡。木兰：一种木本植物，其花内白外紫，长于深山者粗大，可以为舟。民间呼为黄心树，有红、黄、白数色。　[16]揽：采也。洲：水中陆地。宿莽：一种越年生草本植物，叶含香气，可以祛虫除蠹，也可以毒鱼。楚人名此草曰"莽"。此草经冬不死，故名"宿莽"。　[17]忽：倏忽，快的样子。淹：停留。　[18]代序：代谢，更迭，交替。指季节变化，终始循环。　[19]惟：思，念及。零落：凋谢落下。　[20]美人：指君王。《九章·思美人》一诗也是抒发对君王（怀王）的思念之情。两诗都作于被放汉北之时，创作环境相同。

不抚壮而弃秽兮[1]，何不改乎此度[2]？乘骐骥以驰骋兮[3]，来吾导夫先路[4]！昔三后之纯粹兮[5]，固众芳之所在[6]。杂申椒与菌桂兮[7]，岂唯纫夫蕙茝[8]？彼尧舜之耿介兮[9]，既遵道而得路。何桀纣之猖披兮[10]，夫唯捷径以窘步[11]？惟夫党人之偷乐兮[12]，路幽昧以险隘[13]。岂余身之惮殃兮[14]，恐皇舆之败绩[15]！忽奔走以先后兮[16]，及前王之踵武[17]。荃不察余之中情兮[18]，反信谗而齌怒[19]。余固知謇謇之为患兮[20]，忍而不能舍也[21]。指九天以为正兮[22]，夫唯灵修之故

前二句引起以下伤心之语，后二句承上而指出自己志向所在。

将怀王与楚三王加以对照。欲辅君成楚三王的业绩，而所遇国君目光短浅，根本无此大志。

指出当初何以要制定宪令，进行政治改革。

也<sup>[23]</sup>！初既与余成言兮<sup>[24]</sup>，后悔遁而有他<sup>[25]</sup>。余既不难夫离别兮<sup>[26]</sup>，伤灵修之数化<sup>[27]</sup>。

以上第二段，以向怀王倾诉的语气表白内心。

[注释]

[1]抚壮：趁着盛壮之年。抚，持。秽：指恶德。下面诗人陈辞中举启、太康、后羿、夏桀、后辛等因种种恶德身死国亡的历史，证明恶德秽行之不可有。怀王在位中期好"鼓舞作乐"，淫游田猎。屈原应曾多次劝谏。这应是楚怀王在其十六年听信谗言疏远了屈原的原因之一。　[2]此度：这种态度。　[3]骐骥：喻国君的权力与威势，为战国时革新家在理论上的通喻。屈原此处是说国君应诛戮危及国家的擅权之臣，禁止宠幸臣妾妨害国事。此所谓"驰骋"，指整顿朝纲，肃清政纪，励精更始。《韩非子·外储说右上》："国者，君之车也；势者，君之马也。夫不处势以禁诛擅爱之臣，而必德厚以与天下齐行以争民，是皆不乘君之车，不因马之利，释车而下走者也。"《难势》又云："以国位为车，以势为马，以号令为辔，以刑罚为鞭策。"　[4]来：表呼唤号召的语气。导：原作"道"，据洪兴祖引《文选》本改。先路：前路。　[5]三后：三王，指楚三王，西周末年楚君熊渠所封句亶王、鄂王、越章王。楚三王之时为楚国第一次空前发展时期。纯粹：指精神的纯洁精粹。《史记·楚世家》云："熊渠甚得江汉间民和，乃兴兵伐庸、杨粤，至于鄂。"彼时楚君开拓南土，为楚国以后的发展奠定了基础。　[6]固：本来。此下"予固知""固乱流""固前修""固时俗"等"固"字之义相同。众芳：喻群贤。　[7]杂：兼取、聚集。《说文·衣部》："襍（杂），五采相合。从衣，集声。"段注："亦借为聚集字。《诗》言'襍（杂）佩'，谓集玉与石为佩也。《汉书》凡言'襍（杂）治之'，犹今云会审也。"《国语》："先王以土与金、木、水、火杂。"韦昭注："杂，合也。"《国语·楚语》："古者民神不杂。"韦昭注："杂，会也。""杂"

字有聚集、配合之义。姜亮夫注："杂，犹集也，兼也。"申椒：申地所产的椒。申本姜姓之国，后为楚所灭，其地在今河南省南阳市，西距西周末年楚都丹阳（丹水以北，今河南省淅川县一带）不远。秦椒、蜀椒皆以地名，申椒亦当以地名。菌桂：即肉桂，樟科常绿乔木，皮可用为香料、调料。　[8]唯：只，仅。原作"维"，通"唯"。蕙：蕙草，即薰草、零陵香。花序于茎上层层叠起，故又名九层塔。茝：白芷。原作"茞"，"茝"之古体。朱熹引一本作"芷"。《说文》段玉裁注："'茝芷'同字。"今据改。　[9]彼尧舜之耿介：他们像尧舜一样守正不阿。彼，指三后。耿介，专一而行不苟且之义。　[10]猖披：妄行而无所顾忌。《易林·观之大壮》："心志无良，昌披妄行。"用法一样。　[11]夫唯捷径以窘步：一味地寻求捷径，结果弄得寸步难行。夫，发语词，含有"那样"的意思。窘步，步履困窘。　[12]惟：想，想起。党人：朋党，小集团，结党营私者。偷乐：不顾国家安危苟且享乐。偷，苟且。　[13]幽昧：昏暗。险隘：危险而狭窄。　[14]惮（dàn）：害怕。　[15]皇舆（yú）：先王的灵舆，此处借指社稷。败绩：颠覆倾败。　[16]忽：即忽忽，快、匆忙的样子。先后：用作动词，一会儿在前，一会儿在后。　[17]及前王之踵武：赶上前代君王的步伐。前王，指上文提到的楚三王。踵武，此处指步伐。踵，脚跟。武，足迹。　[18]荪：溪荪，即菖蒲，多年生草本，生水泽处。根茎可以入药，为芳香的健胃剂。上古祭祀时用菖蒲缩酒（将酒从成束的菖蒲叶上倒下，表示神明已经享用），故古人也用以代称神灵或君王。原作"荃"，下文云："荃蕙化而为茅。"以荃喻变节的臣僚，则荃非喻君王之香草。《抽思》"数惟荪之多怒兮"，王逸注："荪，香草也，以喻君。"又其下"荪佯聋而不闻""愿荪美之可光"，俱以"荪"喻怀王。今据隋释道骞《楚辞音》与朱熹《集注》引一本改。　[19]齌（jì）怒：暴怒。齌，猛火烧炊沸腾之状，比喻暴怒。　[20]謇（jiǎn）謇：正直敢言的样子。《楚辞》中也作"蹇蹇",或单字作"謇""蹇"。为楚方言,与鲠直的"鲠"为一音之转。　[21]忍而不能舍也:尽量隐忍,但总是不能自止。舍,停止。　[22]九天:古人以为天有九重,言其高。正:"证"字之借。　[23]灵修:楚人对君王的美称。　[24]初:当初。成言:彼此约定。这里主要指任命屈原草拟宪令进行变法之事。　[25]悔遁:后悔而改变心意。他:别的。此处指别的想法。与《离骚》一样作于汉北时的《抽思》中说:"羌中道而回畔兮,反既有此他志。"表现了同样的意思。　[26]余既不难夫离别兮:我已不怕被赶出朝廷。难,怕,担心。　[27]数(shuò):屡次。化:变化。

屈原去左徒之职后任三闾大夫,掌王族子弟之教育。他悉心教育,希望有人能继承其志,然终一无所成。

以上第三段,写为国培养人才,但因腐朽势力的强大而失败。看到整个社会风气变坏,诗人痛心之极。自己宁可时时面黄肌瘦,也要保持品德修洁。

余既滋兰之九畹兮[1],又树蕙之百亩[2]。畦留夷与揭车兮[3],杂杜衡与芳芷[4]。冀枝叶之峻茂兮[5],愿俟时乎吾将刈[6]。虽萎绝其亦何伤兮[7],哀众芳之芜秽[8]!众皆竞进以贪婪兮[9],凭不厌乎求索[10]。羌内恕己以量人兮[11],各兴心而嫉妒[12]。忽驰骛以追逐兮[13],非余心之所急。老冉冉其将至兮[14],恐修名之不立[15]。朝饮木兰之坠露兮,夕餐秋菊之落英[16]。苟余情其信姱以练要兮[17],长顑颔亦何伤[18]?揽木根以结茝兮[19],贯薜荔之落蕊[20]。矫菌桂以纫蕙兮[21],索胡绳之纚纚[22]。謇吾法夫前修兮[23],非世俗之所服[24]。虽不周于今之人兮[25],愿依彭咸之遗则[26]。

**[注释]**

[1]滋：栽种。兰：即秋兰。畹（wǎn）：三十亩。 [2]树：栽，用为动词。 [3]畦（qí）：田垄。此处用作动词，指垄种。留夷：芍药，初夏开花，白、红色。果实有蓇葖，根可供药用。旧注多沿袭王逸《湘夫人》注，将留夷、辛夷、芍药视为一物。然而辛夷为木本，甚高大，非香草。揭车：一种香草，即珍珠菜。味辛，高数尺，白花。《政和证类本草》卷十言可以去臭及虫鱼蛙蚰。熏衣甚好。《齐民要术》言："凡诸树虫蠹者，煎此香令淋之，即辟也。"（转引《管城硕记》） [4]杂：本义是五采相合。这里是聚集、配合的意思，指套种。杜衡：又名杜葵、马蹄香。常绿草本，叶一二片，生于茎端，马蹄形。根茎可供药用。全株有辛香味，可随身佩戴作香料。古人用以煮浴汤，或作衣香。芳芷：即白芷。 [5]冀：希望。峻茂：舒展茂盛。 [6]俟（sì）时：等到成长之后。俟，等待。刈（yì）：收割。 [7]萎绝：黄落，枯萎断折而坠落。 [8]众芳：喻自己培养的人才。芜秽：与杂草混同而荒秽。 [9]众：一般人，庸人。此句是说一些庸人们争权夺利。 [10]凭不厌乎求索：不满足于财货的搜刮聚敛。凭，饱满。王逸注："楚人名满曰凭。"厌，满足。求索，指搜刮勒索。 [11]羌：楚方言，同于"何为""何乃""竟然"。表示"想不到"的意思。恕己以量人：以己之心推测别人。恕，推己而及于他人。 [12]兴心：生心。 [13]驰骛：本指马乱跑，此处喻奔走钻营。 [14]冉冉：同"苒苒"，渐渐。 [15]修名：美名。"修"有修养、修饰义。修养有素，则言行懿美，故"修名"即美名，"前修"即前贤，"灵修"为对君王之美称。 [16]餐：动词，食。落英：落花。丹阳以东的南阳甘谷水，其山上有大菊，其花瓣常落于水中。 [17]苟：假如。信：确实。姱（kuā）：美。这里指内心之美。练要：精诚专一。可见屈原对于修身养性十分强调。 [18]顑颔（kǎn hàn）：面黄肌瘦的样子。 [19]揽：采。原作"擥"，"揽"

之异体。汪瑗《集解》作"揽",今改作"揽",以同前"夕揽洲之宿莽"的"揽"一致。木根:兰槐之根。《荀子·劝学》:"兰槐之根是为芷,其渐之滫,君子不近,庶人不服。"所谓"是为芷",是说兰槐的根是挽结白芷的。芷,原作"茝",朱熹、汪瑗俱引一本作"芷",今据改。　[20]贯薜荔之落蕊:贯穿薜荔时花蕊纷纷落地。贯,穿过,串上。薜荔,常绿的攀缘藤本植物,蔓生,花小,生于囊状总花托内。也名木莲。自上古即作药用。全株并无香味,后人误以为《楚辞》中正面写到的都是香草,故误以为香草。之,同于用在形容词前的副词"其"。　[21]矫:使之直,即"矫枉""矫正"的"矫"。木根弯曲,故使之直,然后用柔软之物纫蕙草于其上,以为佩饰。　[22]索:搓成绳,即《诗经·豳风·七月》"宵尔索绹"的"索"。胡绳:一种香草,即结缕。纚(xǐ)纚:本义为多毛的样子。这里形容用胡绳搓成的绳子上带着花叶。　[23]謇(jiǎn):刚直不阿的样子。用于句首,其句式略同于"纷吾既有此内美兮""汩余若将不及兮""耿吾既得此中正",形容词提于句首。前修:前代贤人。　[24]服:使用,任用。　[25]周:合。　[26]彭咸:楚先贤。屈原作于汉北的《抽思》《思美人》《天问》中也都提到彭咸。看来彭咸是楚三王时代的贤臣。《史记·楚世家》云:陆终生子六人,"三曰彭祖"。"殷之时尝为侯伯",《清华大学藏战国楚简(五)》之《殷高宗问于三寿》开头为殷高宗同彭祖等的对话,彭祖论及"殷之祆祥并起"等之后,"高宗恐惧",又向彭祖请教"何谓祥?何谓义?何谓德?"等等。殷之末世灭彭祖氏。彭氏与楚为近亲氏族。王逸注所谓彭咸为"殷贤大夫,谏其君不听自投水而死"。应为彭祖之后。清陈远新《屈子说志》云:"大抵咸(彭咸)是处有为、出不苟、才节兼优、三闾心悦诚服之人。"其说是。遗则:遗留下的信条。联系"謇吾法夫前修兮,非世俗之所服"看,当指保持自身修洁,不与邪恶者同流合污。

长太息以掩涕兮[1]，哀民生之多艰[2]。余虽好修姱以鞿羁兮[3]，謇朝谇而夕替[4]。既替余以蕙纕兮[5]，又申之以揽茞[6]。亦余心之所善兮[7]，虽九死其犹未悔[8]！怨灵修之浩荡兮[9]，终不察夫民心[10]。众女嫉余之蛾眉兮[11]，谣诼谓余以善淫[12]。固时俗之工巧兮[13]，偭规矩而改错[14]。背绳墨以追曲兮[15]，竞周容以为度[16]。忳郁邑余侘傺兮[17]，吾独穷困乎此时也！宁溘死以流亡兮[18]，余不忍为此态也[19]！鸷鸟之不群兮[20]，自前世而固然。何方圜之能周兮[21]，夫孰异道而相安[22]？屈心而抑志兮，忍尤而攘诟[23]。伏清白以死直兮[24]，固前圣之所厚。

此指怀王二十四年因谏被放事。

以上第四段，表现了对于正与邪、法治与心治两不相容的深刻认识，以及坚持到底、决不屈服的思想准备。

[注释]

[1] 太息：叹息。掩涕：即抆泪、拭泪。　[2] 民生：人生。多艰：多困苦。　[3] 虽：借为"唯"。王念孙《读书杂志》曰："虽与唯同。言余唯有此修姱之行，以致为人所系累也。"好（hào）：喜好。修姱：美好。此处指美德懿行。鞿羁（jī jī）：自我约束，行不苟且。　[4] 谇（suì）：骤谏、激谏。　[5] 以：因。纕（xiāng）：佩戴。下文"解佩纕以结言兮"，佩纕即指此蕙纕，蕙草编结的带子。因为是带，故曰"解"。陈辞后"揽茹蕙以掩涕兮"，"茹蕙"也应指此蕙纕。　[6] 申：重，加上。茞：白芷。原作"茞"，洪兴祖引一本作"芷"，今据改。　[7] 亦：句首助词，有加强语气的作用。　[8] 九：表示多，同于《九章·惜诵》

"九折臂而成医"的"九"。　[9]灵修：楚人对君王的美称，此处指楚怀王。浩荡：恣意放纵的样子。　[10]终：始终。民心：人心。这里是屈原自指。　[11]蛾眉：如蚕蛾之触角一样细长而好看的眉，用以代指女子的美貌。　[12]谣诼（zhuó）：谮毁。　[13]固：本来。工巧：善于投机取巧。以上二句是比喻朝中反对政治改革的旧贵族嫉恨屈原在政治上的卓越表现，而造谣说屈原品行不端。　[14]偭（miǎn）规矩而改错：面对着规矩不理而随意改变措施。偭，面对着。规，画圆的工具；矩，画方的工具，这里用来比喻法度和准则。错，同"措"，措施、设置。　[15]绳墨：木工用墨斗打的直线，此处用以比喻法制。司马迁《报任安书》："夫人不能早自裁绳墨之外。"用法相同。追曲：热衷于枉法之事。　[16]竞：争先恐后地。周容：相互求合并取悦于人。度：法则。　[17]忳（tún）：忧懑烦乱之义。郁邑：心情抑郁不伸的样子。侘傺（chà chì）：茫然失神的样子。　[18]宁：宁肯。溘（kè）：忽然，很快地。　[19]此态：指上面所说工为巧伪欺诈之事的行为。　[20]鸷鸟：鹰隼之类猛禽，喻杰出刚直之士。　[21]何方圜之能周：方和圜怎样完全相合？圜，同"圆"。周，完全相合。　[22]夫孰异道而相安：哪里有志趣不同而共处相安者？道，指思想意识、政治主张。　[23]忍尤：忍受着加给自己的罪名。尤，罪过。攘诟：隐忍诟辱。朱季海《楚辞解故》："今谓'攘诟'即'忍诟'。此承上言'忍尤'，故变云'攘诟'。'忍''攘'于楚，直是代语，皆谓隐忍耳。"诟，耻辱。朱季海《楚辞解故》云："太史公曰：'故隐忍就功名，非烈丈夫，孰能致此哉？'此灵均之所由'屈心而抑志'欤？"　[24]伏：读为"服"。本义为佩戴，此处为保持、持守之义。二字古常通用。《七谏·沈（沉）江》"服清白以逍遥兮"，即作"服"。《招魂》"身服义而未沫"，"服"字用法也相同。

清夏大霖云："言受屈抑如此，由不察贤奸不并立之势所致。今知悔矣。"（《屈骚心印》）

悔相道之不察兮[1]，延伫乎吾将返[2]。回朕车以复路兮[3]，及行迷之未远[4]。步余马于兰皋兮[5]，驰椒丘且焉止息[6]。进不入以离尤兮[7]，退将复修吾初服[8]。制芰荷以为衣兮，集芙蓉以为裳。不吾知其亦已兮，苟余情其信芳。高余冠之岌岌兮[9]，长余佩之陆离[10]。芳与泽其杂糅兮[11]，唯昭质其犹未亏[12]。忽反顾以游目兮[13]，将往观乎四荒[14]。佩缤纷其繁饰兮[15]，芳菲菲其弥章[16]。民生各有所乐兮，余独好修以为常[17]。虽体解吾犹未变兮[18]，岂余心之可惩[19]！

[ **注释** ]

[1]悔相(xiàng)道之不察：后悔当时看路看得不够清楚。相，看。察，看得仔细。　[2]延伫：即"延竚(zhù)"，远望。"伫"为"竚"字之借。返，原作"反"，同"返"。汪瑗《集解》作"返"。今据改。　[3]回：调转，为使动用法。　[4]及：趁着。行迷：迷路，走错路。　[5]步：徐行。皋：水湾处岸边。　[6]驰椒丘且焉止息：在长满椒树的山丘奔驰后就地歇息。且，将要。焉，于之，指在椒丘之上。　[7]进不入：想进而无法实现。这里诗人回忆在朝时因主张改革而获罪之事，"进"非指进仕于朝。离：通"罹"，遭到。尤：罪过。　[8]复：重新。初服：当初的服装。　[9]高余冠之岌岌：把我的冠加得高高的。高，用为动词，加高。岌岌，高的样子。　[10]长：用为动词，加长。佩：佩饰。陆离：此处为长的样子。岌岌之冠、陆离之佩，都是纯洁品质的象征。　[11]泽：光泽。杂糅：同于《橘颂》"青黄杂糅"的"杂糅"。杂，聚集。糅，融合。朱熹《集注》："芳，

"芳"由"芰荷""芙蓉"而来，而用以形容"情"，则芰荷、芙蓉实象征诗人之情(内心)。

以上第五段，写诗人在被剥夺了为国效力的权利之后，仍决定保持自身的修洁，决不与反动腐朽的旧贵族同流合污。

以上第一部分，总述身世、理想与政治遭遇，揭露了楚国黑暗的社会现实，表达了诗人宁死不屈的精神。朱熹曰："我独好修洁以为常，虽以此获罪于世，至于屠戮支解，终不惩创而悔改也。自'悔相道'至此五章(逮夫按：四句为一节，至此应为六节，朱子误数)，又承上文清白以死直之意，而下为女媭詈予起也。"(《楚辞集注》)

谓以香物为衣裳；泽，谓玉佩有润泽也。"同样作于汉北的《思美人》云："芳与泽其杂糅兮，羌芳华自中出。纷郁郁其远蒸兮，满内而外扬。情与质信可保兮，居重蔽而闻章。"第一句与《离骚》此句完全一样。而后面五句又阐发了这句的含义。则《离骚》此句也应是说挚情洁质出自内心，就像芳香之气与润泽之质融合为一体。　[12]昭质：纯洁光明的品质。亏：减损。　[13]忽：迷惘。形容当时诗人的心态。反顾：回顾。游目：纵目远望。　[14]四荒：四方荒远之地。　[15]佩：佩戴（动词）。繁饰：繁盛的饰物。此句中"其"为结构助词，同于"之"。　[16]芳菲菲：等于说"香喷喷"。弥：更。章：通"彰"，明显、突出。　[17]好修：好修饰。此处指品德的修养。以为常：为平素所操守。　[18]体解：支解（也作肢解）。古代一种酷刑，即将身体四肢分解之。商鞅变法，后遭车裂（亦属支解）；吴起变法，"卒支解"。屈原此处是暗以吴起、商鞅等改革家自喻。　[19]惩：因受打击而有所戒。《诗经·周颂·小毖》："予其惩而毖（谨慎）后患。"《九歌·国殇》："首身离兮心不惩。"意思一样。

　　　女媭之婵媛兮[1]，申申其詈予[2]。曰："鲧婞直以忘身兮[3]，终然夭乎羽之野[4]。汝何博謇而好修兮[5]，纷独有此姱饰[6]？薋菉葹以盈室兮[7]，判独离而不服[8]。众不可户说兮[9]，孰云察余之中情[10]！世并举而好朋兮[11]，夫何茕独而不予听[12]？"

以上第二部分第一段，通过亲人也劝自己从俗的情节，表现了诗人无与伦比的孤独感。客观上也反映出诗人所处地位的危险。

[注释]

[1]女媭：王逸注："屈原姊也。"婵媛（chán yuán）：姜亮

夫说："大约此一语根，盖谓委屈婉转不得舒适之谓。"这里是描绘女嬃情绪激动而喘息急促的样子。王逸注："婵媛，犹牵引也。"《说文》："啴，喘息也。""歇，口气引也。""喘""歇"同字异体。　[2]申申：重复地，絮絮叨叨地。詈（lì）：骂，斥责。　[3]鲧：禹的父亲。原作"鮌"，同"鲧"。《山海经·海内经》："洪水滔天，鲧窃帝之息壤以堙洪水，不待帝命。帝令祝融杀鲧于羽郊。"在南方神话传说中，鲧是一个刚直不阿、为人民利益不顾自身安危的人物，保持着未被西汉以来儒者附会改造过的较原始而且近真的面貌。婞（xìng）直：借为"悻直"，刚直。《九章·惜诵》："行婞直而不豫兮，鲧功用而不就。"义并相同。忘身：不顾自身的安危。忘，原作"亡"，借作"忘"。游国恩《离骚纂义》引闻一多说，《五百家注韩昌黎集》三《永贞行》祝注引正作"忘"，游说："是古有作忘之本。"刘永济《屈赋通笺》即改作"忘"。今亦据改。　[4]终然：终于，结果。夭：早死，非正常死亡。羽：羽山，在东方。　[5]博謇：处处直言。"博"为广泛之义。謇，直言（参前"余固知謇謇之为患兮"一句注）。　[6]纷：多。姱饰：美好的佩饰。"饰"原作"节"，朱骏声《离骚补注》谓"节"为"饰"字形误（二字繁体轮廓极相似），其说是，今据改。　[7]赍（cí）：聚积。《说文》："赍，草多儿。"段注："据许君说，正谓多积菉葹盈室。赍，非草名。"盖"资"有积聚之义，《说文》"资"字段注有云："资者，积也。"义皆相近，可以互借。菉（lù）：草名，即王刍，又名荩草，俗名菉蓐草。葹（shī）：枲耳，或写作菜耳，又名卷耳、苓耳、棠枣、胡枲、野茄等；因其味滑如葵，又名地葵。按，菉、葹皆普通草，一般人或服之草。　[8]判：判然，特出而不同于众。"判"作为提前至句首的副词，形容"独离而不服"，乃是表现诗人是非分明的思想。离：去，远离。　[9]众：一般人，平庸之辈。户说：

[10]孰：谁。云：语助词。余：此处意为我们。　[11]并举：犹言"并起"。这里是指坏风气之兴起与蔓延。好朋：好结为朋党。　[12]茕独：孤独。予：我，第一人称单数。与上"余"有别。

清朱冀曰："此下七章，乃自陈其平日以往昔兴亡之故谏君，而撮其大略如此耳。要知大夫一言一泪，一字一血，全是为楚王对症发药，并非心间无事，坐古庙中，对土木偶人攀今吊古也。此一章对楚王不思继穆、庄伯（霸）业，而耽乐是从。"（《离骚辨》）

以上说昏君亡国之教训。以下说圣君美政之典范。

由桩桩件件具体人事归纳出成败兴亡之规律，由历史的回顾上升到哲学的思考。

涉及自身之申辩仅四句，然而亦出于国家社稷之利益，非为一己一家之事。

依前圣以节中兮[1]，喟凭心而历兹[2]。济沅湘以南征兮[3]，就重华而陈辞[4]。"启九辩与九歌兮[5]，夏康娱以自纵[6]。不顾难以图后兮[7]，五子用夫家巷[8]。羿淫游以佚畋兮[9]，又好射夫封狐[10]。固乱流其鲜终兮[11]，浞又贪夫厥家[12]。浇身被服强圉兮[13]，纵欲而不忍[14]。日康娱而自忘兮[15]，厥首用夫颠陨[16]。夏桀之常违兮[17]，乃遂焉而逢殃[18]。后辛之菹醢兮[19]，殷宗用而不长[20]。汤禹俨而祗敬兮[21]，周论道而莫差[22]。举贤而授能兮[23]，循绳墨而不颇[24]。皇天无私阿兮[25]，览民德焉错辅[26]。夫维圣哲以茂行兮[27]，苟得用此下土[28]。瞻前而顾后兮[29]，相观民之计极[30]。夫孰非义而可用兮[31]，孰非善而可服[32]？阽余身而危死兮[33]，览余初其犹未悔[34]。不量凿而正枘兮[35]，固前修以菹醢[36]。"曾歔欷余郁邑兮[37]，哀朕时之不当[38]。揽茹蕙以掩涕兮<sup>[39]</sup>，沾余襟之浪浪<sup>[40]</sup>。

[ 注释 ]

[1] 依前圣以节中：依前代圣贤之教诲行事有节，合于中正之道。节中，行事有节，合于中道。　[2] 喟（kuì）凭心而历兹：慨叹自己满怀愤懑经受此忧患。喟，叹息。凭心，怨愤填胸。历，逢。兹，此。"历兹"犹言逢此不幸。对前二句，清王邦采《离骚汇订》云："二语是追维平日之言行，非有过差，因叹息今日之遭逢，动辄龃龉。似答非答，以心问心，真有如姊嫂所云者。故下文就重华而陈词云云，见举国之无一人也。"舜为历史上实有之人物，但在屈原当时来说是传说中一千八百年前的人物，故向重华陈辞已带有幻想性质。诗人写的是到苍梧舜的墓前陈辞，又具有生活的现实性。但当时诗人身在汉北或鄢郢，并不在南方苍梧之地，所以诗中所写实为想象。此段为全诗由现实世界向超现实世界的过渡。　[3] 济：渡。沅：沅水。湘：湘水。征：行。　[4] 就：趋往。重华：舜之名。陈辞：诉讼、声辩。　[5] 启：禹之子。九：言其多次。辩：辩说（动词）。歌：歌唱。与《天问》"启棘宾帝，九辩九歌"同。此因传说启有《九辩》《九歌》之曲而言之。　[6] 夏：泛指夏初朝廷。包括启、太康。与下文"周论道而莫差"之"周"指周初文王、武王相同。《墨子·非乐上》引《武观》曰："启乃淫溢康乐，野于饮食，将将铭，苋磬以力，湛浊于酒，渝食于野，万舞翼翼，章闻于大，天用弗式。"启名其子为"太康"，亦可以看出其意识。则太康失国，夏启已肇其端。康娱：寻欢作乐。自纵：放纵自己。　[7] 顾：顾及。难：患难。图：图谋。后：后面，将来。　[8] 五子：启的五个儿子。据《竹书纪年》，夏启十一年启放其第五子武观于西河，十五年，武观据西河而叛，启派人率兵收武观于朝。启死，其子太康继位，

以上第二部分第二段，向帝舜陈述申辩之辞，表现了诗人的法治主张和希望国君弃秽端行的愿望，从侧面反映了诗人第一次被放的根由。

耽于田乐，不恤民事，其弟趁机作乱，成内讧。有穷氏首领羿趁机入夏都斟鄩，"因夏民以代夏政"。用夫：因而。家巷："巷"为"闹"字之借；"家闹"即内讧。启的五子内讧，导致了夏朝的亡国。此句原作"五子用失乎家巷"。"失"为"夫"字之误，闻一多《校补》已言之。　[9]羿（yì）：即后羿，有穷氏部落首领，非指一人。此处指夏代初年趁夏启死、太康继位、启五子内讧而夺取夏朝权力的一位。淫游：无度游乐。淫，过度。佚：放纵。畋（tián）：打猎。　[10]封狐：大狐。闻一多据《天问》"封豨是射"句，疑此"狐"为"猪"字之误，姜亮夫疑为"豨"字之误。然而《左传·襄公四年》魏绛说："在帝夷羿，冒于原兽，忘其国恤，而思其麀牡……用不恢于夏家。"则封豨（野猪）言其凶猛，而封狐言其迅捷，皆用以概指野兽，未必专猎一种。不烦改字。　[11]固乱流其鲜终：本来行事无理无法者都少有好的结局。王夫之《通释》曰："横流而渡曰乱流，言不顺理也。"按：此处指政治昏乱而言，与"淫游以佚畋"相应，王说近之。鲜，少。终，正常的结局，引申为好的结果。　[12]浞（zhuó）：寒浞，本为伯明氏之谗子弟，伯明氏弃逐之，后羿收而加以任用，以为相。浞行媚，笼络后羿宫内亲近，又收买臣民，欺骗百姓，而怂恿后羿放纵畋猎游乐，以孤立后羿。后来在后羿打猎归来之时杀死后羿，而夺取其国。贪：夺取。家：妻室。《左传·襄公四年》言："浞因羿室，生浇及豷。"　[13]浇：通"奡（ào）"，寒浞强占后羿妻室所生之子。被服：即"披服"，即身上负有的意思。强圉（yǔ）：坚甲。古人战斗时所服。《天问》："奡谋易旅，何以厚之？覆舟斟寻，何道取之？""厚旅"即"强圉"。《竹书纪年》："（帝相）二十六年，寒浞使其子浇帅师，灭斟灌。二十七年，浇伐斟鄩，大战于潍，覆其舟灭之。"可见浇有武力，寒浞借之消灭敌对势力。　[14]欲：私欲，情欲。忍：克制。　[15]康娱：寻欢作乐。自忘：忘却自身的安危，犹言"忘身"。 [16]厥首：其头。颠陨：落地。《左传·襄公四年》魏绛言，寒浞得国之后"恃其谗慝诈伪而不德于民。使浇用师灭斟灌及斟寻氏。处浇于过，处豷于戈。靡自有鬲氏收二国之烬以灭浞，而立少康。少康灭浇于过，后杼灭豷于戈，有穷由是遂亡"。《左传·哀公元年》又载："昔有过浇杀斟灌以伐斟郡，灭夏后相。后缗方娠，逃出自窦，归于有仍，生少康焉，为仍牧正，惎浇，能戒之，浇使椒求之，逃奔有虞，为之庖正，以除其害。虞思于是妻之以二姚，而邑诸纶，有田一成，有众一旅，能布其德，而兆其谋，以收夏众，抚其官职。使女艾谍浇，使季杼诱豷，遂灭过、戈，复禹之绩，祀夏配天，不失旧物。"又《论语·宪问》："羿善射，奡（浇）荡舟，俱不得其死然。"《天问》与《竹书纪年》中也对浇被灭之事有记载与反映。女艾（《天问》作"女歧"）是浇的异父同母兄之妻，受少康之计，骗浇而杀之。所谓"纵欲而不忍"即指浇上淫于嫂，以致其头堕地。 [17]夏桀：夏代最后一个国君。常违：谓屡背于道义。 [18]遂焉：犹"终然"。遂，竟。逢殃：指为商汤所诛灭。《史记·夏本纪》："帝桀之时，自孔甲以来，而诸侯多畔夏。桀不务德，而武伤百姓，百姓弗堪。乃召汤而囚之夏台，已而释之。汤修德，诸侯皆归汤。汤遂率兵以伐夏桀。桀走鸣条，遂放而死。"《尚书·汤誓》《国语·晋语一》引史苏语、《左传·昭公四年》椒举语皆言夏桀事，可参。 [19]后辛：殷纣王，名辛。菹醢（zū hǎi）：这里指将人杀死，把肉块和上醢酱贮藏之，或切细做成肉酱。《史记·殷本纪》："（帝辛）使师涓作新淫声，北里之舞，靡靡之乐，厚赋税……百姓怨望，而诸侯有畔者。于是纣乃重刑辟，有炮烙之法……九侯有好女，入之纣。九侯女不喜淫，纣怒杀之，而醢九侯。鄂侯争之强，辨之疾，并脯鄂侯。"《天问》及《吕氏春秋》之《行论》《过理》都说到纣的恶行。 [20]殷宗：殷朝的宗祀、国祚。用而：因而。　　[21]汤：商代的开国君主。禹：夏朝的奠基人。"汤禹"之称，以时代在后者置于前，乃当时习惯。下文"汤禹俨而求合兮，挚咎繇而能调"两句同。挚即伊尹，为汤臣，咎繇即皋陶，为禹臣。次亦颠倒。汤姓子而名履，又名天乙。汤是号，本义为"广大"。俨（yǎn）：严肃庄重。祗敬：谨慎。　　[22]周：指周初的文王、武王。《天问》"武发杀殷"，以"殷"代殷纣王，亦以国名代指国君。论道：讲论道义。莫差：没有偏差。此句与上句互文见义。　　[23]举：选拔。贤：贤才。授能：把职务交给有能力的人。　　[24]绳墨：比喻法度。此为战国时改革家常用语。颇：倾斜、偏差。　　[25]皇天：上天。私阿：私情偏爱。　　[26]览：察看。德：意动词，认为有德的。错：通"措"，安置，给予。辅：辅助。　　[27]维：同"唯"，只有。以：而，连词。茂行：有盛德高行者。　　[28]苟：庶几，或许。用：享有。下土：犹言"天下"，包括土地和臣民。　　[29]前：前代。后：以后，将来。　　[30]相观：观察。《楚辞》中常有联叠同义词语以表强调的情况。如下文之"览相观于四极兮"。计极：指谋虑的最终归向。计，计划，谋虑。极，终极。　　[31]可用：指可以享有、拥有。　　[32]服：役使、统治之。　　[33]阽（diàn）：临近高危的境地。危死：几乎死去。　　[34]初：当初。此处指被放汉北以前为推行政治主张进行种种努力的情况。　　[35]量：度量（动词）。凿：木工为衔接木条、木板凿的孔眼。正：修正。枘（ruì）：榫头。榫头之加工在外部，易为方正；凿之加工在内部，非技术纯熟者难以方正且合于枘的大小尺寸。故技术拙劣者往往按所凿孔眼之歪邪形状修正榫，以求相合。　　[36]固：本来。前修：前代贤人。此处指夏之关龙逄，商之九侯、鄂侯、梅伯等。　　[37]曾：通"层"，重叠，一次次地。王逸注："累也。"歔欷（xū xī）：哀叹抽泣。　　[38]朕时：我所遭遇的时世。不当（dàng）：指未遇上好的时世。　　[39]揽：

持，拿起。茹蕙：即前面所说"蕙缥"。茹，柔软。掩：此处意同沾去、拭去。　[40]沾：濡湿。之：同"其"。后面所带为补充描述性成分。浪（láng）浪：滚滚。这里形容流不断的泪水。

跪敷衽以陈辞兮[1]，耿吾既得此中正[2]。驷玉虬以乘鹥兮[3]，溘埃风余上征[4]。朝发轫于苍梧兮[5]，夕余至乎悬圃[6]。欲少留此灵琐兮[7]，日忽忽其将暮[8]。吾令羲和弭节兮[9]，望崦嵫而勿迫[10]。路曼曼其修远兮[11]，吾将上下而求索。饮余马于咸池兮[12]，总余辔乎扶桑[13]。折若木以拂日兮[14]，聊逍遥以相羊[15]。前望舒使先驱兮[16]，后飞廉使奔属[17]。鸾皇为余先戒兮[18]，雷师告余以未具[19]。吾令凤鸟飞腾兮，继之以日夜[20]。飘风屯其相离兮[21]，帅云霓而来御[22]。纷总总其离合兮[23]，斑陆离其上下[24]。吾令帝阍开关兮[25]，倚阊阖而望予[26]。时暧暧其将罢兮[27]，结幽兰而延伫[28]。世混浊而不分兮[29]，好蔽美而嫉妒。

[注释]

[1]敷：铺开。衽（rèn）：衣服的前襟。古人双膝着地而坐，跪则膝以上端直。前面铺正衣襟，为庄重的表现。　[2]耿：光

传说中昆仑为神仙聚居之处，可由之上天。故先至昆仑。

上两节写天上第一天情况。毫无所得，但毫不气馁。

第二天起从东到西，从上午到下午，又毫无所得。以下写当天黄昏时明月前导而上达帝居，决心夜以继日而行。

终于到了天宫门前，然而帝阍阻拦，不被接纳。则天上和人间一样无是非可言。

以上第二部分第三段，写诗人天上前二日之游，到天宫前被拒之门外。进一步表现了君门九重、告诉无由的悲愤。

明的样子。此处指内心一下豁然开朗。中正：适中、正确。此处犹言在理。　[3]驷：车前驾上四马。虬：无角无鳞之龙。屈原这里用以指龙马。玉虬：白色的龙马。鹥（yì）：一种身五彩而群飞的鸟，飞起时遮天蔽日，故曰"翳"，也作"鹥"。这句是说成群的鹥鸟作为车将诗人托起，前面四匹白色的龙马作为前导，以协调方向。　[4]溘（kè）：忽然。埃风：犹言风云。《淮南子·地形训》："正土之气也御乎埃天。"风可感而不可见，以尘埃而显，古人又以云气是尘土地气所成，故曰"埃风"。既得中正之道，便觉顶天立地。然而不容于人间，只有求天帝和知音于天上。求天帝象征求君王；求知音，即喻求得同僚等的认可与支持，求得真理被承认。诗人神志飞扬，驾龙马，乘鹥车而升至天上。　[5]发轫（rèn）：启程。轫，止车之木，车将起行则发之。苍梧：传说即九嶷山，在湖南省宁远县。《礼记·檀弓》："舜葬于苍梧之野。"《山海经·海内经》："南方苍梧之丘，苍梧之渊，其中有九嶷山。舜之所葬，在长沙零陵界中。"《海内南经》《大荒南经》亦有载。　[6]悬圃：昆仑山上的地名，意为高空中的圃数。悬，原作"县"，古通"悬"，洪兴祖所引一本和汪瑗《集解》本皆作"悬"，今据改。　[7]少：短暂地，稍稍。灵琐："琐"为"薮"字之借。《穆天子传》："春山之泽，清水出泉，温和无风，飞鸟百兽之所饮食，先王之所谓县圃。"灵薮即指悬圃，上古传说以其为神灵百兽与奇花异草所聚处，故称作"灵薮"。　[8]忽忽：迅疾的样子。　[9]羲和：日御。神话中又以为日是羲和所生，日行则又为车御。弭节：按节徐步。节，以竹竿和羽毛制成的符节，本为使者随身携带以示信之用，故以"弭节"指放慢行程的速度，有时也指停息。　[10]崦嵫（yān zī）：神话中山名，日入之处。此神话应出于秦人。秦人发祥于今天水西南、礼县东北部一带。崦嵫山为早期秦人所见日落之处，应指礼县东北茅水河以西的高山，属古之西县地。"西"字甲骨文为乌（日之象）在巢中的形象（表示日已入）。勿迫：不要太急切。　[11]曼曼：长远的样子。　[12]咸池：神话中日浴处。《淮南子·天文训》："日出于旸谷，浴于咸池，拂于扶桑，是谓晨明。"日浴神话由太阳出现于东方之时海平面上金光荡漾而来。海水咸，故曰咸池。　[13]总：拿在一起。辔：马缰。汪瑗《集解》曰："而总揽六辔于手以控乎马，自扶桑而启行耳。"扶桑：神话中树名，在旸谷之上，日憩息之处。　[14]若木：神话中树名，长在西方日入之处。　[15]相羊：同"徜徉"，随意徘徊。　[16]望舒：月御。先驱：在前开路。　[17]飞廉：风伯。奔属（zhǔ）：奔走跟随。属，连结，跟从。　[18]鸾皇：即鸾鸟。《山海经·西山经》言其"状如翟，而五彩文"。　[19]未具：未准备停当。　[20]继之以日夜：犹言夜以继日。上文更言已至西极，天已黄昏，故令月神先驱以照路，令凤鸟在夜晚继续飞腾。　[21]飘风：旋风。屯：聚集。离：通"丽"，附依，相靠近。　[22]帅：率领。云霓：犹言云彩。霓，与虹对称出现的色暗淡的虹影，或曰副虹，位于主虹外侧。也作"蜺"。御：通"迓（yà）"，迎接。　[23]纷：盛多的样子。总总：纷乱的样子。《逸周书·大聚》："殷政总总若风草。"孔晁注曰："总总，乱也。"纷总总犹言乱纷纷。离合：忽聚忽散。　[24]斑陆离：各种色彩交织的样子。　[25]帝阍：把守天宫之门者。开关：开门。关，门栓。天宫之门关闭并且栓起，拒诗人于门外。　[26]倚：靠着。阊阖（chāng hé）：天宫的门。　[27]暧暧：日光昏暗的样子。罢：完了。　[28]结：绾结，联缀。幽兰：兰草（秋兰）。以其多生于幽僻之处，所以诗中称作"幽兰"。幽兰本为身上佩物，诗人挽结之，用以对可为知音者表示诚信（即所谓结言）。延伫：即"延眝"，远望。　[29]不分：不分是非、善恶、美丑。混：原作"溷"，"混"之异体。今改用正体。

天帝不见，转而求女。喻因为不被国君所信任，转而于臣僚中求知音。

求宓妃未成，因其骄傲而过于无礼。

求有娀佚女又未成，因无妥当之人传递言语之故。

再次失望之际，想到有虞之二姚。然而看世道如此，深知求知音之难，因而罢手。

以上第二部分第四段，写天上第三天周游求女，表明诗人不甘失败的努力。

朝吾将济于白水兮[1]，登阆风而绁马[2]。忽反顾以流涕兮，哀高丘之无女[3]。溘吾游此春宫兮[4]，折琼枝以继佩[5]。及荣华之未落兮[6]，相下女之可诒[7]。吾令丰隆乘云兮[8]，求宓妃之所在[9]。解佩纕以结言兮[10]，吾令蹇修以为理[11]。纷总总其离合兮[12]，忽纬繣其难迁[13]。夕归次于穷石兮[14]，朝濯发乎洧盘[15]。保厥美以骄傲兮[16]，日康娱以淫游[17]。虽信美而无礼兮，来违弃而改求[18]。览相观于四极兮[19]，周流乎天余乃下[20]。望瑶台之偃蹇兮[21]，见有娀之佚女[22]。吾令鸩为媒兮[23]，鸩告余以不好[24]。雄鸠之鸣逝兮[25]，余犹恶其佻巧[26]。心犹豫而狐疑兮[27]，欲自适而不可[28]。凤皇既受诒兮[29]，恐高辛之先我[30]。欲远集而无所止兮[31]，聊浮游以逍遥[32]。及少康之未家兮[33]，留有虞之二姚[34]。理弱而媒拙兮[35]，恐导言之不固[36]。世混浊而嫉贤兮，好蔽美而称恶[37]。闺中既以邃远兮[38]，哲王又不寤[39]。怀朕情而不发兮[40]，余焉能忍与此终古[41]！

[ **注释** ]

[1]济：渡过。白水：黄河上游。《尔雅》："河出昆仑虚，色白。所渠并千七百一川，色黄。"是中下游因纳入支流多，冲刷泥沙，才使水色变黄。　[2]阆（láng）风：山名，在昆仑之上。《淮南子·地形训》："县圃、凉风、樊桐，在昆仑阊阖之中。"凉风即阆风。绁（xiè）：系。　[3]高丘：高山。此处指阆风之山。无女：无神女，喻无知音。　[4]溘：忽然。春宫：神话中之苑囿，在昆仑山上。诗上言绁马昆仑，下言求宓妃之所在（宓妃传为伏羲氏之女，伏羲氏在西方），则此段写求女未出西方昆仑一带。旧注以为"东方青帝之宫"者误。　[5]琼枝：琼树之枝。下文"折琼枝以为羞"句洪兴祖引张揖曰："琼树生昆仑西流沙滨。"神话中言昆仑多玉树琅玕。继佩：把玉佩加得长一些。与"长余佩之陆离"意相近。　[6]及：趁着。荣华：花。这里指玉树琼枝上的花。　[7]相（xiàng）：看，察看。下女：人间之女。洪兴祖曰："下女，喻贤人之在下者。"王夫之《通释》云："高丘无女，在位者不可与谋，故相下女，求草泽之贤，欲诒琼枝，而与偕游春宫也。"诒（yí）：赠送。　[8]丰隆：以音求之，表雷声，应为雷师，而《楚辞》中作云师。　[9]宓（fú）妃：神话中人名，传说为伏羲氏之女。《汉书音义》如淳曰："宓妃，宓羲氏之女，溺死洛水，为神。"（《文选·洛神赋》李善注引）按："宓""伏"古音同，宓羲氏即伏羲氏。伏羲氏起于今甘肃南部，而迁于陈（司马贞《补三皇本纪》），故有其女为洛水神之传说。　[10]纕：一种佩带。结言：即约言、成言。此句言以佩纕为信物，以求订约。　[11]蹇修：乐师。诗中言令丰隆乘云求宓妃之所在，则宓妃不仅不在近处，且诗人并不知在何处，无法以音乐达其意。周有采诗之官，振木铎以循于路，则蹇修当指此。理：行理。这里指作媒者。《左传·昭公十三年》："行理之命，无月不至。"杜注："行理，使人通聘问者。"《广雅·释言》：

"理，媒也。"古者谓行人为"行李"，也叫"行理"。　[12]纷总总：乱纷纷。此处形容媒理的忙乱奔波。离合：忽离忽合。言时而有意，时而无意。　[13]忽：忽而。纬繣（huà）：乖戾，闹别扭。难迁：难以说动，难以使其改变态度。　[14]次：舍、宿。穷石：神话中地名，有穷氏曾迁于此。据战国时传说，其地在西北，即今甘肃省山丹县兰门山（一名合黎山）。　[15]洧（wěi）盘：神话中水名，出崦嵫山。　[16]保：保持，凭借。　[17]淫游：无度游荡。　[18]来违弃而改求：来让我丢开她转而他求。汪瑗《集解》云："来者，呼其仕卫服役之词也。违者，去其地也。弃者，舍其人也。改求，谓别求他邦之贤女也。""来"同于"来吾导夫先路"之"来"。　[19]览、相、观：意义均为看。四极：天之四极。　[20]周流：周游。汪瑗《集解》曰："周流，遍游也。天，谓天上也。下，谓世间也。"　[21]瑶台：美玉装饰的台。偃蹇：夭矫，连蜷，屈曲婉转。此言瑶台曲折延伸，较长，规模较大。　[22]有娀（sōng）：传说中的古代部族名，在今甘肃张掖一带。佚女：美女。《吕氏春秋·音初》言有娀氏有二佚女，为之九成之台。帝令燕往视之，二女爱而覆以玉筐，少顷，发筐而视之，燕遗二卵。《大戴礼记·帝系》记喾四妃，"次妃，有娀氏之女也，曰简狄氏。产契"。《史记·殷本纪》承其说，以为简狄吞燕卵而生商。　[23]鸩：一种鸟，又名运日，羽有毒。屈原以鸩鸟喻用心不良之人。　[24]鸩告予以不好：言鸩非但不去，还别有用心地说有娀二女不漂亮。好，指女子貌美。《战国策·赵策三》："鬼侯有子而好，故入之于纣。"　[25]鸣逝：言其一面叫着，一面飞离（去说媒）。　[26]恶（wù）：厌恶。佻巧：轻佻而好花言巧语。　[27]狐疑：惑疑。　[28]适：往。　[29]诒：此处作名词，指礼物。此句言凤皇受高辛氏之聘礼，而为高辛氏去向简狄关说。　[30]高辛：高辛氏，指帝喾。《楚辞·思美人》：

"高辛之灵盛兮，遭玄鸟而致诒。"又《天问》："简狄在台，喾何宜？"均与《吕氏春秋·音初》《史记·殷本纪》所载有关传说一致。　[31] 远集：到很远的地方去落脚。"集"为会意字，表示鸟落在木上。《楚辞·抽思》"有鸟自南兮，来集汉北"，两处设喻之意相同。无所止：没有地方可以停留。　[32] 浮游：游荡。逍遥：优游自得。　[33] 及：趁着。少康：夏后相之子。未家：未成家。钱杲之《离骚集传》曰："未有室家也。少康未有室家，则二姚尚留，可得而求也。" [34] 有虞：上古部族名，舜之后。二姚：有虞氏的两个姑娘，有虞氏把她们嫁给少康。　[35] 理弱：媒理（媒人）不得力。拙：能力差。　[36] 导言：沟通双方的言词。不固：不牢靠。　[37] 称恶：说人的坏话，夸大、张扬人的缺点。"蔽美""称恶"都是就嫉贤而言。　[38] 闺中：宫中。闺，宫门。以：通"已"，甚，很。邃：深。　[39] 哲王：明哲之王。此是臣称说国君的套语。略同于后代所说的"圣上"。寤：醒来。引申为醒悟，理解。　[40] 不发：不能抒发。　[41] 忍：忍受。此：指"世混浊而嫉贤"，王又糊涂而不寤的状况。终古：终身。"古"为"故"的意思，与"终"义同。《哀郢》中"去终古之所居"，亦犹言离开一生所居之地。

　　索藑茅以筳篿兮[1]，命灵氛为余占之[2]。曰两美其必合兮[3]，孰信修而莫念之[4]？思九州之博大兮[5]，岂唯是其有女[6]？曰勉远逝而无狐疑兮[7]，孰求美而释女[8]？何所独无芳草兮，尔何怀乎故宇[9]？世幽昧以眩曜兮[10]，孰云察余之善恶[11]？民好恶其不同兮，惟此党人其独

朱熹云："两美必合，此亦托于男女而言之。注直以君，臣为说，则得其意而失其辞也。下章'孰求美而释女'亦然。"（《楚辞辩证》）

异。户服艾以盈要兮[12]，谓幽兰其不可佩！览察草木其犹未得兮[13]，岂珵美之能当[14]？苏粪壤以充帏兮[15]，谓申椒其不芳！

以上第三部分第一段，写灵氛占卜。占卜的结果是：应远走他处。

[注释]

[1]索：取。蔑（qióng）茅：菖花，一名舜华。《诗经·郑风·有女同车》："颜如舜华。"楚人用以占卜。以：犹"与"。莛篿（tíng zhuān）：截断的竹片，也是占卜用具。《后汉书·方术传序》言卜筮，举"逢占、日者、挺专、须臾、孤虚之术"。注曰："挺专，折竹卜也。《楚辞》曰：'索琼（即"蔑"）茅以莛专（即"篿"）。'"　[2]灵氛：古代的神巫。　[3]曰：此下述灵氛之语。此下十八句皆灵氛言占卜结果。　[4]信修：确实美好。"莫念之"原作"慕之"，郭沫若主张为"莫心之"三字。郭沫若《屈原赋今译》言："'慕之'字意难通，与上句'占'字亦不合韵。余以为当是'莫心'二字误合而为一者也。心者任也，爱慕之极也。""占"：古音zhēn。"心"先秦古韵，属侵部，"占"与"心"也同一韵部。然而所举《诗》"心乎爱矣""中心藏之"二句中"心"俱不用为动词，诠释较为牵强。闻一多《校补》以为"莫念"二字之误。其说是。今据闻一多说改。　[5]九州：古代中国分为九州，后以"九州"指整个中国。　[6]唯：只。是：此，指楚国。女：美女。此承"两美必合"的喻意而来。"九州处处有美女"，应是当时谚语，故诗中借以为喻。　[7]曰：在此表叮咛语气。此下也是灵氛之语。勉：努力。远逝：远去。　[8]释：放掉，舍弃。女：同"汝"。　[9]怀：思恋。故宇：旧居。此处代指故地、故国。　[10]眩曜：眼光迷乱，此处为惑乱之意。"眩"原作"眩"，洪兴祖《考异》及敦煌发现《楚辞音》皆作"眩"，朱熹《集注》亦作"眩"，今据改。　[11]余：

我们。与"孰云察余之中情"句"余"字之义同。　[12]户：户户。服：佩戴（动词）。艾：艾蒿。要：古"腰"字。　　[13]览察：细心察看。犹未得：尚不能弄清（香臭）。　　[14]珵（chéng）：美玉。王逸引《相玉书》云："珵大六寸，其耀自照。"美：美玉、美石。当（dàng）：得当。与上句的"得"为互文。朱熹《集注》释以上二句云："言时人观草木尚不能别其香臭，岂能知玉之美恶所当乎？"　　[15]苏：抓取。《史记·淮阴侯列传》"樵苏后爨"《集解》引《汉书音义》："樵，取薪也。苏，取草也。"充，充塞，装满。帏：香囊。

欲从灵氛之吉占兮，心犹豫而狐疑。巫咸将夕降兮[1]，怀椒糈而要之[2]。百神翳其备降兮[3]，九疑缤其并迎[4]。皇剡剡其扬灵兮[5]，告余以吉故[6]。曰："勉升降以上下兮[7]，求矩矱之所同[8]。汤禹俨而求合兮[9]，挚咎繇而能调[10]。苟中情其好修兮[11]，又何必用夫行媒[12]？说操筑于傅岩兮[13]，武丁用而不疑[14]。吕望之鼓刀兮[15]，遭周文而得举[16]。宁戚之讴歌兮[17]，齐桓闻以该辅[18]。及年岁之未晏兮[19]，时亦犹其未央[20]。恐鹈鴂之先鸣兮[21]，使夫百草为之不芳。"

此一段全是讲具体事例。而末一节亦意味深长。

以上第三部分第二段，写决疑于巫咸。巫咸降神的结果，仍然是趁着尚未年老以及时机尚未过去，另求明君。

以上两段实际上表现了诗人自己内心的矛盾与斗争。

**[注释]**

[1]巫咸：传说中的神巫，与灵氛皆为灵山十巫之一。夕降，

于夕时降神。古时降神都在夜间，故曰"夕降"。　[2]怀：揣着，衣内带着。椒糈（xǔ）：皆为祭神之物。椒因味道芬芳，可以上扬而达于天。与点燃香烛同理。要（yāo）：拦截，这里是迎候之义。　[3]百神：众位神灵，指所降的神。翳（yì）：遮蔽。言其多，一队队遮天蔽日。备：都。　[4]九疑：指九疑山的山川之神。缤，盛多的样子。迎，先秦古韵在央部，与下乌部之"故"为对转，可以谐韵。　[5]皇剡（yǎn）剡：灵光闪耀的样子。"皇"为"煌"的古字。剡，当作"欻"。或作"歔"，乃因形近误。扬灵，灵气发扬。此句言百神咸降，发出剡剡灵光。　[6]吉故：吉利的故事。指以下所述历史上君臣遇合的事例。　[7]升降：上下。即上面所说"上下而求索"。　[8]矩：画方的器具。原作"榘"，音义同"矩"，据洪兴祖、朱熹《集注》引一本及钱杲之《离骚集传》改。矱（huò）：尺度。　[9]汤：商汤。禹：夏禹。俨：严肃庄重。合：匹配，这里指志同道合者。　[10]挚：伊尹之名。《尚书·商书》中收有伊尹所作《汤誓》等文。伊尹助汤灭夏，并为商建国初期的政治稳定做了大量工作，为我国商代初年卓越的政治家。商代卜辞中也多次提到，或作"伊尹"，或作"伊"。《吕氏春秋·本味》："汤闻伊尹，使人请之有侁氏。有侁氏不可。伊尹亦欲归汤。汤于是请取妇为婚。有侁氏喜，以伊尹为媵送女。故贤主之求有道之士，无不在也；以为有道之士求贤主，无不行也。相得然后乐。不谋而亲，不约而信，相为殚智竭力，犯危行苦，志欢乐之，此功名所以大成也。固不独。"咎繇：即皋陶（gāo yáo），舜、禹之臣，掌刑狱之事。春秋时之英、六等国为其后裔。调：谐调。王逸注："调，和也。"朱熹云："言升降上下而求贤君，与我皆能合乎此法者，如汤之得伊尹，禹之得咎繇，始能调和而必合也。""调"字古音在第三部（幽部），先秦时与"同"可合韵。　[11]苟：假如。同于"苟余情其信姱以练要兮"之"苟"。中情：内心，内在的情操。 [12]行媒：即媒理，行理。中介通聘问者。 [13]说（yuè）：傅说，商王武丁时贤相。筑：筑台、筑路、打土墙时用来捣土的工具。傅岩：地名。《史记·殷本纪》："《正义》引《括地志》：'傅险即傅说版筑之处，所隐之处窟名圣人窟，在今陕州河北县北七里，即虞国、虢国之界。'"唐代河北县即今山西省平陆县。 [14]武丁：殷高宗，为商代著名贤君。《史记·殷本纪》载，武丁即位之后，志欲振兴殷国，而未得有力臣佐。三年不言，政事决定于冢宰，以观国风。后得傅说于岩岸之地。当时傅说为胥靡，筑于岩岸。武丁见而与之语，知其不凡，举以为相，殷国大治。得傅说之处后名傅岩（"嚴"字也写作"险"，古可通借）。 [15]吕望：姜子牙。据《史记·齐太公世家》，太公望吕尚为东海上人。本姓姜氏，从其封姓，故曰吕尚。吕尚曾穷困，又年老，用渔钓的办法遇周西伯（即周文王）。周西伯猎，遇太公于渭水之阳，与之语，大悦，说："自吾先君太公曰：'当有圣人适周，周以兴。'子真是邪？吾太公望子久矣。"故号之曰"太公望"，立为师。鼓刀：鸣刀、拍刀以屠。《史记索隐》引谯周曰："吕望尝屠牛于朝歌，卖饮于孟津。"又《天问》："师望在肆，昌何识？鼓刀扬声，后何喜？"《战国策·秦策五》及注，以及谯周说所反映与《离骚》《天问》均可参合。 [16]遭：遇。周文：周文王，姬姓，名昌。举：拔擢任用。 [17]宁戚：齐桓公的贤臣。《吕氏春秋·举难》载，宁戚想见齐桓公，穷困无以自进。于是为商旅驾车至齐，暮宿于郭门外。桓公郊迎客。燎火甚盛，从者甚众，宁戚击牛角而歌。齐桓公听到后，抚其仆之手说："这个唱歌者是一个非常之人。"命后车载入宫。 [18]齐桓：齐桓公，名小白，春秋五霸之一。该辅：备辅佐。该，备。 [19]及：趁着。晏：晚。 [20]时：时机。未央：还没有过去。央，尽。 [21]鹈鴂（tí jué）：即子规，又名杜鹃。春夏之间鸣，时百花开始凋谢。

自此以下八节为一段，当最后决断之时回首一哭。

此段虽同第一部分三、四段一样回顾现实，伤叹世风之败坏，但第一部分诗人是置身其中，故多"愿依彭咸之遗则""虽九死其犹未悔""固前圣之所厚"等坚定意志之语，而此时诗人置身局外，因而重新审视之，觉原来之希望完全破灭，唯有一走。此段文字，直如出家剃度前遥拜父母之一哭。不是诗人要离开祖国，是现实不能容诗人安身。

何琼佩之偃蹇兮[1]，众薆然而蔽之[2]。惟此党人之不谅兮[3]，恐嫉妒而折之。时缤纷其变易兮[4]，又何可以淹留？兰芷变而不芳兮[5]，荃蕙化而为茅！何昔日之芳草兮，今直为此萧艾也[6]？岂其有他故兮，莫好修之害也！余以兰为可恃兮[7]，羌无实而容长[8]。委厥美以从俗兮[9]，苟得列乎众芳[10]。椒专佞以慢慆兮[11]，樧又欲充夫佩帏[12]。既干进而务入兮[13]，又何芳之能祗[14]！固时俗之从流兮[15]，又孰能无变化？览椒兰其若兹兮，又况揭车与江离！惟兹佩之可贵兮[16]，委厥美而历兹[17]。芳菲菲而难亏兮[18]，芬至今犹未沫[19]。和调度以自娱兮[20]，聊浮游而求女[21]。及余饰之方壮兮[22]，周流观乎上下。

**[注释]**

[1]琼佩：即上文所云："折琼枝以继佩"之琼佩。偃蹇：夭矫，委曲好看的样子。　[2]薆然：遮蔽的样子。　[3]谅：诚信。　[4]缤纷：纷乱。此句言朝政混乱，失去法度。　[5]"兰芷变而不芳兮"二句：上句言一些人蜕化，下句言一些人变质。明汪瑗《集解》云："言时人始焉为君子，中焉而变易者，盖由于不肯爱自修洁，无志向上，其弊遂至于如此也。"　[6]直：径，干脆。萧：荻蒿，牛尾

蒿。艾：艾蒿。相对于芳草，指一般野草。　[7]恃：倚靠。　[8]羌
无实而容长：没有想到竟无实际德能而只有一副好看的外表。
羌，楚方言，表"为何竟……"的语气。实，实际。指实际德
能。容，外表。长，"美"的意思。先秦时无论男女，都以长大为
美。　[9]委：弃置。　[10]苟：苟且，勉强。上二句说，他丢弃
好的美德而随波逐流，看来他算不上真正的"香花"，只是苟且地
忝列在众芳之中罢了。　[11]专：专断。佞：谄上。慢慆（tāo）：
傲慢。　[12]椒（shā）：一种亚落叶乔木，又名食茱萸。似茱萸
而小，赤色。　[13]干（gān）：求。干进务入，钻营求进。　[14]祗
（zhī）：振。（《读书杂志余编·下》附王引之说）[15]从流：随大
流，随俗。屈原《哀郢》："顺风波以从流兮。"一用于实义，一用
于比喻，义相通。原作"流从"，洪兴祖、朱熹所引一本及明夫容
馆本皆作"从流"，今据改。　[16]兹佩：指琼佩。　[17]历兹：
逢此（指以上所说忧患）。　[18]亏：减损。　[19]沫（mèi）：通
"昧"，暗淡。　[20]和调（diào）度以自娱：调整玉佩、銮铃的节
奏自作欢娱。和，调节使和谐。调，佩玉所发出的声响。度，有
节奏的步伐。　[21]聊：姑且。浮游：随意漫游。　[22]及余饰
之方壮：趁着我的配饰正繁盛艳丽。及，趁着。壮，壮盛。这一
句同于巫咸所说的"年未晏""时未央"之意。


灵氛既告余以吉占兮，历吉日乎吾将行 [1]。
折琼枝以为羞兮 [2]，精琼靡以为粮 [3]。为余驾飞
龙兮 [4]，杂瑶象以为车 [5]。何离心之可同兮 [6]，
吾将远逝以自疏 [7]。邅吾道夫昆仑兮 [8]，路修
远以周流 [9]。扬云霓之晻蔼兮 [10]，鸣玉鸾之啾

汪瑗云："独曰
灵氛者，本其初也。
不曰巫咸者，举此
以该彼，亦省文
耳。"（《楚辞集解》）

万事解脱难。
在未能解脱，而现
实又无路可走的情
况下，最为痛苦。
及至一切看破，
"赤条条来去无牵
挂"，则心身俱轻。

啾[11]。朝发轫于天津兮[12]，夕余至乎西极[13]。凤皇翼其承旂兮[14]，高翱翔之翼翼[15]。忽吾行此流沙兮[16]，遵赤水而容与[17]。麾蛟龙使梁津兮[18]，诏西皇使涉予[19]。路修远以多艰兮，腾众车使径待[20]。路不周以左转兮[21]，指西海以为期[22]。屯余车其千乘兮[23]，齐玉轪而并驰[24]。驾八龙之蜿蜿兮[25]，载云旗之逶迤[26]。抑志而弭节兮[27]，神高驰之邈邈[28]。奏《九歌》而舞《韶》兮[29]，聊假日以媮乐[30]。陟升皇之赫戏兮[31]，忽临睨夫旧乡[32]。仆夫悲余马怀兮[33]，蜷局顾而不行[34]。

[ 注释 ]

[1]历：选择。　[2]羞：美味的食物。此义后作“馐”。　[3]精：加工粮食时凿之使精，去其糠皮之类。琼糜（mí）：玉粒。粻（zhāng）：干粮。　[4]飞龙：指龙马。此句为命仆夫之语。　[5]杂瑶象以为车：配以美玉、象牙装饰的乘轩。杂，本义是五色相合。这里有配合之意，或“参错”之称。象，这里指象牙。　[6]离心：不一致的心思、思想。　[7]自疏：主动地疏远。　[8]遭（zhān）吾道夫昆仑：转道向昆仑山行进。遭，转。下文所言赤水、流沙，皆在昆仑以东。昆仑，神话中之山名。姜亮夫先生言：“从《离骚》整篇观之，曾言及县圃、阆风、西极、流沙、赤水、不周、西海等，此皆环绕昆仑之高峰、大水、灵地、奇境，则屈子之憧憬于

清朱冀云：“极凄凉中偏写得极热闹，极穷愁中偏写得极富丽。笔舌之妙，千古无两。”又云：“蜷局回顾，正为‘怀’字写照。‘不行’亦只是说马，所以绝妙。”（《离骚辩》）

以上第三部分第四段。当决定远走他方时，心情一下轻松起来。然而当先祖的灵光升起，诗人斜睨到楚人旧乡之时，一腔爱国的热血涌上心头，再不忍离去。

结尾写到旧乡，与诗开头第一节照应。

第三部分表现在去留问题上的思想斗争，最后爱国之情压倒了一切。

昆仑者，极其频繁而深切。《天问》之问昆仑，虽属知识性之疑问，亦不得不认其有情感成分。盖楚之先颛顼之生死媾娶之地，亦即楚民族发祥之地也。"（参《重订屈原赋校注》，第120页）战国时流传神话中昆仑山之原型，乃今祁连山。　[9]周流：环绕曲折。言人则指行动路线环绕曲折，如前文"周流乎天余乃下"，《天问》"穆王巧梅，夫何为周流"等；言水则指曲曲折折，如《九叹·远逝》"波淫淫而周流兮"；言光则指转换移动，如《九怀·危俊》"遗光耀兮周流"。此处用以形容路曲曲折折。　[10]扬云霓：言以云霓为旌旗。下文所说"云旗"即指此。扬，举。晻（yǎn）蔼：旌旗蔽日貌。　[11]玉鸾：玉的铃铛，挂在马的脖颈和车衡上。啾啾：玉鸾的响声。　[12]天津：天河上的渡口。　[13]西极：西部的边极。　[14]翼：展翅。承：承接，相连接。言凤凰同翱其上，其翼与车旂相承接。旂（qí）：上面画有双龙、竿头悬有铃铛的旗。　[15]翼翼：整齐的样子。　[16]流沙：神话中地名，在西北沙漠中。　[17]遵：循着。赤水：神话中之水名，在昆仑山以东。《山海经·海内西经》："赤水出东南隅，以行其（指昆仑）东北。"据此，似由弱水（黑水）传说而来。容与：联绵词，本义为徘徊。无事而徘徊，亦即游戏，故王逸注为"游戏貌"。　[18]麾：用手指挥。蛟龙：也即蛟，传说生活于水中的蛇状动物。四足，小头，细颈。梁：浮桥。此处作为动词，充当浮桥。津：渡口。　[19]诏：命令。西皇：主西方之神。指帝少昊。涉予：使我渡过。此处指由西皇看护，安全渡河。　[20]腾：传告。径待：抄小路先至而待之。径，小路，直路。　[21]路不周：取路不周山。不周，神话中之山名。据战国时传说，在昆仑西北。按神话中的描述，应当对应祁连山西端，今敦煌以南当金山口左右之山（阿尔金山主峰与党河南山）。　[22]西海：神话中西北的湖名。当指今青海湖。期：约定。此处指约定的地点。上二句言传语众车，我当过不周山而左行，俱会于西海之上。以上一节四句是对上一节的补充说明：本是驾的龙马，在高空之中，何以又"行此流沙""遵赤水而容与"，并"麾蛟龙使梁津""诏西皇使涉予"？因已使龙马之车从捷径先行，自己在流沙、赤水之地容与徘徊。　[23]屯：聚集。　[24]轪（dài）：车轮。　[25]蜿蜿：龙马前后相连、逶迤而行的样子。原作"婉婉"，据朱熹《集注》本改。　[26]载：承举。《礼记·曲礼上》："前有水，则载青旌；前有尘埃，则载鸣鸢。"郑玄注："载，谓举于旌首以警众也。"云旗：云霓的旗。逶迤：卷曲飘动的样子。原作"委蛇"。《文选》五臣注本、六臣注本和洪兴祖俱引一本作"逶迤"，今据改。　[27]抑志：控制住自己的心志。志，意志。弭节：放慢前进的速度。　[28]神：神思，神魂。邈邈：高远的样子。　[29]《九歌》：夏启时所作颂扬大禹功德之歌。《韶》：舜乐也。　[30]聊：姑且。假日：趁着眼下的时光。假，借。媮：同"愉"。洪兴祖引颜师古云："此言遭遇幽厄，中心愁闷，假延日月，苟为娱乐耳。今俗犹言借日度时。故王仲宣《登楼赋》云：'登兹楼以四望兮，聊假日以消忧。'今之读者改假为暇，失其意矣。"《补注》又云："媮，乐也，音俞。"　[31]陟升：升起，汪瑗《集解》曰："陟亦升也。陟升，重言之也。"钱澄之《屈诂》云："陟升同义，言上而益上也。"以上"升"字原俱作"陞"，为"升"之异体，且此处原意也为"升"之义，无需保留异体，今改为"升"（参王力《楚辞韵读》）。皇：皇考。即前"皇览揆余初度"之"皇"。此处指屈氏先祖的神灵。赫戏：闪耀的灵光。王逸注："光明貌。"上文"皇剡剡其扬灵兮"，即写神灵扬其光示人以去就吉凶。汉《郊祀歌·赤蛟》："灵殷殷，烂扬光。"又《汉书·郊祀志》："其神……光辉若流星，从东方来。"则古人以为神灵有光。　[32]忽：忽然。临睨：从上向下斜看。旧乡：指楚故都郢（也叫鄢郢），其地在今湖北省宜城东南。城南十里郑集之东有王城遗址，中有昭王墓，

1976 年出土大量春秋时代文物。鄀故城东南约六十里处又有楚昭王临时所建都城鄀（即上鄀，今钟祥市北丰乐镇）。　[33]怀：依恋，思念。王逸注："思也。"《哀郢》"出国门而轸怀兮"用法同。由"想念"而引申为留恋不舍、爱惜。　[34]蜷（quán）局：屈曲，这里形容龙马回转身子的样子。顾：回头看。

　　乱曰[1]：已矣哉！国无人莫我知兮[2]，又何怀乎故都[3]？既莫足与为美政兮[4]，吾将从彭咸之所居[5]。

**[注释]**

[1]乱：乐之卒章，诗之尾声。清李陈玉《楚辞笺注》云："凡曲终曰乱。盖八音竞奏，以收众声之局。"蒋骥《山带阁注楚辞》云："乱，乐之卒章也。"凡作篇章既成，撮其大要，以为乱辞。　[2]国无人：国家无贤人。王逸注："谓无贤人也。"《管子·明法》："属数虽众，非以尊君也；百官虽具，非以任国也。此之谓国无人。国无人者，非朝臣之衰也。家与家务于相益，不务尊君也。大臣务相贵而不任国，小臣持禄养交，不以官为事。故官失其能。"《韩非子·三守》云："国无臣者，岂郎中虚而朝臣少哉？"《论衡·艺增》云："《易》曰：'丰其屋，蔀其家，窥其户，闃其无人也。'非其无人也，无贤人也。"则"国无人"为战国秦汉间论政治之常用语，指国无贤臣。　[3]故都：郢都（纪郢），当时的楚国都城。今湖北江陵。　[4]莫足与为美政：不足以、不能够一起来实现美政，不能一起来为实现美政而努力。可见《离骚》全篇之主旨在于推行美政。诗人之所以受到沉重打击，也因其推行变法、争取实现美政之故。这在向重华陈辞部分已表现得

以上乱辞为尾声，说明诗人的爱国之情同美政理想是统一的，不可分割。"莫我知"似为一身而言，然而己之欲留，为在楚国实现美政；己之欲去，为不得已而至他国实现美政，实现个人政治理想。则"国无人莫我知"，也是为国家社稷，非为一己而言。全篇诗中，诗人的个人利益都与国家利益联系在一起。

很清楚。　[5]从：跟从。彭咸之所居：指被放后洁身自好的生活环境。彭咸：参第三段注[26]。

[点评]

《离骚》篇名之意，众说纷纭，钱钟书《管锥编》最合理："'离骚'一词，有类人名之'弃疾''去病'，或诗题之'遣愁''送穷'，盖'离'者，分阔之谓，欲摆脱忧愁而遁避之，与'愁'告'别'，非因'别'生'愁'。"

西周灭亡之后，春秋时代三百来年中，一些思想家已在考虑如何消除诸侯们无休止的争霸与战争。战国之时一些有政治远见的思想家、政治家从不同的角度、站在不同的立场上考虑"一天下"，消除战争，使九州之民走出战争烽火与国界隔离。

至战国后期，明显只有秦、楚、齐三国具有统一天下的条件：秦国西面有广阔的发展空间，楚国南部有广阔的后方，齐灭附近小国，东面凭依大海，后方安稳，但前对劲敌，发展余地有限。唯秦、楚两国，如先统一后方各小国及部族，其国可大于中原数国，财力、人力并雄厚强大，依其势统一九州，大有可能。关东六国用"合纵"之法以抗秦，秦以"连横"之法以破关东各国之联合。在此情况下屈原主张对内进行政治改革，对外先统一南方，故于楚怀王十年在广陵（今扬州）筑城，怀王十八年在楚国两次惨败于秦的情况下说动怀王，派昭滑赴越，五年而灭越。任左徒期间对内进行变法。但楚国旧贵族为维护自身利益而合力反对屈原所制定的宪令，接受秦国的拉拢而破坏合纵之策。怀王十六年，屈原受

陷害被撤去左徒之职。怀王二十四年秦楚合婚，屈原被
放于汉北。《离骚》应作于楚怀王二十七年前后。汉北在
郢都以东汉水折而东流一段的北面，当汉北云梦一带，
距楚别都鄢（今湖北宜城）不远。《离骚》是屈原被放汉
北期间到鄢郢拜谒先王之庙及公卿祠堂后所写，故一开
头即追述楚之远祖及屈氏太祖，中间又写到灵氛占卜、
巫咸降神等情节，末尾写到看见地面升起先祖的赫赫灵
光，因而"临睨旧乡"，遂伤心而不忍离去。

　　诗人在这首诗中写了两个世界：人间与天界。在人
间找不到知音，到天上一事无成。这种构思为抒情主人
公的活动设计了一个十分广阔的范围，来表现他的思考、
努力和一次又一次的失败。

　　设想天界是在高空云层蓝天之上，这是由从原始社
会开始形成的一般意识和原始神话而来的。《离骚》中设
计了一个龙马，通过它由马变为龙和由龙变为马暗示由
人间到了天上和由天上到了人间的空间转换。这龙马也
不是诗人凭空编造，是有其文化根源的。马因马头常动，
从头到尾不好量长短，故其大就高低言之，其高大者上
古时称之为"龙"。《后汉书·冯衍传》"驷素虬而驰骋兮"
注引《尔雅》："马高八尺为龙。"在诗人笔下，龙马在人
间为马，一升天即为龙，向下穿过云层看到地面时又变
为马。由于龙马变化的暗示，蓝天之上的高空成了天界。
诗人借助自己由人间到天上、由天上到人间的情节变化，
形成了这首长诗意境上的转变：想找一个知音倾诉并共
同完成政治理想，在人间办不到，到天上也办不到；想
辩说自己的无罪，在人间无法见到国君，到天上想向上

帝去表白，帝阍也不让他进天宫。

全诗情感波折变化，时时插进带有幻想性的叙事而又从头到尾一气呵成。总体结构应分三大部分和一个乱辞。

第一部分自叙生平，并回顾了自己为实现崇高的政治理想不断自我完善、不断同环境斗争的心灵历程，以及惨遭失败后的情绪变化。末尾说："虽体解吾犹未变兮，岂余心之可惩！"

第二部分从女嬃的批评开始。作为由现实社会向幻想世界的过渡，在无与伦比的孤独中去向重华陈辞。然后是巡行天上。欲见天帝而不能，各处寻求知音，也一无所获。末尾说："怀朕情而不发兮，余焉能忍与此终古！"第二部分通过女嬃斥责、向重华陈辞和天上三日的追求与寻找，表现了诗人宽阔的胸怀、顽强的精神和不懈的努力。诗人虽不容于世，不被所有的人理解，然而面对上古圣君的神寝回顾历来史实，反省自己的主张，无愧于心。而诗人一片热情与希望到了天上，同样重重障碍，告诉无门。天上实为人间的补充性再现。诗人所面临现实之黑暗程度与当时心情之沉重由此可见。

第三部分由请灵氛来占卜开始。灵氛占卜后劝其另求明君。他回顾现实，觉得事实确实如此。灵氛之语，尽为成语、谚语，为人生经验的总结。听来如重锤击鼓，声声震撼心扉。然而离邦去国，毕竟为诗人重大抉择，故又趁巫咸之降神而再求明断。巫咸列举一系列古代事例，认为只有遇到明君才能实现政治理想。于是诗人再次冷静地回顾现实，才决定离开。

三大部分从情感表现上说是一层高过一层，而第三部分中又是分几层将诗人离去的决心层层坚定，将诗人政治理想与楚国现实的矛盾不断加以突显。然而当诗人下定决心离去，他升到高空时看到了楚故都升起的先祖灵光，俯视而瞥见楚之旧乡，爱国之情一下涌上心头。"仆夫悲余马怀兮，蜷局顾而不行"。他离去的决心又崩溃了。

乱辞是总括全诗之意。"已矣哉"表示一切努力归于失败，再无办法。"既莫足与为美政兮，吾将从彭咸之所居"，表明诗人在去留上的思想斗争只是为实现美政理想而已。此点睛之笔。过去各种注本将乱辞附在上一段之末，淡化了它点明全诗主旨的作用。

《离骚》为我们塑造了一个高大的抒情主人公形象。

外部形象特征："高余冠之岌岌兮，长余佩之陆离。""扈江离与辟芷兮，纫秋兰以为佩。"

思想与性格特征："苟余情其信姱以练要兮，长顑颔亦何伤！"

品德修养："好修姱以鞿羁""好修以为常"。为追求真理，宁死不屈（"亦余心之所善兮，虽九死其犹未悔""虽体解吾犹未变兮，岂余心之可惩"）。

政治思想与主张：主张法治（"循绳墨而不颇"），主张举贤授能；具有民本思想，主张美政（"皇天无私阿兮，览民德焉错辅"）；反对统治者荒淫暴虐和臣子追逐私利（由陈辞可见）。

这是中华民族精神的集中体现，两千多年来成为无数进步政治家、仁人志士品格与行为的示范，也给他们以力量。

《离骚》的语言是相当美的。

第一，大量运用了比喻象征的手法。如以采摘香草喻加强自身修养，佩戴香草喻保持品格修洁等。其比喻方式也比一般的比喻高明得多，如："制芰荷以为衣兮，集芙蓉以为裳。不吾知其亦已兮，苟余情其信芳。"第四句中的"芳"自然由"芰荷""芙蓉"而来，是照应前二句的，但它又是用来形容"情"的。所以虽然没有"似""如""若"之类的字眼，却喻意自明，更显得含蓄有味。

第二，用不同的花、草比喻不同类型的人，用香花、香草来象征性地表现政治、思想意识方面比较抽象的概念，不仅使作品含蓄，长于韵味，而且从直觉上增加了作品的色彩美。

第三，全诗以四句为一节，用固定的偶句韵，形成诗歌体式的最小单位，不仅增加了诗歌的结构美，也使读者在预期的阅读节奏中进行审美体验，显得顺畅而连贯。

第四，从音韵上说，除固定的偶句韵之外，每节中非韵脚句子的句末都带有"兮"，吟诵中声韵拖长，且贯穿全诗，既增加了诗的音乐性，也因这种辅助韵脚的存在，显得有变有不变，有很好的节奏感。除段落中同韵的持续、稳定之外，也用转韵、换韵的方式体现情感、情绪的变化。汤炳正先生有《屈赋语言的旋律美》一文专谈这个问题（见其《屈赋新探》一书），所论甚为精到，可以参看。

第五，运用了多种修辞手法。如在魏晋以后被普遍运用的对偶，在《离骚》中就很多。如"固时俗之工巧（兮），偭规矩而改错""依前圣以节中（兮），喟凭心而历兹""夕归次于穷石（兮），朝濯发乎洧盘""苏粪壤以充帏（兮），谓申椒其不芳""百神翳其备降（兮），九疑缤其并迎""惟兹佩之可贵（兮），委厥美而历兹"等，将"兮"字去掉，对仗极为工整。

《离骚》不仅是中国文学的奇珍，也体现着一种高尚的品格与进步的思想。西汉时刘安的《离骚传》中说：

> 　　其文约，其辞微，其志洁，其行廉，其称文小而其指极大，举类迩而见义远。其志洁，故其称物芳；其行廉，故死而不容，自疏濯淖污泥之中，蝉蜕于浊秽，以浮游尘埃之外，不获世之滋垢，皭然泥而不滓者也。推此志也，虽与日月争光可也。

司马迁将这段文字录入《屈原列传》，所以也代表了司马迁的看法。班固在《离骚序》中称《离骚》为"辞赋宗"。伟大的文学评论家刘勰在《文心雕龙·辨骚》中说："不有屈原，岂见《离骚》？惊才风逸，壮志烟高。山川无极，情理实劳。金相玉式，艳溢锱毫。"屈原惊人的才华风驰电掣，《离骚》壮丽的文采高入云霄。好像高山大川无边无际，抒情说理意境实在辽阔。它真是如金如玉的好文章，它艳丽的辞藻至今让人感到汉语高超的表现功能与色彩、音韵之美。

《诗经》中作品有根据内容划分的"章"，没有属于诗体形式构成范畴的"节"。《离骚》等作品创造出四句一节的诗体结构形式，对后代诗歌的发展影响巨大。我们看南北朝以后兴起的绝句为四句一首，律诗从格律上说基本上是两首绝句的组合。现代诗歌的形式多种多样，但四句为一节的形式长期以来占据主要地位。由此可以看出《离骚》对后代文学的影响。

苏联科学院院士Η·Τ.费德林说："屈原诗篇有着固有的民族特色，然而也具有普遍的世界意义，屈原的思想是全人类的财富。"（《论屈原诗歌的独特性与全人类性》）美国哈佛大学教授、美国科学院与艺术科学院成员、亚洲研究协会成员詹姆士·R.海陶玮说："一个大诗人，又如此追求创新，这在世界文苑中确实极为罕见。"（《屈原研究》）所以说，以《离骚》为代表的屈原的作品也是世界文学的瑰宝。

# 天　问

　　《天问》作于屈原被放汉北之时，当创作于《离骚》之后。其构思可能也与在鄢郢拜谒先王之庙及公卿祠堂时细看了庙堂的壁画有关。其主题则与《离骚》中的陈辞一致，可以看作是陈辞部分的放大，应成于楚怀王二十七年、二十八年（前302—前301）间。本诗由对宇宙、天地等各种自然现象的思考发展到对整个中华历史的回顾，更具体、有力地表现了《离骚》陈辞部分所说的"瞻前而顾后兮，相观民之计极。夫孰非义而可用兮，孰非善而可服"的思想，也即"有道而兴，无道则亡"的社会发展规律。王逸言其作于去楚先王之庙及公卿祠堂之后是对的，言为题壁之作则与诗的篇幅和严整的结构不合。因《天问》先问天，再问地，再依次问夏、商、周三代之兴起、建国与亡国，后世传本虽有所窜乱，但结构仍井然可见，并非"无次序"。关于《天问》篇名之义，应为"关于天道之问"的意思。古人认为自然现象与家国兴废之理都属天道，不可违背。王夫之《通释》云："篇内事虽杂举，而自天地山川，次及人事，追述往古，终之以楚先，未尝无次序存焉。固原自所，合缀以成章者。逸谓书壁而问，非其实矣。逸又云：'不言问天，而言天问，天高不可问。'说亦未是。原以造化变迁，人事得失，莫非天理之昭著，故举天之不测不爽者，以问憯不畏明之庸主具臣，是为天问，而非问天。篇内言虽旁薄，而要归之旨，则以有道而兴，无道则丧；黩武忌谏，耽乐淫色，疑贤信奸，为废兴存亡之本。"本文有的地方文字有所窜乱，清人屈复《楚辞新注》、胡文英《屈骚指掌》都做过校正的工作。近人郭沫若《屈原赋今译》、谭介甫《屈赋新编》都有调整，但缺乏详细论证。林庚的《天问论笺》调整了数处。孙作云的《天问研究》进行了系统整理和详细论证。赵逵夫主编《楚辞语言词典》附录《天问》是在孙作云本基础上校理而成，本书《天问》正文所据即此。虽然叙述时间上有交错，但顺序井然。只是在早期流传中有窜简，造成部分混乱。从清代屈复至近人郭沫若、谭介甫、林庚、孙作云等，都做过《天问》的校理工作。本书所用即是吸收前人研究成果再加以整理的文本。

　　曰：[1] 遂古之初，谁传道之[2]？上下未形[3]，何由考之[4]？冥昭瞢暗，谁能极之[5]？冯翼惟像[6]，何以识之[7]？明明暗暗，惟时何为[8]？阴阳三合[9]，何本何化[10]？

以上问人们所说宇宙形成之初的状况是怎么知道的。

　　圜则九重，孰营度之[11]？惟兹何功，孰初作之[12]？斡维焉系[13]？天极焉加[14]？八柱何当[15]？西北何亏[16]？九天之际，安放安属[17]？隅隈多有，谁知其数[18]？

以上问关于天宇的问题。

　　天何所沓[19]？十二焉分[20]？日月安属[21]？列星安陈[22]？出自旸谷[23]，次于蒙汜[24]。自明及晦[25]，所行几里？夜光何德[26]，死则又育[27]？厥利维何，而顾兔在腹[28]？

以上问关于日月星辰的问题。

[ 注释 ]

[1] 曰：与《尚书》"曰若稽古"之"曰"、金文"粤"一样用为发端语词。这里表发问之意。与篇末最后一句"悟过改更，我又何言"的"我"字遥相呼应。可见全文有始有终，一气呵成，为屈原认真构思而成，非如王逸所说为题壁之作，他人所录存。　　[2] 遂古之初，谁传道之：远古之始的情形，尚未有人，谁得见之，而传说其事？遂，通"邃"，深远。传道，传说，彼此授受曰传，言语论述曰道。道，犹"言"。　　[3] 上下未形：天地未形成。《淮南子·天文训》："清阳者薄靡而为天，重浊者凝滞而为地。"《易乾凿度》郑康成注："轻清者上为天，重浊者下为地。"　　[4] 何由：因何，依靠

什么。考：稽察，考究。　[5]冥昭瞢（méng）暗，谁能极之：黑夜白天未形成之时一片混沌的状况，谁能穷究而考知？瞢暗，浑沌不清之状。极，穷究。上两句就昼夜变化未形成时的说法发问。　[6]冯（píng）翼：大气充满之貌。戴震《毛郑诗考证》：“冯翼二字，古人多连举。屈原赋之‘冯翼惟象’，《淮南鸿烈》之‘冯冯翼翼’皆指气化充满盛作，然后有形与物。”闻一多《天问释灭》中引郭注《方言》：“愊臆，气满也。”只是联绵词写法不同而已，并列举“服亿”等几种写法，义均为气满貌，是同一词之不同写法。惟像：只有想象。惟，通“唯”。　[7]识：辨认。　[8]明明暗暗，惟时何为：（昼夜形成之后）日夜交替，循环不已，是因为什么？惟，语气词。时，是，这。　[9]三：古亦写作叄，同“参”。参合，参错相合。　[10]本：根源，本体。化：变化、化生。　[11]圜则九重，孰营度（duó）之：世传天有九重，是谁经营度量的？圜，同“圆”，指天体。九重，九层。古人认为天是圆的，有九层。营，筹谋，经营。度，度量。　[12]惟兹何功，孰初作之：这是何等大的工程，是谁最初创造成的？兹，此。功，犹今之所谓工程。　[13]斡（guǎn）：朱熹《集注》：“车毂之内以金为管而受轴者也。”古代镶在车毂内承轴的金属管。维：系中轴的绳索。焉系：挂在什么上面。这句问圆天顶端悬挂圆天的轴是系在什么上面。古代有所谓盖天说，认为天体像车轮一样旋转，北斗在中轴处。　[14]天极焉加：斡轴安置在什么地方？天极，天体运转的中轴之处，这里指中轴。　[15]八柱：古人又认为天的边缘有八座高山作擎柱。何当：在何处撑持。　[16]亏：亏缺、不足。此句是就日月星辰都向西北移动而言。西北：原作“东南”。涉下“地何故以东南倾”而误。《淮南子·天文训》：“天倾西北，故日月星辰移焉；地不满东南，故水潦尘埃归焉。”据汤炳正等《楚辞今注》改。　[17]九天之际，安放安属（zhǔ）：九重天都架在什么上面？又和什么相连接？九天，即上面的九重天。《九歌·少司命》："登九天兮抚彗星。"显然就其高而言。王逸以为指天宇分为八方与中央，误。属，系属，联结。　　[18]隅：角，角落。隈（wēi）：弯曲之处。《淮南子·天文训》："天有九野，九千九百九十九隅。"　　[19]天何所沓：天空的边缘是在什么地方与地面相接的？沓，相合、重叠。　　[20]十二焉分：十二辰是怎么划分的？十二，十二辰。十二辰之名，本为观察岁星（即七曜中的木星）而设。岁星的运行，将近12年绕天一周。这个圆周称为黄道。古人将黄道划分为十二等分，作为观察星象运行之参照，自西向东依次命名，叫十二次，自东向西按十二地支命名，称为十二辰。　　[21]日月安属：太阳和月亮是怎样附着于天空而不掉下来的？属，系属，联结。　　[22]安陈：满天的星星是怎样陈列的？陈，陈列。　　[23]旸（yáng）谷：神话中日出的地方，即《尚书·尧典》中"分命羲仲宅嵎夷，曰'旸谷'"之"旸谷"。旸，原作"汤"，为便于诵读，今改。　　[24]次：停歇。蒙汜（sì）：日落的地方，即《尚书·尧典》中"分命和仲宅西曰昧谷"之"昧谷"，"蒙""昧"一声之转。　　[25]晦：天黑。此问一日之间，太阳所行有多少里？　　[26]夜光：月亮。何德：有什么特殊的性能？德，性能。　　[27]死则又育：逐渐消失后又出现新月。　　[28]厥利维何，而顾兔在腹：有什么好处，而把兔子养在腹中？厥，其。顾兔：即回头看的兔子。兔，原作"菟"，洪兴祖、朱熹并引一本作"兔"，今据改。中原有月中有兔子的传说，是古人根据月中阴影想象的。

女岐无合[1]，夫焉取九子[2]？伯强何处[3]？惠气安在[4]？何阖而晦？何开而明[5]？角宿未旦，曜灵安藏[6]？

以上是从阴阳二气之兴和昼夜的形成方面言之。

上面四小段从天宇的各方面发问，说明天之形成变化皆有天道在其中，无论知之与不知，皆不可违。

白霓婴茀，胡为此堂[7]？安得夫良药，不能固藏[8]？天式纵横，阳离爰死[9]。大鸟何鸣，夫焉丧厥体[10]？蓱号起雨[11]，何以兴之？撰体胁鹿，何以膺之[12]？

以上问有关月、日、雨、风的神话传说。

以上为第一部分，问宇宙之事。天问者，问有关上天、下地、人世皆存而不显的天道。故由问渺茫宇宙之事始，由远及近，渐及于人世之治乱兴衰。

**［注释］**

[1]女岐：神话中的女神名，生九子。西汉时宫中壁画中有"九子母"。无合：没有婚配。　[2]夫：发语词。焉取九子：哪儿来的九个儿子。　[3]伯强何处：伯强在什么地方？伯强，风伯。即《山海经·海外北经》所说的北方禺强神。《淮南子·地形训》："隅强，不周风之所生也。"代指阴气。此句问阴气由何处来。　[4]惠气：惠风、和风。代指阳气。古人言阴阳合和而有生。这是承上女岐生子而问阳气是在什么地方。　[5]何阖而晦？何开而明：这两句是说天上什么关上了成为黑夜？什么打开了成为白天？阖，关闭。　[6]角宿（xiù）未旦，曜灵安藏：东方角宿处未亮的时候，太阳在什么地方？角宿，二十八宿之一，在东方，其位置为日月五星都经过之处，故古天文学家称作天门。旦，天亮。曜灵，太阳。　[7]白霓婴茀（fú），胡为此堂：（嫦娥）以白霓作为装饰，显得美好又高大不凡。霓，青白之虹，副虹，此比喻身上搭的长巾。婴，借作"缨"，缠绕、编织。茀，妇女的首饰。《周易·既济》："妇丧其茀。"王弼注："茀，首饰也。"堂，高大硕壮的样子，与"常"之义通。先秦之时女性以高大丰满为美。"嫦娥"也作"常娥"，"嫦"由"常"而来。"常"为先秦时长度单位。《周礼·考工记》："酋矛常有四尺。"郑玄注："八尺曰寻，倍寻曰常。"（古代之尺小）"嫦娥"之义本即长得高大的美女。后人的解说中完全忽略了上古传说中

的这一因素。　[8]"安得夫良药"二句：为什么羿得到了不死良药，还不把它藏好（使其妻嫦娥窃之奔入月中）？这是羿自己不重视、不小心。传说羿从西王母那里得到不死之药，嫦娥偷吃后奔月。藏，原作"臧"，通"藏"。　[9]天式纵横，阳离爰死：这两句是承上一节言之，是说不死之药的神话靠不住。天式，天道的法则。纵横，即阴阳消长之道。原作"从"，通"纵"，今改作"纵"。阳离爰死，阳气离开躯体，人就要死亡。　[10]大鸟何鸣，夫焉丧厥体：日中的鸟在哪儿鸣叫着坠落了下来？是问后羿射九日之事。神话中言日中有鸟，射中则鸣而坠落。　[11]蓱（píng）：即萍翳，雨师，雨神。号：呼。起雨：作雨。　[12]撰体胁鹿：集飞禽走兽之特征于一体、张开两胁飞的鹿。撰体，谓集众物之形体于一身。撰，通"纂"，具有、聚集。胁鹿，鹿的上身。古代神话中的风神飞廉鹿身、雀头、有角、豹尾，能致风号呼。此处当指长着鹿身的风神飞廉。何以膺之：是怎样以上身推动造成大风的？膺，胸部。此用为动词，指以身推。当时传说飞廉在快速飞动中以上身推动造成了风。

　　不任汩鸿，师何以尚之[1]？金曰何忧[2]？何不课而行之[3]？鸱龟曳衔[4]，鲧何听焉？顺欲成功，帝何刑焉[5]？永遏在羽山[6]，夫何三年不施[7]？伯禹愎鲧[8]，夫何以变化[9]？纂就前绪，遂成考功[10]。何续初继业，而厥谋不同[11]？洪泉极深[12]，何以填之[13]？地方九则[14]，何以坟之[15]？应龙何画[16]，河海何以上问鲧禹治水，为由有关天象之事向地理的过渡，因为禹画九州而山川名物见载，知有地理之事。故下一段一开头即问九州是如何设置的。

历[17]？雄虺九首[18]，倏忽焉在[19]？阻穷西征[20]，岩何越焉？化为黄熊，巫何活焉[21]？咸播秬黍，莆雚是营[22]。何由并投，而鲧疾修盈[23]？鲧何所营[24]？禹何所成[25]？康回冯怒，地何故以东南倾[26]？

[注释]

[1] 不任汩（gǔ）鸿，师何以尚之：既然认为承担不了治理洪水的事，四岳为什么推举鲧去干？任，胜任。汩，治理。鸿，通"洪"，洪水。师，众人。尚，推崇、举荐。《尚书·尧典》记载尧时四岳（尧的四个臣）举荐鲧治理洪水。　[2] 佥曰何忧：都说何必担忧。佥，皆。　[3] 何不课而行之：为什么不先试一试再交给他去干？课，试。行之，行治水之事。　[4] 鸱（chī）龟：游国恩《天问纂义》认为本一物，即《山海经》的《中山经》《南山经》中所说的旋龟之类，"状如龟"，而"其音如鸱"。曳衔：后者衔前者之尾，牵引而行。周拱辰《离骚草木史》言："鲧睹鸱龟曳尾相衔，因而筑为长堤高城，参差绵亘，亦如鸱龟之曳尾相衔者然。"古代筑堤在水转折中受冲击之处增宽、增厚，形成如土堡之坚土堆，砌以石。传说鲧治水，见到鸱龟之属或曳或衔，受启发筑堤坝堵洪水。[5] 顺欲成功，帝何刑焉：清徐焕龙《屈辞洗髓》云："若能顺水之欲以成其功，帝何自而刑之？此问鲧之何故听鸱龟，不顺水性也。"按照水流之性应当堵则堵，当疏则疏，不能只知堵而不知疏。刑，施刑、治罪。《竹书纪年》载，帝尧"殛崇伯鲧"。《尚书·洪范》作："鲧则殛死。"孔《传》曰："放鲧至死不赦。"对于《史记·舜本纪》的有关记载，苏轼认为："四族之诛，皆非诛死，

亦不废弃，但迁之远方，为要荒之君长耳。""若四族者，诚皆小人也，则安能用之以变四夷之俗哉？"朱熹《集注》亦云："舜之四罪，皆未尝杀也。程子以为《书》云殛死，犹言贬死耳。"则尧舜并未处死鲧，而是迁之远方，使为要荒之君长，"以变东夷"耳。《离骚》中说："鲧婞直以忘身兮，终然夭乎羽之野。"则鲧最终是死在了流放地羽之野。　[6]永：长久。遏：禁闭。羽山：神话传说中的山名。　[7]施：施刑，指斩杀。意思是鲧治水不甚得法，而耿直不听劝，故放之远鄙之地而不杀。　[8]伯禹：即禹，禹称帝前曾封为夏伯，故称为伯禹。愎（bì）鲧：是说禹以其父鲧过于固执，可以接受舜的某些建议。愎，执拗。　[9]变化：指改变治水的办法。即下文的"续初继业，而厥谋不同"之义。　[10]纂就前绪：继承了此前治水的工程。纂，继续。就，从事，担任。绪，事业。考：对已死父亲的称呼。功：功业。　[11]何续初继业，而厥谋不同：为什么接着当初的工程进行工作，而治理方略又有所不同？初，开端。厥，其。谋，计划、方略。意思是总结其父之经验教训又有改进。　[12]洪泉：洪水渊泉。　[13]填：原作"寘"，古"填"字。游国恩《天问纂义》："禹继父治水，虽导其流，亦塞其原，原流兼治，乃克有功。"盖鲧禹治水皆用过填塞之法。　[14]方：分别。《国语·楚语下》观射父言："不可方物。"韦昭注："方，犹别也。"九则：九等、九品。传说禹分全国的土地质量和税收为九等。　[15]坟：《禹贡》分土有"黑坟""白坟""赤埴坟"等，陆德明《经典释文》引马融说："（坟）有膏肥也。"这里用作动词，指区别土质肥沃的程度。　[16]应龙：神话中有翼的龙。王逸引一说：禹治洪水时，有神龙以尾画地，导水所注当决者，因而治之也。此言禹学其法以导流。　[17]历：经历、流过。　[18]雄虺（huǐ）：凶恶的毒蛇。　[19]倏忽：迅疾。　[20]阻穷西征：西归的路程阻隔艰险。穷，困。放鲧之羽山，在东海边上，所以说西归十分艰难。 [21] 化为黄熊，巫何活焉：巫是怎样使鲧的灵魂又化为黄熊得以复活的？诗人认为鲧还是有贡献的。黄熊，传说鲧死后，其神化为黄熊，入于羽渊。 [22] 咸播秬（jù）黍，葟（huán）蒲是营：此言鲧治水之后人们在长满获和蒲草的地方经营，都种上了黑黍。葟，同"萑"，即获，其形像芦苇。葟蒲，原作"莆葟"，闻一多《校补》云："'莆葟'当为'葟莆'之倒。"所引文献多种，'莆'又作"蒲"。洪兴祖、朱熹并云："莆，疑即蒲字。"今据改。营，经营。 [23] 何由并投，而鲧疾修盈：根据什么把鲧放逐，又认为他恶贯满盈。疾，恶，坏人坏事。修，长。盈，满。清蒋骥《山带阁注楚辞》就以上内容说："言鲧欲使民播种，故于葟莆之地营筑为堤，其心非有不善，何与四凶并投而咎罚又特重乎？然则巫之活之，盖有由矣。" [24] 鲧何所营：鲧在哪些方面着力经营？营，营度、经营。 [25] 成：完成、成功。 [26] 康回冯（píng）怒，地何故以东南倾：《淮南子》言共工与颛顼争为帝，不得，怒而触不周之山，天维绝，地柱折，故地东南倾也。康回，共工名。冯怒，盛怒。冯，盛，满，大。倾，塌陷。

九州安错[1]？川谷何洿[2]？东流不溢[3]，孰知其故？东西南北，其修孰多[4]？南北顺椭[5]，其衍几何[6]？昆仑县圃[7]，其居安在[8]？增城九重[9]，其高几里？四方之门[10]，其谁从焉[11]？西北辟启[12]，何气通焉[13]？日安不到，烛龙何照[14]？羲和之未扬[15]，若华何光[16]？何所冬暖？何所夏寒？焉有石林[17]？何兽能言[18]？焉

以上问有关九州大地的各种传说。世上之事无奇不有，凡有之事必有其形成、维持的必然性。有些本是神话传说，但也自有其产生之根由。

有虬龙<sup>[19]</sup>，负熊以游<sup>[20]</sup>？何所不死<sup>[21]</sup>？长人何守<sup>[22]</sup>？靡蓱九衢<sup>[23]</sup>，枲华安居<sup>[24]</sup>？一蛇吞象，厥大何如<sup>[25]</sup>？黑水玄趾<sup>[26]</sup>，三危安在<sup>[27]</sup>？延年不死，寿何所止<sup>[28]</sup>？鲮鱼何所<sup>[29]</sup>？魖堆焉处<sup>[30]</sup>？羿焉彃日<sup>[31]</sup>？乌焉解羽<sup>[32]</sup>？

以上第二部分，由鲧禹治水问到九州大地之事。对其中有些事诗人有所怀疑，然而也是从天道方面思考判断其可信与不可信，反映出诗人的唯物主义天道观。

**［注释］**

[1]九州安错：九州的区域是怎样设置的？错，同"措"，设置。王夫之《通释》云："'错'与'厝'通，安置也。九州之土，大气举之，非有所错也。洿，卑下也。非有损益之者，而高卑殊矣。"　[2]川谷何洿（wū）：言因为禹之疏导，山谷成为河道，后因长年水冲，越来越深。洿，深。　[3]溢：满、涨出。孰：谁。　[4]东西南北，其修孰多：地的东西距离与南北距离，哪个更长？修，长。孰多，哪个多。　[5]顺椭（tuǒ）：言循着一个狭长形状。椭，狭长。　[6]衍：余，多出。古代历算家有的说南北的距离比东西短，有的则认为相反。　[7]县圃：地名，神话传说中在昆仑山上。县，通"悬"，《水经注》："昆仑之山三级，下曰樊桐……二曰玄圃……上曰层城。"　[8]居：居处。　[9]增城：又作"层城"。九重：九层。《淮南子·地形训》云昆仑墟中，"有增城九重"。"增""层"古字通。　[10]四方之门：指昆仑之门。《淮南子·地形训》言昆仑墟"旁有四百四十门，门间四里，里间九纯，纯丈五尺"。　[11]从：经由，出入。　[12]辟、启：都是开的意思。　[13]气：风。洪兴祖《补注》："《淮南》云，昆仑虚，玉横维其西北隅，北门开以纳不周之风。按：不周山在昆仑西北，不周风自此出也。"　[14]安：那

里。烛龙：神话中发光的神龙，能照亮北方幽冥无日之国。当由北极光传说而来。　[15]羲和：神话中的日御。借指太阳。未扬：指未上升时。　[16]若华：若木的花。若木是神话传说中的树，生在昆仑山之西，太阳落处。其花放红光，能下照大地。　[17]焉有石林：哪儿有石林？我国西南有石柱林立的地貌。上古传说中已言之。　[18]何兽能言：什么兽会说话？古代传说中有能说话的兽。　[19]虬（qiú）：无角的龙。　[20]负熊以游：背负着熊游走。此似禹神话的演变，古代有禹化为熊之传说。　[21]不死：神话传说中有不死国和不死民。《山海经·海外南经》："不死民在其（指交胫国）东，其为人黑色，寿，不死。"《大荒南经》："有不死之国，阿姓，甘木是食。"又《海内经》："流沙之东，黑水之间，有山名不死之山。"似同佛教的传说有关。　[22]长人何守：身材很高的人是守卫着什么要地？古代传说防风氏身长三丈。　[23]靡蓱（píng）：分散蔓延的浮萍。蓱，同"萍"。萍无根，浮水而生，故漂浮分散。九衢（qú）：有很多岔道。"九"喻其多。衢，岔道。　[24]枲（xǐ）：麻类。华：花。安居：在什么地方呢？　[25]一蛇吞象：《山海经·海内南经》云："巴蛇食象，三岁而出其骨。"厥：其。　[26]黑水：水名，在西北。《山海经·海内西经》："黑水出西北隅以东。"玄趾：地名。在东南之地。《山海经·海外东经》："玄股之国在其北，其为人衣鱼食鸥。使两鸟夹之。"乃由海边渔民传说而来。"两鸟"当由鱼鹰而来。玄，黑色。　[27]三危：神话中山名，传说在西方黑水之南。　[28]寿何所止：他们的寿命到什么时候才终结呢？　[29]鲮（líng）鱼：传说中的一种鱼，人面、人手、鱼身。居于陵陆，故名陵鱼。何所：在什么地方？[30]鬿（qí）堆：即鬿雀。神话中一种怪鸟，形如鸡，白头，鼠脚，食人。焉处：生存在哪里？　[31]羿焉彃（bì）日：后羿在什么地方射落了太阳？羿，即后羿。尧时人名，

善射。彈，射。《淮南子》言尧时十日并出，草木焦枯，尧命羿
仰射十日，中其九日，日中九乌皆死。　[32]解羽：羽毛脱落，
指乌死而坠落。

　　舜闵在家，父何以鳏[1]？尧不姚告[2]，二
女何亲[3]？舜服厥弟[4]，终然为害[5]。何肆犬豕，
而厥身不危败[6]？禹之力献功[7]，降省下土方[8]，
焉得彼涂山女，而通之于台桑[9]？闵妃匹合[10]，
厥身是继[11]，胡维嗜欲同味，而快朝饥[12]？启
代益作后，卒然离蠥[13]，何启惟忧，而能拘是
达[14]？皆归射鞫[15]，而无害厥躬[16]。何后益
作革，而禹播降[17]？

以上问夏之兴。言大禹因为有治水安民的巨大功绩，故民心归顺。在这里表明了一个道理：民心高于一切。

[ **注释** ]

[1]舜闵在家，父何以鳏：舜在家中苦恼，他的父亲为什么使他一直鳏居？闵，忧愁。鳏，老而无妻。《尚书·尧典》："有鳏在下，曰虞舜。"因舜父顽母嚚，早已过了婚娶年龄，却未娶妇。　[2]尧不姚告：尧不告诉舜的父亲。姚，舜的姓，这里指舜父瞽叟。《孟子·万章上》："帝（指尧）之妻舜而不告，何也？曰：帝亦知告焉则不得妻也。"　[3]二女何亲：为什么使二女与他成亲？二女，尧的两个女儿娥皇、女英。　[4]舜服厥弟：舜顺从地对待他的弟弟。服，服从，服事。厥弟，指舜之弟象，舜之后母所生。　[5]终然为害：结果还是要杀他（舜），反成为他的祸害。　[6]何肆犬豕，而厥身不危败：为什么那样容忍其犬豕之性，

使自己一次次受害，也未能被置于死地？肆，放纵。厥身，指舜身。这两句的意思是舜既孝顺、宽厚，又机智。　[7]力献功：勤力进献其功。　[8]降省下土方：下至九州各处考察。降，指下至民间。省，察看。下土方，九州各处。　[9]焉得彼涂山女，而通之于台桑：为何一见到涂山之女，便与她结合于台桑？涂山，古国名，在今安徽怀远。通，通婚。台桑，地名。《吕氏春秋》："禹娶涂山氏女，不以私害公，自辛至甲四日，复往治水。"（《水经注·淮水注》引佚文）意思是，大禹全身心地投入治平水土、任土作贡的伟大功业。　[10]闵妃匹合：禹爱怜涂山氏之女而同她成婚。妃，指涂山氏。匹合，成婚。　[11]厥身是继：是为了给自己延续后代。涂山氏生启。　[12]胡维嗜欲同味，而快朝饥：为什么产生同涂山氏女一样的男女情爱，短时间里满足了肌肤之亲？胡维，何为。维，一作"为"。嗜欲同味，嗜好一样。原"同"字上有"不"字，王逸注："何特与众人同嗜欲。"则王逸本原无"不"字。今删。快朝饥：快解一时之情欲。快，满足。"朝饥"是男女情事的隐语。意思是禹与涂山氏结合，只是为了延续继嗣，哪里是像世俗之人一样贪于男女之事？说明禹以天下人生存之事为重。饥，原作"饱"，与上文不协韵。郭沫若《屈原赋今译》认为当是"饥"字之误。其说是，今据改。《诗经·周南·汝坟》："未见君子，惄如调饥。"《说文》引云，"调"作"朝"。则"朝饥"本江汉一带楚人习语。　[13]启代益作后，卒然罹（lí）孽（niè）：启取代益而继大禹为君，突然遭到被拘禁的祸患。启，禹的儿子。益，禹的辅佐大臣。后，国君。卒，借为"猝"，忽然。罹，遭遇。原作"离"。王逸注："遭也。"王夫之《通释》："罹也。"今据改。孽，忧患。原作"蠥"，同"孽"。洪兴祖、朱熹并引一本作"孽"，今据改。洪兴祖《补注》："说者曰：'有扈氏与夏同姓，启继世以有天下，有扈不服，大战于甘。故曰卒然离孽也。'"又《韩非子·外储说右下》：“启与友党攻益而夺之天下。”《竹书纪年》中又说：“益干启位，启杀之。”　[14]何启惟忧，而能拘是达：为什么启在遭遇忧患的情况下，能逃出拘禁避免灾难？惟：思考，思虑。拘，拘禁。达，逃脱。由《天问》看，启继位为帝之后，益反攻之，囚禁了启，启设法得以逃脱，后杀益。此句意思是因为人民感念禹的恩德而会帮助启。　[15]皆归射鞠：全部益党归顺并被治罪。归，归顺。射鞠，治罪。“射”原作“躲”，“射”之异体。疑本作“歇”，古代一种以矢穿耳的刑罚。鞠，也作“鞫”，穷治罪人。　[16]无害厥躬：未伤害启之生命。　[17]何后益作革，而禹播降：为什么应由禅让及帝位的益被革除，而禹的业绩却从此昌盛兴隆？作革，帝位被更替。作，借为“祚”。播降，假借作“蕃隆”，昌盛兴隆。这两句意思是说即使是合法继承，如无功德或功德不大，老百姓仍不忘有大功大德之君王，从而支持他的后代。

启棘宾帝，九辩九歌[1]。何勤子屠母[2]，而死分竟地[3]？帝降夷羿[4]，革孽夏民[5]。胡射夫河伯，而妻彼雒嫔[6]？冯珧利决，封狶是射[7]。何献蒸肉之膏，而后帝不若[8]？浞娶纯狐[9]，眩妻爰谋[10]。何羿之射革，而交吞揆之[11]？鳌戴山抃，何以安之[12]？释舟陵行，何以迁之[13]？惟浇在户[14]，何求于嫂[15]？何少康逐犬[16]，而颠陨厥首[17]？女歧缝裳[18]，而馆同爰止[19]，何颠易厥首[20]，而亲以逢殆[21]？

以上先说夏初太康失国到少康复国的一段历史。夏初启和太康放纵误国，给人民也造成忧患。

以上问夏建国之初，因夏启、太康追求享乐，放荡无忌，导致太康失国。意谓即使祖上大有功德，如不以德宗，人民也不会永远顺从他。

## ［注释］

[1]启棘宾帝，九辩九歌：启急切地到天帝那里做客，学了天上的《九辩》《九歌》，以颂禹德而寻求欢愉。棘，通"亟"，急切地。宾帝，到天帝那里做客。《山海经·大荒西经》："开上三嫔于天，得《九辩》与《九歌》以下。"本诗中"辩""歌"都用为动词，意为多次辩说，多次歌舞。　[2]勤子屠母：指启破母腹而降生的事。或为使启尽快出生。勤，全力照顾，爱惜。屠，剥裂。　[3]死分竟地：死，通"尸"，指涂山氏化为石头，石破启生，启之母身体粉碎，四散于地。竟地：满地。这两句意思是禹本人也是希望有人能继承自己的事业。　[4]帝：天帝。夷羿：夏初东方的诸侯。夏启死后，太康继位，启的五个儿子发生内讧。有穷后羿乘机夺取了夏的政权。事见《左传·襄公四年》。有穷氏曾弑杀夏后相。　[5]革孽夏民：革除夏民之忧患。革，革除。孽，忧。　[6]胡射夫河伯，而妻彼雒嫔：为什么要射死河伯，将河伯的妻子雒嫔霸占？河伯，河洛一带的诸侯。《穆天子传》中有河宗氏，名柏夭（一作伯夭）。后来演变为黄河之神，传说他化为白龙出游，羿射中他的左目。雒嫔，神话中洛水女神，河伯之妻。雒，也作"洛"。　[7]冯珧（píng yáo）利决，封狶是射：持着讲究的弓，戴着华丽的扳指，灭掉了被称为封豕的后夔氏之子伯封。冯珧，大的良弓。冯，大，满。珧，用贝壳装饰了两端的弓。利，精良。决，"玦"字之借，用玉石骨角做的套在右手拇指上钩弦发箭的器具，俗名扳指。狶，野猪类的猛兽。这里是指后夔之子伯封。《左传·昭公二十八年》："昔有仍氏生女，黰黑而甚美，光可以鉴，名曰玄妻。乐正后夔取之，生伯封，实有豕心，贪婪无餍，忿颣无期，谓之'封豕'。有穷后羿灭之，夔是以不祀。"封狶即封豕。　[8]何献蒸肉之膏，而后帝不若：后羿杀伯封氏，以其膏肉祭献天帝，天帝并不顺遂其心愿而使其长久。蒸肉，即

烝肉，祭天地之肉。蒸，通"烝"。冬祭亦曰烝。膏，脂。后帝，天帝。不若，不顺遂其心愿。若，顺遂。指有穷后羿最终被其臣寒浞所灭。《离骚》："羿淫游以佚畋兮，又好射夫封狐。固乱流其鲜终兮，浞又贪夫厥家。"即言此。　[9]浞（zhuó）：寒浞，本为伯明氏谗子弟，后羿用为家臣，后用为相。浞笼络羿身边的亲近，贿赂收买臣民，又怂恿羿放纵于田猎游乐，孤立了羿。后来在羿打猎归来时杀死羿，而夺取其国。（见《左传·襄公四年》《哀公元年》）纯狐：羿妻。　[10]眩妻：本为伯夔之妻，被后羿所灭的伯封之母，为后羿所占有。她协助寒浞将羿妻纯狐占为己有。爱谋：参与谋划。　[11]何羿之射革，而交吞揆（kuí）之：为什么后羿有射穿七层皮革的本事，却连他身边的人都合伙谋害他？革，皮革，传说羿能射穿七层皮革。交，交谋、合谋。吞，吞并、吞灭。揆，谋划，算计。　[12]鳌戴山抃（biàn），何以安之：巨龟的身上背负着大山，而喜拍前掌，它们为什么能长期坚持而且高高兴兴？鳌，大龟。戴，负荷。抃，两手相击。这里指四肢舞动。《列子·汤问》中言：渤海之东有五山，常随潮波上下往还，帝恐山上仙人失去居地，"乃命禺强使巨鳌十五举首而戴之。迭为三番，六万岁一交焉。五山始峙而不动"。王逸《楚辞章句》引《列仙传》所说大体相同。　[13]释舟陵行，何以迁之：这两句是由上文大龟在水中负山如舟船引出，联系到浞霸取羿之妻所生之子浇的事。《尚书·益稷》载帝舜评丹朱语"罔水行舟"。此句是说不要如丹朱一样违反天理行事。陵，山地。迁，迁徙、移动。　[14]奡（ào）：原作"浇"，又作"敖"。寒浞与纯狐所生。他力气很大又纵欲残忍，曾杀死夏后相（太康之侄，仲康之子），后来被少康所杀。《论语·宪问》："羿善射，奡荡舟，俱不得其死然。"孔注："奡，多力，能陆地行舟。"　[15]何求于嫂：结合下文，他表面是求女歧代为缝裳，实则是垂涎其美色。　[16]少康：夏后相的儿子。后羿、寒浞、浇依次篡权，先后代夏政，后来少康灭浇，恢复夏朝。浇嫂即女歧。《左传·哀公元年》载，少康"使女艾谍浇"。杜注："女艾，少康臣。"《竹书纪年》："少康使汝艾谍浇。初，浞娶纯狐氏，有子早死，有妇曰女歧，寡居。浇强圉，往至其户，阳有所求，女歧为之缝裳，共舍而宿。汝艾夜使人袭断其首，乃女歧也。"谓女歧为浇之嫂，而女艾即汝艾（少康谍臣），与女歧为两人。但结合诗下句"何颠易厥首，而亲以逢殆"，女歧被误杀。一"亲"字说明此女歧本是少康用以"谍浇"的女艾，没想到自己反而被杀。逐犬：使犬，放犬。　[17] 颠陨：坠落，指砍掉。　[18] 女歧逢裳：女歧为浇之嫂而为浇缝裳，这是非礼的行为。裳为下衣。《礼记·曲礼上》中说："嫂叔不通问，诸母不漱裳。"这两句是互文。嫂也不能为小叔（夫之弟）洗下衣。浇让其嫂缝补下衣，有挑逗之意。　[19] 馆同爰止：同室而居。馆同，即同馆。爰，乃。止，住宿。　[20] 颠易厥首：以自己的脑袋顶替别人的头颅（被砍）。指因被错当作浇而被砍头。易，换，指错杀。　[21] 亲以逢殆：作为亲近者受了这个祸。以上四句说少康使女歧诱浇，等二人"馆同爰止"之夜趁机杀之，结果女歧被误杀。这一次杀浇不成，浇逃走，接着少康逐犬，最终将浇杀死。浇之死，其原因也在于他"求于嫂"，才使少康有了可乘之机。故先说浇"颠陨厥首"，后又对"颠易厥首，而亲以逢殆"的女歧表示感叹。由于诗歌的抒情性和跨越性思维，并未按事件的情节先后发问。

汤谋易旅，何以厚之[1]？覆舟斟寻[2]，何道取之[3]？桀伐蒙山[4]，何所得焉[5]？妹嬉何肆[6]，汤何殛焉[7]？厥萌在初，何所意焉[8]！

璜台十成 [9]，谁所极焉 [10]？登立为帝，孰道尚
之 [11]？女娲有体，孰制匠之 [12]？缘鹄饰玉 [13]，
后帝是飨 [14]。何承谋夏桀 [15]，终以灭丧？帝乃
降观 [16]，下逢伊挚 [17]。何条放致罚 [18]，而黎服
大悦 [19]？

以上问夏桀亡国事。夏桀荒淫无度，奢侈无边，失民心。民心所背，天即弃之。此一段专问何以亡国。

以上第三部分，问夏人之兴、夏之建国，夏初的太康失国与最后的桀之亡夏。贯穿始终的观念是，得人心，则天助之；失人心，则天弃之。

[ **注释** ]

[1]浇谋易旅，何以厚之：浇用心思制造上下成套的甲衣是怎样让它坚厚的？浇（浇）原作"汤"，此处问夏初事，忽插进商汤事，不相涉，文意不次，清牟庭相《楚辞述芳》认为"汤"为"浇"之误。闻一多从之，并据《考工记·函人》称甲为"旅"，《释名·释兵》中"凡甲聚众札为之谓之旅，上旅为衣，下旅为裳"之语解释道："'浇谋易旅'者，易旅即治甲。甲必厚而能坚，故下文曰：'何以厚之'也。"汤炳正等《楚辞今注》云"殷商无伐斟寻与覆舟事，而浇有之，且此上下文皆言浇事"，亦主为"浇"（浇）字之误。　[2]覆舟斟寻：言浇灭斟郭之事。《竹书纪年》言："浇伐斟郭，大战于潍，覆其舟灭之。"看来少康灭浇也是覆浇之船的。斟寻，即斟郭，夏同姓诸侯，其地当伊洛边上，又近黄河，故多水战。其地在今河南省偃师县东北十三里。　[3]何道取之：用了怎样的手段得以成功？道，办法。此句言少康氏灭浇，因其得人心。　[4]蒙山：即"岷山"，夏时国名。　[5]何所得：得到了什么。蒋骥引《竹书纪年》："帝癸十四年，伐岷山，得二女，曰琬，曰琰，爱之而弃其元妃妹嬉于洛，以与伊尹交，遂亡夏。"　[6]妹（mò）嬉：《国语·晋语》云："夏桀伐有施，有施人以妹喜女焉。"妹喜即"妹嬉"，妹嬉开始甚有宠于夏桀。被疏之

后，始私通于伊尹。肆：放纵，过分的行为。 [7]殛：惩罚。《帝王世纪》云："汤伐桀，桀败，与妹嬉浮海奔南巢之山以死。"（转引《山带阁注楚辞》）此言妹嬉之死，也因夏桀之荒淫。 [8]厥萌在初，何所意焉：夏代君王奢侈之风开始萌芽时，是怎样设想它的将来的？萌，萌芽。初，开始。意，通"臆"，预料，测度。原作"亿"，据朱熹《集注》本改。 [9]璜台：用玉装饰的楼台。十成：十层。 [10]谁所极焉：是谁怂恿他这样极欲穷奢？ [11]登立为帝，孰道尚之：女娲登位为帝，是以何种道义而为人尊奉？立，同"位"。道，道义、原则。尚，尊奉。 [12]女娲有体，孰制匠之：女娲同样有着女人之体，是谁造就了她不平凡的气派？制匠，制作。言女娲也有女人之体，而自有德能。此由妹嬉、琬、琰之事起，意思是夏之亡不能看作是妹嬉等造成的，而是桀之失道造成的。 [13]缘鹄饰玉：雕有天鹅图案以玉为饰的礼器。夏朝一直用来祭祀天帝。缘，装饰。鹄，天鹅。饰玉，用玉装饰。此句指祭器的精美。 [14]后帝：天帝。飨（xiǎng）：这里是使动用法，使享用。 [15]承谋：承先王之意而谋划，以图永久。上古帝王祭天仪式盛大，以求保佑。其实天命背后的判断标准是人事，不修德行、不重民事就会失去天命。 [16]帝乃降观：成汤下察民情。 [17]伊挚：伊尹名。伊尹为助汤灭夏的大功臣。 [18]条：鸣条，地名，在今山西省安邑县西。汤伐桀，桀走鸣条，流放而死。致罚：行天之罚。 [19]黎服：黎民。"服"为"民"字之误。"服"古作"𠬝"，二字形相近。悦，原作"说"，通"悦"。

"干协时舞"以下八句是补叙其"弊于有易"的具体过程。言国家、部族之首领不能不慎。

简狄在台，喾何宜[1]？玄鸟致贻，女何嘉[2]？该秉季德，厥父是臧[3]。胡终弊于有易，牧夫牛羊[4]？干协时舞，何以怀之[5]？平胁曼肤[6]，何以肥之[7]？有易牧竖[8]，云何而逢[9]？击床先出[10]，其命何从[11]？

恒秉季德[12]，焉得夫朴牛[13]？何往营班禄[14]，不旦还来[15]？昏微遵迹[16]，有狄不宁[17]。何繁鸟萃棘，负子肆情[18]？眩弟并淫，危害厥兄[19]。何变化以作诈[20]，而后嗣逢长[21]？

以上问商建国后何以能长久。商朝自商汤建国至纣之亡国共 **554** 年。

以上主要问王亥之事。

[注释]

[1]简狄在台，喾（kù）何宜：简狄住在台阁上，帝喾为什么认为她同自己很匹配？简狄，有娀（sōng）氏女，帝喾的次妃。台，指高台上的阁中。喾，商人的高祖，号高辛氏。见于商代卜辞。参《史记·五帝本纪》。宜，读为"仪"，匹配。　[2]玄鸟致贻，女何嘉：燕子遗留下它的卵，简狄吃了为什么就身子有喜？玄鸟，燕子。《史记·殷本纪》说："见玄鸟堕其卵，简狄取吞之，因孕，生契。"契为商人第一位男性祖先。贻，礼物。嘉，生子。　[3]该秉季德，厥父是臧：王亥秉承父亲的德行继承王位，他父亲本来就对他十分赞赏。该，王亥，殷始祖契的六世孙。见于《世本》《山海经·大荒东经》、古本《竹书纪年》。秉，顺，遵循。季，王亥之父，名冥。厥，其。臧，善，嘉许。　[4]胡终弊于有易，牧夫牛羊：为什么败于有易，代为有易放牧牛羊？言王亥远在他国，一时疏忽而上当。弊，困败。有易，夏代国名，当今河北易水一带。据《山海经·大荒东经》和郭璞注引古本《竹书纪年》，王亥从北部游牧部族贩牛，过有易之国，寄牛于其地，被有易之人用美人计杀之而取其牛。从《竹书纪年》"杀而放之"（参注[9]）可见，杀之不成，王亥出逃，

流落在外，但其仆牛被夺。 [5]干协时舞，何以怀之：（王亥）干胁而舞，为什么说勾引了有易氏之女？干协，即干胁，"协"为"胁"字之借，胁，胸之两侧。称作"胁盾"者，作战时用以保护两胁。《管子·中匡》："刑罚以胁盾一戟。"注曰："胁，盾也。"干即盾，则干胁即胁盾。万舞时用为舞具。《左传·庄公二十八年》载，楚令尹子元想引诱寡居的文王夫人，于其宫侧振铎而舞万。据此万舞或为露胁而舞。时以盾挡于胸前。时，是。怀之，使怀恋（使动用法）。 [6]平胁：丰满的胸部（不见肋骨）。曼肤：皮肤润泽。 [7]何以肥之：凭什么来同她相配？言王亥本非有易氏之人，干协而舞，徒为惹祸。肥，"婴"之借字，即妃字，匹配。 [8]有易牧竖：指有易氏首领。有易为北方游牧民族，故以牧竖贱称之。竖，蔑称，犹言小子。 [9]云何而逢：怎么就碰上了王亥与有易女的密会？云何，如何。《山海经·大荒东经》郭璞注引《竹书》中说："殷王子亥宾于有易而淫焉，有易之君绵臣杀而放之。"则上文的"牧竖"实指绵臣。 [10]击床先出：绵臣向床上砍击王亥，王亥逃出。 [11]其命何从：他的性命最后能不能够保全？从《山海经·海内北经》"王子夜之尸，两手、两股、胸、首、齿皆断异处"（"夜"为"亥"之误），《左传·襄公三十年》："亥有二首六身。"看来王亥最后还是被杀且分尸。 [12]恒秉季德：王恒继位秉承父亲冥（也称作季）的德业。恒，王亥之弟。王亥被困于有易后，按照殷人兄终弟及为主、子继为辅的传统，由其弟王恒继位。 [13]焉得夫朴牛：是怎样又要回那些服牛的？朴牛，王逸注："朴，大也。"《吕氏春秋·勿躬》叙其事作"服牛"，即可以耕地、驾车的牛。其意各有侧重。 [14]营：经营。班禄：用谷物以贸易（换取牛）。班，通"搬"。这里为贩运之义。禄，本指用于祭祀之谷米，此处泛指谷米。 [15]不旦还来：天未明即返。旦，原作

"伹","旦"之借。王恒因其兄之事的教训，天未明即离去。《说文》"邨"下附"蘭"曰："民俗以夜市。"桂馥《说文义证》引桓谭《新论》等证之，并引《异物志》"狼膀民与汉人交关，常夜为市"，谓此与蘭俗同。当因白天牛羊布于野外吃草，夜皆以入圈，可以牵之上市。　[16]昏微遵迹：上甲微遵循先人之往迹。上甲微为王亥之子，其命名取义于昏暮之时，故曰"昏微"。《竹书纪年》帝泄"十二年，殷侯子亥宾于有易，有易杀而放之"。"十六年，殷侯微以河伯之师伐有易，杀其君绵臣"。　[17]有狄不宁：指有易做得过分，也得不到安宁。有狄，即有易。"狄""易"二字古多通用。如易牙，《大戴礼记·保傅》等作"狄牙"。　[18]何繁鸟萃棘，负子肆情：承上二句，言有易遭到了国君被杀的结果是自找的。繁鸟萃棘，隐喻一个女子引来多个男子。此喻有易国之首领以其妻引诱他国首领或子嗣，在草垫上恣肆作情。负子，闻一多《天问疏证》以为"泛言藉草而卧"。《白虎通》中言："天子曰不豫，诸侯曰负子。"（转引《字林经策萃华》）"负子"即"负菑"。既杀之草曰"菑"。肆情，放纵情欲。　[19]眩弟并淫，危害厥兄："眩"疑是"胲"之误，《世本·作篇》谓："胲作服牛。""胲"是"亥"的繁文，误作"眩"。亥弟：谓王亥之弟王恒。言兄与弟都中了美人计，为什么只危及其兄而其弟未能失事？意思是王恒能持身不惑，不因小失大。王恒假装与其兄一样，将计就计，要回失去的服牛，又让王亥之子杀有易之君。　[20]何变化以作诈：言王恒要回服牛用了计取的方式。　[21]后嗣逢长：子嗣绵延昌盛。逢，壮大。长，久远。这是说王恒还是坚守其父兄之志，故使殷商之人昌盛而有天下。王亥是最早和北方游牧民族进行商务贸易，换来大量牛用于农耕和运输的人，促进了商人经济的发展和繁荣。《管子·轻重戊》："殷人之王，立帛牢，服牛马，以为民利，而天下化之。"所以历代商王的祭祀中王亥和上甲微的地位很高，与契、汤并列。后来作物资交易者为"商人"，以此为职业为"作商""商业"，与此有关。

　　王亥大概是中原地带最早提倡训牛、用牛耕作、运输的人。但他在同游牧部落（可能是河伯）交易中，被有易所留，扣下了他的一批用来耕地、驾车的牛，又让他在那里放牧。后又因其不慎，招杀身之祸。

　　　　成汤东巡，有莘爰极[1]。何乞彼小臣，而吉妃是得[2]？水滨之木，得彼小子[3]。夫何恶之[4]，媵有莘之妇[5]？汤出重泉，夫何罪尤[6]？不胜心伐帝，夫谁使挑之[7]？初汤臣挚，后兹承辅[8]。何卒官汤，尊食宗绪[9]？

[注释]

[1]成汤东巡，有莘（shēn）爰极：成汤巡行东部，直至有莘之国。成汤，即商汤。有莘，古国名，在今河南陈留县。或曰在今山东曹县以北。爰，乃。极，到。　[2]何乞彼小臣，而吉妃是得：为什么本来只是要有莘氏的一个小臣，却因此而得到一个带来幸运的妃子。乞，求。小臣，指伊尹。伊尹当时只是有莘氏的一个地位很低的家臣，相当于奴隶。传说汤闻伊尹有贤才，向有莘氏索要伊尹，有莘氏不给。于是汤向有莘氏求婚。《尚书·君奭》《墨子·尚贤》《孙子·用间》《吕氏春秋》《列子》等俱提及其名或载有其事。有莘氏嫁女给他，以伊尹为陪嫁。因此妃而得能臣，故曰"吉妃"。　[3]水滨之木，得彼小子：这是说伊尹降生之事。传说伊尹母亲怀孕时，梦见神女告诉她，灶里生蛙时快离开不要回头。不久，灶中蛙生，母亲急往东走，回头一看，身后大水涌来，母亲溺死，化为一棵空桑。水退后，小儿在空桑中啼哭，有人取回养大，就是伊尹。　[4]恶：憎恶其桑生而不喜欢。　[5]媵（yìng）：奴隶社会里嫁女时跟从陪嫁的男女奴隶。二句言有莘之君不识才，

即有之也贱赠他国。　[6]汤出重泉，夫何罪尤：汤被从重泉牢狱中放出，他是因何罪而受关押？传说汤被夏桀关押在夏台的重泉（水牢之地），汤行贿之后被放出。这是说夏桀昏暴，有贤才不能用，又无故关押，使其离心；加以贿赂即释放，又贪小利而树大敌。重泉，在夏台，地当在今河南（非指今陕西的重泉之地）。罪尤，罪过。　[7]不胜心伐帝，夫谁使挑之：抑制不住心中的愤怒而伐桀，有谁挑动他？言并非他人挑动，以桀之无德无能，失去民心，故以伐之。不胜心，心中不堪忍受。帝，桀。挑，挑动。传说汤伐桀是受伊尹的点拨。以下原有"皇天集命"四句，将上下文意隔离。本为问西周兴亡之部分，已移于后。　[8]初汤臣挚，后兹承辅：起初汤以小臣视伊尹，后来提拔以为辅相。臣，小臣。这里用为动词。挚，伊尹名。兹，乃。承，举、进。辅，辅佐。　[9]何卒官汤，尊食宗绪：为什么始终任职于汤手下而从来无过错，死后和商先祖一样在宗庙中享受祭祀？卒，最终。官汤，做汤的相。尊食，庙食，在殷的太庙中受祭祀。宗绪，殷王朝的宗庙系统。以上四句是说汤能重用贤能而成大业。

彼王纣之躬[1]，孰使乱惑[2]？何恶辅弼[3]，谗谄是服[4]？比干何逆，而抑沉之[5]？雷开何顺[6]，而赐封之[7]？何圣人之一德[8]，卒其异方[9]？梅伯菹醢[10]，箕子详狂[11]。受赐兹醢[12]，西伯上告[13]。何亲就上帝罚，殷之命以不救[14]？

以上问商纣之亡国，诗人认为关键是他听谗陷之言，迫害忠良之士。

以上第四部分，问殷商一朝之兴起、建国与亡国。

**[注释]**

[1]王纣：殷王纣，名受。躬：身，这里指身心。　[2]孰：谁。乱惑：昏乱迷惑。　[3]恶：憎恶。辅弼：辅佐大臣。　[4]谗谄是服：只相信中伤好人和阿谀奉承之语。服，用。　[5]比干何逆，而抑沉之：比干有什么违犯纣王心意之事，而被压制不让出头？比干，纣的叔父，因强谏纣而被剖心。逆，抵触。抑沉，压制埋没。沉，原作"沈"，古同"沉"。今改作"沉"。　[6]雷开：纣时奸臣，以阿谀得宠。何顺：是怎样的一种顺从？　[7]赐封：赏给财物、封为诸侯。之：指雷开。　[8]圣人：指梅伯、箕子等。一德：相同的品德。　[9]卒其异方：终究有不同的表现方式。卒，终于。其，乃。此句承上启下。　[10]梅伯：纣时的诸侯。菹醢（zū hǎi）：肉酱。又为古代的一种酷刑，把人剁碎制成肉酱。《吕氏春秋·行论》："昔者纣为无道，杀梅伯而醢之。"　[11]箕子：纣王的叔父。详：通"佯"，假装。《史记·殷本纪》载箕子知纣王被奸佞包围，会陷害忠良，故披发假装癫狂以避祸。　[12]受赐兹醢：纣剁九侯为肉酱，杀鄂侯做成肉干赐给诸侯。受：纣名。"受赐兹醢"以下四句原在"迁藏就岐，何能依？殷有惑妇，何所讥"之后，是问殷商兴亡，今移于此。以上都是说君王无道为商朝灭亡的原因。以上事较集中地载于《史记·殷本纪》。　[13]西伯上告：指西伯文王以祀典将纣王之罪上告于天。　[14]亲就上帝罚，殷之命以不救：纣亲受上帝之惩罚，殷商之国祚被断送。

以上问周人之兴。言其始祖自小经受磨难，故有能力、有才干。后代能吃苦耐劳，故业基深厚，族脉久长。

稷维元子，帝何竺之<sup>[1]</sup>？投之于冰上，鸟何燠之<sup>[2]</sup>？何冯弓挟矢，殊能将之<sup>[3]</sup>？既惊帝切激，何逢长之<sup>[4]</sup>？

**[ 注释 ]**

[1] 稷维元子，帝何竺之：后稷是帝喾的长子，天帝为什么恨他，使他生下来就经受磨难。稷，后稷，周人始祖。元子，长子。因后稷之母姜原为帝喾元妃，故称后稷为"元子"。帝，指天帝。竺，古通"毒"，古音相近，蒋骥《山带阁注楚辞》指出古"天竺"亦作"天毒"。此处为恨恶之意。这两句意思是天帝让他从小就受到磨炼。　[2] 燠（yù）：暖。传说姜原踩巨人足迹而感应生稷，以为不祥，遂弃于僻巷，牛羊庇护他；扔在森林里，有伐木人要收留他；扔在河冰上，鸟张开翅膀暖着他（见《诗经·大雅·生民》）。　[3] 何冯（píng）弓挟矢，殊能将之：此承上言后稷事。刘盼遂说："此言稷为司马事也。"（转引《屈赋通笺》）《诗经》孔《疏》引《尚书刑德放》云："稷为司马。"《诗经·鲁颂·閟宫》郑《笺》云："后稷虽作司马，天下犹以后稷称焉。"为司马则曾执武事，能用强弓。冯弓，强其弓。挟矢，带着箭矢。殊能，特异的才能。将，统帅。　[4] 既惊帝切激，何逢长之：当初因难产使帝喾受到惊吓，周的国祚反而昌盛绵长。切激，激烈。

伯昌号衰[1]，秉鞭作牧[2]。何令彻彼岐社，命有殷国[3]？迁藏就岐，何能依[4]？殷有惑妇[5]，何所讥[6]？师望在肆[7]，昌何识[8]？鼓刀扬声[9]，后何喜[10]？武发杀殷，何所悒[11]？载尸集战，何所急[12]？伯林雉经，维其何故[13]？何感天抑地，夫谁畏惧[14]？会朝争盟[15]，何践吾期[16]？苍鸟群飞[17]，孰使萃之[18]？列击纣躬[19]，叔旦以上问周的建国。写文王知人，能用卓越人才以共同成就事业。特别提到周公对于殷商灭亡的反省，值得代代统治阶级思考。

不嘉[20]。何亲揆发，定周之命以咨嗟[21]？授殷天下，其位安施[22]？及成乃亡，其罪伊何[23]？争遣伐器[24]，何以行之[25]？并驱击翼[26]，何以将之[27]？

[注释]

[1]伯昌：周文王，姬姓，名昌。纣时为西方诸侯之长。号衰：号召于衰世。指当殷朝政治混乱、国运衰微之际，号召于民众之中。 [2]秉鞭作牧：管理百姓。作牧，古代对官员管理百姓的说法。 [3]何令彻彼岐社，命有殷国：为什么天命会让周人搬迁岐地的宗庙，东迁而取代了殷国的统治。彻，移动。岐，古地名，在今陕西岐山县东北，周灭殷之前在此立国。社，古代垒土为坛，祭祀土地之神，叫社。各阶层均可立社，而有国之社表示对整个国土之维护，故常立于国都，也是政权的象征。周逐步强大以后，迁都于丰，所以毁弃原来的岐社。命，天命，命有殷国，即受命代替殷朝的统治。 [4]迁藏就岐，何能依：周人搬迁，带着积蓄的财物，远远地到岐山下，老百姓为什么会跟随着迁徙？藏，宝藏，财物。就，往。周先公起初居于邠（今陕西彬州至甘肃宁县一带），后因戎狄的侵略，古公亶父率周人迁于岐，民皆扶老携幼从之。依，依托。言其得民心。 [5]惑妇：指妲己。 [6]何所讥：还有什么可以劝谏的？讥，谏。此下原有"受赐兹醢"四句，为问商兴亡部分的结尾，已移于前。 [7]师望：即吕望，文王以其为师，故称师望。肆：市肆，街市。 [8]昌：周文王的名。识：看出（其才能），赏识。 [9]鼓刀：动刀砍肉。扬声：高声叫卖。 [10]后：指文王。 [11]武发杀殷，何所悒（yì）：周

武王姬发杀死了殷纣王，还有什么犹豫不安之处？武发，周武王名发。殷，指殷纣。悒，忧郁不安。本句说武王灭商后想到守天下之不易，恐后代也会走向穷奢极欲，以至于亡国。 [12] 载尸集战，何所急：当初载着文王神位，联合诸侯会战攻商，又为什么那样紧急？尸，这里指木主、灵牌，即写有死者禄位名字的木头牌位。集战，会战。文王死后不久，武王伐纣，车上载着文王神位。这里是说纣已失去民心，武王要继承文王之事业以安天下。 [13] 伯林雉经，维其何故：纣在鹿台附近的柏林中自尽而死，他为什么会落得这样的结局？伯林，郭沫若谓鹿台所在必为林园。疑“伯林”本作“柏林”，园中多松柏，字误作“伯”。雉经，以绳缢死。 [14] 何感天抑地，夫谁畏惧：为什么他的死亡会感于天下警于人世？究竟是哪些人应该有所警戒和畏惧？感天，使上天关注。抑地，使人间一些人有所约束、自律。 [15] 会朝：聚会于早上。朝，原作“鼂”，又作“晁”。洪兴祖：“‘鼂’‘晁’并‘朝夕’之‘朝’。”今据改。争盟：争相盟誓。这是写武王伐纣的事。武王伐纣，到了孟津，诸侯都来会师，武王作《泰誓》。《诗经·大雅·大明》写周人伐殷商之军，“其会如林，矢于牧野”。“矢”即起誓、誓师。《史记·周本纪》中也说：“甲子昧爽，武王朝至于商郊牧野，乃誓。” [16] 何践吾期：为什么会按吾（指武王）所约？ [17] 苍鸟群飞：喻各路诸侯的会合。苍鸟，鹰。喻牧野之师，诸侯争赴，如群鹰齐飞。 [18] 孰使萃之：是谁的能力使他们会集在一起？言天下人心使他们合在一起。萃，集。 [19] 列击纣躬：砍击纣的尸体。《说文》：“列，分解也。”列，通“裂”。躬，躯体。《史记·周本纪》记载，纣败，自焚死，武王至纣死所，射之三发，然后“以轻剑击之，以黄钺斩纣头，悬大白之旗”。 [20] 叔旦不嘉：周公并不赞成这种简单泄愤的方式。叔旦即周公，武王之弟，名旦。周公认为不是除一纣天下即永安，应考虑如何避免后世天子变得如纣一样。嘉，称赞。 [21]何亲揆发，定周之命以咨嗟：为何在辅助武王取得天下之后，又有所感叹？此言周公在周朝建立之后，意识到使治天下者长期保持德政之难，希望在位者时时要有忧患意识。揆，辅佐。古有揆席，相当于后之宰相位。发，武王名。咨嗟，嗟叹。定，原作"足"，旧归上句，然而语意难明。朱熹《集注》引一本作"定"，属下句。今从之。 [22]授殷天下，其位安施：老天爷把天下授给殷商之人，又为什么转移给周人？这两句并下面两句为一节，是诗人所设想周公咨嗟思考的问题。授，给予。其位，指殷人的王位。施，通"移"，二字古音相同，可以通借。如《诗经·周南·葛覃》"施于中谷"，毛《传》"施，移也"。 [23]及成乃亡，其罪伊何：上天使其灭殷而得天下，又使其灭亡，它的罪过又是什么？及，原作"反"，朱熹引一本作"及"。刘师培、闻一多俱主张作"及"。今据改。伊，因。 [24]争遣伐器：争相派遣武装军队。伐器，本指兵器，这里代指参战士卒，即会师伐纣的八百诸侯所率领的手持武器的士兵。 [25]何以行之：武王用了什么办法发动他们？ [26]并驱击翼：大军从左右两侧夹击殷商军队的两翼。 [27]何以将之：是怎样统率指挥的？

以上为第五部分，问周建国及有关西周灭亡之过程。周幽王不能识人、用人，杀害忠良，臣下不敢直言，其心思完全不在治国理政上面，以国家之事为儿戏，故造成西周灭亡。

昭后成游[1]，南土爰底[2]。厥利惟何，逢彼白雉[3]？穆王巧梅，夫何为周流[4]？环理天下[5]，夫何索求[6]？妖夫曳衒[7]，何号于市[8]？周幽谁诛[9]，焉得夫褒姒[10]？皇天集命，惟何戒之[11]？受礼天下，又使至代之[12]？

[ 注释 ]

[1] 昭后：即周昭王，成王之孙。成游：开始这次巡行。成，实现，完成。以大军伐楚，即《吕氏春秋》所谓"周昭王亲将征荆"。　[2] 南土爰底：一直到了南方楚国之地。南土，指楚国。爰，乃。底，至。　[3] 厥利惟何，逢彼白雉：到底贪图什么利益南巡，是喜欢上了白色野鸡吗？利，贪。逢，迎。白雉，白野鸡。清人毛奇龄说："按《竹书纪年》，昭王之季，荆人卑词致于王曰：愿献白雉。昭王信之而南巡，遂遇害。"周昭王本有服南夷、播王道之志，故图谋伐楚。楚献白雉，是以进献特产或稀有之物的方式表示臣服之意，与《尚书·禹贡》所载"岛夷皮服""岛夷卉服"相类。　[4] 穆王：昭王之子。巧梅，王夫之《通释》："梅，与'枚'通，马策也。巧梅，善御也。"周穆王周游天下，好名马，重赏善御者造父，本人必然也善于御马。周流，周游。诗人认为昭王图谋讨伐周围国家，穆王不管政事而周游天下，已开荒废政事的风气。宗周之衰，也非一时形成。　[5] 环理：即周游。　[6] 何索求：索求什么？　[7] 妖夫：妖人。曳：牵引。衒：行且卖，即沿街叫卖。　[8] 号：叫卖声。　[9] 周幽谁诛：周幽王要杀的是什么人？周幽，周幽王。传说周宣王时有两句童谣："檿（yǎn）弧箕服，实亡周国。"意思是桑弓和草编的箭袋要灭掉周国。后来有夫妇在街上叫卖这两样东西，被认为妖人，宣王急予追捕，欲杀之。他们出逃，路上发现并收养了一个为后宫童妾所生而抛弃的小女孩，逃奔褒国。此女长大即褒姒。　[10] 焉得夫褒姒：怎样得到褒姒的？幽王攻褒，褒人将褒姒献于幽王，为幽王所宠爱。其后幽王荒淫无道，以国事为儿戏。于是申侯联合犬戎、缯人攻杀幽王于骊山之下。（见《国语·郑语》《史记·周本纪》）诗人认为街上叫卖什么无关国运，关键是周幽王荒淫无道使周亡国。　[11] 皇天集命，惟何戒之：皇天降赐给周以天命，是怎样

告诫他们的？集，止，落。戒，警戒。　[12]受礼天下，又使至代之：上天既然让其受理天下，为什么又使他族之人取代？礼，通"理"。此言西周王朝已失去天下人心。以上四句原在"初汤臣挚"四句之前，上下不连贯，今移于此。

天命反侧[1]，何佑何罚[2]？齐桓九会[3]，卒然身杀[4]。勋阖梦生[5]，少离散亡[6]。何壮武厉，能流厥庄[7]？中央共牧，后何怒[8]？蜂蚁微命，力何固[9]？惊女采薇[10]，鹿何祐？北至回水[11]，萃何喜[12]？兄有噬犬[13]，弟何欲？易之以百两，卒无禄[14]？

[注释]

[1]反侧：反复无常。　[2]何佑何罚：言天命反复无常，保佑什么惩罚什么，人们应该明白。　[3]齐桓：齐桓公，春秋五霸之一。九会：齐桓公九次召集诸侯会盟。　[4]卒：最终。齐桓公晚年任用奸人易牙等。齐桓公病时，易牙等为乱，桓公最后饥饿而死，故曰身杀。　[5]勋阖：春秋时吴王阖闾。阖闾有开吴之功，故曰勋阖。梦生：寿梦的子孙。寿梦是阖闾的祖父。　[6]少：少年。离：通"罹"，遭遇。王僚立，阖闾散亡在外。　[7]何壮武厉，能流厥庄：为什么后来具有勇武刚强的精神，使他的威望流布于诸侯之间？壮，壮年。厉，威猛。厥庄，君王的威严。庄，本作"严"，与"七"不叶韵。清刘梦鹏《屈子章句》、陈本礼《屈辞精义》以为本为"庄"，避汉明帝讳而改。丁晏、俞正燮、孙诒让等俱认为本作"庄"。今据改。　[8]中央共牧，后何怒：明蒋之翘《七十二家评

楚辞》引《楚辞赘说》："盖中央者，中国也；共牧者，共九州之牧也。若使中国共牧，无所战争，使何怒而有讨乎？"中央：指周王朝，为当时政治、礼俗的中心。共牧：指利用诸侯国与周边部族来共同管理天下。古代称行政管理人叫"牧民"。　[9] 蜂蚁微命，力何固：古代常以蜂蚁之成群躁动喻民众造反。如《周公礼殿记》"变异蜂启"，汉代《陈球后碑》"蜂聚蛾动"等。蒋之翘言："蜂蚁微命而好争，其力甚固，盖蜂有毒而蚁好斗故也。以喻上失其政，九州无牧，诸侯战争，不可禁止。"钱澄之《屈诂》、毛奇龄《天问补注》、徐文靖《楚辞集注》等说相近。蚁，原作"蛾"，洪兴祖、朱熹并云："古蚁字。"朱熹引一本作"蚁"。今据改。微命：小命。力何固：问国人反抗的力量怎么那么强。此句言如有朝政不利于民，老百姓的力量也是很强的。　[10] 惊女采薇，鹿何祐：王逸注："言昔有女子采薇菜，有所惊而走，因获得鹿，其家遂昌炽。乃天佑之。"清李陈玉《楚辞笺注》："昔有避难之女，采薇而食，至于回水之上，遇神鹿救之，衔草而为之食，则又何所喜乎？此皆天之不绝乎人也。而有国者独不能得与女子同怜，则又何也。"言民不会死尽，而有国者无德则亡。后人多同伯夷、叔齐事牵连。此处问列国事，其说非是。惊，通"警"，警戒。鹿何祐：言上天怜人。　[11] 回水：河水弯曲处往往有漩涡，因而叫回水。　[12] 萃：聚集而止息。应是指同失散的家人团聚。总之言民之难总能过，而失国者肯定难以保命。　[13] 噬犬：猛犬。　[14] 易之以百两，卒无禄：传说春秋时秦景公有猛犬，他的弟弟鍼要用一百辆车和他交换，秦景公看出了他的心机，便夺了他的爵禄，将其驱逐出国。易，交换。两，同"辆"。禄，爵禄。此节之后文字有所窜乱，文意阻隔，今在前贤基础上稍做调整。此下原有"薄暮雷电，归何忧"等六句，显然为诗人自叙以结尾文字，今移于后。

吴获迄古，南岳是止[1]。孰期去斯，得两男子[2]？彭铿斟雉[3]，帝何飨？受寿永多[4]，夫何长[5]？荆勋作师，夫何先[6]？吴光争国，久余是胜[7]。何环闾穿社，以及丘陵[8]，是淫是荡[9]，爰出子文[10]？吾告堵敖以不长[11]。何试上自予[12]，忠名弥彰？薄暮雷电[13]，归何忧[14]？厥严不奉[15]，帝何求[16]？伏匿穴处，爰何云[17]？悟过改更，我又何言[18]？

以春秋战国一些事件综论国家兴亡。有先能重德用贤，因而名重列国者，因晚年之任用奸人而被囚饿死；有少时多受磨难，而长大后因能用人而声名远播者；有总领天下而被小民赶走者。老百姓希望天下一统，永远太平，不希望分裂争斗。

诗人不希望楚国好武争强，只希望太平而有贤达治国。在屈原思想中，统一天下应是水到渠成，不主张剑与火的较量。

[注释]

[1]吴获迄古，南岳是止：吴获自古就在南岳之地。吴获，指楚人先祖吴回。迄古，终古，言已有很长的时间。止，停留，居住。　[2]孰期去斯，得两男子：谁想到在他离开这里（南岳）的时间，他的妻子为他生了两个儿子。《山海经·海内经》中说："伯陵同吴权之妻阿女缘妇。缘妇孕，三年，是生鼓延、殳。殳始为侯，鼓延是始为钟，为乐风。"吴权即吴回吴获，"回""获"二字古音近。阿女缘妇所生鼓延、殳，即诗中所说"得两男子"。这是有关楚人来源的说法。　[3]彭铿：彭祖，也即老彭。《史记·楚世家》："吴回生陆终，陆终生子六人，坼剖而产焉。……三曰彭祖……六曰季连，芈姓，楚其后也。"《正义》引《神仙传》，"彭祖讳铿"。传说彭祖善烹调，曾向唐尧进献雉羹。斟雉：斟了野鸡汤。言天下无事，君亦无忧。斟，用勺舀。　[4]受寿永多：获得很长的寿命。永，长。　[5]夫何长：为什么能活那么长？言上古天下太平，民无忧。　[6]荆勋作师，夫何先：楚国兴师与吴作

战，为什么要自己先生事兴师？王逸注言，初，吴楚边邑之女争桑于境上，怒而相攻，"于是楚为此兴师，攻灭吴之边邑"，屈原认为无故挑事则国运难以长久。荆勋，历史上功勋卓著的楚国。为楚人自豪之称。此下原有"悟过改更，我又何言"二句，显然为全文结尾，句式上也与"薄暮雷电，归何忧"等六句一致，且合韵，而与此前各节有所不同。今移于全诗末尾。　[7]吴光争国，久余是胜：吴国的公子光争国自立后，长时间内多次战胜楚国。吴光，吴王阖闾名光。争国，杀吴王僚而自立为王。久余是胜，老是战胜我们。余，我，我们。这里代指楚国。春秋末期，楚屡败于吴王阖闾，郢都曾被攻破。此言吴公子光在争夺王位和伐楚过程中都能重用人才，尤其任用了因父兄被杀从楚国逃去的伍员（伍子胥）。这也是暗指现实中楚王不能用人，故几次惨败于秦。　[8]环闾穿社，以及丘陵：指吴军乱窜于闾社之中。环，环绕。闾，闾里。穿，穿行。社，古代若干闾里立社以祭土神。　[9]是淫是荡：写吴军的行为。《左传·定公四年》言："吴入郢，以班处宫。"杜预注："以尊卑班次，处楚王宫室。"《榖梁传》云："君居其君之寝而妻其君之妻，大夫居其大夫之寝而妻其大夫之妻。"《吴越春秋·阖闾内传》亦言之。大夫、将军以上如此，士卒之乱可想而知。　[10]爰出子文：哪里还有子文这样德能兼具的令尹来治理国家？爰，（在）哪里。子文，名斗穀於菟，楚成王时令尹。其为官执法不避亲，又捐家财以解楚国之难，灭弦国，伐随，使附于楚。后因子玉伐陈有功而自让其令尹之职。"何环闾穿社，以及丘陵，是淫是荡"三句，原作"环穿自闾社丘陵"一句，与全诗格式不合。据洪兴祖、朱熹引一本改。　[11]吾：闻一多《校补》谓当作"语"，古多通用。堵敖：楚文王之子，在位时令尹子元专权，毫无忌惮。成王袭弑堵敖即位，子元被杀，子文为令尹，力纾楚国之难。成王布德施惠于民，结好于诸侯，使人贡于周天子。此句直承上文，说令尹子文同成王谈论楚国过去的教训和治乱之道，包括刚刚死去的堵敖不长久的原因，以诫楚成王，这是子文忠名弥彰的原因。此后楚国君臣励精图治，终于走上富强之路，到了楚庄王，遂成为春秋五霸之一，所以子文为令尹时是楚国由一般走向强大的转折点。　[12]何试上自予：（子文）为什么能时时警诫楚君并以正自持？试，告诫，进谏以警诫。自予，自念，自持。子文是屈原"举贤授能"政治理想中的典型人物。　[13]薄暮雷电：写诗人作诗时的情景，也暗喻楚国当时的形势，有"风雨如晦"之义。　[14]归何忧：能回郢都，个人的升降去就都无所谓。以下是针对当时的楚国之事而发的感慨。　[15]厥严：指国君严于用人、行事的法度。奉：尊奉，保持。　[16]帝何求：求上帝有什么用。帝，天帝。这两句是说楚怀王惑于谗佞，不能严己守道，祈求天帝又有何用？传说楚怀王信巫觋，重祭祀，欲以之胜秦军，故屈原发此问。　[17]伏匿穴处，爰何云：我已经被放逐，伏藏岩穴，还能说什么呢？　[18]悟过改更，我又何言：以上所问，不过是希望对天道有所理解。有道而兴，无道则亡，如此而已。清胡濬源《楚辞新注求确》云："《天问》一篇，大旨总为楚怀嬖色，信谗弃贤，以致亡国辱身而发……愤极悲极也……总之，《天问》题甚明，是设天以问人，非人问天也。"

［点评］

《天问》是屈原的代表作之一，作于被放汉北云梦之时，大约在楚怀王二十七年、二十八年（前302—前301）间。

《楚辞章句·天问序》中说："屈原放逐，忧心愁悴，彷徨山泽，经历陵陆，嗟号旻昊，仰天叹息，见楚有先王之庙及公卿祠堂，图画天地山川神灵，琦玮谲诡，及古贤圣怪物行事。周流罢倦，休息其下，仰见图画，因书其壁，呵而问之，以渫愤懑，舒泻愁思。"书壁之说，未必可信，但言见先王之庙及公卿祠堂，由某些壁画引起思考，写成此篇，则与诗的内容相合。屈原两次被放，第二次是顷襄王初年被放江南之野，即洞庭湖一带。长江以南楚人开发较迟，不可能有楚先王之庙及公卿祠堂，故当是被放汉北时所见。汉北的东北部距楚别都（本为旧都）鄢（今湖北宜城东南，在汉水边上）不远，鄢的楚先王之庙引起屈原对楚国前途的深切思考。清代丁晏《天问笺》引史书所记汉代宫室及宗庙有关历史故事、神话传说的壁画、事例甚多。我国目前发现的两幅最早的帛画（《妇女凤鸟图》《龙舟人物图》），还有一幅最早的漆器人物画，上面画着十个人物，都是战国时代楚国作品。战国后期的楚国在宗庙祠堂里有《天问》那样内容丰富的壁画，是完全可能的（参拙文《〈天问〉的作时、主题与创作动机》，《西北师大学报》2000年第1期）。

从内容看，《天问》实际上是由《离骚》中陈辞部分生发出来的。在《离骚》中，屈原已有借回顾往古历史以表现对现实的态度、抒发内心悲愤之情和劝谏怀王的想法。后来，他将这部分内容展开，形成了《天问》。所以说，《天问》写在《离骚》之后。再者，《天问》的内容和所表现的情感，同《离骚》比起来，更多了些理性的思考，似为情感稍微平静时的作品。因而，它比《离骚》《抽思》都要迟一些。由此，我认为它当作于楚怀王二十七、二十八年间。

《天问》全诗的层次是：宇宙与天文，鲧禹治水和九州土地，夏兴亡，商兴亡，宗周兴亡，六国及楚事，共六部分。这当中应注意两点：

（一）《天问》谈三代之事，并非依次历历叙述，每一朝代都主要问三大问题：该族人的兴起、建国、亡国。其他不多涉及。明乎此，就不会有叙事不均衡、行文过于随意的指责。

（二）问夏人之兴从鲧禹治水开始，夏朝之建国由启继王位，追求淫乐，最后造成太康失国，直至少康中兴，前后近百年，历时较久。所以这两部分内容较多。关于夏桀亡国，文字不多。值得注意的是：屈原思想上无夷夏之分，无论是华夏还是东夷，都可以来主持治理天下。屈原任左徒之后即城广陵，后又建议由昭滑经营灭掉越国，为统一全国做准备，也反映出他并不因中原人称楚为南蛮，就认为楚人没有以仁德统一天下之责任。这也是屈原作为一位两千三百多年前的政治家的思想的光辉处之一。接着问商人的兴起，从商人之产生说起。这从时间上又退回到同夏人的兴起相近的时代。其中说到王亥、王恒等的故事，说明这个民族发展起来的不容易，也说明了有德者存、无德者亡的历史教训。商之先祖与北方游牧部族交易生产、生活资料，将牛引入中原用于交通运输，后传到西北，周人又用于农耕，对上古经济文化发展贡献甚大。商汤之建国，也因其识人爱才，能得民心。殷商之亡，在于纣之宠信奸佞、残害忠良又惑于女色。从种种发问中，可以看出同楚国现实的联系。问周人之事也一样，是在问完商纣亡国以后，又退回去从周人始祖问起。

以上两点是我们了解《天问》的结构和主题的关键。

从《天问》的整体结构上去思考《天问》所要表现的中心思想，可知屈原写《天问》是希望楚王从历代的兴亡成败中汲取经验教训，而不仅仅是为了发泄愤懑。

《天问》是诗人精心构思的一首抒情长诗，同《离骚》不同的是，它更多的是借着对历史的回顾，表现对现实的态度，同时也抒发了在政治斗争中的满腔激愤。内容也不是散漫无纪，没有中心。只是由于开头问天地开辟、大地万物部分所造成的困扰，以及窜简现象的存在，使一些即使是很欣赏《天问》的学者也把它看作"碎金"，对它的主题以至所反映的主导思想的看法都有些偏差。

屈原通过《天问》说明，无论自然界还是人类社会，违背天道都是难以长久的，是自取灭亡。在古代很多思想家的著作中，"天道"即自然之道，是非人为所能改变的客观规律。武王伐纣时之《泰誓》中说："民之所欲，天必从之。"(《左传·襄公三十一年》引)"天视自我民视，天听自我民听。"(《孟子·万章上》引)屈原正是继承了这种有利于社会发展的哲学观念。他在《离骚》中说：

　　皇天无私阿兮，览民德焉错辅。夫维圣哲以茂行兮，苟得用此下土。瞻前而顾后兮，相观民之计极。夫孰非义而可用兮，孰非善而可服？

这可以说正是对《天问》的高度概括，或者说《天问》全篇就是从这八句中生发出来的。

《天问》说:"皇天集命,惟何戒之?受礼天下,又使至代之?"这是说:皇天集禄命于王者之身,让他治理天下,又为何使异姓来取代他?没有说出来的意思是:上天让他重民生,有法度,有所戒惧。如果不遵此以行,违背仁德,失去民心,上天就会使他人代之。从这些诗句可以看出,《天问》同《离骚》的主导思想是一致的。

《天问》不主要是谈哲理,就同它不主要抒愤一样。《天问》中确实流露出作者的悲愤心情,但主要表达的是"有道而兴,无道则亡"的思想。

《天问》从上古史的角度看,也保存了很多极有价值的资料。如关于鲧治水的历史,夏代初年部族间斗争的一些细节和商建国以前同北方一些部族在物资商品方面的交流和三代兴亡等等,在整个先秦文中是记载最集中、最详细的。关于鲧的评价,也同儒家思想观念笼罩下一般书中所说不一样。他认为鲧是作了贡献的,禹在其父治理的基础上更重疏通的一面。鲧禹两代人的功业方造就九州之地的安宁,所以拥护启继禹掌天下。郭沫若在《屈原研究》中言《天问》的价值超过《尚书》,可见其对《天问》的重视。

《天问》在表现形式上有两个很特殊的地方,使历来学者劳神尽智,做种种猜想:第一是开头两部分先写天地日月星辰,再写山川大地奇闻,好像与后面问人事历史者无关;第二是作为一首长达三百七十六句的长诗,全篇用设问的方式。作者这样做的原因何在?

关于第一个问题,这同当时一些有比较深刻的思想的学者在宣传学说时常采取的谲谏方式有关。《史记·孟子荀卿列传》说到驺衍等人看到有国者骄奢淫侈，不能尚德，正面谏说难以被接受，故先从闳大不经之事理说起，而由一些具体事物说天道之理，往往先验小物，推而广之，以至于无垠。甚至天地未生，"窈冥不可考而原"之时，"先列中国名山大川，通谷禽兽，水土所殖，物类所珍，因而推之，及海外人之所不能睹"。由这些开始，逐渐论及社会、历史。司马迁总结说："然要其归，必止乎仁义节俭，君臣上下、六亲之施始也滥耳。"以由远到近的办法来使对方明白有道而兴、无道而亡之理。因为那些"淫侈"的"有国者"，你向他讲治国安民之道，他便厌倦；如果提起得太多，他更会震怒。他们轻用生杀陟降之权，而疏于治乱废兴之理，难以理喻。于是，事人主者便揣摩这些人空虚的头脑、无聊的生活、好奇的心理，从较为迂远而能引起他们兴趣的事情谈起，逐步靠近，徐徐而入，稍稍浸润之，使他们自己悟出一些道理，明白利害关系，从而有所改变。如《战国策·齐策三》载：

　　孟尝君将入秦，止者千数而弗听。苏秦欲止之，孟尝君曰："人事者，吾已尽知之矣；吾所未闻者，独鬼事耳。"苏秦曰："臣之来也，固不敢言人事也，固且以鬼事见君。"

　　苏秦便讲了土偶人与桃梗的寓言，然后说："今秦四塞之国，譬若虎口，而君入之，则臣不知君所出矣。"孟尝君因而罢入秦之想。明白了上面这些情形，就可以清楚《天问》开头问天地未生以至九州禹贡的部分的原因。

　　第二个问题：何以要采用发问的形式？《天问》要通过纵览先代兴亡，说明"有道而兴，无道则亡"的真理。但是，如果采用正面叙述的办法，那些人主读到这里，仍然会厌而弃之，事实上，从文学的角度说也缺乏耐人寻味的力量。由于它的内容、主题和创作动机的特殊性，诗人不能不在形式上格外有所考虑。用发问的形式，作者要说的意思不直接说出，引人君自己去思索玩味，给了这些人君以显示聪明才智的机会。这样，从表现方面来说，显得含蓄一些；从阅读方面来说，也具有启发性和趣味性。

　　作品名曰"天问"，义乃双关：其一，由天地万物问起；而后面问三代兴亡与人事的部分，也表现了天理，均可以"天"统之。有关天理之问，不问天而问何？这是"天问"的第一义。其二，《尔雅正义·释诂》："继天者，君也。"则屈原写此，当初并不是写给一般人读的，而是有意要写给君王看的。以"问天"为由，希望怀王由此而深思之。这是"天问"的第二义。

　　总之，《天问》在内容安排和表现形式上的特殊性，主要是同诗人的创作动机有关，其次是同当时盛行于齐国的以大九州之说导入谲谏的风气有关。如果不是为了能引起楚王的兴趣，使他看，并使他看下去，有所思考，屈原不一定采用这种形式。

　　本诗问天宇、问大地的部分反映了当时古人在天文、地理方面的自然科学知识与很有意义的推想，有很高的认识价值；同时，这部分还有些神话传说的成分，有些对自然现象的认识也是通过神话表现出来的。所以鲁迅曾说

"《天问》是中国神话和传说的渊薮"（见许寿裳《亡友鲁迅印象记》，人民文学出版社 1997 年版，第 4 页）。《天问》中关于夏人、商人早期历史的论述，不少是先秦文献中所仅见，十分珍贵。比如商人早期同北方游牧民族的经济交往，将牛引入中原之地，促进了中原及周边交通、农耕的发展等，都有极高的认识价值。

《天问》虽用传统的四言诗的句式，四句一节，但句式、字数、问的方式及设问的句数等时有变化，语言凝练而生动，略去了不少时间、地点、情节前后无关的交待，而只点出那些值得深思、包含哲理的故事或神话传说，很值得反复玩味。清代夏大霖在其《屈骚心印》中说本诗"奇气纵横，独步千古"。郭沫若《屈原研究》一文中说："这篇要算空前绝后的第一等奇文字。""更单就它替我们保存下来的真实的史料而言，也足抵得过五百篇《尚书》。"所以，从文学史、文化史、史学文献任何一方面来说，《天问》都具有很高的价值。

# 九　章

　　《九章》九篇，朱熹《楚辞集注》提出："后人辑之，得其九章，合为一卷，非必出于一时之言也。"蒋骥《楚辞余论》中说："杂作于怀、襄之世。其迁逐固不皆在江南，即顷襄迁之江南，而往来行吟，亦非一处。诸篇词意皎然，非好为异也。"林云铭《楚辞灯》中也认为《惜诵》作于怀王见疏未放之前，《思美人》《抽思》乃怀王斥之汉北所为。并认为：《惜诵》当作于《离骚》之前，《思美人》宜在《抽思》之后。《怀沙》为屈原绝笔，司马迁《屈原列传》已写得很明白。《惜往日》《悲回风》二篇，宋代李壁已有诗曰："《回风》《惜往日》，音韵何凄其！追吊属后来，文类玉与差。"认为应是宋玉、景瑳之作。明许学夷和清代以来很多杰出学者从各方面指出此二篇非屈原所作。《悲回风》为宋玉之作，《惜往日》为景瑳之作。

　　西汉时东方朔模仿《惜诵》等篇而成《七谏》，与此后的同类之作《九怀》《九叹》《九思》不同，似乎在东方朔之时，西汉早期所辑屈原的《惜诵》等七篇作品中尚未加入《惜往日》《悲回风》而取名"九章"。今仍保持"九章"之名，将屈作依创作先后做一调整，景、宋之作归于原作者名下。

《九章》各篇原来顺序为:《惜诵》《涉江》《哀郢》《抽思》《怀沙》《思美人》《惜往日》《橘颂》《悲回风》，屈原之作多列于前，唯《橘颂》为屈原早期之作列于后，当收集到最迟，故列于后。最末一篇为宋玉的《悲回风》，则《九章》为宋玉搜集完成的可能性也有。只是在汉代初年，也有只收屈原之作七篇的文本流传，故东方朔仿之作为《七谏》。

# 橘　颂

　　《橘颂》是屈原二十岁行冠礼时所作。上古时冠辞也叫"冠颂"，本篇是诗人以橘自喻，借橘以明志，故题作"橘颂"。本篇形式与《仪礼·士冠礼》和《孔子家语》所载几篇先秦时代冠颂相同，便是明证。上古之时冠礼也叫"嘉礼"，本篇第一句"后皇嘉树"，用"嘉"字也正是借树以表示为自己行嘉礼时明志而作。同时，篇中一些字句也出于上古《士冠礼》。如《仪礼》载《士冠辞》中有"弃尔幼志"之句，而《橘颂》中言"嗟尔幼志"，因为行冠礼之后要树立成人的思想观念。再如"嘉"字，在《仪礼》所载《士冠辞》中出现了五次；"橘来服兮"的"服"在《士冠辞》中出现了六次，并且同《橘颂》一样都用为韵脚。行冠礼的意义是要行成丁礼者从此放弃少年之时一切依靠家庭的观念，担当家庭与社会的某些责任。

　　后皇嘉树[1]，橘徕服兮[2]。受命不迁[3]，生南国兮[4]。深固难徙[5]，更壹志兮[6]。绿叶素荣[7]，纷其可喜兮[8]。曾枝剡棘[9]，圆果抟兮[10]。青黄杂糅[11]，文章烂兮[12]。精色内白[13]，类任道兮[14]。纷缊宜修[15]，姱而不丑兮[16]。

**［注释］**

[1]后皇：后土皇天，指天地。嘉树：嘉美的树。橘树白花赤实，皮既馨香，又有美味。屈原以橘树自喻，故以下所写，颇同于《离骚》中"纷吾既有此内美兮"的自述。　[2]橘徕服兮：橘树生来就适应南方的水土。徕，同"来"。服，服习适应。　[3]受命：受天命。从树的方面说，指禀天地之气；从自喻的方面说，指受天命而将对国家有所作为。不迁：立足乡土，不轻易改变地方。《晏子春秋·杂下》中说："橘生淮南则为橘，生于淮北则为枳。"　[4]南国：江汉一带，指楚国。　[5]深固：言其扎根深厚。徙（xǐ）：迁徙。　[6]壹志：志向专一。　[7]素荣：白花。荣，花。　[8]纷：盛多。可喜：令人喜爱。　[9]曾：通"层"，重叠。剡（yǎn）棘：锐利的刺。　[10]抟（tuán）：同"团"，圆的样子。　[11]青黄杂糅：橘子表皮的颜色青黄配合。　[12]文章：花纹。烂：光彩鲜明的样子。　[13]精色内白：指橘子外皮精纯，掰开后每一瓣都显得莹洁明亮。精，不杂他色。白，形容莹洁明亮。　[14]类任道：属于可承担道义的一类。　[15]纷缊（yūn）：茂盛披离的样子。宜修：修饰得适宜，恰到好处。　[16]姱（kuā）：美好。丑：通"俦"。"不丑"犹言不群，不同类。《国语·楚语下》"官有十丑。"韦昭注："丑，类也。"

　　清胡文英云："此赋物之祖也。寓意分明，与荀子诸赋竞爽。"（《屈骚指掌》）

　　以上正面写橘树，但已包含以橘树自喻之义。末尾四句承上，明显以喻人，橘引起后半部分。

　　清林云铭云："丑，类也。又合全树而总言之，见其所得皆善，不与他树为类也。"（《楚辞灯》）

嗟尔幼志[1]，有以异兮。独立不迁，岂不可喜兮？深固难徙，廓其无求兮[2]。苏世独立[3]，横而不流兮[4]。闭心自慎[5]，终不失过兮[6]。秉德无私，参天地兮[7]。愿岁并谢，与长友兮[8]。淑离不淫[9]，梗其有理兮[10]。年岁虽少，可师长兮[11]。行比伯夷[12]，置以为像兮[13]。

以下内容句句为诗人自我的抒发。故此句实为联系全诗象征体与本体之关键。

明汪瑗《楚辞集解》曰："或曰《九章》余八篇皆言放逐之事，而独以此篇为平日所作，何也？曰：《九章》云者，亦后人收拾屈子之文得此九篇，故总题之曰'九章'，非必屈子所命所编者也。又安得以此篇为放逐之作乎？细观其辞而玩其旨可见矣。"

[注释]

[1]嗟（jiē）：感叹。尔：你，承上指橘树。幼志：幼年的志向。　[2]廓：恢宏宽大。此句言其心胸宽广，无所求于世。　[3]苏世独立：清醒地独立于世。苏，苏醒。　[4]横而不流：不受大浪的冲击而可截流而行。这里指枝条伸展，不受制约。语意双关。横，绝流而渡。　[5]闭心自慎：摒除杂念，不为外物所染。自慎，自我谨慎。这是就橘皮包裹着内瓤而言。　[6]终不失过：一生不会有过失。　[7]秉德无私，参天地兮：言其德可以配天地。秉，持，执。这里是保有的意思。参，比，并。　[8]愿岁并谢，与长友兮：愿我年岁与橘共同成长，长与为友。岁，年岁。谢，过去。这里指时光流逝。　[9]淑离：善良又美丽。孙诒让《札逐》云："'离'与'丽'通。"淑，善，言其内在；丽，言其外表。淫：过分。言有优良的本质，又有美好的外表，又不过分张扬。　[10]梗：梗直、强硬。理：指木的纹理。此句喻人的正直刚强，又言有法而行有度。王夫之《通释》云："枝叶茂盛，花香果美，而其为木也，坚挺独立，无繁艳婀娜之态，盖耿介自理，志士仁人之节也。"　[11]师长：用为动词，言可以为师长。"年岁"二句言橘树虽幼，但其品格给人以启发，可为人之师长。这也是《橘颂》作于早年的证据。　[12]伯夷：尧之臣，

曾制定典礼刑法，助舜理天下。见《尚书·尧典》。又《尚书·吕刑》："伯夷降典，折民惟刑。"屈原很早就认识到法制的意义。　[13]置：树立。汪瑗《集解》："置，犹植，立也。""置""植"古通。像：榜样。

[点评]

《橘颂》是屈原二十岁行加冠礼时明志之作。明汪瑗认为本篇为流放以前所作。清陈本礼《屈骚精义》说："余细玩其词，虽不能定其作于何时，其曰'受命不迁'，是言禀受天赋之命，非被放之命也；其曰'嗟尔幼志''年岁虽少'，明明自道。盖早年童冠时作也。"只因未能列举其他证据，故未被广泛接受。《橘颂》不仅形式句式、结构篇幅同先秦时冠辞一样，且一些词语，甚至有的句子也同冠辞相似，如《仪礼·士冠礼》所载冠辞中有"弃尔幼志，顺尔成德"，便同文意很相近。先秦时称冠辞为"颂"，《孔子家语·冠颂》的篇题及其中文字均说明这一点。古代冠礼也叫"嘉礼"。冠辞中常用的一些词如"嘉""德""服""志"等，也都见于《橘颂》，则《橘颂》为屈原行冠礼时明志之作。（参拙文《谈〈橘颂〉的创作时间》，《文史知识》1996 年第 3 期）。

至于屈原何以要以橘自喻，由东方朔《七谏》看，屈原的少年时代有可能在云梦泽一带度过。《七谏·初放》："平生于国兮，长于原野。"作为一个贵族子弟，生于都城而在原野长大，只有可能是父亲有什么过错而曾被贬谪，或在某原野之地任职。而汉北云梦是楚国贬谪大臣之处，其北部又为屈氏莫敖守卫的范围，其地以出产优良的橘柚而出名。《吕氏春秋·本味》云："果之美者……江浦之橘，云梦之柚。"云梦泽在江汉之北，此处是互文见义。《战国策·赵策》苏秦说到楚国，也特别提到"橘柚云梦之地"，则楚国特别是云梦的橘乃代表楚地富庶之物。这样屈原以橘为喻，就可以理解了。

据以上所论，此诗作于楚威王六年（前334）。《橘颂》在形式上与《诗经》的形式接近，是屈原创作的骚体诗产生之前的作品。《橘颂》中也没有《离骚》及《惜诵》等在被放逐情况下所写的忧愁、悲愤的情调，而显得十分轻快活泼，表现出一种青年人的活力。同时，作为咏物显志之作，其中说"嗟尔幼志，有以异兮""年岁虽少，可师长兮"，也显然是青年时代的作品。

古代贵族男子二十岁加冠，意味着从此要承担社会责任，为国为家承担责任，所以冠辞中特别强调"德"的修养。屈原的《橘颂》也从头到尾歌颂一种高尚的品德。但本篇中所张扬的品德不只是泛指一般的个人修养，而是"受命不迁，生南国兮。深固难徙，更壹志兮"，是同强烈的民族感情结合在一起的；诗人要行比伯夷，以橘为榜样，壹其志向，而能任道义，又文章灿烂。屈原后来的努力也正说明了这一点。

本篇前半侧重写橘的特征，赞颂美好的品德，而差不多在每一层意思的表现中都有一两句是语意双关，既可理解为写橘，也可理解为写人，如"受命不迁，生南国兮"等。后半似乎在直接歌颂人的美德，而实际上仍是由橘树的本性生发出的，如"独立不迁""深固难徙"等。其抒情与咏物之关系，在不即不离之间。故清刘熙载《艺概》言其"品藻精至""不迁而妙"，明汪瑗《楚辞集解》说："后世咏物之作，其昉于此乎？"俱为的评。

# 抽　思

　　楚怀王二十四年（前305），秦国因为内部局势不稳，继位不久的秦昭王其母宣太后也是楚人，故求与楚和好，来楚娶妇，因而一贯坚持联齐抗秦的屈原被放于汉北。林云铭言被放汉北是"比前尤加疏耳"。屈原被放于汉北，任掌梦之职，为负责国君与大臣在云梦泽狩猎事宜的小官。

　　当时所说"汉北"之地，在郢都以东，汉水的北面，即云梦泽一带。《抽思》当作于被放汉北后不久，为屈原创作的最早的骚体作品，故形式上受音乐结构的影响较大。应作于楚怀王二十四年秋。

　　"抽思"的"抽"是理出头绪加以陈述之意。"抽思"是说把自己的忧思、思绪抒写出来。本篇开头说："心郁郁之忧思兮，独永叹而增伤。"所谓"思"即指此。又少歌部分云："与美人抽怨兮，并日夜而无正。""抽思""抽怨"意并相近。

心郁郁之忧思兮[1]，独永叹而增伤[2]。思蹇产之不释兮[3]，曼遭夜之方长[4]。悲秋风之动容兮[5]，何回极之浮浮[6]。数惟荪之多怒兮[7]，伤余心之忧忧[8]。愿摇起而横奔兮[9]，览民尤以自镇[10]。结微情以陈词兮[11]，矫以遗夫美人[12]。

清王萌："抽思者，心绪万端，抽而出之，以陈于君也。"(《楚辞评注》)

以上写自然景致，与抒发情怀相结合。此下始具体联系自己被放之事而陈辞。

以上第一段，写诗人被放后忧心国事，彻夜难眠，对于怀王的无端发怒难以理解，希望有所表白。

**[注释]**

[1]郁郁：忧思郁结的样子。之：相当于"而"。　[2]永叹：长叹。永，水流长，引申为一般的长。增伤：不断地哀伤。增，重叠，一再地。　[3]蹇（jiǎn）产：屈曲纠缠。这里是形容心绪不舒展。不释：不舒展。　[4]曼：长。此句写当秋夜诗人失眠，故觉夜极长。[5]动容：吹动，冲涌。《说文》："搈，动搈也。"《淮南子·原道训》："动溶无形之域。"其义相同。　[6]何回极之浮浮：为什么使整个天宇也回旋转动起来。　[7]数（shuò）：屡次。惟：思。荪：即菖蒲，剑形叶，全株具有特殊香味。古代祭祀也以菖蒲缩酒。故楚人用以代称君王。这里是代指楚怀王。　[8]忧忧：愁苦的样子。忧，原作"慢"，洪兴祖《补注》："音忧。"《汉语大词典》同"忧"，今据以改为简体。　[9]摇起：疾速而起。《方言》："摇，疾也。"（转引《续方言疏证》）横奔：不管道路地乱跑。　[10]览：观看。尤：罪孽。镇：停止，安定。　[11]结微情：总括婉曲深微之情。　[12]矫：借为"挢"，举。遗（wèi）：赠予。美人：指楚怀王。

昔君与我成言兮[1]，曰黄昏以为期[2]。羌中道而回畔兮[3]，反既有此他志[4]。骄吾以其美好兮[5]，览余以其修姱[6]。与余言而不信兮[7]，盍为余而造怒[8]。愿承间而自察兮[9]，心震悼而不敢[10]。悲夷犹而冀进兮[11]，心怛伤之憺憺[12]。

以下十二句为回顾向怀王的陈辞及引起的后果。

以上第二段，回想向怀王表白内心之辞。主要说本来君臣相得，进行政治改良，不知何故君主一下转变了态度。此当为回忆怀王十六年被疏前后事。

[ **注释** ]

[1]君：指楚怀王。成言：有所约定。　[2]黄昏：日暮之时，比喻年老之时。期：约定。约定直至老暮，君臣合作以改良政治。汪瑗《集解》云："黄昏者，一日之终，喻人一身之终也。言楚王昔日与己相约之成言，曾以终身为期，而勿许变易也。"　[3]羌：何，何乃。表反诘语气。中道：中途。回畔：转变离异。回，转变。畔，通"叛"，背离。　[4]反：反而。既：犹"乃"。　[5]骄：骄傲，矜骄。原作"憍"。洪兴祖《补注》："读若骄。"朱熹《集注》："憍与骄同。"今据改。以其美好：以他认为好的、值得夸耀的事。指怀王以为在同秦交涉中得了好处而向他炫耀。　[6]览：展示，炫示。修姱（kuā）：美好。喻怀王认为朝中有有才能之人。　[7]信：诚实。　[8]盍（hé）：为什么。造怒：故意发火。　[9]承间：趁空，找机会。间，间隙。自察：自明，表白。　[10]震悼：惊恐。指因此前之事引起的心惊肉跳的心理反应。震，惊。悼，惧怕。　[11]夷犹：犹豫，迟疑不前。冀：希望。进：到君王身边。　[12]怛（dá）伤：恐惧，悲伤。怛，畏惧、惊恐。憺（dàn）憺：惊怕的样子。《汉书·李广传》注引苏林曰："陈留人语恐言憺憺。"（今本作"憺之"，盖将重文号"二"误为"之"）则"憺憺"与"震悼"之义相近。

历兹情以陈辞兮[1]，荪佯聋而不闻[2]。固切言之不媚兮[3]，众果以我为患。初吾所陈之耿著兮[4]，岂至今其庸忘[5]？何独乐斯謇謇兮[6]？愿荪美之可光[7]。望三王以为像兮[8]，指彭咸以为仪[9]。夫何极而不至兮[10]，故远闻而难亏[11]。善不由外来兮[12]，名不可以虚作[13]。孰无施而有报兮[14]，孰不实而有获[15]？

清陈远新云："大抵咸（彭咸）是处有为、出不苟、才节兼优，三闾心悦诚服之人。"（《屈子说志》）

以上第三段，回忆被疏以后数年中同怀王思想认识上的分歧与最后被放逐的结果。"敖朕辞而不听"道出了这一点。

**[注释]**

[1]历兹情：历叙此情。以下句是回顾陈辞后的情形。　[2]荪：代指楚怀王。佯：假装。原作"详"，"佯"之假借。据洪兴祖、朱熹引一本改。　[3]固切言之不媚：本来切直之言都不会是花言巧语。固，本来。切言，直言。　[4]初吾所陈之耿著：当初我向君王所陈述的意见明明白白。耿著，明白，显著。　[5]庸：遽，很快地。忘：原作"亡"，通"忘"。张诗《屈子贯》："亡，同忘。"林云铭、蒋骥注同。今改作"忘"。　[6]独：只是。乐（yào）：喜爱。斯：此。謇（jiǎn）謇：耿直敢言。　[7]愿荪美之可光：愿君王的美德能发扬光大。　[8]望：仰视。"三王"原作"三五"，后人或误为"三王五伯""三皇五帝"。其实有关楚史、楚文化的文献中不见"三王五伯""三皇五帝"。"三五"为"三王"之误，今正之。《世本》载，西周末年"熊渠有子三人，其孟子名为无庸，为句亶王。封其中子红为鄂王。其季子名疵，为就章王"。此即楚三王。《离骚》中言："昔三后之纯粹兮，固众芳之所在。""三后"即指楚三王（后即王）。像：榜样。　[9]指：

确定。彭咸：楚先贤。参《离骚》第一部分第三段"愿依彭咸之
遗则"注。这是说自己要以彭咸为榜样。仪：典范。《离骚》中言：
"愿依彭咸之遗则。"意思一样。　　[10]极：很远的地方。　　[11]故
远闻而难亏：名声也就流传很远而难以亏损了。闻，声誉。亏，
歇，减损。　　[12]善：好的品德。　　[13]名：名声。虚作：凭空
造就。　　[14]孰：谁。施：给予，付出。报：回报。　　[15]孰
不实而有获：哪个人能不通过栽种使长出果实而会有收获。实，
果实。

少歌曰[1]：与美人抽怨兮[2]，并日夜而无
正[3]。骄吾以其美好兮[4]，傲朕辞而不听[5]。

以上第四段，
从结构上说是上文
的总结。

[ **注释** ]

[1] 少歌：楚地歌舞辞中的一种结构形式。应为领唱或主唱者
一人唱。下文又有"倡"，应为众人齐唱。其他则由确定之人数合
唱。朱熹《集注》云："少歌，乐章音节之名。《荀子·佹诗》亦
有'小歌'，即此类也。抽，拔也；思，意也。并日夜，言旦暮如
一也。无正，无与平其是非也。"《抽思》为屈原最早的一首骚体
诗作，受当时朝堂或民间歌舞辞的影响较为明显。　　[2]抽怨：抒
发忧怨。　　[3]并日夜而无正：连日连夜地诉说，却得不到一句公
正的评判。正，评判，决断。《惜诵》："指苍天以为正。"《怀沙》：
"怀情抱质，独无正兮。"义并相同。　　[4]骄吾以其美好：以他认
为美好的（人或事）向我炫耀。骄，原作"憍"。洪兴祖引一本作
"骄"。朱熹："憍，与骄同。"今据改。　　[5]傲朕辞而不听：傲慢
地对待我的申辩而不听。傲，原作"敖"，洪兴祖、朱熹皆注："敖，
与傲同。"今据改，慢视。辞，申辩。

以下是回忆初至汉北时的情形。

写诗人彻夜失眠。

以上第五段，抒写了被放汉北之后日夜思念故都、担忧国事的心情。诗人最为惦念的还是国内的政事与国家的前途。这由"理弱而媒不通兮，尚不知余之从容"二句可以看出。

倡曰[1]：有鸟自南兮[2]，来集汉北[3]。好姱佳丽兮[4]，牉独处此异域[5]。既惸独而不群兮[6]，又无良媒在其侧[7]。道逴远而日忘兮[8]，愿自申而不得[9]。佩缤纷以缭转兮[10]，遂萎绝而离异[11]。望南山而流涕兮[12]，临流水而太息[13]。望孟夏之短夜兮[14]，何晦明之若岁[15]？惟郢路之辽远兮[16]，魂一夕而九逝[17]。曾不知路之曲直兮[18]，南指月与列星[19]。愿径逝而未得兮[20]，魂识路之营营[21]。何灵魂之信直兮[22]，人之心不与吾心同！理弱而媒不通兮[23]，尚不知余之从容[24]。

[注释]

[1] 倡：指群唱。《诗经·郑风·萚兮》："叔兮伯兮，倡！予和女。"据此"倡"指群唱（与"歌"有别）。 [2] 鸟：屈原自喻。洪兴祖《补注》云："孔子曰：'鸟则择木，木岂能择鸟。'子思曰：'君子犹鸟也，疑之则举矣。色斯举矣，翔而后集。'故古人以自喻。" [3] 集：鸟栖于树上。汉北：较宽泛的地名，屈原作品中所说的汉北，是当时郢都一带人所称，指汉水流至郢都以东折而东行一段北面之地。蒋骥《楚辞余论》言："今襄陆之界，实汉北地。"其说大体是，但过于宽泛，不在汉北范围中。陆，安陆府，治所在今宜城以南的汉水东侧。清安陆府有钟祥、京山、天门等汉水以东、汉水下游以北之地，则为战国时楚人所说汉北。谭其骧《云梦与云梦泽》一文说，先秦时云梦泽的主体部分占据郢都

以东、长江与汉水间一大片地方，其西部，今钟祥、京山、天门三县接壤地带是一片平原，其东京山、天门一带为《尚书·禹贡》中说的"云梦土"，而以北便是"汉北云梦泽"，只是在战国中期以前云梦泽已变成了陆地（《复旦学报》1980 年增刊）。其地为楚君臣狩猎之地，流放大臣也在这里。　[4]好娉佳丽：指这只鸟十分美丽。屈赋中多以外貌之美喻内心之美。　[5]牉（pàn）：将一物分之为二。这里指分离。异域：以鸟的离窝喻自己离开了朝廷。　[6]惸（qióng）独：孤单。不群：失群，无以为群。　[7]良媒：喻可以替自己向楚王传达心意的人。　[8]逴（chuō）远：遥远。逴，原作"卓"，"逴"之借。《说文》："卓，高也。""逴，远也。"洪兴祖、朱熹皆引一本作"逴"，今据改。　[9]自申：自己申诉，表白。不得：不可能。　[10]缤纷：繁盛的样子。缭转：缭绕。"佩缤纷"二句原在《思美人》"吾且僶俛以娱忧兮"一句之前，韵脚与上下句均非同一韵部，为窜简所造成，据闻一多说移于此。　[11]萎绝：枯槁断烂。离异：离散。　[12]南山：1973年在长沙马王堆三号墓出土的《相马经》提到"江""汉""南山"等楚北部地名，则南山应为在汉北东南方之山名。　[13]临：临近。太息：长叹。　[14]孟夏：初夏，即农历四月。此句应是写初至汉北时的情形。屈原之被放，当在四月，而本诗作于当年秋，由开头"悲秋风之动容兮"可知。　[15]何晦明之若岁：为什么从天黑到天明，简直像一年一样长。　[16]惟：思，思量。郢路：通向郢都的路。　[17]一夕：一个夜晚。九：虚数，言其多。逝：往。　[18]曾：尚且。《说文》："尚，曾也。"[19]指：指以为目标。屈原被放汉北，其地在郢都之东北，故欲向郢都，先向南行。此句说灵魂不记得返回郢都的路，故根据月与列星辨识方向。　[20]径逝：由比较直捷的小路走。径，小路，捷道。　[21]识路：认路。营营：反复往来的样子。　[22]信直：

忠诚端直。　[23]理弱：所托传达心意的人能力不足。理，古时也叫"行理""行媒"，诸侯间通关说的人。　[24]从容：举动，行为。这里指自己言行中体现的大义。

清蒋骥云："汉水南通江夏，涉汉溯江，则达郢矣。然君不反己，则今之南行，岂真能至郢哉？特姑以快其南归之思耳。"（《山带阁注楚辞》）颇得诗人之旨。

乱辞为第六段，写思情难耐情况下自我安慰的一段南行的经历，以叙事之法表现情感，极为动人。

乱曰[1]：长濑湍流[2]，溯江潭兮[3]。狂顾南行[4]，聊以娱心兮[5]。轸石崴嵬[6]，蹇吾愿兮[7]。超回志度[8]，行隐进兮[9]。低徊夷犹[10]，宿北姑兮[11]。烦冤瞀容[12]，实沛徂兮[13]。愁叹苦神[14]，灵遥思兮[15]。路远处幽[16]，又无行媒兮[17]。道思作颂[18]，聊以自救兮[19]。忧心不遂[20]，斯言谁告兮[21]！

[ 注释 ]

[1]乱：本是指演唱结束时各种音乐的合奏和乐人的合唱，这里指尾声。主要回顾被放后从郢都到汉北路途上的情景。　[2]濑（lài）：沙石滩上的急流。湍（tuān）：急流。　[3]溯：逆流而上。江潭：指汉水边上的水潭。《渔父》："屈原既放，游于江潭。"　[4]狂顾：左右看护送的人是否追来。闻一多《九章解诂》说："本当北去，而思作南行之态，以自慰痴情。然犹虑后有追及之者，故其行也，瞿瞿反顾。"　[5]聊：姑且。娱心：慰心。　[6]轸（zhěn）石：重磊的山石。崴嵬（wēi wéi）：山石突兀不平的样子。　[7]蹇（jiǎn）吾愿：言山石崔嵬，使我返回郢都的愿望受到阻碍。蹇，梗阻。　[8]超回志度：让开回水深渊，标记下渡口所在。超，越过，让过。回，水回旋之处。此处指水

中有漩涡的深渊。《涉江》：“淹回水而凝滞。”《天问》：“北至回水，
萃何喜？”其义并同。志，记。度，通“渡”，这里指渡口。　[9]隐
进：在偏僻之地行进。这里是指在山林荒野中行进。　[10]低徊
（huái）：徘徊。夷犹：迟疑不前。　[11]北姑：北面无草木的石山。
当在郢都西北。汤炳正《〈九章〉时地管见》云：“‘北姑’当即‘北
岵’，‘姑’‘岵’互借耳，乃山无草木之通称，而非一地之专名。
《诗·陟岵》：‘陟彼岵兮，瞻望父兮。’毛传云：‘山无草木曰岵。’
《山海经》‘岵’多作‘姑’。如《北山经》：‘南姑射之山，无草
木。’又《东次二经》：‘姑射之山无草木。’又曰：‘北姑射之山，
无草木，多石。’又曰：‘南姑射之山，无草木。’这些‘北姑’‘南
姑’，乃由通称变为专名者。‘岵’有时也写作‘胡’。……是
‘岵’‘姑’‘胡’皆为山无草木之通称，故《抽思》篇末之‘宿
北姑’，也不必强求其确为何地，知为屈原在汉北时曾跋涉经过
的地方即可。”说甚是。又《山海经·东次二经》有：“南姑射之
山，无草木，多水。”《东次二经》之“姑逢之山无草木，多金
玉”。这与乱辞开头所说“轸石崴嵬”相合。　[12]烦冤：烦闷抑
郁。瞀（mào）容：指胸中纷乱，心神不安。瞀，昏乱。容，借
作“俑（yǒng）”，不安的样子。　[13]实沛徂兮：连上句，言内
心烦闷，确实是在心神昏乱之中颠沛奔走。沛徂，颠沛奔走。以
上三节是回忆。　[14]愁叹苦神：忧愁叹息。苦神，劳神、伤神，
精神遭到痛苦的折磨。　[15]灵：灵魂、神志。遥思：远远地有
所思念。　[16]处幽：处于偏僻深远之地。　[17]行媒：双方间
沟通意见的人。　[18]道思：陈说忧思，与“作颂”并列。王
夫之《通释》云：“道，言也。”蒋骥、王邦采之说相近。颂：通
“诵”。汪瑗《集解》：“颂，即指此篇之文也。”　[19]自救：自我
解脱。　[20]不遂：所愿无法实现。　[21]斯言：这些话，指以
上所表白。谁告：向谁说。

### ［点评］

屈原被放于汉北，任掌梦之职（见《招魂》《惜诵》），为负责国君与大臣在云梦泽狩猎事宜的小官。汉北其地，在郢都以东的汉水北面，即云梦泽一带。从《抽思》中"有鸟自南兮，来集汉北"两句看，该诗是作于被放汉北之时的，应作于楚怀王二十四年（前305）。诗中回忆被放之时说："望孟夏之短夜兮，何晦明之若岁？"则被放时当四月。又从诗中"悲秋风之动容兮"一句来看，诗作于当年秋天。从诗的体式比《离骚》和《九章》中其他任何一篇都更多地带有楚地民间歌辞的特征这一点看，该诗为诗人创作最早的骚体诗，是屈原的第一篇骚体作品。清林云铭《楚辞灯》云："今读是篇，明明道出汉北不能南归一大段，则当年怀王之迁原于远，疑在此地，比前尤加疏耳，但未尝羁其身如顷襄之放于江南也。故在江南时不陈词，在汉北时陈词；《哀郢》篇言弃逐，是篇不言弃逐，盖可知矣。"蒋骥《山带阁注楚辞》亦云："此篇盖原怀王时斥居汉北所作也。……今观此篇，曰'来集汉北'，又其《逝郢》曰'南指月与列星'，则汉北为所迁地无疑。'黄昏为期'之语，与《骚经》相应，明指左徒时言，其非顷襄时作，又可知矣。原于怀王，受知有素，其来汉北，或亦谪宦于斯，非顷襄弃逐江南比。"言"谪宦"于汉北皆谓待罪任下级官吏，非如罪犯。林、蒋之论极为精当。

"抽思"的"抽"是理出头绪加以陈述之意，指把自己的忧思、思绪抒写出来，即抒发情绪，有所申说，故以回忆为主。清王萌《楚辞评注》云："抽思者，心绪万端，抽而出之，以陈于君也。"说得很对。

　　本诗先由诗人眼下的境况与心情说起，主要表现作诗时的心情。然后从最早的君臣合作进行政治改革到产生误解与分歧，到诗人进行陈说，做各种努力均未得君心回转，终于被放，又至眼下到汉北以后无尽的思念。乱辞则总括全诗之意而进一步申说其无尽的忧思。

　　以下具体看看各部分内容。

　　第一段先写作此诗时情景：秋夜难眠，起视星暗云浮，金风肃杀，因而引起对自己遭遇的回想。联系《史记·屈原列传》来看，诗人任左徒之职以后，怀王对他极为信任，以至于让他草拟宪令进行变法改革。腐朽的旧贵族为了自身的利益，加之秦国的挑拨离间，无端陷害中伤屈原，"王怒而疏屈平"。这是其君臣关系出现转变之始。本诗中开头所忆，正是这一段令他难忘的突变。从改革政治的理想来说，他也可以到别国去（吴起、商鞅皆是在他国被任用进行变法改革。因为在本国由于家族的关系，很难进行）。但他看到楚国人民的痛苦生活，又冷静下来，而向君王陈辞辩白。由"结微情以陈词兮，矫以遗夫美人"引起下一段。

　　第二段是回忆当初向君王的陈辞。由此我们可以了解到怀王十六年（前313）被疏以后诗人的辩白。当时一定有过一场激烈的争辩。

　　第三段说君王对诗人的陈辞辩说不予理睬。诗人希望君王以楚三王为榜样，自己也决心以彭咸为典范。这样，"夫何极而不至兮，故远闻而难亏"。但楚怀王只想不经努力轻易地收回商於之地六百里。楚怀王十六年，秦国让楚国同齐国断绝关系，答应给楚国商於之地六百里，但楚国同齐断绝关系之后秦失信，并在次年丹阳之战中大败楚国。怀王二十四年，秦至楚娶妇，或者又有所承诺，因而怀王不听屈原的劝告。所以诗中说："孰无施而有报兮，孰不实而有获？"大约是针对以上两件事。这一段所述是回忆被放以前之事，是本篇主体部分。

第四段"少歌"，是归纳以上有关陈辞的内容，对楚王不听劝谏表示极大的遗憾。可谓"一篇之中，三致志焉"。

第五段"倡曰"部分，照应开头，写自己被放以后的心情，表现出对郢都的深切思念。这部分的心理描写十分感人。看着郢都方向而流涕，对着南流之水而长叹，一入睡就梦到向郢都方向走，"魂一夕而九逝"。其中既用比喻，又有引人悬想的细节描写，如通过梦境来揭示当时的心情等。表现诗人思君念国之情，可谓淋漓尽致。

乱辞，总结全篇之意，而以情节性语言加以表现。因为难以抑制对郢都的思念，希望尽快回到朝廷而向南走。然而待罪荒野，诉告无人，他并不能真正回去，只有作此赋以抒发愤懑。

《抽思》在屈原作品中结构最为特殊，前人多不得其要领，对其构思及诗题同全篇关系也不甚明了，因而不能举中心之意一以贯之。其实，本篇开头由当时的环境引入回忆之后，主要写了被放之前对君王的辩白与劝谏，所谓"抽思"，也是就此而言。

从本篇的结构中也可以看到《离骚》的部分雏形。陈辞在本篇中是对怀王陈述的，在《离骚》中变为对帝舜，并由回忆变成了想象，成为由现实社会向幻想世界转变的过渡。其末尾"善不由外来兮，名不可以虚作"等句，也同《离骚》陈辞末尾的"夫孰非义而可用兮，孰非善而可服"的思想基本一致。"魂一夕而九逝"在《离骚》中成为驾玉虬鹥车上达帝王阊阖，"吾令帝阍开关兮，倚阊阖而望予"。其"既惸独而不群兮，又无良媒在其侧"在《离骚》中演变为求宓妃之所在，访有娀之佚女，以蹇修为理，令鸩为媒等求知音的情节。"狂顾南行，聊以娱心兮"和"愿摇起而横奔兮，览民尤以自镇"，在《离骚》中变成了"邅吾道夫昆仑"的一大段浪漫主义的想象，即"陟升皇之赫戏兮，忽临睨夫旧乡。仆夫悲余马怀兮，蜷局顾而不行"的描写。

在《离骚》中也能看到有些句子受本篇的影响，如"理弱而媒拙兮"（本篇作"理弱而媒不通兮"），"初既与余成言兮，后悔遁而有他"（本篇作"昔君与我成言兮，曰黄昏以为期。羌中道而回畔兮，反既有此他志"），等等。

诗人其青年时代所作《橘颂》中用的是冠辞的形式，基本未脱四言或四三言交错诗体的模式，后来的《九歌》中各篇仍未脱歌舞辞的形式，尚未形成骚体的句式。本篇基本上为六言，上句末带语助词"兮"，每句第四字为虚字腰（个别句子因长短变化可能在第三字或第五字），四句为一节，已形成骚体诗的体式特征。但本篇的音乐结构特征仍相当突出，由"少歌""倡曰""乱曰"组成。到《惜诵》，才基本上摆脱了舞台演唱的结构框架，人们所说的骚体诗或曰"屈赋"的格式才完全地定型了。

屈原在本篇和《思美人》《惜诵》的基础上构思创作

了《离骚》。可以说,《离骚》的孕育是发端于《抽思》《思美人》和《惜诵》的,因为《离骚》在创作经验上、艺术上是集大成的、总结性的作品。《抽思》《思美人》《惜诵》等篇的很多内容,很多句意在《离骚》中再次出现,或有所深化。而《离骚》的结构非常完整。所以,只可能是《离骚》后出,它体现出此前积累的创作经验。

但本篇在先秦文学史上的影响不止此。其"悲秋风之动容兮"等句所表现的"悲秋"观念,"倡曰"部分细致而成功的心理描写,对后来宋玉的《九辩》有明显的影响,《九辩》中不少精彩的心理描写及通过写景表现心情、烘托气氛的地方,都可以在本篇看到其渊源。所以,本篇在屈原的创作历史及先秦辞赋的发展史上,都具有重要的意义。

# 思美人

　　本篇由篇题及篇中内容看，为思念怀王之作，而非顷襄王时放于江南时的作品。再由"独历年而离愍兮，羌冯心犹未化"二句看，是经受打击排挤若干年后之作，而非怀王十六年（前313）被疏时作品，且怀王十六年只是被疏，不会有"媒绝路阻"及"因归鸟而致辞"之类的话。故清人林云铭根据其同乡先贤黄文焕《楚辞听直》之说，认为本篇同《惜诵》《抽思》一样作于被放汉北之时。蒋骥《山带阁注楚辞》也说："此亦怀王时斥居汉北之辞，盖继《抽思》而作者也。美人，即《抽思》所欲陈词之美人，谓君也。"关于"指嶓冢之西隈兮"一句，蒋骥云："嶓冢，山名，汉水发源之处。……原居汉北，举汉水所出以立言也。"诗中说"遵江夏以娱忧"，则作于汉北时无疑。诗中言："开春发岁兮，白日出之悠悠。"则应作于怀王二十五年（前304）春。《抽思》作于到汉北不久，因而急于辩白，急切地希望返回郢都；此篇因经时稍久，情绪稍为稳定，主要是思念怀王，很想通过有关人员传递信息给怀王，但无缘达到。

清林云铭云："此屈子思怀王所作。疏放之后，媒绝路阻，言不能达。然欲变节从俗，宁老死于外，亦不可为。"又云："是一篇《离骚》节文，与江南之野所作无涉。"（《楚辞灯》）

以上第一段写思念怀王之情。虽然怀王对自己忠贞之心不能理解，但仍希望怀王回心转意，自己也坚持原来的思想，不会改变。

思美人兮[1]，揽涕而伫眙[2]。媒绝路阻兮[3]，言不可结而诒[4]。蹇蹇之烦冤兮[5]，陷滞而不发[6]。申旦以舒中情兮[7]，志沉菀而莫达[8]。愿寄言于浮云兮[9]，遇丰隆而不将[10]。因归鸟而致辞兮[11]，羌迅高而难当[12]？高辛之灵盛兮[13]，遭玄鸟而致诒[14]。欲变节以从俗兮，愧易初而屈志[15]。独历年而罹愍兮[16]，羌冯心犹未化[17]？宁隐闵而寿考兮[18]，何变易之可为[19]！

[ 注释 ]

[1]美人：比喻君王，指楚怀王。王逸注："言己忧思，念怀王也。" [2]揽涕：拭泪。揽，收。原作"擥"，"揽"的异体字，汪瑗注本作"揽"。涕，泪。伫（zhù）眙（chì）：长时间站立远望。伫，长时间站立。眙，远望。 [3]媒：媒人，指可以传话语、通关说者。路：见君王之门路。 [4]结：扎。古人在竹木片上写成书信，然后扎起来，并在挽结处加上泥封，此即所谓"书札"。诒（yí）：赠送，呈递。此句言自己要说的话无法用书信的方式传达给国君。 [5]蹇（jiǎn）蹇：梗直的样子。烦冤：烦闷冤屈。 [6]陷滞：沉陷、停留。指郁结于心中。发：抒发。 [7]申旦：通宵达旦。戴震《屈原赋注》："申旦犹达旦。"以：而。舒：舒发，此处有陈述之意。中情：心情。 [8]志：思想感情。沉菀（yù）：沉郁，郁结。沉，原作"沈"，古同"沉"。此一义今通作"沉"，今改作"沉"。达：通。王逸注此句："思念沉积，不得通也。"此句说：我的心情郁结沉积而无法向国君表达。 [9]寄言：托付传话，请人传话致意。 [10]丰隆：

云神。将：帮助。《诗经·周南·樛木》："福履将之。"将，犹扶助。 [11]因：凭借。归鸟：秋季飞向南方的鸿雁。 [12]羌：何乃，楚方言。王逸注："羌，楚人语词也，犹言'卿'，何为也。"本为"何""何为"之意，表反诘。词义转变，有时可解为"竟""乃"。迅高：飞得快而且高。当：承担。这句说：南归的鸿雁飞得迅速而高，无法让它担当此任。 [13]高辛：高辛氏，传说中古代部落首领帝喾的称号。灵盛：神德充盈。传说帝喾是黄帝曾孙，"生而神灵，自言其名"。 [14]遭：遇。玄鸟：燕子。致诒：赠送礼物。此句说高辛氏有神灵，托玄鸟给美人送去礼物。 [15]易初：改变最初的思想。屈志：屈抑志向。 [16]历年：经历了许多岁月。罹愍：遭忧。罹，原作"离"，通"罹"，今改作"罹"。 [17]冯（píng）心：愤懑。未化：未消。以上两句说：我独经历多年忧患，似应将一切看开，不再耿耿于怀，为什么我至今不能排遣苦闷？此为设问。下二句正面回答。 [18]宁：宁肯。隐闵：痛苦、忧伤。《诗经·邶风·柏舟》："耿耿不寐，如有隐忧。"毛《传》："隐，痛也。"寿考：寿终、老死。 [19]变易：变节易志。

　　知前辙之不遂兮[1]，未改此度[2]。车既覆而马颠兮[3]，蹇独怀此异路[4]。勒骐骥而更驾兮[5]，造父为我操之[6]。迁逡次而勿驱兮[7]，聊假日以须时[8]。解萹薄与杂菜兮[9]，备以为交佩[10]。指嶓冢之西隈兮[11]，与曛黄以为期[12]。

[注释]

[1]前辙：即所谓"前辙之鉴"的"前辙"，指走在同一条道

以上第二段，说虽然当年的政治改革失败，但诗人还是等待时机，以寻求支持，希望有朝一日再次君臣合作共成改革大业。

路上前人的结局。遂：顺利。"前辙不遂"指前代忠正之士结果都不好。即如《离骚》中所说"鲧婞直以忘身兮，终然夭乎羽之野"，《天问》中所说的"比干何逆，而抑沉之""梅伯菹醢，箕子详狂"之类。比喻吴起、商鞅这些改革家的下场。　[2]未改此度：言不因前代直臣、改革家之悲惨遭遇而改变自己刚正的作风。　[3]车既覆而马颠兮：指自己因草拟宪令推动政治改革而受谗言中伤，又因反对与秦交好而被放。既，已经。覆，翻倒。颠，仆倒。　[4]蹇：楚方言发语词，含梗阻之义。楚方言中往往将修饰语置于句首，如《离骚》"纷吾既有此内美兮"等。怀：眷恋。异路：与众不同的道路，指一向坚持的联齐抗秦、改革弊政的内外治国主张。以上两句说：虽然车翻马倒，我仍独自怀恋这与众不同的治国之路。　[5]勒：勒上，挽上。更驾：重新驾车。　[6]造父：周穆王时善于驾车的人。操之：指执辔驾车。　[7]迁：迁延。逡（qūn）次：逡巡，徘徊不前的样子。勿驱：不要快速前进。　[8]聊：姑且。假日：借着闲暇之时。须：等待。"须时"犹等待时机。　[9]解：分类整理。萹（biān）：萹蓄，一名萹竹，一年生的草本植物。薄：犹"丛"，"萹薄"就是成丛的萹蓄。杂菜：聚集各种野菜。　[10]备：置备。交佩：左右交织相连的佩物。以上二句原在后面的"惜吾不及古人兮，吾谁与玩此遗芳"之下，据闻一多之说移于此。　[11]指嶓冢（bō zhǒng）之西隈兮：指定嶓冢山的西侧。嶓冢山在今甘肃省天水市和礼县之间，是汉水（先秦时西汉水与东汉水相连为一条水）的发源地之一。其西的汉水边上，是秦人早期发祥地。因此"嶓冢之西隈"代指秦国。隈（wēi）：山的弯曲处。　[12]曛（xūn）黄：日落的余光，此指黄昏，喻晚年。曛，原作"缥"，洪兴祖、朱熹并引一本作"曛"。洪兴祖注："曛，日入余光。"今改作"曛"。期：约定的时日，目标。上二句的意思与《抽思》中"昔君与我成言兮，曰黄昏以为期"

的意思一样，是说约定坚持合纵抗秦的主张，直至老死不变。

开春发岁兮[1]，白日出之悠悠[2]。吾将荡志而愉乐兮[3]，遵江夏以娱忧[4]。揽大薄之芳茝兮[5]，搴长洲之宿莽[6]。惜吾不及古人兮[7]，吾谁与玩此遗芳[8]？吾且僵佪以娱忧兮[9]，观南人之变态[10]。窃快在中心兮[11]，扬厥凭而不俟[12]。芳与泽其杂糅兮[13]，羌芳华自中出[14]。纷郁郁其远蒸兮[15]，满内而外扬[16]。情与质信可保兮[17]，居重蔽而闻章[18]。

**［注释］**

[1] 发岁：一年开端。　[2] 白日出之悠悠：汪瑗说："入春则日渐长，故曰'白日出之悠悠'。"悠悠：舒缓的样子。并上句说春天开始，白天变长。　[3] 荡志：纵情，敞开胸怀。汪瑗注："荡志，谓开豁其心志也。"　[4] 遵：沿着。江：汉江。夏：夏水。夏水本指由长江溢出向北流入汉水的一条水（其出长江处名夏首），但习惯上也连带地称夏水流入汉水之后的一段汉水为"夏水"，故汉水入江处古代也叫"夏口"。江夏，这里应指汉夏合流后的汉水，为汉北之地的南边。　[5] 揽：这里是采集的意思。薄：草木丛生之地。芳茝（zhǐ）：芳香的白芷。芷，原作"茝"，洪兴祖、朱熹并引一本作"芷"，今据改。　[6] 搴（qiān）：摘。长洲：长条形的水中高地。宿莽：一种越年生草本植物，叶含香气，可以祛虫除蠹，也可以毒鱼。又名芒草、莽草、水莽草等。　[7] 惜：可惜。及：赶上。古人：

即《离骚》中的圣君，如舜、汤、禹及周文王、武王等。　　[8]谁与：与谁。玩：鉴赏。遗芳：凋零的芳草，喻未能完全实现的美政理想。　　[9]僵佪（chán huái）：徘徊。此前原有"佩缤纷以缭转兮，遂萎绝而离异"，不成一节，也与上下句皆不成韵，今据闻一多之说移入《抽思》中。　　[10]南人：此为隐晦说法，指朝中守旧的权贵。因郢都在汉北的西南，故以"南"代指。变态：看形势变换嘴脸的样子。　　[11]窃：私下里。快：快慰。中心：心中。　　[12]扬：抛弃。厥：其。凭：愤懑。俟（sì）：等待。　　[13]芳：芳香。泽：光泽。此句又见于《离骚》，王逸注："言我外有芬芳之德，内有玉泽之质，二美杂会，兼在于己。"朱熹《集注》云："芳，谓以香物为衣裳，泽，谓玉佩有润泽也。"杂糅：交合。　　[14]羌：此处只作发语词，无义。芳华：芳香之花。"华"为"花"本字。自中出：从中开放出来。　　[15]纷郁郁：形容香气浓烈四散。其：而。远蒸：向远处散发传播。"蒸"原作"承"，据洪兴祖引一本改。　　[16]满内：内部充盈。外扬：向外散发。　　[17]情：思想感情。质：品质。信：确实。保：保持。　　[18]重蔽：重重遮蔽的环境。闻：名声。章：同"彰"，显明。居重蔽，原作"羌居蔽"，据洪兴祖、朱熹引一本改。

以上第三段，表现诗人在放于汉北之后第二年春季沿着汉北之地最南的汉水、夏水消忧，表示将保持忠贞诚信的节操不变，既不会为了返回朝廷而攀援显贵，也不会因之而丢弃了自己的节操。

令薜荔以为理兮[1]，惮举趾而缘木[2]。因芙蓉而为媒兮[3]，惮褰裳而濡足[4]。登高吾不悦兮[5]，入下吾不能。固朕形之不服兮[6]，然容与而狐疑[7]。

广遂前画兮，未改此度也[8]。命则处幽，吾将罢兮[9]，愿及白日之未暮也[10]。独茕茕而南行兮<sup>[11]</sup>，思彭咸之故也<sup>[12]</sup>。

以上第四段，相当于乱辞，照应开头，总结全篇，希望老死之年有机会实现自己的政治理想。

## ［注释］

[1]薜荔：一种常绿的攀援藤本植物。与下面的芙蓉都比喻尚在朝廷、同自己有一定关系的同僚。《离骚》中说："何昔日之芳草兮，今直为此萧艾也？"又说："余以兰为可恃兮，羌无实而容长"。诗人认为不一定靠得住。理：媒人。　[2]惮：惧怕。举趾而缘木：比喻依附者向上攀爬。举趾，抬脚。缘木，爬树。缘，循着，顺着。　[3]因：凭借。芙蓉：荷花。　[4]骞：借为"搴"（qiān），提起衣裙。裳：古代之下衣，略同于今之长裙。濡（rú）足：沾湿脚。　[5]登高：指缘木。悦：原作"说"，通"悦"。朱熹注："说，音悦。"注瑗本作"悦"。今据改。清徐焕龙《屈辞洗髓》释云："惮缘木者，登高则附势而吾不悦；惮搴裳者，入下更无耻而吾不能。"　[6]固：本来。朕：我。形：当是"性"字之误，二字音近。王逸注："我性婞直，不曲挠也。"似王逸所据本作"性"。服：习惯。蒋骥曰："服，习也。"即今"不服水土"之"服"。言自己刚强，不屈服于恶势力。　[7]然：乃，于是。容与：徘徊不前。狐疑：犹豫不决。　[8]广遂前画兮，未改此度也：多方实现从前所提出的主张，我不改变这种态度。广，广泛。遂，实现。前画，从前的计划，指政治主张。度，态度。　[9]命则处幽，吾将罢兮：意思是说再回朝廷已完全没有希望。命，命运。则，乃。处幽，指被放于幽僻之地。吾将罢兮，一生将要过去。　[10]未暮：在老死之前。暮，天黑，喻人之晚年。此句言，希望在有生之年再做努力。　[11]茕（qióng）茕：孤单的样子。南行：指向郢都的方向走，表现了对朝廷和君王的惦念。　[12]思：思慕。彭咸：楚先贤。参《离骚》第三段注[26]。《离骚》"吾将从彭咸之所居"，《抽思》"指彭咸以为仪"，意思并相近。汉北之西，北距楚别都鄢较近，当地

或有彭咸之墓葬或遗迹。故：故事，旧事。此句表达了屈原欲效法彭咸的愿望。

## ［点评］

本篇以"思美人"三字开篇，表现出对怀王的深切思念。清蒋骥《楚辞余论》云："《抽思》之狂顾南行，《思美人》之茕茕南行，皆欲自汉北而至郢也。"《山带阁注楚辞》云："此篇大旨承《抽思》立说。然《抽思》始欲陈词美人，终曰'斯言谁告'；此篇始言'舒情莫达'，终欲以死谏君。夫乍困者气雄而渐沮，久淹者心郁而逾激，势固然也。两篇皆作于怀王时，以《骚经》皆以彭咸自命。"按本篇称君王为"美人"，《离骚》中也说"恐美人之迟暮"，《抽思》中也说"矫以遗夫美人"。正因当时国君是怀王。屈原被放于江南之野不久怀王即死于秦，国君为顷襄王，故其作品中"美人"已变而指贤臣了，如《哀郢》"美超远而逾迈"。深切思念怀王，也是《离骚》《抽思》《思美人》《惜诵》所反复表现的。至顷襄王时放于江南之后，对顷襄王已完全失望，不再有回朝廷之想。以此为基本认识来读本篇，便能掌握其精神，体会到其中的深味。

《思美人》应作于《抽思》之后。因为"媒绝路阻兮，言不可结而诒"，及"愿寄言于浮云兮，遇丰隆而不将。因归鸟而致辞兮，羌迅高而难当"，正是在经历了相当一段时间，情绪稍为稳定，而思君、念国之情与日俱增的情况下所写。"思美人"这个题目便突出地表现出该篇的中心思想。

从屈原的创作历程的角度来看，以下两点值得注意：

第一，《抽思》更多环境描写、细节写实和心理描写，其想象也是通过梦境来表现。《思美人》则更多地使用了"引类譬喻"的手法，比如"知前辙之不遂兮，未改此度"，比喻此前一些贤人、改革家（如吴起、商鞅等）都未能得到好的下场。诗人也借此表明即使这样，自己也决不改变初衷。这同《离骚》中"虽体解吾犹未变兮，岂余心之可惩"的思想是一致的，只是这里用了比喻的手法；"解萹薄与杂菜兮，备以为交佩"，比喻保持个人的修养及为完成政治理想不断做准备工作，同《离骚》的"扈江离与辟芷兮，纫秋兰以为佩""朝搴阰之木兰兮，夕揽洲之宿莽"如出一辙；"令薜荔以为理兮"等句，同《离骚》中"吾令鸩为媒兮，鸩告余以不好"比，一以植物，一以飞禽，有异曲同工之妙；"高辛之灵盛兮，遭玄鸟而致诒"及"令薜荔以为理兮，惮举趾而缘木。因芙蓉而为媒兮，惮褰裳而濡足"等，似乎是《离骚》中求女构思的萌芽；"迁逡次而勿驱兮，聊假日以须时"与"指嶓冢之西隈兮，与曛黄以为期"，似乎是《离骚》中转道昆仑、西海为期一段描写的发端。王逸总结《离骚》的表现手法："《离骚》之文，依《诗》取兴，引类譬喻，故善鸟香草，以配忠贞；恶禽臭物，以比谗佞；灵修美人，以媲于君；宓妃佚女，以譬贤臣。"这种艺术表现手法，在此诗中已见端倪。

第二，《离骚》打破时空界限，采用糅合历史、神话与幻想的浪漫主义表现手法，《思美人》中已有体现。如"愿寄言于浮云兮，遇丰隆而不将""高辛之灵盛兮，遭玄鸟而致诒"等。寄言浮云，本来只是抬头看到天空中飘浮的云朵而产生的联想，但诗人在此处又说到神话中的云神，就形成了一种新的想象与构思的空间框架：在地上是现实世界，一上高空，便进入了幻想世界。虽然这一点在本篇中还未能十分清楚、完整地得到体现，但也已见端倪。"高辛之灵盛兮"一句，则摆脱了时间的束缚，将上古传说人物、传说故事，引入作者情感表现的需要中。这两点都是屈原浪漫主义手法的突出特征。

以上两个方面在《离骚》中得到了进一步的发展，从而奠定了我国古代浪漫主义表现方法的基础。关于屈原浪漫主义的创作方法，两千多年来无数的学者、诗人、赋家都反复谈过，近代以来的学者们更是从理论上做过多方面的阐述，然而却没有人能揭示出它形成与发展的过程。今读《抽思》《思美人》《惜诵》可知，它其实最早是发端于这几篇作品的。

# 惜　诵

《惜诵》一诗作于怀王二十五年（前304）前后。其中对国君还抱有一些希望，可证是作于怀王朝被放时。林云铭《楚辞灯》云："此屈子失位之后，又因事进言得罪而作也。……玩是篇'惩羹吹齑'及'折臂成医'等语，其为前番既疏，犹谏，失左徒之位。此番又谏，无疑即得罪……"被疏而失左徒之位在怀王十六年（前313），此次得罪，应即怀王二十四年（前305）被放汉北一次。蒋骥从其内容分析，认为"《惜诵》当作于《离骚》之前"（《楚辞余论》），其说是也。本篇不但在思想情绪上与《离骚》相近，其构思也有共同之处。

闻一多《楚辞斠补乙》言《涉江》从开头的"被明月兮佩宝璐"至"与日月兮同光"八句，"当是《惜诵》末段及乱辞而窜入本篇者，其间复有缺夺，语次亦稍颠倒"。（《清华学报》1936年6月）1942年3月出版的《楚辞校补》对此又加以论述与厘正，所论甚为有理，所作《九章解诂》

即据此以录文。今在闻氏基础上加以校正。《战国策·楚策一》:"于是楚王游于云梦,结驷千乘,旌旗蔽日……有狂兕䍐车依轮而至,王亲引弓而射,一发而殪。"《楚策四》庄辛谏顷襄王,也说到顷襄王携其亲幸"与之驰骋乎云梦之中",则汉北云梦为楚君臣狩猎之地可知。本诗中"矰弋机而在上兮"一节正是写侍候君王狩猎之事,二者相合。

"惜诵"即痛切进谏之意。《国语·楚语》:"宴居有师工之诵。"韦昭注:"诵,谓箴谏也。"《说文》:"诵,讽也。"讽即讽谏。又王夫之《通释》云:"诵,诵读古训以致谏也。"林云铭《楚辞灯》说:"不在位而犹进谏,比之矇诵,故曰诵。"亦可参。

惜诵以致愍兮[1]，发愤以抒情[2]。所非忠而言之兮[3]，指苍天以为正[4]。令五帝以折中兮[5]，戒六神与向服[6]。俾山川以备御兮[7]，命咎繇使听直[8]。竭忠诚以事君兮，反离群而赘疣[9]。忘儇媚以背众兮[10]，待明君其知之。言与行其可迹兮[11]，情与貌其不变[12]。故相臣莫若君兮[13]，所以证之不远[14]。吾谊先君而后身兮[15]，羌众人之所仇[16]？专惟君而无他兮[17]，又众兆之所雠[18]。壹心而不豫兮[19]，羌不可保也[20]？疾亲君而无他兮[21]，有招祸之道也[22]。

明黄文焕云："朱晦庵谓《九章》皆'直致无润色'。诸章深练无尽，何尝太直？谓《惜诵》为直，则颇近之。然章法重叠，呼君呼众人，缭绕万端，语虽直而法未尝不曲也。'言'字、'情'字、'志'字是通篇呼应眼目。"（《楚辞听直》）

以上第一段，在回顾自己的经历中表现出对于自己政治主张的高度自信，以及作诗时的坦荡刚直，从而显示了诗人对自己被赶出朝廷的不能理解。

[ 注释 ]

[1]惜诵以致愍（mǐn）兮：痛惜地进谏而招致忧患。惜，悼惜，痛惜。诵，箴谏。愍，忧患。　[2]发愤以抒情：发泄心中的愤懑，抒发衷情。　[3]所：犹"若"，假如。如《国语·越语》："所不掩子之恶、扬子之美者，使其身无终没于越国。"《左传·僖公二十四年》："所不与舅氏同心者，有如白水！"非忠：不忠诚。　[4]正：评判。　[5]五帝：五方之神，即东方太皞，南方炎帝，西方少昊，北方颛顼，中央黄帝。折中：评判。　[6]戒：告诫。六神：王逸谓指六宗之神，即《尚书·舜典》孔《传》说的日、月、星、水旱、四时、寒暑之神。与：以。向：对证。服：事实。王逸："服，事也。"向服，即质对事实。　[7]俾：使。备御：备列而侍，意思是参与评判。汪瑗《集解》："御，侍也。"　[8]咎

繇（gāo yáo）：即皋陶，舜之士（法官）。听：审察。直：通“值”，得其当。《荀子·修身》：“是谓是，非谓非，曰直。”　[9]反：反而。离群：被排斥。赘疣（zhuì yóu）：身体上或体内多余的肉瘤。疣，底本原作“肬”，“疣”之异体。　[10]忘：没有想到，此处是说不会。儇（xuān）：轻佻巧慧。媚：谄媚。以：因而。背众：违背了很多人的心愿。这是就其政治改革在朝中损害了所有贵族的利益而言。　[11]言：言论。行：行为。迹：脚印，这里用为动词，循迹考察。王逸注：“言与行合，诚可循迹。”　[12]情：中情。貌：外貌。明汪瑗《集解》云：“情，蓄于内者也。貌，形于外者也。不变，言情貌表里如一，而始终不变也。”　[13]相（xiàng）：观察。　[14]所以：用来。证之不远：用来做证明的事例无须远求。言制定宪令进行变法都是在君王同意的情况下进行，重要举措皆为君王所首肯。　[15]谊：通“义”，指做人行事的道理、准则。先君：把国君的事放在前面。后身：把自身的利益放在后面。　[16]羌：楚方言。此处意思同“何”。众人：指楚朝廷的群小。仇：仇恨，嫉恶。　[17]惟：思。　[18]众兆：很多人，指朝廷中的谗邪小人。雠：仇敌。戴震《屈原赋注》所附《屈原赋音义》云：“仇雠连举，则仇为怨，雠为敌。”汤炳正：“雠，以言语相诋毁。”　[19]不豫：不犹豫。　[20]保：保全。　[21]疾：极切。汪瑗《集解》：“疾，犹力也，有汲汲不遑之意。”　[22]有：借为“又”。道：途径，根由。

思君其莫我忠兮[1]，忽忘身之贱贫[2]。事君而不贰兮[3]，迷不知宠之门[4]。忠何罪以遇罚兮，亦非余心之所志[5]。行不群以颠越兮[6]，又众兆之所咍[7]。纷逢尤以罹谤兮[8]，謇不可释也[9]。

情沉抑而不达兮[10]，又蔽而莫之白也[11]。心郁
邑余侘傺兮[12]，又莫察余之善恶[13]。固烦言不
可结诒兮[14]，愿陈志而无路[15]。退静默而莫余
知兮，进号呼又莫吾闻。申侘傺之烦惑兮[16]，
中闷瞀之忳忳[17]。

清陈本礼云：
"连用四'又'字，
正见进退维谷之
意。"(《屈辞精义》)

以上第二段，
在回顾个人经历中
意识到自己并非权
贵之家，而做事又
不考虑这些人的利
益，眼下要解释也
没有办法。

[ **注释** ]

[1]莫我忠：没有比我更忠诚的。　[2]忽忘：疏忽忘却。《说
文》："忽，忘也。"身之贱贫：联系东方朔《七谏》"平生于国兮，
长于原野"的话来看，屈原的父亲可能在屈原小时被解职，屈原
则因其有才华而被起用，又当时屈原自己被放江北任掌梦，位卑
身贱，故言"忽忘身之贱贫"。　[3]不贰：一心一意。　[4]迷不
知宠之门：痴迷于君国之事，不知道钻营邀宠的门道。迷，迷惑。
宠之门，邀宠的门径，争宠之道。　[5]志：知道。《礼记·缁衣》：
"为下可述而志也。"郑玄注："志，犹知也。"俞樾《读楚辞》即
取此说。　[6]行不群：做事与那些有权的旧贵族不一致，不合于
群。颠越：跌落。指被流放。　[7]咍（hāi）：嗤笑。楚方言。王
逸曰："楚人谓相啁笑曰咍。"　[8]纷逢尤以罹谤：受到很多的责
难，被群起攻击。纷，多的样子。尤，责难、怨恨。以，而。　[9]謇
（jiǎn）不可释：张口结舌难以辩解。謇，说话梗阻难言，结巴。
释，解释。　[10]沉抑：沉闷而压抑。"沉"原作"沈"。王逸注：
"沈，没也。"此一义今通作"沉"。今改作"沉"。不达：不能通
畅。　[11]蔽：蒙蔽，此指国君被群小所蒙蔽。莫之白：无法表
白它（心情）。　[12]郁邑：同"郁悒"，忧愁郁闷。余：我。侘
傺（chà chì）：怅然失神的样子。　[13]察：洞悉。善恶：原作"中

情"。朱熹《集注》云："中情以韵叶之，当作'善恶'，字又当以去声读，由《骚经》一句差互，故此亦因之耳。"清刘梦鹏《屈子章句》从之。刘永济《屈赋通笺》以为涉《离骚》中"筌不察余之中情"一句而误，校改作"善恶"。今从之。　[14]固：固然、本来。烦言：纷烦的话。指要说的话极多。结：扎，系，缄。古代的书札多以木片为之，然后若干篇书牍相合，扎在一起以寄给收信人。诒（yí）：通"贻"，赠送。王夫之《通释》云："若沉默不言，则己心既不见谅于君而莫白，欲自陈己志，乃言之，必长，不可挈其要以简陈之。"　[15]陈志：陈述心志。无路：指没有渠道可以上达。　[16]申：重复，一再。烦惑：烦闷迷惑。　[17]中：内心。闷瞀（mào）：忧闷烦乱。忳（tún）忳：忧伤的样子。

此"曰"字上下皆巫以厉神口吻叙述。所述为其要点，非连贯语，故加"曰"以示强调。

清胡文英云："惩热羹而吹齑，时俗之谚也。'何不变此志'，愤极而反言之，犹古诗'何不策高足，先据要路津。无为守穷饿，辗轲长苦辛'之意也。"（《屈骚指掌》）

昔余梦登天兮[1]，魂中道而无航[2]。吾使厉神占之兮[3]，曰有志极而无旁[4]。终危独以离异兮[5]，曰君可思而不可恃[6]。故众口其铄金兮[7]，初若是而逢殆[8]。惩热羹而吹齑兮[9]，何不变此志也[10]？欲释阶而登天兮[11]，犹有曩之态也[12]。众骇遽以离心兮[13]，又何以为此伴也[14]？同极而异路兮[15]，又何以为此援也[16]？晋申生之孝子兮[17]，父信谗而不好[18]。行婞直而不豫兮[19]，鲧功用而不就[20]。吾闻作忠以造怨兮[21]，忽谓之过言[22]。九折臂而成医兮[23]，吾至今而知其信然[24]。

以上第三段，当年做梦悟到自己有振兴国家的政治理想，但还要君王来支持，而君王周围又有很多缺乏政治远见的人影响着他对是非的判断。诗人联系历史上的一些事件，终于看透了这一点。

### [ 注释 ]

[1]梦登天：比喻受到宠任，抱着实现政治理想的幻想。指任左徒之职时，受命制定宪令，经营南方，为统一全国做准备等。　[2]中道：半路。航：渡船。比喻实现美政的支持者。　[3]厉神：主杀罚之神。此处似用以喻法制或法制精神。占：占卜，视征兆以判吉凶成败。　[4]曰：表示巫者以厉神的身份、口吻说的话。志极：志向，目标。旁：辅助者，支持者。王夫之《通释》："志极，谓志所至也。旁，辅也。"　[5]终：最终，结局。危独：危险而孤独。以：而。离异：分离。　[6]曰：表转述巫所言厉神之语。恃：依赖。　[7]其：可以（裴学海《古书虚字集释》）。众口铄（shuò）金：言谗言可畏。铄，熔化。　[8]初若是：最初就如此，指专心事君，忠言直行。殆：危难。此句言诗人最初即忠言直行，因而遭受危难。　[9]惩：因吃过了亏而有所戒备。羹：热汤。齑（jī）：切得细碎的凉菜。"惩羹吹齑"是说因吃一次亏而格外小心。这句指一般人的处世之法。"齑"原作"韲"，洪兴祖、朱熹并引一本作"齑"，今据改。　[10]志：志节。此句诗人反问为何不改变正道直行的志节。　[11]释阶：不用梯子。比喻离开君王和其他大臣的支持。释，放弃。阶，台阶，梯子。　[12]曩（nǎng）：从前。这句说：要达到自己的政治理想，又不能取得君王的支持，如同丢弃梯子而要登天，还是从前的态度。　[13]众：一般人，庸人。《荀子·修身》："狭隘褊小，则廓之以广大；卑湿重迟贪利，则抗之以高志；庸众驽散，则劫之以师友。"则"庸、众、驽、散"都属庸劣一类。骇遽（jù）：惊慌害怕。　[14]何以：因何。伴：伴侣，同伴。　[15]同极：目标相同。此言屈原与群小皆事楚王。极，准的。异路：所走的路不同。　[16]援：帮助，依靠。　[17]晋：

欲在朝效忠国事而无可能，乃回至眼前所事。"矰弋机而在上"以下三节十二句就掌梦之职及任此职当中心情言之。后两节所写，与《离骚》所表现欲远去想法相似。然而亦只是空想而已。与《离骚》一样，虽受打击而被放，尚以浪漫之情怀想象未来。不似被放江南之野几篇，完全以写实手法记其行程与当时思想状况。

以上第四段，回到作此诗时的现实中，说自己只能在云梦干一些为君王狩猎服务的杂事。想借机陈说，按照自己的地位不可能到跟前去；想到别处去，又恐怕因此而造成他更大的罪名。他在万般痛苦中想象能有新的机会。

晋国。申生：晋献公的太子。献公宠幸骊姬，听信其谗言，迫害申生。申生恐影响父亲的欢情，不予辩白，终被逼死。于是后人称申生为孝子。之：是（《古书虚字集释》）。　[18]好（hào）：喜爱。此句言申生父亲听信谗言而不喜欢他。　[19]行：行为。婞：借为"悻（xìng）"，悻直即刚直。不豫：不变。　[20]鲧（gǔn）：夏禹之父。原作"鲧"，同"鲧"。功：指修建等需以力完成之事，这里指治水之事。用：因而。就：完成。巫以厉神之口吻劝诗人之语至此结束。　[21]作忠以造怨：忠诚行事反而招来怨恨。以，能（《古书虚字集释》）。　[22]忽谓之过言：忽视这一点而认为是夸大的不实之说。忽，轻视，不经心。过言，夸大其实之语。这是诗人说自己以前的看法。　[23]九：泛指多次。这句是说：多次折断臂膀的人，经常就医，有了经验，自己也成了良医。　[24]信然：确实如此。

矰弋机而在上兮[1]，罻罗张而在下[2]。设张辟以娱君兮[3]，愿侧身而无所[4]。欲僤佪以干际兮[5]，恐重患而罹尤[6]。欲高飞而远集兮[7]，君罔谓汝何之[8]。欲横奔而失路兮[9]，盖志坚而不忍[10]。背膺牉以交痛兮[11]，心郁结而纡轸[12]。捣木兰以矫蕙兮[13]，繺申椒以为粮[14]。播江离与滋菊兮[15]，愿春日以为糗芳[16]。恐情质之不信兮[17]，故重著以自明[18]。世混浊而莫余知兮[19]，吾方高驰而不顾[20]。

**［注释］**

[1] 矰弋（zēng yì）：带丝绳的短箭。机：矰弋上的机栝，此处用为动词，指设置好准备射出机关。　[2] 罻（wèi）罗：均为捕鸟兽的网。张：张设。当时诗人被放汉北云梦，掌管国君与大臣的狩猎事宜。　[3] 设：置。张辟：捕鸟兽的罗网。辟，借为"繴（bì）"，一种捕鸟的网。以：而。娱君：使国君欢娱。　[4] 侧：借为"厕"，厕身即置身。以上两句说自己现在只能做一些为国君的狩猎服务的杂事，想接近国君，但其周围没有自己的位置（言根本不可能）。　[5] 儃佪（chán huái）：徘徊。干（gān）：干际，进见，一般指寻求仕进的机会。际，原作"儕"。唐代《一切经音义》卷二十二引作"际"，王闿运《楚辞释》："儕，际也。不去以求际会。"马其昶《屈赋微》引曾国藩说："儕，当作际。谓际遇、际会。"今据改。　[6] 重（chóng）患：再次遭受祸患。尤：罪过。以上两句说：想在君王狩猎之时盘桓于其周围有所申说，以求重回朝廷，又怕因此而增加新的罪过。　[7] 远集：到远处去落脚。集，鸟栖止树上。诗人被放于山林泽薮之中，故以鸟自喻。　[8] 罔：犹言"得无"，揣测疑问之语。汝：你。之：往。以上两句说：我想高飞远去，君王必定疑虑于我，问我妄图干什么。　[9] 横奔：乱跑。失路：离开正路。此指变节易志。　[10] 盖志坚而不忍：意志坚定，不忍那样做。此句原作"坚志而不忍"。洪兴祖引一本、朱熹《集注》本有"盖"字。闻一多《校补》云："当从一本作'盖志坚而不忍'。"今据改。　[11] 背：脊背。膺（yīng）：胸口。牉（pàn）：物一分为二。交痛：几处并痛。这句说：背与胸如割裂一般疼痛。　[12] 郁结：忧愁聚结。纡（yū）：缠绕。轸（zhěn）：通"紾"，缠结。《广韵》："紾，……转绳也。"言心中忧愁聚结，纠缠不休。　[13] 木兰：香树名，其花大而芳香。矫：通"挢"。汪瑗："矫，揉也。"蕙：香草名。　[14] 繫（zuò）：

舂米使其精。申椒：花椒。古代申地（在楚国北部）一带产的椒，很有名，故称"申椒"。这两句所写，同《离骚》中"折琼枝以为羞兮，精琼爢以为粮"的意思一样，用浪漫的手法，表示暂时以一种超脱的心情为远走做的准备。　[15]播：种。江离：或写作"江蓠"，香草名。滋：培植。　[16]为：当作。糗（qiǔ）：干粮。芳：香。　[17]情质：情实，即内心真情。信：诚信，不变。　[18]重（chóng）著：反复申述，使事理明白。著，显著。这里用为动词。自明：自我表白。这两句说：我害怕内心真情不能伸张，所以反复申述，自己表白清楚。清姚鼐《古文辞类纂·辞赋类》云："鼐疑此篇与《离骚》同时作，故有'重著'之语。"按：当是就《抽思》《思美人》而言。　[19]混（hùn）浊：混乱污浊。混，原作"溷"，"混"之异体。今改用正体。下同。莫余知：没有人理解我的心意。今本《楚辞·惜诵》篇末有"矫兹媚以私处兮，愿曾思而远身"二句。今以为此二句系《涉江》第一段中文字，今移归彼处；而《涉江》中"世混浊"二句系《惜诵》末尾部分文字，与"恐情质"二句为一节，阳鱼合韵。　[20]方：将，将要。高驰：高飞远走。顾：眷念，牵挂。

乱曰 [1]：披明月兮佩宝璐 [2]。驾青虬兮骖白螭 [3]，吾与重华游兮瑶之圃 [4]。

登昆仑兮食玉英 [5]。与天地兮同寿，与日月兮齐光 [6]。

以上乱辞为第五段，以想象的手法表达了诗人政治理想实现后的自豪自满。

[ **注释** ]

[1] 末尾六句今本在《涉江》开头，与其文不相衔接。今据

闻一多《九章解诂》移此，并依该书补"乱曰"二字；据文意、押韵移"披明月兮佩宝璐"于"驾青虬兮骖白螭"之前。 [2] 披：原作"被"，通"披"。明月：明月之珠，即夜明珠。"披明月兮佩宝璐"一句原在"世混浊"二句之前。其"兮"字在句中，应属乱辞部分，今移此，与"登昆仑"句相连。 [3] 虬（qiú）：神话中无鳞无角的龙。骖（cān）白螭（chī）：以白螭为骖。骖，驾车时位于两旁的马，此处用为动词。螭，无角的龙。 [4] 重（chóng）华：虞舜的名。瑶之圃：长玉英瑶草的园圃，指神仙所居之地。 [5] 玉英：玉花。此句末尾"英"与"光"皆属阳部韵。朱熹《集注》云："登昆仑，言所至之高；食玉英，言所养之洁。" [6] 齐光：原作"同光"，据洪兴祖、朱熹引一本改。

[ **点评** ]

《惜诵》是屈原在汉北所作。由其中的"羌众人之所仇""有招祸之道也""忠何罪以遇罚兮"等句可以看出诗作于被放之时；又由其中"欲僵偃以干际兮"等可以看出诗人对返回朝廷尚抱有希望；其中对于国君的态度，如"故相臣莫若君兮，所以证之不远"等，也完全是对他前后侍奉二十来年的楚怀王的口吻，而不是对一继位即将他放于江南之野的顷襄王的口吻；篇中写到为楚王狩猎尽职之事，故此篇应作于到汉北一段时间之后，时间上较《抽思》《思美人》稍迟。清蒋骥云："《惜诵》《抽思》《思美人》与《骚经》皆作于怀王时，其立言与《哀郢》《涉江》以下六篇绝异。《骚经》之自言曰：'余焉能忍而与此终古。'《惜诵》曰：'愿陈志而无路。'《抽思》曰：'愿自申而不得。'《思美人》曰：'愿及日之未暮。'所谓不忘欲返者，其志甚奢。《骚经》之言君曰：'伤灵修之数化。'《惜诵》曰：'待明君其知之。'《抽思》曰：'矫以遗夫美人。'《思美人》曰：'思美人兮，擥涕而伫眙。'所谓冀君一悟者，其望甚厚。"（《楚辞余论》）所论极为精到。其创作具体时间亦如蒋骥所说，应在《离骚》之前。联系其他几篇汉北之作看，当作于楚怀王二十五年（前304）前后。

作品一开始便说，因为对国君痛切地箴谏而招致忧患，故写此以抒发愤懑，申述自己的真情。"所非忠而言之兮，指苍天以为正。"真是激情喷涌，堂堂正正，所谓"此心唯有天可表"。诗人满腔悲愤，但首先想要表白的，是自己一片忠心，并无过错。"令五帝以折中兮"以下四句，是"指苍天以为正"的进一步申说，表明了朝廷对自己的处置完全是被人混淆是非、颠倒黑白的结果；他所争的，非个人之事，而是关系到国家的前途，关系到德政的实施。以下四节具体言之，明确指出，由于自己完全以国家、君王的利益为准则处理事情，触动了一些掌权的旧贵族的利益，才受到打击、陷害。屈原被放于汉北，同秦国的离间有关，但主要还是因为他主张变法，主张"举贤授能"，使一些完全靠祖荫窃据高位的旧贵族心怀怨恨，故必欲将他逐出朝廷，置之死地而后快。而屈原看到，楚国如不进行政治改革，必至灭亡，因而坚持原来的政治主张不变。第一段的末尾说："壹心而不豫兮，羌不可保也？疾亲君而无他兮，有招祸之道也。"诗人想不通，不明白自己所坚持的正确主张何以得到如此的结果。显然，在当时的条件下，只有具有政治远见的国君才可能全力支持他，不然，他就只能成为政治斗争中的失败者。所以，诗人的反问、怨愤，实质上已转向了楚怀王，只是他还不可能直接、明目张胆地对君王有所抱怨。然而这篇作品思想的深刻，也已经可以看出了。

"思君其莫我忠兮"以下五节二十句为第二段，写省察自己以往的行为，问心无愧，而对君王之不察、自己之陈志无路和根本无人理解，感到极大的悲哀。

第三段写做梦到了天上，因无航船而中途被阻。诗人用这种比喻象征的手法道出了封建社会长期的从政定律：再好的治国方略、政治思想，没有君王的支持也不可能实行。这是把自己的亲身经历用浪漫的手法加以表现。这在《离骚》中则变成了天上三日游和"求女"的情节。"吾使厉神占之兮，曰有志极而无旁"以下四节，则在《离骚》中发展为灵氛占卜与巫咸夕降的情节。我们由这篇作品也可以看出《离骚》这篇长篇抒情之作构思和酝酿的过程。

第四段是联系自己当下的处境、所承担的事务，说明壮志难酬。屈原在汉北任掌梦之职，负责君王与大臣的田猎事宜，无非设矰弋、张罻罗之类，以便使君王、卿大夫能尽兴欢娱；自己想向国君进言，却已经完全没有可能了；但如果到别处去争取实现政治理想，便会使别人抓住他的确凿"罪证"，更是有口难辩。只要顺着旧贵族们的意愿，一切都会改变，但他不愿这样做。各种想法在胸中的交战，使他就像胸和背要裂成两半一样痛苦。篇中对这些做了生动的描写。然后写他准备好食物，想象着离开这个环境。这是幻想而非实情，从作品中"捣木兰以矫蕙兮，糳申椒以为粮"的浪漫主义表现手法上就可以看出。这种内心的激烈斗争在《离骚》中转化为去与留的斗争，以及昆仑悬圃的情节。末尾一节对本段意思加以归纳："恐情质之不信兮，故重著以自明"二句概括前半段之意，"世混浊而莫余知兮，吾方高驰而不顾"概括后半段之意。

乱辞承接第四段后半部分之意，想象到昆仑瑶之圃，以保持自身的修洁、高尚的人格，保持自己的政治理想。诗人认为，如果保持理想、实现理想，将与天地同寿，与日月齐光。社会不断发展，虽然曲曲折折，但总的趋势是政治由专制逐渐走向民主，国家走向统一，那些有益于社会发展的深刻而超前的思想越来越受到人们的赞美和高度评价。从这点上说，本篇乱辞用浪漫主义的手法道出了一个颠扑不破的真理。诗人笔下所写自己乘驾的龙都是由马变化而来，在地上为马，升上天空即变为龙，成为诗人上天下地的工具，也成了诗人想象中的活动是在天上还是在地上的标志。这一构思，在《离骚》中得到了更大的发展，是《离骚》中"为余驾飞龙兮"以下想象在空中远行的一段描写的滥觞。

读完本篇，屈原一生遭遇及其悲剧的形成，大体可知，《离骚》的内容、思想也得十之八九。尤其是从结构、构思、用词上看，《惜诵》似乎就是《离骚》的雏形。由此可知本篇在骚体赋发展史上的地位。

因本篇同《抽思》《思美人》《离骚》作于相同背景之下，故句意、思想、构思除同《离骚》相近之外，同《抽思》《思美人》也颇有相近之处。将这几篇联系起来品味，可以对它们有更深的理解。

# 涉　江 [1]

　　《涉江》是屈原被放于江南之野以后的第一篇作品。顷襄王元年（前298）二月秦军攻楚之时，诗人被流放江南之野，由水路至庐水上游的陵阳。当年秋冬之际又由水路返回鄂渚（今武昌），然后陆行至洞庭湖边，再越洞庭，入沅水，沿庄蹻南行路线，直至溆浦，在那里写了《涉江》。溆浦已接近楚国南疆，不能再向南了。他大概在溆浦暂住了一段时间，所以篇中写了那里的自然环境。由其中"霰雪纷其无垠"一句看，当时显然是入冬的天气。本篇应作于顷襄王元年冬。《怀沙》一诗所反映诗人晚年沿沅水南下的路线与此次路线一致，也均同当年庄蹻南下的路线一致。诗人在这两次南行之后都有诗表现其思想与政治情怀，则两次南行是想了解一下庄蹻入黔滇以后的情形。只是由于庄蹻在亲秦旧贵族的打击逼迫之下起事后脱离朝廷而去，被看作反叛，故屈原诗中并未明确表达作诗的本义。

余幼好此奇服兮[2]，年既老而不衰[3]。带长铗之陆离兮[4]，冠切云之崔嵬[5]。矫兹媚以私处兮[6]，愿曾思而远身[7]。哀南夷之莫吾知兮[8]，旦余济乎江湘[9]。

以上第一段，写诗人虽被放偏远之地，而保持着自己一贯的情操，不随俗而变。因当地无人了解他，他将渡长江、湘水至洞庭湖一带。

[注释]

[1]《涉江》原列《惜诵》之后，故其开头与《惜诵》末尾文字有所窜乱，今本《涉江》中有八句与上下文意不连贯。同时其中六句"兮"字在句中。在《离骚》及《九章》中，只有乱辞如此。另外，《离骚》及《九章》各篇的句式，一般上下两句中，上句之末带"兮"字，下句之末为韵脚，二韵为一节。而本篇中有两个单句，也带有乱辞的特征。今据闻一多《校补》加以调整。　[2]余：屈原自称。好（hào）：喜欢。奇服：奇伟之服，包括下文提到的长铗和切云冠。《说苑·善说》中林既对齐景公说："昔者，荆为长剑危冠，令尹子西出焉。"看来长剑危冠为楚贵族、士人的传统服饰。汤炳正《楚辞类稿》云："盖屈子自称'奇服'，并非谓异于众人，实指异于其他国家或异于其他民族之服饰耳。此乃屈子深厚的爱国主义或强烈的民族意识之体现。" [3]衰：减弱。　[4]长铗（jiá）：长剑。铗，本义为剑柄，此处代指剑。陆离：长的样子。　[5]冠（guàn）：用为动词，戴帽。切云：冠名，取义于高切青云。切，摩。崔嵬（wéi）：高耸的样子。此下原有八句："披明月兮佩宝璐。世混浊而莫余知兮，吾方高驰而不顾。驾青虬兮骖白螭，吾与重华游兮瑶之圃。登昆仑兮食玉英。与天地兮同寿，与日月兮齐光。"联系《哀郢》《怀沙》及本篇第二段以后各部分看，屈原在沅湘一带所作已失去在汉北时作品的浪漫主义想象的激情，而趋于平实。此数句恰与《惜诵》的风格一致。今据闻一多之说移于《惜诵》之末。　[6]矫兹媚以私处：

保持着自己美好的节操，自甘独处。矫，通"挢"，举。这里是持有、保持之意。兹媚，指上文所说"奇服"。兹，此。媚，美好。私处，独处。　[7]愿曾思而远身：反复思考后宁愿远离时俗。以上二句正是就下面济江湘、至南夷之地而言。曾思，反复思考。远身，远离中心地带。"矫兹媚"二句今本窜在《惜诵》之末，今移于此，与"哀南夷"二句为一节（真阳合韵）。　[8]南夷：指居于长江以南、彭蠡泽以西的扬越人，其地当楚国东部边境。据《哀郢》所写被放赴陵阳，正在其处。古时为扬越（当时的南方少数民族）所居，故称之为"南夷"。　[9]旦：早晨。余：我。济乎江湘：渡过长江与湘水。蒋骥《山带阁注楚辞》云："原自陵阳至辰、溆，必济大江而历洞庭也。按湘水为洞庭正流，故《水经》以洞庭为湘水。济洞庭，即济湘也。"

乘鄂渚而反顾兮[1]，欸秋冬之绪风[2]。步余马兮山皋[3]，邸余车兮方林[4]。乘舲船余上沅兮[5]，齐吴榜以击汰[6]。船容与而不进兮[7]，淹回水而凝滞[8]。朝发枉渚兮，夕宿辰阳[9]。苟余心其端直兮[10]，虽僻远之何伤[11]？

以上四句回忆离开陵阳到洞庭湖上时的情形。

以上第二段，写由长江边上的鄂渚溯沅水南行的经过，同时表现了诗人永远坚守端正的品性。

［注释］

[1]乘：登。鄂渚：长江在鄂州靠北岸处高出的一个礁洲。在今湖北武昌、鄂州一带，为长江边高出的沙丘地带。反顾：回顾。　[2]欸（ǎi）：叹息。秋冬之绪风：秋冬之交带有寒意的风。绪，头绪、开端。屈原在秋末冬初之际由长江入湘江，冬季至溆浦，已霰雪无垠。　[3]步：慢行。山皋（gāo）：傍水的高地。　[4]邸（dǐ）：舍，停宿。方林：广阔的树林。或以为地名，胡文英《屈骚指掌》

言即岳州方台山。　[5]舲（líng）船：有窗的小船。上沅：逆沅水而行。沅：沅水，发源于今贵州都匀云雾山，上游称清水江，至湖南黔阳县始称沅水，东北流入洞庭湖。　[6]齐吴榜：同时举起大桨。齐，指同时用力。吴榜，大桨。《方言》："吴，大也。"汰（tài）：水波。　[7]容与：徘徊。　[8]淹回水而凝滞：遇到旋涡之处船停滞不前。淹，留。回水，漩涡。凝滞，滞留不前。　[9]发：出发，起程。枉渚（zhǔ）：地名，枉水入沅水处的一个小湾，在洞庭湖西南，当今湖南常德市南。渚，原作"陼"，同"渚"。洪兴祖、朱熹皆引一本作"渚"。《水经注·沅水注》也作"渚"。今据改。《说文》："枉，邪曲也。"则枉渚为水流极弯曲形成之水中洲渚，其地在今湖南省怀化市辰溪县马湾乡，今名鹅公颈渚，因此处辰水湾曲如公鹅之颈。（参文达三、焦玫《"枉渚"与"辰阳"究竟在何处》，《中国韵文学刊》2022 年第 3 期）。辰阳：地名，沅水上游西流后折而北流处，在今湖南辰溪县西。据《水经注》，旧治在辰水之阳，因而名辰阳。西距今贵州省不足二百里。　[10]苟：假如，这里同于"只要"。端直：正直。　[11]僻远：偏僻边远。指当时诗人所居之地。

以上第三段，写楚国最南之地溆浦的自然环境，同样表现出无论在什么生存条件下都不改变本心的思想。屈原在洞庭湖西一直南行至沅水上游的溆浦，与怀王二十八年垂沙之战以后因旧贵族对合纵派人物的打击引起庄蹻起事而南行的路线完全一致。

入溆浦余僝佪兮[1]，迷不知吾所如[2]。深林杳以冥冥兮[3]，乃猨狖之所居[4]。山峻高以蔽日兮，下幽晦以多雨[5]。霰雪纷其无垠兮[6]，云霏霏而承宇[7]。哀吾生之无乐兮，幽独处乎山中。吾不能变心而从俗兮，固将愁苦而终穷[8]！

[注释]

[1]溆（xù）浦：今湖南溆浦县地，在溆水之滨，辰阳之东。溆

水在溆浦县西三十里，发源于溆浦县东南，西北流入沅水。僤佪（chán huái）：徘徊。　[2]迷：迷惑。如：往。　[3]杳（yǎo）：幽深。冥冥：昏暗的样子。　[4]狖（yòu）：黑色长尾猿。"乃"字据洪兴祖引一本和朱熹《集注》本增。骚体诗句式，句中虚词一般在第四字位置。　[5]幽晦：昏暗。　[6]霰（xiàn）：雪珠、雪粒。纷其：纷纷。无垠（yín）：无边。　[7]霏（fēi）霏：云气弥漫的样子。承：承接。宇：屋檐。　[8]固：本来。终穷：穷困到底，在穷困潦倒中结束一生。

接舆髡首兮[1]，桑扈裸行[2]。忠不必用兮[3]，贤不必以[4]。伍子逢殃兮[5]，比干菹醢[6]。举前世而皆然兮[7]，吾又何怨乎今之人！余将董道而不豫兮[8]，固将重昏而终身[9]。

以上第四段，本段所举各个忠贤之士受到惩罚的事例，正反映了在政治斗争中不能不面对的事实。

[ 注释 ]

[1]接舆：春秋末年楚国的隐士，《论语·微子》云："楚狂接舆歌而过孔子。"《论语注疏》邢昺疏："接舆，楚人，姓陆名通，字接舆也。昭王时，政令无常，乃被发佯狂不仕，时人谓之楚狂也。"内容本于皇甫谧《高士传》。《庄子·人间世》记有其事。髡（kūn）首：剃掉头发，是古代的一种刑罚。朱熹《集注》云："被发佯狂，后乃自髡。"大约自髡表示对世俗的反抗。　[2]桑扈：古代的隐士，即《庄子·大宗师》所谓子桑户，《论语·雍也》中的子桑伯子。《说苑·修文》中说："伯子不衣冠而处……欲同人道于牛马。"即裸行之证。此二句韵脚"行"先秦古韵属阳部，与上、下皆不合。此前应脱二句。　[3]忠不必用：忠诚的人不一定被重用。必，一定。　[4]贤：指贤人，品德高尚的人。

以：任用。　[5]伍子：伍奢，春秋时楚贤臣，因谏楚平王不应信费无忌之谗而疑忌太子建，为平王所杀。　[6]比干：殷末贤臣，纣王的叔父，因劝谏纣王而被剖心。菹醢（zū hǎi）：肉酱。这里指古代一种酷刑，将人剁成肉酱。　[7]举前世：整个前代。举，全部，原作"与"（與）。黄侃《文选点评》："与，举也。"刘永济《屈赋通笺》"与当读为举。举，总也"，并列《七谏·初放》"举世皆然兮"，《考异》"举，一作与"为例。今为阅读方便改为"举"。　[8]董道：正道。不豫：不犹豫。　[9]重昏：指幽闭于南夷荒远之地（王夫之《通释》）。

乱曰：鸾鸟凤皇，日以远兮。燕雀乌鹊，巢堂坛兮[1]。露申辛夷[2]，死林薄兮[3]。腥臊并御[4]，芳不得薄兮[5]。阴阳易位[6]，时不当兮[7]。怀信侘傺[8]，忽乎吾将行兮[9]！

乱辞为第五段，写出了诗人在当时政治环境下的无奈。"鸾鸟凤皇，日以远兮"，充满遗憾，也应包括对于庄蹻被迫入滇的惋惜。

[ 注释 ]

[1]巢：用为动词，筑巢。堂：殿堂。坛：土筑的高台，古代用于祭祀、朝会、盟誓、封拜等。　[2]露申：瑞香。辛夷：木笔。都是香草。　[3]死林薄：枯萎于草丛之中。薄：丛生的草。　[4]腥臊：恶臭污浊的东西。并御：全部任用。　[5]芳：芳香之气。薄：靠近，接近。　[6]阴阳易位：喻是非完全颠倒，无道理可言。　[7]时不当（dàng）：不逢其时。　[8]信：忠信，诚实。侘傺（chà chì）：失神、茫然的样子。　[9]忽：恍惚。吾将行：指将离开溆浦而北上。诗人在溆浦大约也难以得到庄蹻的信息，便决定北上。

## [点评]

《涉江》是屈原被放于江南之野后的第一篇作品。蒋骥《山带阁注楚辞》云："《涉江》《哀郢》皆顷襄时放于江南所作。然《哀郢》发郢而至陵阳,皆自西徂东;《涉江》从鄂渚入溆浦,乃自东北往西南,当在既放陵阳之后。"其《楚辞余论》云："《涉江》《哀郢》,皆序迁逐所经之地。《涉江》始鄂渚,终辰、溆;《哀郢》始郢都,终陵阳。"其说是。顷襄王元年(前298)二月秦军攻楚、取丹淅十五城之时,诗人被放江南之野,他随郢都老百姓逃亡到彭蠡,然后沿赣水南下,西南至庐水上游的陵阳。当年秋冬之际又由水路返回鄂渚(今武昌),然后陆行至洞庭湖边,再越洞庭,入沅水,直至楚国最南边的辰阳,在那里不便久留,于是东折至溆浦,在那里住了一段时间,写下了《涉江》。

顷襄王元年,屈原五十六岁,故篇中说"年既老而不衰"。《论语·季氏》"及其老也",邢昺《疏》："老,谓五十以上。"再由《孟子·梁惠王上》所说"五十者可以衣帛矣"看,五十以上称老在古代是比较普遍的习俗。

《涉江》开头说:"余幼好此奇服兮,年既老而不衰。带长铗之陆离兮,冠切云之崔嵬。"表示他从小对在朝任职为国家作贡献充满理想,至老仍然保持着爱国的赤子情怀。诗人虽然被放僻远之地,但他仍关心国家存亡,不以个人得失、世俗褒贬为怀。由于当时秦军进攻来势凶猛,屈原在那里停留了大半年。那里是扬越人所在之地,归于楚较迟,其服饰、生活习俗等都与江汉一带不同,与沅湘一带也有差异,故看不惯他,但他保持着原来的服饰不变。

屈原返回洞庭湖以后，沿沅水西南行直至辰阳（在辰水以北）。这是楚黔中郡的最南部，诗人这样长行不会没有目的，这就是为了了解在怀王二十九年（前300）退到黔中的庄蹻部队究竟怎样了。庄蹻于怀王二十八年（前301）年底起事后，先撤至黔中（今湘西）。后不断向南，后来以楚军名义攻克且兰（牂柯，在今贵州黄平县以西），入夜郎，最后入滇，形成同朝廷失去联系的一个代表楚国政治势力与文化的地方政权（参拙文《庄蹻事迹与屈原晚期的经历》,《文史》2002年第1辑）。屈原关注庄蹻，希望他能在开发南方、经营南方方面起到作用。顷襄王继位后，一些亲秦旧贵族把持朝政，把庄蹻看作反叛朝廷的强盗，庄蹻已没有被招安回朝的可能，屈原在作品中也不敢明显地提到他的名字。以往之论《涉江》者都未能说清屈原何以要沿沅水行至楚南部极偏僻之地，因而也就不能揭示这篇作品深刻的主题，以为其中"鸾鸟凤皇，日以远兮"等句，只是诗人自喻，不能说明诗人的南行同他的政治理想之间的关系。

诗的第一段表明自己的基本态度。屈原不仅是一位诗人，他首先是一位有政治理想的改革家。"带长铗之陆离兮，冠切云之崔嵬"，既说明他永远保持楚人之习俗，也比喻其高尚的人格，还象征着礼仪与文化。下面的"矫兹媚以私处兮"的"媚"，就应该是指上面所说的陆离长剑与切云之冠。

第二段三节，写由陵阳至鄂渚后的行动路线。步马、乘车至沅水，经枉渚直至辰阳。"船容与而不进兮，淹回水而凝滞"，一路之艰险，全包含在此二句之中。其末尾说："苟余心其端直兮，虽僻远之何伤？"是说只要自己存心端正，虽至黔中南部极僻之地，也没有什么可怕的。这实际上是说：虽追迹庄蹻南行路线行至楚南部疆界，但秉心端正，无可厚非。

第三段三节写了在溆浦停留之时的自然环境。开头说"迷不知吾所如"，因为诗人已近楚南部边境，不能再走，因而东折入溆浦。在溆浦停止南行，是不得已的事；折而东行，又没有了目标，所以这样说。这一段中的写景文字十分美，开后代山水诗借景抒情之法门。其末尾几句，实际上是表现了政治理想无法实现时的苦恼；有才无法施展，一生所追求的、由楚国统一全国的愿望及切实可行的战略方针不能付之于实施，而国家一天天走向衰微。

第四段联系历史上贤能之人往往得不到好下场的事实，对此前整个奴隶社会进行了批判，也表现了诗人决不向腐朽势力低头的决心。

第五段为乱辞，回顾楚朝廷中贤能者不能立足，而奸邪与腐朽势力把持朝政的情况，表现出极大的愤慨。这一段不仅立足于诗人自身的经历，也包含了对庄蹻这样的人只能远走高飞的惋惜。

屈原作于江南之野的作品同样继承了引类譬喻的特征，但已失去了《离骚》等打破时空界限，上天下地，在现实与幻想世界间自由活动的浪漫主义风格，而是出现了更多纪实甚至写景的文字，更倾向于征实和直接地抒发。如果以屈原早期的《橘颂》《大招》及《九歌》中"二湘"之外七篇为其创作的第一个阶段，怀王中晚期的《离骚》《抽思》《思美人》《惜诵》《渔父》《卜居》《招魂》的创作为第二个阶段，那么，他在顷襄王朝被放江南之野的创作则是第三个阶段。在第三个阶段中，个人经历与心情的抒写转向平实。这是以前研究楚辞者未能注意到的。

屈原的《涉江》对后代述行之作和山水之作有很大影响，故被视为述行赋之祖和山水诗赋之祖。

# 哀　郢

　　《哀郢》是屈原被放于江南之野的第九年（前 290）回忆顷襄王元年（前 298）被放时情景而作。顷襄王元年，秦攻楚，大败楚军，斩首五万，占取丹淅一带十五城。秦军沿汉水而下，郢都震动。郢都人民向东逃难，与诗中所写"方仲春而东迁"正相合。诗中写到江、夏、夏首、洞庭、陵阳等水名地名，可使我们考知诗人的行动路线。又说"至今九年而不复"，则此诗当作于顷襄王九年（前 290），时应在湘水下游以东的居处（《湘君》《湘夫人》亦应作于此）。《哀郢》用倒叙法，先从九年前秦军进攻楚国之时自己被放逐、随百姓一起东行的情况写起，到后面的乱辞才写作诗当时的心情：自己无罪而被放逐，九年来日夜难平忧愤之心。今年事已高，担心死于异乡，迫切希望回到郢都。

皇天之不纯命兮[1]，何百姓之震愆[2]！民离散而相失兮，方仲春而东迁。去故乡而就远兮，遵江夏以流亡[3]。出国门而轸怀兮[4]，甲之朝吾以行[5]。发郢都而去闾兮[6]，怊荒忽其焉极[7]？楫齐扬以容与兮，哀见君而不再得。

**［注释］**

[1] 不纯命：天命无常。纯，不杂而有常。　[2] 震愆（qiān）：震惊失所，流离在外。　[3] 遵：沿着。江：长江。夏：夏水。夏水为长江在江陵以东分出的一支，东北流入汉水。汉夏合流一段古代习惯上也称为"夏水"。　[4] 国门：指楚国郢都的城门。轸（zhěn）怀：痛心，伤怀。　[5] 甲之朝：甲日的早晨。朝，原作"鼂"，王逸注："旦也。"洪兴祖注："鼂、晁，并读为'朝暮'之'朝'。"夫容馆本、黄省曾校本并引，一作"朝"。汪瑗《集解》即作"朝"。今据改。吾以行：我起身远行。　[6] 发郢都：由郢都出发。去闾：离开久居的里门。去，离开。　[7] 怊（chāo）荒忽其焉极：怅然生悲，心情迷茫，此情何极？怊，悲伤。荒忽，通"恍惚"。极，终点。

以上第一段，写九年前离开郢都时情景与诗人的心情。因其在诗人心中一直历历在目如昨日事，故下笔直写，使读者亦如眼前所写，而不觉其为回忆。

清刘梦鹏云："故国乔木，望而流涕，伤国破也。"（《屈子章句》）

以上第二段，写顺江东行中不忍离开的心情。

望长楸而太息兮[1]，涕淫淫其若霰[2]。过夏首而西浮兮[3]，顾龙门而不见[4]。心婵媛而伤怀兮[5]，眇不知其所跖[6]。顺风波以从流兮，焉洋洋而为客[7]。凌阳侯之泛滥兮[8]，忽翱翔之焉薄[9]。心絓结而不解兮[10]，思蹇产而不释[11]。

[ 注释 ]

[1] 楸（qiū）: 梓树。其主干高，古代都邑街道两边多植之。太息: 长叹。　[2] 涕: 这里指泪水。淫淫: 泪流不止的样子。霰（xiàn）: 雪珠。　[3] 夏首: 夏水从长江流出的起点。西浮: 指由长江向西南转入洞庭湖。据《山海经·海内东经》，战国以前洞庭湖口狭长，东北与长江相连。汪瑗《集解》云:"西浮，谓西向而流也。"　[4] 龙门: 郢都的东门。　[5] 婵媛（chán yuán）: 索引、牵扯，此处为牵挂不舍的意思。　[6] 眇: 通"渺"，茫远。跖（zhí）: 踏。　[7] 焉: 乃。洋洋: 水无目标漫流的样子。这里指任船随水漂泊的样子。　[8] 凌: 乘着。阳侯: 大波之神，此处指大波。　[9] 忽: 飘忽。焉薄: 止于何处。焉，疑问代词，哪里。薄，止、近。以上四句写诗人不忍离去，在洞庭湖上漂泊。　[10] 绖（guà）结: 牵挂而内心郁结。绖，挽住，系在什么上面。　[11] 蹇（jiǎn）产: 曲折缠绕。释: 解开。本段最后八句写在洞庭湖上漂泊之情形，以其不思遽去也。当是湖边之民亦不安定，无法停居，故终又东北出洞庭，沿江而东。

　　将运舟而下浮兮[1]，上洞庭而下江[2]。去终古之所居兮[3]，今逍遥而来东。羌灵魂之欲归兮[4]，何须臾而忘反[5]。背夏浦而西思兮[6]，哀故都之日远[7]。登大坟以远望兮[8]，聊以舒吾忧心[9]。哀州土之平乐兮[10]，悲江介之遗风[11]。

以上第三段，写在洞庭湖上盘桓，登上高地西望，表现了远离郢都时无法克制的思念之情。

[ 注释 ]

[1] 运舟: 驾船，调整船的方向。可能当时诗人在洞庭湖上漂泊了一阵，最终还是由湖东北入长江东行。　[2] 上洞庭: 指由

洞庭湖东北入长江。下江：指顺长江东行。　[3]终古：一生，有生以来。　[4]羌灵魂之欲归兮：灵魂总想着归还郢都。羌，楚方言词，何乃，竟然。　[5]何须臾而忘反：哪里有一刻时间忘记返回。须臾，极短的时间。反，通"返"。　[6]背：背离，离开。夏浦：夏口，汉水夏水合流后流入长江处。西思：向西而思，指思念着郢都。　[7]日远：一天天地远去，言离郢都一天比一天远。　[8]坟：水边高地，堤岸。　[9]聊：姑且。　[10]州土：洞庭湖以北、云梦泽以东，沿大江西岸的带状平原，本为春秋时州国之地，故曰"州土"。平乐：地平人安。　[11]悲江介之遗风：伤心沿江一带楚人醇厚的风俗将要失去。江介，江间。

"惟郢路之辽远兮"二句，是说自从被放，多年中未曾越过长江、夏水回到郢都附近。表示以上全是回忆。

以上第四段，前四句写九年前将至陵阳时的心情，后八句由回忆写到九年之后眼下流放中的孤独寂寞。

当陵阳之焉至兮[1]，淼南渡之焉如[2]？曾不知夏之为丘兮[3]，孰两东门之可芜[4]！心不怡之长久兮[5]，忧与愁其相接。惟郢路之辽远兮[6]，江与夏之不可涉[7]。忽若去不信兮[8]，至今九年而不复[9]。惨郁郁而不通兮[10]，蹇侘傺而含戚[11]。

[注释]

[1]当陵阳之焉至：面对着陵阳还能到哪里去？意思是眼下只能到陵阳。陵阳，地名，治所在今江西省西部庐水上游，宜春以南。《汉书·地理志上》庐江郡："庐江出陵阳东南，北入江。"此庐江指庐水与赣江的合流。陵阳管辖地应包括武功山以西湘水下游，今湖南省西北角之地。1953年在长沙出土楚简有"鳞阳"赠人以高贵衣物的文字，学界认为即陵阳公简。则屈原后来大部分时间应是在

湘水下游度过。　[2] 淼（miǎo）南渡之焉如：渡过浩渺的波涛又
该怎样走啊？淼，汪洋无涯际的样子。屈原被放郢都一带的长江之
南，当时因秦军进攻中，故令其先至陵阳（也属当时楚人所谓"江
南之野"）。　[3] 曾不知夏之为丘：竟未想到宗庙宫室成土丘。曾，
竟。夏，大屋，指宫廷建筑。上古宫殿皆在台上，宫殿颓圮，则成
为土丘。　[4] 孰两东门之可芜：谁使郢都的两个东门长满荒草？
两东门为郢都通向中原之正门。芜，指坍塌成荒芜之地。　[5] 怡
（yí）：喜悦、愉快。　[6] 惟：思。郢路：返回郢都的路。　[7] 涉：
渡过。　[8] 忽若去不信：时间匆匆过去，回想去国似乎不到两夜。
忽，忽忽，形容时间过得快。若，以。去，去国。信，两夜。《左传·庄
公三年》："一宿为舍，再宿为信，过信为次。"　[9] 不复：不被召回。
复，返。　[10] 惨郁郁：悲伤而内心压抑，心绪郁结。　[11] 蹇（jiǎn）
侘傺（chà chì）而含戚（qī）：瞠目失神，感到无比的悲伤。蹇，楚
方言语气词，乃。侘傺，失神而立的样子。戚，悲苦。


　　外承欢之汋约兮[1]，谌荏弱而难持[2]。忠
湛湛而愿进兮[3]，妒被离而鄣之[4]。尧舜之抗行
兮[5]，瞭杳杳而薄天[6]。众谗人之嫉妒兮，被以
不慈之伪名[7]。憎愠怆之修美兮[8]，好夫人之慷
慨[9]。众踥蹀而日进兮[10]，美超远而逾迈[11]。


**［注释］**

　　[1] 外承欢之汋（chuò）约：指表面上顺着心意、博得欢心的
人。汋约，即"绰约"，柔美的样子。此句当是就怀王末年亲秦
的旧贵族而言。　[2] 谌（chén）：诚，实在。荏（rěn）弱：软弱。

第五段回顾
九年来楚国朝政状
况，感叹朝政的腐
败，法制沦丧，是
非不分，平庸之
人不断升迁，有能
力的人离朝政越来
越远。"美超远而
逾迈"，非仅叹自
身之遭遇。主张抗
秦的庄蹻被逼而起
事，后知朝中已绝
无立身之处而南行
入滇，此诗人所念
念不忘者。

持：依靠。　[3]忠：指忠诚的人。湛湛：深厚、厚重。进：进入朝廷，争取效力。　[4]妒：指好妒之人。被离：众多纷乱的样子。鄣：同"障"，堵挡、阻碍。　[5]抗行：高尚的行为。　[6]瞭（liǎo）杳（yǎo）杳：高远的样子。薄：接近。　[7]被：加在身上。不慈：不爱其子。尧未将天下传给其子丹朱，故《庄子·盗跖》中盗跖说"尧不慈，舜不孝"。　[8]愠怆（yùn lún）之修美：谓君王憎恶品德美好、心怀忠诚却不善于表达的贤臣。愠怆，内心蕴积而不显露。修美，指品德美好。　[9]好（hào）：喜好。夫（fú）：指示代词，同"彼"。慷：原作"忼"。姜亮夫《屈原赋校注》云："今《九辩》'忼'作'慷'，一声之变也。"今改用规范字"慷"。此句谓君王喜爱那些巧言令色、假装得慷慨激昂的小人。　[10]众：平庸的人，谗佞小人。蹀躞（qiè dié）：小步快速行走。日进：一天天地向前。喻越来越被重用。　[11]美：指德行高尚的人。超远：远离。逾迈：越来越远。

此处之希望回归故都，只为不葬身山野而得归祖茔，与《抽思》《思美人》《惜诵》之希望尽心王事者已不同。

乱辞总括前文，表现了对故都、对自己无罪被放的不能忘怀。诗人的爱国之情及对政治理想的执着见于其中。

乱曰：曼余目以流观兮[1]，冀壹反之何时？鸟飞反故乡兮，狐死必首丘[2]。信非吾罪而弃逐兮[3]，何日夜而忘之？

[ **注释** ]

[1]曼余目：放开眼来。曼，曼曼，远的样子。流观：周流观望，四望。　[2]狐死必首丘：传说狐狸死时会把头对着生活过的小山。《礼记·檀弓上》："君子曰：乐，乐其所自坐。礼，不忘其本。古之人有言曰：狐死正丘首，仁也。"　[3]信：确实。

## ［点评］

《哀郢》以回忆的形式写了诗人一生中最难以忘却的一段经历，这一时期也是战国时楚国历史的重大转折时期。

《史记·屈原列传》载，楚顷襄王立，令尹子兰谗害屈原，屈原被放江南之野（郢都附近长江以南之地）。《楚世家》又载，顷襄王元年秦国"大败楚军，斩首五万，取析十五城而去"。秦军沿汉水而下，则郢都震动。在此情况下，亲秦的一些旧贵族将责任推给一直坚持合纵抗秦的屈原，屈原于是被放于江南之野。诗人随流亡百姓一起东行，到后面才抒写作诗当时的心情。这就使诗人被放以来铭心难忘的那一幅幅悲惨画面，一幕幕夺人心魄、摧人肝肺的情景，得到突出的表现。

全诗不计乱辞共五段，每段三节，十分整齐，最充分地体现出诗的结构美。与诗人中期情感喷涌、思绪飞腾、想象奇特、极尽变化之能事的创作风格比起来，本诗在内容上更注意平实的抒写，形式上更注意诗的外部结构。这从另一方面反映出诗人创作风格的变化。前三段为回忆，第四段抒发当时的心情，第五段写了诗人对造成国家、个人悲剧之原因的思考。乱辞在情志、结构两方面总括全诗。

"皇天之不纯命兮，何百姓之震愆！"诗的开头诗人仰天而问，可谓石破天惊。此下即绘出一幅巨大的哀鸿图："民离散而相失兮，方仲春而东迁。""仲春"点出正当春荒时节，"东迁"说明流徙方向，"江夏"指明地域所在。人流、汉水，兼道而涌，涛声、哭声，上干云霄。

所以诗中说诗人走出郢都城门之时腹内如绞。他上船之后仍不忍离去，举起了船桨任船漂荡着：他要多看一眼郢都！他伤心再没有机会见到国君了。"甲之朝"是诗人起行的具体日期和时辰，九年来从未忘记过这一天，故特意标出。第一段总写九年前当秦军进攻之时自己被放起行时的情景。

"望长楸而太息兮"以下三节，回忆当时船开后仍一直心系故都，不知所从。想起郢都这座楚人几百年的都城将毁于一旦，忍不住老泪横流。正如陈本礼引李贺说："洋洋为客一语，倍觉黯然！"（《屈辞精义》）因为它比一般的"断肠人在天涯"更多一层爱国、忧民、思君的哀痛。诗中"西浮"以下写进入洞庭湖后的情形，故说"顺风波"（而非顺江流），说"阳侯之泛滥"，说"翱翔"等，都是表现不愿远离，在湖上回旋。

"将运舟而下浮兮"以下三节，写出湖继续东行时的心情。"上洞庭"言由洞庭湖东北行入长江，"下江"言顺江流而东。去之愈远，而思之愈切。诗人之去，可谓一桨九回头，读之令人心酸泪下。

"当陵阳之焉至兮"以下三节，写诗人作诗当时的思想情绪。这里才点出以上所写皆是回忆，这些事九年来在诗人头脑中从未忘却。"当陵阳之焉至兮"二句为转折部分，承上而启下。此陵阳在彭蠡湖以西，其地与湖湘之地只隔着罗霄山脉。大约诗人打算在事态平息后由陆路直达湖湘一带（俱为楚人所谓"江南之野"），故暂居于此。

"外承欢之汋约兮"承接上一段的正面抒情，进而揭出造成国家危难之根源。朝廷那些奸佞之徒善于逢迎奉承，不仅因为他们无能，还因为他们无忧国忧民之心，只知为了一己私利而诬陷正直之士，所以在治国安民方面实在难以倚靠。但关键还在于当政者喜好什么样的人，"憎愠愉之修美兮，好夫人之慷慨"，便是屈原对顷襄王的评价。批判的矛头直接指向最高统治者，表现的思想是极其深刻的。

乱辞总承此前各部分，写诗人虽日夜思念郢都，却因被放逐而不能回朝效力祖国的痛苦和悲伤。"鸟飞反故乡兮，狐死必首丘"，语重意深，极为感人。全诗章法谨严，浑然一体。

本诗在结构上表现了很大的独创性：第一，开头并未交代是回忆，给读者以身临其境之感，留下深刻的印象。第二，四句为一节，三节为一层，很整齐，体现出诗人在诗体形式上的新探索。第三，语言上的特点是骈句多，如"去故乡而就远（兮），遵江夏以流亡""过夏首而西浮（兮），顾龙门而不见""背夏浦而西思（兮），哀故都之日远"等，即富有对偶美，对近体诗的产生以较大影响。第四，重视写景，使写景与抒情相结合，情景交融，也有助于加强感情力度。徐焕龙《屈辞洗髓》谓之"于《九章》中最为凄惋，读之实一字一泪也"。这一点在屈原作品中显得最为突出，由此也可以看出屈原创作的发展，对宋玉的《九辩》有很大影响。

# 怀　沙

　　《怀沙》作于顷襄王十六年（前 283），为屈原的绝笔。关于篇题之意，朱熹大约是受东方朔《七谏·沉江》"怀沙砾而自沉兮"一句的影响，解"怀沙"为"怀抱沙石以自沉也"。但石可抱而沙难抱，此说难以成立。清代李陈玉《楚辞笺注》云："当是寓怀于长沙。"汪瑗、蒋骥也就此加以申说。然而楚人开发长江以南较迟，既无先王遗迹，诗人无由怀念长沙。实际上"怀沙"是一种比较隐晦的说法，是指诗人惦记垂沙之战后向南的庄蹻军队。楚怀王二十八年（前 301）底因楚齐垂沙之战中楚大败，朝中亲秦的旧贵族将责任推到主张合纵抗秦的大臣身上，引发了"庄蹻暴郢"事件。为了平息事件，朝廷由汉北召回屈原。庄蹻军队退出郢都至黔中，逐步向南，后以楚朝廷名义攻入夜郎，进入滇，以实践屈原先经营南方的主张。屈原两次南行，都是沿着庄蹻入滇的路线，表现了他对这一支军队活动的关心。

　　从本篇的乱辞看，作者当时"汩徂南土"是先沿沅水南行，与顷襄王元年秋冬之际南行路线一样，再东行至湘水上游，然后沿湘水北行，故曰"进路北次"。农历四月或五月初到汩罗，闻得顷襄王同秦昭王会于有楚先王之庙及公卿祠堂的楚别都鄢，知楚国国运将不久长，遂选取五月五日投汩罗江而死。此篇应作于顷襄王十六年（前283）农历五月初。

以上第一段，写初夏之时南行路途中所见与诗人的心情。

滔滔孟夏兮[1]，草木莽莽[2]。伤怀永哀兮[3]，汩徂南土[4]。眴兮杳杳[5]，孔静幽默[6]。郁结纡轸兮[7]，罹愍而长鞠[8]。

[注释]

[1] 滔滔：悠悠，形容夏日之长。"滔""悠"上古音义皆相近。孟夏：即夏历四月。　[2] 莽莽：草木茂盛的样子。此句写当时沅水上游的景象。　[3] 伤怀永哀：伤心而长时间地悲哀。指垂沙之战。由于楚国亲秦势力的作用，齐楚交战，楚国大败，从而引发了"庄蹻暴郢"事件，楚朝廷内部斗争进一步激化，庄蹻的起事和脱离朝廷南行，也使楚国的军事力量进一步削弱。此事长久以来使诗人感到悲伤。　[4] 汩（yù）徂（cú）南土：急切地行走在南方的土地上。汩，疾速行走。徂，去，往。庄蹻部队开始时据黔中之地（今湘西）。怀王三十年（前299）秦骗楚怀王至武关，可能是借口替楚灭庄蹻，要楚怀王割黔中地与秦。怀王不答应，遂被挟至咸阳。庄蹻部队也逐步向南。楚黔中之地西南与且兰（牂柯）接壤。《后汉书·南蛮西南夷列传》中言庄蹻"从沅水伐夜郎，军至且兰……既灭夜郎，因留王滇池"。屈原之远至楚南土，是想了解庄蹻部队的状况。　[5] 眴（shùn）：眯眼远望。杳（yǎo）杳：深远的样子。　[6] 孔：很，甚。幽默：僻静无声。王逸注："言江南山高泽深，视之冥冥，野甚清静，默无人声。"　[7] 郁结纡轸：聚结，指愁思积于胸。纡轸，通"纡绖（yū zhěn）"，心绪交结不展。　[8] 罹愍（mǐn）而长鞠：心中愁闷郁结，因忧患而长期穷困。罹，原作"离"，通"罹"，遭受。愍，原作"愍"，同"愍"。《史记·屈原列传》、朱熹《集注》并作"愍"。下同。鞠，穷困。

抚情效志兮[1]，冤屈而自抑[2]。刓方以为圜兮，常度未替[3]。易初本迪兮[4]，君子所鄙[5]。章画志墨兮[6]，前图未改[7]。内厚质正兮[8]，大人所盛[9]。巧倕不斵兮[10]，孰察其拨正[11]。

以上第二段，回想个人经历，表现了自己的思想道德操守。

[ 注释 ]

[1] 抚情效志：回想事情的经过，考察个人的志趣。抚，揣摩、反复回想。情，情实。效，考核。《广雅·释言》："效，考也。"志，思想情志。　[2] 冤屈而自抑：满腹冤屈，然而强自抑制。　[3] 刓（wán）方以为圜兮，常度未替：（要求）把方的削成圆的，（我不会那样）我坚持治国应有的制度不会放弃。刓，削。圜，同"圆"。常度，正常的法度。替，废弃。此言正常的法度不能改变。　[4] 易初本迪：改变原来所遵循的道路。易，改变。初，当初，最初。迪，道路。　[5] 鄙：鄙薄，轻视。　[6] 章画志墨：章程计划已书之于简策。章，章程。画，计划。志墨，记之于笔墨。　[7] 前图：即上面所说"章画"的具体内容。于省吾《泽螺居楚辞新证》："'章画志墨'是说章程计画曾记之于笔墨，这与《列传》所说的'怀王使屈原造为宪令，屈原属草稿……'的叙述适相符恰。所谓'宪令'者，就是章程计画。由于章程计画必须与王图谋而后草创之，故述说往事以'章画志墨，前图未改'为言。意思是说，从前与王所图谋的规章计画、经国大法，都是正确的，至今思之，还是坚持'前图'，未能改变。"其说是。　[8] 内：内心，思想，指政治学养。厚：厚实，言蕴积深厚。质正：素质、品行纯正。　[9] 大人：圣人，胸怀广大的人。这里指明君与杰出政治家。盛：赞扬。　[10] 倕（chuí）：相传为尧舜时的巧匠。《吕

氏春秋·古乐》言其创造了鼗、鼓、钟、磬、管、埙、箎、椎钟等乐器；《世本·作篇》（清张澍辑本）载，倕还发明了木匠用的规、矩、准绳和一些农具。斫（zhuó）：砍削。　[11]孰：谁。察：审察，细心地看。拨正：曲直邪正。拨，邪曲。

　　玄文处幽兮[1]，矇瞍谓之不章[2]。离娄微睇兮[3]，瞽以为无明[4]。变白以为黑兮，倒上以为下。凤皇在笯兮[5]，鸡鹜翔舞[6]。同糅玉石兮[7]，一概而相量[8]。夫惟党人之鄙固兮[9]，羌不知余之所臧[10]。任重载盛兮[11]，陷滞而不济[12]。怀瑾握瑜兮[13]，穷不知所示[14]。邑犬之群吠兮[15]，吠所怪也[16]；非俊疑杰兮[17]，固庸态也[18]。文质疏内兮[19]，众不知余之异采[20]。材朴委积兮[21]，莫知余之所有。

以上第三段，前半是对楚国旧贵族政治集团特征的高度概括与有力批判，后半说明他们完全不能理解诗人所持进行政治改革的主张。

[注释]

[1]玄文：黑红色花纹。处幽：置于幽暗之处。　[2]矇瞍（méng sǒu）：睁眼瞎子。有瞳仁而看不见者曰"矇"，没有瞳仁而看不见者曰"瞍"。章：显明。　[3]离娄：上古明目者。《孟子》《淮南子》中都提到过，传说为黄帝时人，目能见百步之外秋毫之末。微睇（dì）：略加顾盼。　[4]瞽（gǔ）：目盲之人。无明：看不见，没有视力。　[5]笯（nú）：鸟笼。南楚江沔之间谓之笯。　[6]鹜（wù）：鸭。　[7]同糅（róu）玉石：把玉和石头混

杂在一起。糅，混杂、混合。 [8]一概相量：等量齐观。概，古代量粮食时用来刮平斗斛的木板。引申为标准之义。 [9]夫：发语词。惟：思。党人：结党之人。指朝廷中反对改革的旧贵族守旧势力。鄙固：鄙陋顽固。 [10]羌：何为。所臧：所善，指个人所认可、设想的改良思想。又王念孙《读书杂志》："古无藏字，借臧为之。……臧，亦读为藏，谓美在其中，而人不知也。下文云：'材朴委积兮，莫知余之所有。'意与此同也。"亦可参。 [11]任重：担负得很重。任，抱，负担。载盛：车船等运载得很多。这是说当初所设想要进行的政治改革的任务很多。 [12]陷：沉没，指舟船而言。滞：留滞，指车、马而言。不济：未能成功。 [13]瑾、瑜(yú)：都是美玉之名。 [14]穷不知所示：处于穷困境地，不知该向谁去说。穷，处于困境。示，给人看，引申为向人诉说。 [15]邑犬：城邑中的犬。邑中人所聚居，一犬吠则群犬跟着乱叫。 [16]吠所怪：吠自以为怪异之人与事。这两句是说有个别顽固的旧贵族诽谤陷害他，其他很多人也不明就里，跟着对他进行攻击。 [17]非俊：责难、诋毁超群拔俗之人。疑杰：猜忌杰出之人。 [18]固庸态也：本来就是世俗之人的常态。庸，指世俗平庸之人。 [19]文质：文采与质地、本质。疏内：迂阔木讷。内，通"讷"。这里是讲诗人自己的素养。 [20]异采：超凡的文采。这句是就宪令和其他政治改革设想的意义而言。 [21]材朴：指加工成的用具和未经加工的木材。材，段玉裁《说文解字注》："材，引申之义，凡可用之具皆曰材。"朴，未制作成器的木材。徐焕龙《屈辞洗髓》云："譬如良材未雕未琢，朴而委积于地，则遂莫知栋梁而堪巨室者，并余之所有矣。"

重仁袭义兮[1]，谨厚以为丰[2]。重华不可遌

清奚禄诒云："言众人虽不同己，己仍重励仁义，修行谨厚，以丰盛其德。"（《楚辞详解》）

明钱澄之云："圣贤既不并世，若禹之于益，皋陶、汤之于伊尹，未尝不并。去古久远，此风已邈，不可慕矣。"(《屈诂》)

以上第四段，回想历史上常有类似的事情，心情又归于平静。但自己的信念不能放弃。

兮[3]，孰知余之从容[4]。古固有不并兮[5]，岂知其何故[6]？汤禹久远兮，邈而不可慕[7]。惩违改忿兮[8]，抑心而自强[9]。罹愍而不迁兮[10]，愿志之有像[11]。

进路北次兮[12]，日昧昧其将暮[13]。舒忧娱哀兮，限之以大故[14]。

[注释]

[1]重仁：积累仁德。袭义：屡行义事。袭，重叠。　[2]谨厚：谨慎笃厚。丰：充裕，富足。两句是说：我积累仁与义，谨慎以充实思想修养。　[3]重（chóng）华：虞舜之名。遌（è）：逢，遇。　[4]从容：举动。王逸注："从容，举动也。"王念孙《广雅疏证》卷六上云："从容有二义，一训为舒缓，一训为举动。……《九章·抽思》篇云：'理弱而媒不通兮，尚不知余之从容。'《哀时命》云：'世嫉妒而蔽贤兮，孰知余之从容。'此皆谓己之举动非世俗所能知，与《怀沙》同意。"其说是。　[5]古固有不并兮：自古圣君与贤臣多不同时在世。　[6]岂知其何故：岂能知道是什么缘故。岂：难道，这里表反问。　[7]邈（miǎo）：遥远。　[8]惩违改忿：止息、转移怨恨的心情。惩，鉴戒，受损伤后有所戒备。违，忿恨，"怋"字之借。《玉篇》："怋，……怨恨也。"　[9]抑心：抑制内心情感。自强：自勉。　[10]不迁：指不改变志节。　[11]像：榜样。这与《抽思》的"望三王（原误作"五"）以为像兮，指彭咸以为仪"的意思一样。这里是指事业虽不能有成，但个人的人格不会有所变化。　[12]进路北次：连下文看，诗人溯沅水至于辰阳以南，便不再朝南，在暂作停留之后，入溆水，东至资、

湘上游，然后北行。　[13]昧昧：昏暗。　[14]"舒忧娱哀兮"
二句是说：疏解忧愁，排遣悲哀，兵戎加于故都便是我谢世之时。
当时秦军已至黔中之地，诗人不能安心。限之以大故，朱熹云："死
期将至，其限有不可得而越也。"大故，王逸注："死亡也。"此应
是屈原闻知顷襄王与秦昭王会于楚故都鄢郢的消息，以为楚亡国
之日已至，自己的生命也将结束。


　　乱曰：浩浩沅湘[1]，分流汩兮[2]。修路幽
蔽[3]，道远忽兮[4]。曾伤爰哀[5]，永叹喟兮[6]。
世混浊莫吾知[7]，人心不可谓兮[8]。怀情抱质[9]，
独无正兮[10]。伯乐既殁[11]，骥焉程兮[12]！民
生禀命，各有所错兮[13]。定心广志[14]，余何畏
惧兮？知死不可让[15]，愿勿爱兮[16]。明告君
子[17]，吾将以为类兮[18]。


### ［注释］

[1]浩浩：水盛的样子。沅湘：沅水与湘水。屈原先沿沅水南
行，然后东至湘水，沿湘水折而北上。这里有回顾此行全程之意。
沅水在湖南西部北流。湘水在湖南东部北流（战国时是在洞庭湖
东侧经临湘流入长江）。　[2]汩（gǔ）：水急流的样子。此一义后
代多重叠使用作"汩汩"。与本篇开头"汩徂南土"用为动词者
读音不同。　[3]修：长。幽蔽：幽深昏暗。　[4]远忽：遥远。忽，
远。　[5]曾伤：不断地悲伤。曾，通"增"，重，一再地。《抽思》：
"独永叹而增伤。""增伤"与"永叹"相对而言，意相近。伤，悲伤。

以上第五段，
诗人在临死之前表
白了他的人生态
度，至死其心志不
变，为此而无所畏
惧；至死之时，结
局不可避免也不会
吝惜生命，会大
义凛然地结束一生。
这可以说是屈原所
有作品中都反复表
现的精神。

爰：通"咺（xuǎn）"，哀泣不止。《史记·屈原列传》相近句子出现两处，一处作"爰"，一处作"恒"，是"咺"之误。《广雅疏证》卷二上引王引之语："爰哀犹曾伤，谓哀而不止也。《方言》云：'凡哀泣而不止曰咺。爰、嗳、咺古同声而通用。'《齐策》狐咺，《汉书·古今人表》作狐爰，是其证。"　[6]永叹喟（kuì）：长长地叹息。喟，叹息。　[7]莫吾知：没有人了解我。混，原作"溷"，是"混"的异体字。　[8]谓：说。此句言：人心真无法说。此因当政者不贤，致使是非混淆，黑白颠倒。　[9]怀情：指怀着爱国爱民的真情。抱质：抱着忠诚公正的本性。原作"怀质抱情"，《史记》作"怀情抱质"，戴震《屈原赋注》，刘梦鹏《屈子章句》和闻一多、刘永济等皆从之，今据改。　[10]正：评判。作者言自己远行到南土荒鄙之地，是出于对国家社稷长远利益的关心。然而，无人能够做出正确的评判。正，原作"匹"，据朱熹《楚辞辩证》和林云铭、刘梦鹏、刘永济、闻一多之说改。　[11]伯乐：秦穆公时的善相马者。既殁：已死。殁，原作"没"，通"殁"，《史记》作"殁"，今据改。　[12]骥焉程：有谁来识别、衡量良马。骥，良马。焉，安，何。程，衡量，计量。　[13]民生禀命，各有所错：万民禀受天命，各有所承担。清屈复《楚辞新注》解此二句说："民生禀命于天，寿夭穷通，错置各有运数。"也即各在其位，各承担各的角色。忠奸贤愚自古有之。错，通"措"，安置。　[14]定心：坚定心志。广志：放宽胸怀。朱熹《集注》云："君子之处患难，必定其心，而不使为外物所动摇；必广其志，而不使为细故所狭隘。"蒋骥《山带阁注楚辞》云："定心，则不为患难所摇；广志，则不以穷蹙自阻。"　[15]让：辞让，退避。洪兴祖《补注》云："屈子以为知死之不可让，则舍生而取义可也。所恶有甚于死者，岂复爱七尺之躯哉！"　[16]爱：爱惜，吝惜。　[17]明告：明白地告诉。君子：古代的圣贤。　[18]类：法式，法则，榜样。郭在贻

《训诂丛稿·楚辞解诂续》云："所谓'吾将以为类兮'，乃指以'知死不可让，愿勿爱兮'为类（类即法则、道德标准之意），亦即舍生取义之意。这种思想，篇中凡三致意焉，如'重仁袭义兮，谨厚以为丰'，如'定心广志，余何畏惧'等等。故最后总结一句'吾将以为类兮'，意思就是说，我将以舍生取义为处世之准则。"说甚是。

## [点评]

《史记·屈原列传》中收录了《怀沙》全诗，然后说："遂自沈汨罗以死。"太史公论赞中又云："适长沙，观屈原所自沈渊，未尝不垂涕，想见其为人。"司马迁曾亲访屈原投江处，而以《怀沙》为屈原之绝笔，应是可靠的。故洪兴祖于本篇题下曰："原所以死，见于此赋，故太史公独载之。"应该说，司马迁以来大多数学者的看法是正确的。屈原在被放江南之野十多年中，虽惦记着朝廷，但朝廷早忘记了他。事实上，他此次被放之后，对朝廷的具体事情了解也很有限，只是感到国家正在走向衰亡。他唯一寄予希望的，是垂沙之战以后愤而起事、开向楚南疆的庄蹻部队。屈原从怀王十年（前319）起任左徒之职（据陆侃如《屈原年表》），即主张楚国先统一南方，希望以南方广大国土、民众和资源为基础，再统一全国。为此，他主张联齐抗秦，抑制秦国东向以强力吞并山东六国。屈原在楚怀王十年任左徒之职，当年楚国在广陵筑城，十一年（前318）五国伐秦，十八年（前311）起昭滑经营五年而灭越，都是屈原的这一战略思想的体现。但楚朝廷一些旧贵族为反对屈原在国内的政治改革，加之秦国的贿赂拉拢，他们在对外战略上也站在屈原的对立面。庄蹻本楚庄王之后，看来同昭滑一样，是赞同屈原的主张的。亲秦派鼓动楚齐开战，结果垂沙一战楚国大败，他们便诬陷主张联齐者，引起楚国上层的四分五裂。因屈原被召回以缓和局势，庄蹻军队退到湘西，逐步向南。在这种情况下，屈原希望这支部队能开拓南土，为楚国将来的复兴与发展做出贡献，所以两次沿沅水南行，其实都是追寻庄蹻南进的路线。诗题"怀沙"，即怀想着垂沙之战造成的结果（参拙文《庄蹻事迹与屈原晚期的经历》，收入《屈原与他的时代》，人民文学出版社2002年版）。谁能理解屈原的这一些想法？在当时真是"玄文处幽兮，矇瞍谓之不章。离娄微睇兮，瞽以为无明"。垂沙之战的结果究竟怎样？谁能公正地评价庄蹻的行为？当时也是"变白以为黑兮，倒上以为下。凤皇在笯兮，鸡鹜翔舞"。庄蹻起事之后，肯定会造成郢都社会秩序的混乱。那些亲秦的旧贵族将他们统统看作强盗，可谓"同糅玉石兮，一概而相量"。旧贵族眼界狭小，头脑固执，根本不能理解屈原的远大目标。屈原坚持前代圣贤的仁政思想，希望完成统一全国的大业，但受到各种阻碍而难以成功。屈原仰慕古帝舜，仰慕建立了华夏统一王朝的夏禹、商汤。他之所以遭遇种种忧患而不改其志，便是因为心中永远存有舜、禹、汤这样安抚万邦、光被天下的圣君，愿意像他们手下的臣子那样为平息战乱、安定天下贡献一生。

本篇的开头说，诗人"汩徂南土"，在前四段对垂沙之战有关是非、结果的回忆之后，第四段说："进路北次兮，日昧昧其将暮。"这应是指作赋之时，即由湘水上游折而北行之初。

　　全诗并乱辞为五段，写出诗人的行动，记叙中有写景、抒情交融，很有诗意。中间三段议论和抒情相结合，回忆当中隐约地反映出此前的一些历史事实和朝廷中的争论与斗争。因怕政敌将此作为进一步污蔑他的证据，其中有关垂沙之战及庄蹻的文字都比较含蓄，回避了具体的人名、地名。第一段写这次远行的前一阶段，即沿沅水而南行；第五段写这次远行的后一阶段，即由湘水上游北行。首尾这两段，使读者不感到议论过多，而且让读者感到在整个行程中，诗人一直处在悲愤、忧虑、失望几种情绪的交替之中，所以有很强的感染力。

　　乱辞是总结全文。诗人知道顷襄王完全抛弃了他，旧贵族攻击陷害他，很多人不理解他。他所寄的一线希望是庄蹻能在经营南方上有所作为，借以扭转局势，但也毫无消息。他决定北归。至于会遇到什么意想不到之事，也已做好最坏的打算，无所畏惧。诗人自己也没有想到，当他到了汨罗江边的时候，听到顷襄王竟与秦昭王会于有楚先王之庙及公卿祠堂的楚别都，也是楚故都鄢。诗人似乎预感到了国家即将覆亡的结局，因而选择了楚民族历来十分重视的五月五日这个布香草、除虫瘴、讲求清洁之日，投汨罗江而死。

　　《怀沙》在形式上同屈原的其他几篇骚体之作有明显的不同。与早期之作《橘颂》的差异可以不谈，同《离骚》与《惜诵》等六篇的差别就很明显。骚体诗不计"兮"字一般是六言，句中第四个字为虚字（即所谓"虚字腰"）。但《怀沙》大部分是四言，没有虚字腰；少数五言，句中第三字为虚字腰，个别六言，一句七言，在形式上接近《橘颂》和《九歌》。这是屈原晚期在沅湘一带生活十多年之后创作上又向经典、向民间回归的表现：他所创造的骚体本身就是在楚国民歌的基础上，吸收北方诵诗的经验而成的。这一回归似乎体现出一种对早年的回顾与留恋。这大概也是他临终前心态的一种反映。

# 惜往日

　　《惜往日》和《悲回风》在汉代被误以为屈原之作，同屈原的《惜诵》等七篇较短的骚体诗合编一起，统称"九章"。南宋初年李壁已怀疑这两篇非屈原所作，他注王安石《闻望之解舟》一诗，后附《漫记》一篇，是先录其过秭归谒屈子祠之居所作五言古诗，认为伍子胥"籍馆鞭王尸""于吴实貔虎，于楚乃枭鸱"，屈原为楚之国姓，视伍子胥为国贼，不可能咏叹他。又就《惜往日》中"遂自忍而沉流"一句之说："遂，已然之词。原安得先沉流而后为文？此足明后人哀原而吊之之作无疑也。"诗中并说："追吊属后来，文类玉与差。"南宋魏了翁《鹤山渠阳经外杂钞》卷二录李壁之诗，也赞同李壁的观点。明许学夷《诗源辨体》说："《惜往日》云：'不毕辞而赴渊兮，惜壅君之不识。'《悲回风》云：'骤谏君而不听兮，任重石之何益？'是岂屈子口语耶？盖必唐勒、景差之徒为原而作，一时失其名，遂附入屈原耳。"近人曾国藩在戊午年（1858）日记中写道：

"《九章·惜往日》似伪作，当著论辩之。"后在其《经史百家杂钞》中"宁溘死而流亡兮，恐祸殃之有再"二句下云："此不似屈子之词，疑后人伪托也。"吴汝纶《古文辞类纂评点》也从词气方面对《惜往日》《悲回风》二篇提出疑问。陈钟凡《楚辞各篇作者考》，陆侃如《楚辞·引论》，陆侃如、冯沅君《中国诗史》，刘永济《屈赋通笺》及《笺屈馀义·〈惜往日〉〈悲回风〉非屈作之证》，闻一多《论九章》，林庚《说橘颂》附《说九章》，谭戒甫《屈赋新编》，胡念贻《屈原作品的真伪问题及写作年代》等都对《惜往日》《悲回风》的作者提出怀疑，理由充分。

"申旦"一词，《思美人》云："申旦以舒中情兮，志沉菀而莫达。"朱熹注："申，重也。今日已暮，明日复旦也。"宋玉《九辩》"独申旦而不寐兮"用法与此同。然而《惜往日》云"孰申旦而别之"，是以"申旦"作"明白"解，显然误解屈宋原意，则《惜往日》非宋玉所作。

唐勒《论义御》《远游》《惜誓》都表现出明显的道家和神仙家思想，而《惜往日》表现出法家思想，可见也非唐勒所作。

从以上各点来看，《惜往日》应如李壁、魏了翁、许学夷之推断，为景瑳（cuō）所作。

司马迁《屈原列传》中言景瑳同宋玉、唐勒一样"好辞而以赋见称"，"皆祖屈原之从容辞令，终莫敢直谏"。宋玉《风赋》《大言赋》《小言赋》中提及景瑳，与宋玉一起侍于顷襄王之侧，应主要生活于顷襄王、考烈王时代。

　　惜往日之曾信兮[1]，受命诏以昭时[2]。奉先功以照下兮[3]，明法度之嫌疑[4]。国富强而法立兮[5]，属贞臣而日娭[6]。秘密事之载心兮[7]，虽过失犹弗治[8]。心纯庞而不泄兮[9]，遭谗人而嫉之[10]。君含怒而待臣兮，不清澈其然否[11]。蔽晦君之聪明兮[12]，虚惑误又以欺[13]。弗参验以考实兮[14]，远迁臣而弗思[15]。信谗谀之混浊兮[16]，盛气志而过之[17]。惭光景之诚信兮[18]，身幽隐而备之[19]。何贞臣之无罪兮[20]，被离谤而见尤[21]？临江湘之玄渊兮[22]，遂自忍而沉流[23]。

[ **注释** ]

[1] 惜：痛惜，惋惜。往日：指屈原被怀王信任而担任左徒之时。曾信：曾经被信任。此句开头一"惜"字贯穿全段，关键是"遭谗人而嫉之"以下文字。　[2] 受：接受。命诏：即诏命，国君向臣民们所发布的号令。昭时：使当时社会政治清明。昭，明。　[3] 奉：继承。先功：指楚三王以来先王的功业。照下：照耀臣民。　[4] 明：明确。嫌疑：指法令条文中含混不清的地方。　[5] 法立：确立起法令制度。　[6] 属：通"嘱"，托付。《史记·屈原列传》载，怀王命屈原草拟宪令，上官大夫在怀王处诬陷屈原曰"每一令出"云云，则屈原草拟宪令是陆续公布的，这与先秦时吴起变法、商鞅变法的情形一样。贞臣：忠贞的臣子，指屈原。娭（xī）："嬉"的古体。以上二句说：楚怀王把国事托付给忠贞之臣屈原，自己天天安乐无事。　[7] 秘

　　作者对屈原在怀王十六年以前有一段时间受到信任而有所作为，感到欣慰，而对怀王之用贤臣不能持久感到惋惜。

　　朱熹云："谗人谓上官大夫靳尚之徒也。"（《楚辞集注》）

　　清林云铭云："盖贞臣用则法度明，贞臣疏则法度废。及既废之后，愈无以参互考验……故篇首惜怀王初宠遇而终远迁，以垂成之功，堕于一旦；次转入顷襄，无罪见放，尤出无名，总为听谗不察所致。"（《楚辞灯》）

　　闻一多云："本篇全系法家思想。"（《九章解诂》）

密事：国家的机密之事。《管子·立政》记载先秦时制定与发布宪令的有关规定："宪未布，使者未发，不敢就舍，就舍谓之留令，罪死不赦。宪既布，有不行宪者，谓之不从令，罪死不赦。"《商君书·定分》篇载："为法令为禁室，有锃钥为禁而以封之。""有擅发禁室印，及入禁室视禁法令，及禁剟一字以上，罪皆死不赦。"可见先秦时以制定法令为秘密之事。这是就屈原曾草拟宪令之事言之。载心：存放于心中。　[8]弗治：不治罪。此句说当时君臣相得，怀王曾对屈原十分信任，即使有什么失误，也不怪罪。　[9]纯庬（máng）：纯朴厚道。庬，丰厚，厚重。泄：泄露。"不泄"就是不泄露机密之事。　[10]遭：遇到。谗人：指上官大夫之流。《史记》载上官大夫诬陷屈原："每一令出，平伐其功，曰以为非我莫能为也。"怀王怒而疏屈平。　[11]清澈：本指水清澈见底，此处用为动词，指澄清、搞清楚。然否：对错。　[12]蔽晦：蒙蔽而使其昏暗。聪：听力好。明：视力好。　[13]虚：把无说成有。惑：把假说成真。误：使人上当。这句说：谗人捏造的谣言使楚君上当被骗。　[14]弗：不。参验：以事实比较验证。考实：考查事实。　[15]远迁臣：远远地迁放臣。指屈原在怀王朝被放于汉北、顷襄王朝被放于江南之野的事。迁，贬谪。弗思：不再想起。　[16]谀：阿谀奉承。混（hùn）浊：污浊。　[17]盛气志：勃然大怒，不容分说。过：责备。刘梦鹏《屈子章句》："过，罪也。"之：指屈原。　[18]惭：惭愧。光景：日月的光与影。景，通"影"。诚信：真实。这句说楚国这样的冤屈之事，真惭愧发生于日月三光之下。此前原有"何贞臣"二句，然而"尤""流"为韵，此上一句末"过之"与此下一句末"备之"为虚字韵。此当窜简造成，今加以调整。调整后文意更为顺当。　[19]幽隐：幽深隐蔽之处。备：具有。这句说：好像置身于幽隐无光的地方一样，完全颠倒是非。　[20] 贞臣：指屈原。这里反映了作者对屈原的评价。
[21] 被：遭逢。离：通"罹"，遭遇。"被离"为同义连用，楚语
中有这种习惯，如"览相观"等。见：被。尤：指责。　[22] 临：
靠近。江湘：指湘水，在湖南省东部。汨罗江是湘水支流，而上
古时湘水直接流入长江（今岳阳以东有地名"临湘"可知），故
曰"江湘"。原误作"沅湘"，洪兴祖、朱熹俱引一本作"江湘"，
今据改。玄渊：深渊。　[23] 忍：忍心。沉流：投河。

卒没身而绝名兮[1]，惜壅君之不昭[2]。君无
度而弗察兮[3]，使芳草为薮幽[4]。焉舒情而抽信
兮[5]，恬死亡而不聊[6]。独障壅而蔽隐兮[7]，使
贞臣为无由[8]。闻百里之为虏兮[9]，伊尹烹于庖
厨[10]。吕望屠于朝歌兮[11]，宁戚歌而饭牛[12]。
不逢汤武与桓缪兮[13]，世孰云而知之[14]！吴
信谗而弗味兮[15]，子胥死而后忧[16]。介子忠而
立枯兮[17]，文君寤而追求[18]。封介山而为之禁
兮[19]，报大德之优游[20]。思久故之亲身兮[21]，
因缟素而哭之[22]。或忠信而死节兮[23]，或讠也讠曼
而不疑[24]。弗省察而按实兮[25]，听谗人之虚辞。
芳与泽其杂糅兮[26]，孰申旦而别之[27]？何芳草
之早夭兮[28]，微霜降而下戒[29]。谅聪不明而蔽
壅兮[30]，使谗谀而日得[31]。

林云铭云："中
假以古来人君能察
则贞臣可用，不能
察则贞臣不得用。
及贞臣所以丧其
身，谗谀所以固其
宠，皆最易察者而
不能察，找说于后，
而以治国无法度必
至于亡结之。与
《哀郢》《怀沙》诸
篇，另是一样机轴
也。"（《楚辞灯》）

### ［注释］

[1]卒：终于。没：淹没，淹死。绝名：泯灭了名声。　[2]惜：痛惜。壅君：被蒙蔽之国君，易受蒙蔽之君，指楚王。不昭：不明。　[3]无度：无标准。察：细心看，考察。　[4]芳草：喻贤者，指屈原。为：于、在。薮（sǒu）：湖泽。幽：深。　[5]焉舒情而抽信：怎么能抒发内心的真情展示自己的诚信。焉，何。舒情，抒发忧愁的感情。抽信，表达真情。抽，一一述之。信，诚信。　[6]恬：安。不聊：不苟且，不苟生。　[7]障：隔绝。壅：堵塞。蔽隐：义同"障壅"。　[8]无由：无路可进。以上四句是设想屈原当时的处境。　[9]百里：百里奚，春秋时虞国人，虞亡，被晋国所虏，作为陪嫁奴隶送于秦。后逃跑，被楚国抓住。秦穆公知其贤，以五张羊皮将他赎回，任为大夫。从此穆公得其帮助，成就了霸业。为虏：做俘虏。　[10]伊尹：即挚，商汤的贤相。本是有莘氏的陪嫁奴隶，曾做厨师。商汤举以为相，协助汤攻灭夏桀。烹：烹饪。庖厨：厨房。　[11]吕望：姓姜名望，吕为其氏。周武王称之为"师尚父"，故后代或称为姜尚。相传殷纣王时，他曾在殷都朝歌当过屠夫，后到渭水之滨钓鱼，周文王发现他是个贤才，遂以为师，予以重用。后来吕望辅助武王灭商。　[12]宁戚：春秋时卫国贤人，曾为商贾，赶牛到齐国，一天晚上喂牛歌唱，抒其不遇之感，恰为齐桓公听到，知其为贤人，用为辅佐之臣。饭牛：喂牛。　[13]汤：指商汤。武：指周武王。桓：指齐桓公。缪：通"穆"，指秦穆公。　[14]世：世上，世人。孰云：汪瑗说："犹言谁谓也。"无实义。之：代指百里奚、伊尹、吕望等贤人。　[15]吴：指吴王夫差。弗味：不能玩味辨别谗言的虚假。　[16]子胥：伍子胥，本楚人，名员，字子胥，楚大夫伍奢之子。楚平王杀其父与其兄伍尚，子胥逃至吴，助吴王阖闾刺死王僚取得君位，又攻楚入郢都，鞭平王之尸。在助吴王败越之后，反对吴王伐齐，主张进一步灭

越。吴王不听，且听信了太宰嚭（pǐ）的谗言，逼他自杀。不久后，吴国终于被越所灭。诗中的"后忧"，即指吴国亡国之事。　　[17]介子：介之推，"介子"为尊称。晋文公的臣下。晋文公重耳早年流亡在外十九年，介之推随行，曾割其股肉给重耳充饥。重耳回晋夺取君位后，封赏同行者，遗漏了介之推。介之推乃与其母隐居绵山。文公派人寻找，他不肯出来，文公想用烧山的办法逼他出山，结果他抱着大树被烧死。文公为了纪念他，亲自素服哭祭，并改绵山为介山，封山禁樵，永远祭祀介之推。立枯：抱树站着被烧焦。　　[18]文君：指晋文公。寤：通"悟"，醒悟。追求：指寻找介之推。　　[19]封：封山。禁：禁止，指禁止樵猎。　　[20]大德：指介之推随行十九年，割股肉为重耳充饥事。优游：功德广大的样子。　　[21]久故：故旧，老交情。亲身：近身，不离左右。指种种亲近之事。　　[22]因：因袭，穿上。缟（gǎo）素：白色丧服。之：指介之推。　　[23]或：有的人，这里指屈原一类人。死节：因坚持节操而死亡。　　[24]迆（tuó）谩：欺诈。不疑：不被怀疑。这里表现了作者对屈原时楚朝廷政治状况的感慨。　　[25]弗：不。省察：考察。按实：核实。　　[26]芳：芳香之物，喻贤人之美德。泽：此处通"襗"，贴身内衣，易污垢，喻奸佞之丑行。本篇关于"泽"字的用法与《离骚》《思美人》不同，是误解屈原文意造成的。杂糅：混合在一起。　　[27]申旦：此处作"明白"解。别：区分。　　[28]芳草：喻屈原一类贤者。早夭（yāo）：早死。　　[29]微霜：薄霜。"微霜降"喻谗人开始了陷害的手段。下戒：使地上之草木皆不得生长。喻一般人不敢轻易说话行事。下，指地上。戒，戒慎、戒除。　　[30]谅：料想，想必。聪：听力。"聪不明"犹言听觉不灵。以下两句说：想必是君王被蒙蔽，而听觉不灵，使进谗言、善阿谀者的阴谋日益得逞。　　[31]日得：日益得逞。

自前世之嫉贤兮，谓蕙若其不可佩[1]。妒佳冶之芬芳兮[2]，嫫母姣而自好[3]。虽有西施之美容兮[4]，谗妒入以自代[5]。愿陈情以白行兮[6]，得罪过之不意[7]。情冤见之日明兮[8]，如列宿之错置[9]。乘骐骥而驰骋兮，无辔衔而自载[10]。乘泛泭以下流兮[11]，无舟楫而自备[12]。背法度而心治兮[13]，譬与此其无异[14]。宁溘死而流亡兮[15]，恐祸殃之有再[16]。不毕辞而赴渊兮[17]，惜壅君之不识[18]。

闻一多云："《惜往日》性质与贾谊《吊屈原赋》相近，大概是屈原死后，一位好打抱不平的无名作家作来凭吊他的文字。"（《论九章》）

[ 注释 ]

[1]谓：说。蕙：蕙草，一种香草。若：杜若，也是香草。佩：佩戴。　[2]佳：美好。冶：艳丽。"佳冶"代指美女。芬芳：香气。此比喻"佳冶"的气质与内美。　[3]嫫（mó）母：相传是黄帝的妻子，容貌甚丑。此处代指容貌丑陋者。姣：美好，指故作媚态。自好：自以为美丽。　[4]西施：春秋时代越国的著名美女，被越王勾践献给了吴王夫差，甚得宠。　[5]谗妒：善谗言、好嫉妒者。入：混杂其间。自代：自己取而代之。　[6]陈情：陈述真情。白行：把自己的行为讲清楚。朱熹《集注》："白，明也。自明其行之无罪也。"　[7]不意：没想到。　[8]情：实情。冤：冤屈。见：同"现"，显现。日明：一天比一天明白了。　[9]列宿（xiù）：群星。错置：错杂罗列。　[10]辔（pèi）衔：马缰绳与马嚼子，喻法度。自载：自己乘载。　[11]泭：同"桴（fú）"，小的竹木筏子。下流：顺水而下。　[12]舟楫：船桨。自备：自用。言不用桨

而以手拨水随意漂流。　[13]背：违背。心治：按自己心意去治国，即随心所欲而为。　[14]譬：原作"辟"，洪兴祖注："喻也。与'譬'同。"引一本作"譬"。朱熹同。今据改。　[15]宁：宁肯。溘（kè）死：突然死去。流亡：随水漂流而去。以下两句是推想屈原自杀前的心情，宁肯一下死了随水而去，深恐再次遭到想不到的祸殃。显然这是作者的推测，并不合于屈原的思想。《离骚》云："宁溘死以流亡兮，余不忍为此态也！"表现了不愿同流合污的决心，而此处作者只是叙述他的个人推测，对屈原之死未能完全理解。　[16]有再：有第二次。　[17]毕辞：把话说完。赴渊：投水。以下两句是惋惜屈原投水而死，而受蒙蔽的君王并没有记取教训。这当是作者联系创作本篇时楚国的状况而发的感慨。　[18]不识（zhì）：记不住。识，同"志"，或"志"，记。

## ［点评］

《惜往日》是屈原死后楚国作家景瑳为悼念屈原而作，前人多从旧说看作屈原作品。南宋李壁在注了王安石的《闻望之解舟》诗后作《漫记》，言："子胥挟吴败楚，几墟其国。三闾同姓之卿，义笃君亲，决不称胥以自况也。"文中并附其游秭归后所作五古一首，认为《悲回风》《惜往日》二诗为宋玉、景瑳（《史记》中作"景差"）之作。曹道衡《评〈关于屈原作品的真伪问题〉》节引了"何贞臣之无罪兮"二句和"临沅湘之玄渊兮"四句说："在这段文字中，屈原已经'遂自沉'而卒没身了，哪里还能赋诗？如非相信有鬼，恐怕没法子叫已死的屈原来写这篇《惜往日》了吧！'遂'和'卒'分明是已经完成了的话。……再说这里的'贞臣''雍君'等辞和文句本身，都显然是第三者追述之口气。"（《光明日报》1956年4月1日）则《惜往日》为屈原死后他人为悼念屈原而作无疑。本篇突出地表现出法家的思想，应是景瑳所作（参拙文《再论〈惜往日〉〈悲回风〉的作者问题》,《文献》2009年第3期）。

本篇一开始即叙说屈原当初受信任草拟宪令之事，虽然全篇基本上为第三人称叙说，但开头部分如同是面对屈原抒发个人情感。《毛诗序》云："诗者，志之所之也。在心为志，发言为诗，情动于中而形于言。"《礼记·乐记》云："凡音之起，由人心生也。人心之动，物使之然也。感于物而动，故形于声。"作者有感而发，对屈原在楚怀王前期"受命诏以昭时""奉先功以照下"的政治作为，给予了极高的评价："明法度之嫌疑""国富强而法立"。这应该是近代以前评价屈原的大量言词中最准确的概括、最恰当的评价。

本篇的另一深刻处在于认为造成屈原悲剧的主要人物是楚王。篇中对屈原所受不公正待遇表示了极大的愤慨，如"蔽晦君之聪明兮，虚惑误又以欺"，末段"自前世之嫉贤兮"等四句，揭示出是谗谀小人诬陷屈原，但从头到尾是将矛头对准楚王的，如第一段中："君含怒而待臣兮，不清澈其然否。""弗参验以考实兮，远迁臣而弗思。信谗谀之混浊兮，盛气志而过之。"第二段中："君无度而弗察兮，使芳草为薮幽。""独鄣壅而蔽隐兮，使贞臣为无由。""不逢汤武与桓缪兮，世孰云而知之！""谅聪不明而蔽壅兮，使谗谀而日得。"第三段"乘骐骥而驰骋兮"及以下九句，全是批评国君任心而为，"背法度而心治"，比如驾着马奔驰，却没有以辔衔控制，乘着竹木筏子顺流而下，却没有桨楫，只是用手拨一拨，随意漂流，因而造成了有思想、有作为的臣子得不到支持，反而招致嫉恨。"惜壅君之不识"，便是作者最为痛心之处，以此句作为全篇的结尾，十分有力。作者这样大胆地批评楚王，一则因为时过境迁，怀王早已死去，人们在顷襄王后期已看到山雨欲来之势，无力自保，二则也同作者较突出的法家思想有关。屈原的作品中没有这样直率地批评楚王的。

从第三段开头的"自前世之嫉贤兮"等句来看，似乎作者在悲悼屈原之中也联系了个人的遭遇，联系到了自己所处的环境。所以，"愿陈情以白行兮，得罪过之不意"等，既可以看作是对屈原遭遇的述说，也可以看作是夫子自道。

本篇创作上显然受到屈原作品的影响，其中一些句子同屈原作品的句子很相近，甚至完全相同。自清代吴汝纶《古文辞类纂评点》以来，不少学者认为本篇多用屈作文意，甚至套用屈作原文，因而评价不高。其实，这正是战国末期楚国文学受到屈原影响的表现，所谓"皆祖屈原之从容辞令""好辞而以赋见称"。因之，它同《悲回风》《九辩》《远游》《惜誓》一样使我们看到先秦辞赋由屈原向汉代贾谊、东方朔、严忌、刘安等人过渡的情况。

在屈原之后楚国作家的作品中，真正继承了屈原的思想，对屈原的死表现出无比同情，对造成这一历史悲剧的楚怀王进行了严厉批判的，只有《惜往日》这一篇。从研究屈原生平与屈原思想对战国末并楚国作家的影响的方面说，此篇最为重要。

# 悲回风

南宋李壁（1159—1222）根据《悲回风》《惜往日》两诗所表现的情感和一些语句同屈原身份的矛盾认为这两篇是宋玉、景瑳所作，真是卓见！明许学夷《诗学辨体》看法同此。此后陈钟凡《楚辞各篇作者考》指出："且屈子各文无述及淮河者。""篇中所用叠字……颇近《九辩》。"

《悲回风》所表现的在仕途无望情况下打算隐居自保的思想，所表现的艺术思想、创作风格等同《九辩》一致。今考定为宋玉之作。

本篇乱辞中说到伍子胥。关于伍子胥之死，《国语·吴语》言是因谏吴王不听而自杀，吴王投其尸于江，而此言"浮江淮而入海兮，从子胥而自适"，乃是就诗人自己所处地之水而言之，则作于楚都迁陈（今淮阳）以后。应同《九辩》一样，作于顷襄王末年被遣放于淮阳山野间时。从篇中"登石峦以远望兮""上高岩之峭岸兮"等句看，时在郢陈以北之地。

悲回风之摇蕙兮[1]，心菀结而内伤[2]。物有微而陨性兮[3]，声有隐而先倡[4]。夫何彭咸之造思兮[5]，暨志介而不忘！万变其情岂可盖兮[6]，孰虚伪之可长！鸟兽鸣以号群兮[7]，草苴比而不芳[8]。鱼葺鳞以自别兮[9]，蛟龙隐其文章[10]。故荼荠不同亩兮[11]，兰茝幽而独芳[12]。惟佳人之永都兮[13]，更统世而自贶[14]。眇远志之所及兮[15]，怜浮云之相羊[16]。介眇志之所惑兮[17]，窃赋诗之所明[18]。

[注释]

[1] 回风：旋风，大风。摇蕙：吹动、振落蕙草。此即实写秋景与秋天的感受。其意同于《九辩》之"悲哉，秋之为气也！萧瑟兮，草木摇落而变衰"。两诗都突出地表现了宋玉的悲秋情怀。　[2] 菀（yù）结：郁结。"菀"通"郁"。"菀"原作"冤"，洪兴祖引一本作"宛"，朱熹引一本作"苑"，并为"菀"字之借。戴震《屈原赋注》作"菀"，今改作"菀"。　[3] 物有微而陨性兮：此二句言回风之声虽起于隐约，却是秋声之先导。物，指回风。性，通"生"，生机。　[4] 隐：隐约。先倡：先导，始发。　[5]"夫何彭咸之造思兮"二句：为何要追思彭咸？因为他的心志坚忍不拔，使我不能忘怀。夫，发语词。彭咸，楚先贤，以正道洁身名传后世。参《离骚》第三段注[26]。之，犹"是"，起将宾语提前的作用。造思，追怀。暨，与"及"通。志介：志节，指志向与气节。介，甲胄，引申为坚硬、坚强。　[6]"万变其情岂可盖兮"

汤炳正云："今谓'物有微而陨性兮'两句是承上句'悲回风之摇蕙'而来，'物有微'指秋风而言，言秋风之为物其始虽然微小，而足以陨伤草木之生命；秋风之为声其来虽然隐约，而为肃杀之气的先导。这都是喻谗人微言中伤之意。"（《楚辞类稿》）

清周拱辰云："质实者不磨，虚诞者终灭，故曰情不可盖，伪不可长。"（《离骚草木史》）

明汪瑗云："所及，谓志之所之，其高远直与浮云齐也。谓之曰怜者，盖以自怜其志之高远而不能有合于世也。谓之曰浮云者，盖浮云轻则愈高远也。"（《楚辞集解》）

清徐焕龙云："幽眇莫知之远志，所及虽天际之高，而举世无徒，空虚无着，无异浮云，则亦见浮云而怜惜，与之相羊而已。"（《屈辞洗髓》）各有所见，俱可参考。

以上第一段，回忆秋季冷风萧瑟，树木凋零之时，自己因小人得势而被解职。点明本诗的创作动机。

二句：一个人的情感、思想在不同情况下会有种种变化，但无论怎样变也离不开其本质。万变其情，指人们在不同时期、不同情况下情感、情绪的种种变化。盖，掩藏。孰，何。虚伪，指虚假的表象。　[7]号（háo）群：求群。号，大声吼，呼叫。　[8]苴（chá）：枯草，鞋中草垫。比：合，并。这句说：鲜草和枯草聚在一处便不芳香。此喻物以类聚，人以群分。　[9]葺（qì）鳞：以鳞覆盖其身。自别：别于其他鱼类或其他动物。即炫耀文采，显示自我特征。鱼为水虫之小者，这里指一般人。　[10]文章：指蛟龙身上的鳞甲、花纹。蛟龙为水中巨大神圣之物，而龙又可以腾入云中。这里喻非常之人。　[11]荼（tú）：一种苦菜。荠（jì）：春天最早生出的一种野菜，味香甜鲜美。不同亩：不生在同一片地中。比喻不同品质的人不能相处。　[12]兰：兰草，即泽兰。一种香草。幽：处于隐蔽、偏僻之处。独芳：独自保持着自身的香味。言兰芷既不受其他腐臭之物的感染，也不因处于幽僻之地而失去香味。　[13]惟：唯独。佳人：这里指有良好素养的人，君子。包括作者在内。此节意连下节，其间并无转折，而下节末句云"窃赋诗之所明"，"窃"为自谦之词，可证。永都：永远美丽。都，本义同"鄙"相对，指人穿着与气质上的雅致。这里用以指内心美。　[14]更统世：犹言经历数代。更，变更，经历。统世，朱熹《集注》："谓先世之垂统传世也。"宋玉由楚怀王朝经顷襄王至考烈王，经历三世，故如此说。自贶（kuàng）：自许。贶，本义为赐予、嘉惠，引为自许、自重。　[15]眇（miǎo）远志之所及：王逸注："言己常眇然高志，执行忠正，冀上及先贤也。"眇远，高远。《荀子·王制》："彼王者不然，仁眇天下，义眇天下，威眇天下。"王先谦《集解》引王念孙曰："眇者，高远之称。"所及：所到达的地方。　[16]怜：惋惜。相徉：徘徊，盘桓。也作"相羊""相佯"。此据洪兴祖引一本。　[17]介眇志之所惑：痛恨一些目光短浅的人始终迷惑不肯回头。介，借作"价（jiá）"，痛恨，切齿。《方言》卷十二："价，恨也。"眇，通"渺"，小。　[18]窃：用于自己行为的谦辞。诗之所明：诗中所明白称说的道理。

惟佳人之独怀兮[1]，折若椒以自处。曾歔欷之嗟嗟兮[2]，独隐伏而思虑。涕泣交而凄凄兮[3]，思不眠以至曙[4]。终长夜之曼曼兮[5]，掩此哀而不去[6]。寤从容以周流兮[7]，聊逍遥以自恃[8]。伤太息之愍怜兮[9]，气於邑而不可止[10]。纠思心以为纕兮[11]，编愁苦以为膺[12]。折若木以蔽光兮[13]，随飘风之所仍[14]。存仿佛而不见兮[15]，心踊跃其若汤。抚珮衽以案志兮[16]，超惘惘而遂行[17]。

清张诗云："言惟此佳人，所以独系我怀思者，以其平居惟折芳椒以自处，放永都如是，而吾之怀之也。"（《屈子贯》）

因为"心踊跃其若汤"，所以要"抚珮衽以案志"；因为要"存仿佛而不见"，所以才"超惘惘而遂行"，想离开伤心之地。

以上第二段，写被解职后隐伏独处中孤独、失眠、悲伤，因而茫然离开都城。

[ **注释** ]

[1]"惟佳人之独怀兮"二句：有很高修养的贤达要保持高尚的情怀不受世俗的影响，只有不断充实自己，修洁自己的品质。独怀，与众不同的独特胸怀。若，杜若，一种香草。椒，花椒，落叶灌木椒树的果实，古人以为香物，这里是比喻读前代圣贤的书，不断充实自己。自处，独处。处，居住。　[2]曾：通"层"，重叠，一次一次地。歔欷（xū xī）：叹息抽咽。嗟（jiē）嗟：连连悲叹之声。　[3]涕泣：涕泪横流，是极度伤心的表现。凄凄：凄怆。　[4]至

曙：到天亮。清夏大霖《屈骚心印》云："因思而不眠，惟不眠而恨夜长。夜长不胜哀，而哀愈不可掩遏，消遣不去矣。" [5]终：终了。曼曼：形容很长。这句是从心理感觉上言之。 [6]掩：挥去，使之离开或停止动作。 [7]寤：醒来，醒着时，这里指由床上起来。从容：安逸、舒缓的样子。周流：周游，各处走一走。 [8]聊：姑且。逍遥：优游自得的样子。自恃：自持，自制。清刘梦鹏《屈子章句》云："自恃，自镇其情无令过伤之意。" [9]太息：叹息。愍（mǐn）怜：怜悯，痛惜。愍，同"悯"。 [10]於邑（wū yì）：同"呜唈"，哽咽。此句言气息憋胀哽咽，一直不能平息。 [11]纠：纠结，缠绕。思心：思绪，指思君念国之心。纕（xiāng）：腰间佩带，多编织精致。这里是比喻诗赋作品。这句是比喻将万千思绪变成诗赋。 [12]编：编织。膺：胸，这里指胸衣。朱熹《集注》："膺，胸也。谓络胸者也。"大体相当于今之肚兜、裹肚，可以保暖，避免胸腹部着凉。上面多绣有花。这里应是比喻诗赋文章。 [13]若木：神话中长在昆仑西极日入之处的神树。蔽光：遮住日光。 [14]随：任凭。飘风：即本篇开头说的回风。仍：照旧。言作者将避开阳光，以免被回风之类纠缠，而任凭回风去疯狂。 [15]"存仿佛而不见兮"二句：对眼前状况尽量视而不见，加以淡忘，但内心翻腾如热水滚沸。存，存在，现状。仿佛，模糊不清。清王萌《楚辞评注》连下句释云："言欲将君国事付之不见，而心不能禁也。"林云铭《楚辞灯》："国家之事，俱存之依稀不辨中，可以免哀。然思不能终禁，热肠跳跃如沸汤也。" [16]抚：摸。珮：玉佩。衽（rèn）：衣襟。案：通"按"，压抑，控制。"按志"同于《离骚》中"屈心而抑志""抑志而弭节"的"抑志"。 [17]怊（chāo）惘惘而遂行：迷惘没有目的地走出都城。怊：惆怅失意。原作"超"，闻一多《楚辞斠补乙》："一本句首有'怊'字，是也。"则"超"借作"怊"。今改为"怊"。惘惘，迷惘的样子。

岁忽忽其若颓兮[1]，时亦冉冉而将至[2]。蘅
薠槁而节离兮[3]，芳已歇而不比[4]。怜思心之不
可惩兮[5]，证此言之不可聊。宁溘死而流亡兮[6]，
不忍此心之常愁。孤子吟而抆泪兮[7]，放子出而
不还[8]。孰能思而不隐兮[9]，照彭咸之所闻[10]。

清徐焕龙云：
"乃还顾年岁，智
智若颓，老死之时，
冉冉将至。"（《屈
辞洗髓》）

以上第三段，
言时间流逝，但自
己思君念国之心不
减。他把当时的自
己比作被父亲赶出
家门的"孤子""放
子"，其感念之心
可见。

## [注释]

[1]忽忽：时光过得很快的样子。原作"智智"，同"忽忽"。
汪瑗《集解》作"忽忽"。王夫之《通释》："'智'与'忽'同。"
今改作"忽"。颓：与"隤"同，下坠。此言时光流逝之快，如物
之下坠。　[2]时：这里是死期的委婉说法。冉冉：渐渐。　[3]薠
（fán）：一种香草，又名青薠、薠草，叶似莎草而稍大。蘅（héng）：
即杜衡，一种香草，多年生。可随身佩戴作为香佩。槁：干枯。
节离：断折。　[4]芳已歇：香气消散已尽。已，原作"以"。洪兴
祖引一本作"已"，朱熹《集注》作"已"。今据改。《玉篇》："歇，
臭味消散也。"比：聚合。不比，言不浓、不盛。　[5]"怜思心之
不可惩兮"二句：可怜自己思君念国之心如此执着，不因受到打
击排挤而更改，也正证明了群小对我种种诽谤之言的虚假、不可
凭据。怜，哀怜。惩，因受到挫折与打击而不再有某种行为。"此
言"于上文无所承，此当作"訾言"，乃因"訾"字下加重文号"="，
表示重复"訾"的下部"言"（古代简文中有此例），后人误失重
文号，夺一"言"字。"訾言"即诽谤之言。《商君书·慎法》："訾
言者不能相损。"又曰："见訾言无损，习相憎不相害也。"则"訾
言"为战国时习见语。聊：凭据，依靠。　[6]宁：宁肯。溘（kè）
死：忽然死去。流亡：漂泊。此指灵魂和尸体而言。　[7]孤子：

孤儿。吟：叹息。《战国策·楚策一》："昼吟宵哭。"抆（wěn）：揩拭。　[8]放子：被弃逐的儿子。　[9]隐：通"慇"，哀痛。　[10]照彭咸之所闻：王逸注："睹见先贤之法则也。"照，按照。《逸周书·武称》："饵敌以分而照其储，以伐辅德。"

登石峦以远望兮[1]，路眇眇之默默[2]。入景响之无应兮[3]，闻省想而不可得[4]。愁郁郁之无决兮[5]，思戚戚而不解[6]。心鞿羁而不开兮[7]，气缭转而自缔[8]。穆眇眇之无垠兮[9]，莽芒芒之无仪[10]。声有隐而相感兮[11]，物有纯而不可为[12]。藐蔓蔓之不可量兮[13]，缥绵绵之不可纡[14]。愁悄悄之常悲兮[15]，翩冥冥之不可娱[16]。凌大波而流风兮[17]，托彭咸之所居[18]。

洪兴祖云："此言己欲疾飞而去，无可以解忧者也。"（《楚辞补注》）徐焕龙云："我之愁思悄悄常悲，纵令远去他邦，如鸟之翩飞于冥冥，终不可以娱乐我心。"（《屈辞洗髓》）

以上第四段，写诗人登上一座小山之后胸襟霎时感到开阔，他决定接受这个现实，同彭咸一样远离政治中心。

**［注释］**

[1]峦：尖耸的小山。　[2]眇眇：通"渺渺""邈邈"，茫远的样子。默默：寂静无声。这里形容自己处于荒僻之地，通向京城的道路阒寂无人。于省吾《泽螺居楚辞新证》云："'登石峦以远望兮，路眇眇之默默'，自此以下，均系描述愁绪无端之意。"　[3]入景（yǐng）响之无应兮：置身于除自己外再不见身影，也没有任何声响的地方。入，进入。景，通"影"。响，回声。这是形容环境极其荒僻幽静。　[4]闻省想而不可得：想听到所记挂的人和事的消息，也没有可能。这是形容内心之孤寂。省想，记得，记忆。　[5]决：开，解，砍断。　[6]不解：不能释去。　[7]鞿（jī）：马缰绳。羁（jī）：

马笼头。"靷羁"引申为束缚之义。此句言内心如受到束缚。　[8]缭转：缠绕。缔：挽结。　[9]穆眇眇：静默辽阔的样子。穆，通"默"，静默。《史记·孔子世家》："有所穆然深思焉。""穆然"即默然。垠：边际。　[10]莽芒芒：空旷无际的样子，其义与"穆眇眇"相近。无仪：无匹。洪兴祖《补注》："仪，匹也。"　[11]声有隐而相感：有的事物有时还不能听到其声音，但其气息已互相感应。这是从一般事物之相感相应说。　[12]物有纯而不可为：有的人十分纯粹，但在现实世界中事事艰难，寸步难行。这句是由于看到屈原等贤者在现实世界中的遭遇形成的看法，也是愤激之语。　[13]藐蔓蔓：悠长的样子。　[14]缥（piāo）绵绵：连绵不断的样子。缥，通"飘"。绵绵，连续不断的样子。纡（yū）：缠绕。此句言愁绪如长长的无端乱丝，不可计量，不可缠绕，即不可理。　[15]悄悄：忧愁的样子。《说文》："悄，忧也。"《诗经·邶风·柏舟》："忧心悄悄，愠于群小。"　[16]翩（piān）：疾飞。冥冥：高远，深远。　[17]凌（líng）：乘，登。流风：随风飘荡。朱熹《集注》："流，犹随也。"此句实仿屈原《哀郢》"顺风波以从流"一句之意。　[18]托：寄寓。彭咸之所居：即上面所说"石峦"，下文所说"高岩之峭岸""雌蜺之标颠"。闻一多《校补》云："考《离骚》'吾将从彭咸之所居'，与此'托彭咸之所居'语同。彼言彭咸所居，实指昆仑上层之天庭，则此言彭咸所居，亦当指下文'高岩之峭岸'，'雌蜺之标颠'云云，而后文摅虹，扪天，吸露，漱霜，依风穴，冯昆仑，皆既至彭咸所居后之所从事。然则所谓'凌大波而流风'者，乃造彭咸之过程，非谓彭咸所居即在水中也。"

　　上高岩之峭岸兮[1]，处雌蜺之标颠[2]。据青冥而摅虹兮[3]，遂倏忽而扪天[4]。吸湛露之浮源兮[5]，漱凝霜之雰雰[6]。依风穴以自息兮[7]，忽倾寤以婵媛[8]。冯昆仑以瞰雾兮[9]，隐岷山之清江[10]。惮涌湍之礚礚兮[11]，听波声之汹汹[12]。纷容容之无经兮[13]，罔芒芒之无纪[14]。轧洋洋之无从兮[15]，驰委移之焉止[16]。漂翻翻其上下兮[17]，翼遥遥其左右[18]。泛滥滥其前后兮[19]，伴张弛之信期[20]。观炎气之相仍兮[21]，窥烟液之所积[22]。悲霜雪之俱下兮，听潮水之相击。借光景以往来兮[23]，施黄棘之枉策[24]。求介子之所存兮[25]，见伯夷之放迹[26]。心调度而弗去兮[27]，刻著志之无适[28]。

以上写清江（岷江）水势一段，由"隐岷山之清江"而来，应是出于想象。

以上第五段，写再向上登上更高的山峰，心志更为坦荡。回想介之推、伯夷等先贤的事迹，决定保持自己的志节，不向小人低头，隐居独处。

### [注释]

[1]岩：岩石构成的山峰。峭：峻峭、陡直。岸：临水高崖（古代"岸"与"浦"有别，今日所说"岸边"，即古所谓水浦）。 [2]雌霓：即霓，在虹的外侧，颜色较淡，色带排列内红外紫，也称副虹、雌虹。标颠：顶端。这句说处于山顶颠，在雌霓的标颠。指极高之地。 [3]据：凭借，依靠。青冥：青天。摅（shū）：抒发，舒展。这里指向两端抚平。 [4]倏（shū）忽：疾迅的样子。扪（mén）：抚摸。 [5]湛（zhàn）露：浓重的露水。浮源：指天空的甘露之源（有别于地面的水源）。闻一多《九章解诂》云："源犹泉也。《九怀·通路》'北饮兮飞泉'注曰：'吮嗽天液之浮源也。'王以浮源为飞泉，殆确。《尔雅·释天》：'甘露（今作雨，

从《论衡·是应篇》引改）时降，万物以嘉，谓之醴泉。’此古称露为泉之证。”　[6]漱（shù）：吸吮。雱（fēn）雱：意同“纷纷”，霜雪纷降的样子。　[7]风穴：古代神话中生风之处，为窟穴。自息：独自休息。　[8]倾寤：翻身醒来。婵媛（chán yuán）：指忧伤而喘息。表示因忧伤而心情不能平静。　[9]冯（píng）：通“凭”，凭借、依靠。昆仑：神话中仙山，在西北。瞰雾：俯视云海。　[10]隐：隐居。岷山：在四川、甘肃交界处，是岷江的发源处。清江：即岷江。《水经注·夷水注》：“蜀人见其澄清，因名清江也。”联上句言想象在昆仑山向下看云雾遮盖住了岷山下的水影。故下文写只听到涌湍、波声。岷，原作“蚊”，洪兴祖《补注》：“与岷同。”今改作“岷”。之，原作“以”，据《列子音义》引文改。　[11]惮：畏惧。涌湍（tuān）：汹涌的急流。礚（kē）礚：水流与石相撞的声音。　[12]汹汹：波涛声。　[13]纷容容：纷乱的样子。这里形容波涛的起伏变幻。朱熹《集注》：“容容，纷乱之貌。”无经：没有条理，指看起来流向不清。此言波涛起伏，变幻莫测。　[14]罔芒芒：辽阔而模糊的样子。罔：借作“潤”“漭”（mǎng），水盛的样子。芒芒：同“茫茫”，广阔无边的样子。无纪：没有头绪。指由于支流的冲击、礁石的阻挡形成乱流激荡。　[15]轧（yà）洋洋：波涛相互挤压，无边无际的样子。轧，钱澄之《屈诂》：“轧者，波波相压之势。”洋洋，广远无边的样子。无从：不知从何而始，从何而来。　[16]委移：曲折行进的样子。又作“委蛇”（wēi yí）。焉止：止于何处。　[17]漂翻翻：翻动起伏向前的样子。上下：时上时下。　[18]翼遥遥：形容波面闪动，如无数水鸟鼓翅飞翔。遥遥，通“摇摇”，摆动的样子。　[19]泛潏（yù）潏：水势泛滥高涨的样子。泛，水漫溢。潏潏，水上涌的样子。前后：或前或后。指水势泛滥，朝前涌流中，因当中的冲力大，两边上也有倒流的。　[20]伴：伴随。张弛：

指潮水的起落。信期：指潮汐起落准确不误的时间。 [21]炎气：炎热气。相仍：这里指连续积累。 [22]窥：窃视，指从外往内或从内往外窥视。烟液：云雨。 [23]光景：指时间，岁月。往来：指周游。启下二句。宋吴仁杰《两汉刊误补遗》云："按'借光景以往来'，犹《离骚经》'聊假日以愉乐'。" [24]施：用。黄棘：即黄荆，又名牡荆、山荆等，为落叶灌木或小乔木，其枝曰荆条，古代常用为鞭策，此处指黄棘的马鞭。从"惮涌湍之礚礚"至此，写岷江潮汐水势之大。春秋战国之时中原一带长期处于战乱之中，秦蜀之地相对稳定，一些避世之士徙于秦蜀，故秦地滋生出一种养生、重生的思想，先秦时秦地多名医，杨朱、秦失也皆生于秦地，老子也西入秦，蜀地则至汉代成了道教孕育之地，即其证。 [25]介子：介之推，曾随晋公子重耳（晋文公）流亡于外十九年，曾割自己股肉让重耳充饥。重耳即位后赏随从者而将其遗漏。参《惜往日》"介子忠而立枯"句注。所存：遗迹。 [26]见：看，览。伯夷：商末贤士。参《橘颂》"行比伯夷"句注。放迹：隐逸处的遗迹。 [27]调（diào）度：安排，考虑。夏大霖《屈骚心印》："调度，审义裁度也。"此言思量介之推、伯夷出处的原则。弗去：指不去于心，时时在考虑。 [28]刻著志：犹言铭记于心。刻，铭刻。著，附着。志，记。无适：无他适。汪瑗《集解》云："刻，如刀之刻木，而所入之深也。着（即'著'）志，如物有所附着而不能离也。"

曰[1]：吾怨往昔之所冀兮[2]，悼来者之逖逖[3]。浮江淮而入海兮[4]，从子胥而自适[5]。望大河之洲渚兮，悲申徒之抗迹[6]。骤谏君而不听兮<sup>[7]</sup>，任重石之何益<sup>[8]</sup>！

[注释]

[1]曰：表示总括全篇之意，同于屈原作品中的"乱曰"。汪瑗《集解》云："此又结通篇之意，故以曰字更端之，若乱辞是也。"宋玉、唐勒、景瑳诸人之作，进一步去掉了骚体之作音乐结构的特征，不作"乱曰"，而作"曰"以总括全篇之意。因为"乱曰"是音乐结构的名称。这也反映了楚辞发展演变的过程。　[2]吾怨往昔之所冀兮：此句言怨以往所希望实现之事均未能如愿。冀，期望。　[3]悼：恐惧，担心。来者：将来。逖（tì）逖：遥远。这句表现出楚都迁于淮河流域之后人们普遍存在的一种心态。　[4]浮：顺流而漂。江：长江。淮：淮河。　[5]子胥：伍子胥，名员，春秋时楚人，因其父兄被杀而逃至吴国，佐吴王伐楚，攻入楚郢都。后因越国之事强谏吴王，被杀，并抛尸江中。屈原不可能将伍员作为忠臣加以歌颂。楚迁至淮河流域之后，地理环境与春秋时吴国稍为相近，且君王更为昏聩，上下离心更为突出，故一些士人会有这样的思想。自适：自我安适。这两句是说一般人的行为，诗人并不同意。看下面四句可知。　[6]申徒：申徒狄，大约为战国初年人。《庄子·盗跖》："申徒狄谏而不听，负石自投于河。"抗迹：高行，特立不群的行为。《哀郢》："尧舜之抗行兮。""抗迹"即"抗行"。　[7]骤：屡次。　[8]任重石：即所谓负石投河。任，负。南方人习水，难以自溺而死，因而负石。想其情形，应是用绳索束于身，使不得脱，然后投河。此句是悲叹申徒狄，亦是联系屈原结局而言，是说国事如此，君主不听劝谏，死也无益。由此也可以看出宋玉思想观念同屈原的差异。此下原有"心绖结而不解兮，思蹇产而不释"二句，见于《哀郢》，陆侃如《屈赋校勘记》已考定为误抄于此，闻一多《九章解诂》

以上第六段，总结以上几部分之意，认为"骤谏君而不听兮，任重石之何益"，不同意屈原和申徒狄等先贤因谏君不听即投河而死的做法。

本亦删之。今据删。

## ［点评］

《楚辞》中有两篇作品，都以写悲秋见长。一篇为宋玉的《九辩》，其开头说："悲哉，秋之为气也！萧瑟兮，草木摇落而变衰。"已成悲秋的名句，也被看作是悲秋诗赋之祖；再一篇，便是《悲回风》，其开头说："悲回风之摇蕙兮，心菀结而内伤。"不仅悲秋，也悲时；不仅以"悲"字开篇，而且篇题也以"悲"字打头。屈原的作品很少有通过写景表现心理者，而本篇和《九辩》都有不少在细致的自然风光描写中体现个人情绪、心理活动的段落。屈原《抽思》开头说："心郁郁之忧思兮，独永叹而增伤。"又说："悲秋风之动容兮，何回极之浮浮。"写秋天时诗人的感受，也给人以深刻印象。但其中写到诗人因忧愁忧思而于长夜失眠，也只"曼遭夜之方长"一句，而宋玉在《九辩》中却有淋漓尽致的表现。宋玉表现心理的手段在《抽思》等作品的基础上有了很大发展。

本篇的作者，前人误认为屈原，当中矛盾不能解说之处甚多。最明显的便是末尾的"骤谏君而不听兮，任重石之何益"。屈原既已抱石投江而死，还能写出表示后悔的诗句吗？如屈原死前已有这种思想，他就不会投江。

本篇不仅思想意识与宋玉一致，而且在艺术方面也颇与《九辩》相近。（一）都表现出对自然现象变化的敏感与观察的细致。可以说，都完全体现了一个很注重自然变化的诗人的眼光、感受和情怀。这一点随处可见，不详论，今只看两诗的开头：不仅是都以"悲"字起句，所表现的情绪、心境也是相同的。（二）两篇都写到漫漫长夜，不能入眠。《九辩》云："去白日之昭昭兮，袭长夜之悠悠。""仰明月而太息兮，步列星而极明。"《悲回风》云："涕泣交而凄凄兮，思不眠以至曙。"看来作者有失眠症，极度神经衰弱。这自然不仅同创作环境、诗人遭遇有关，也同作者的心理素质有关。（三）都反映出对辞赋创作的痴心。《九辩》云："窃慕诗人之遗风。""自压按而学诵。"《悲回风》云："窃赋诗之所明。"（四）两篇有些句子很相近，反映了同一作者铸词造句的习惯，应是其知识与行文习惯的潜意识反映。如《九辩》"虽重介之何益"、《悲回风》"任重石之何益"两句的意思和语言环境不同，不属于模仿的范围，显然是同一作者语言特征的反映。（五）《九辩》中"窃悲夫蕙华之曾敷兮，纷旖旎乎都房。何曾华之无实兮，从风雨而飞扬"，这也正是《悲回风》全篇意象的概括表现。（参拙作《再论〈惜往日〉〈悲回风〉的作者问题》，《文献》2009 年第 3 期）今由其内容、形式、风格等方面确定为宋玉之作。

本篇并乱辞六段，开头五节一气而下，韵脚字皆属阳部，为第一段，写由于秋寒回风之起，园中的蕙草零落，勾引起作者对个人遭遇、国家前途的忧愁悲凉之感。"悲回风之摇蕙兮，心菀结而内伤"，正是《九辩》之三开头"窃悲夫蕙华之曾敷兮，纷旖旎乎都房。何曾华之无实兮，从风雨而飞扬"之意。只是《九辩》于"摇蕙"

之情节描写具体，而《悲回风》用"心菀结而内伤"对其喻意一笔点透，明白易晓。

《悲回风》像《九辩》一样，表现出作者对节气与自然变化的敏感以及善于联想的思维特征。作品由季节、气候的变化引起对事物一般规律的推想，又由自然物理联想到自己的处境，同时也表现了保持高尚志节、不与流俗合污的决心。

第二段为表现作者在受排挤去职独居情况下难以排遣的哀愁。"独隐伏而思虑""思不眠以至曙"，实际上是希望有机会重返君主身边，"存仿佛而不见兮，心踊跃其若汤"两句便清楚地表达了这一愿望。在君王毫无召还之意的情况下，诗人只有同屈原一样取法楚先贤彭咸，退处清静之地，保持自身的修洁。

第三段为"岁忽忽其若颓兮"以下三节，表现虽然去职已有年岁，但对君王之忠心未变。"孤子吟而抆泪兮"等句十分感人。这种比喻在屈原的作品中没有。屈原不认为自己只是国君所养，不认为同国君的关系主要在个人感情方面，更重要的在于为国效力，他一直想的是怎样能完成一直在惦念的政治改革。这是屈原同宋玉的不同。

第四段从"登石峦以远望兮"至"托彭咸之所居"十八句，写上高山，远望通向都城的路，然而一无所见，也一无所闻。宁静中沉思，心胸开阔了，决定将以彭咸为榜样安心于山麓水滨。

从"上高岩之峭岸兮"至"刻著志之无适"三十句为第五段，想象处于虹霓之上，下摅虹霓，仰而扪天，吸高空湛露之源，漱高空纷纷之凝霜，然后至昆仑山顶看雾，最后落脚于岷山下清江之滨。看水波，听涛声，见那潮汐之起落比世人还守信。他抽暇游散，访介之推和伯夷的遗迹，决心铭记自己的人生信条而绝不改变。

"曰"字以下八句一韵，为第六段，实为乱辞，总结全篇。作者觉得以往的遭遇不好，将来也不会有什么希望，只有退居清静以自守，也不必如伍子胥、申徒狄那样以死谏之；他觉得在那样的环境中，自己死了也起不到什么作用。

显然，本篇从思想上看同屈原的作品有一定的差异，而同《九辩》在很多方面一致。第一，其中没有提到社稷、皇舆的地方，像《离骚》中"岂余身之惮殃兮，恐皇舆之败绩""亦余心之所善兮，虽九死其犹未悔""余固知謇謇之为患兮，忍而不能舍也。指九天以为正兮，夫唯灵修之故也"这样的意思，在这两篇中都找不到。《九辩》中虽提到君，却多是从受君渥洽，与君王的情感的方面说的，看不出为国事劳心的地方。第二，表现愁苦的地方很多，却看不出抗争的决心。像《离骚》中对结党营私的小人直接进行抨击的文字，以及"虽体解吾犹未变兮，岂余心之可惩"这样刚强的句子，在《悲回风》《九辩》中也都没有。

但是，《悲回风》也像《九辩》一样，都是立足于现实的，其中并没有像有些人说的道家无为、虚静的思想和盼成仙、慕真人之类的空想。看来作者在朝中所任的职务并不重要，不像屈原一样有过大的政治活动经历，所以篇中没有涉及同国家前途相关的议论，也应该是正常的。其中所表现的品格不像屈原那样顽强不屈、九死不悔，则反映出个体的思想意识。当然我们不能要求当时楚国的每一个官员、每一个文人都要像屈原一样，这同一个人的家庭环境、成长过程、仕宦经历都有关系，也同一个人所处的时代环境有关。但我们也不能讲一些很难成立的理由，将宋玉的作品认定为屈原的。

本篇在艺术上具有突出的特征。

首先是细致的心理描写，尤其是借自然环境来表现作者的情感状态、心理变化，其语言往往带有一定的哲理，其体会之精彩、笔触之细致，都可谓达于极致。如开头两句下接"物有微而陨性兮，声有隐而先倡"，便是将景、情的结合提升到人生哲理的层面上。

其次，比兴手法的运用在屈原《离骚》等作品的基础上，又向前推进了一步：比喻、象征同浪漫主义的想象结合起来，如"纠思心以为纕兮，编愁苦以为膺""据青冥而摅虹兮，遂倏忽而扪天"等，都是既奇特新颖，又有诗意。

再次，诗中联系抒情主人公的活动，写人与写景结合，画面清晰而意境开阔，展示了抒情主人公的形象，表现出很高的艺术水平，如"登石峦以远望兮"以下几节，"上高岩之峭岸兮"以下几节，及"冯昆仑以瞰雾兮，隐岷山之清江"以下十句。看来作者登过高山，多有观察，且体会较深，所以其中写到登高山峭岸的句子多，而且铸词造句简练传神，引人遐想。这也同《九辩》开头的"登山临水兮，送将归"的词意比较相近。

另外，《悲回风》在语言的运用上也很有特色，一是用重叠词很多，也有不少双声叠韵词，这在描写环境、渲染气氛、抒发情感方面产生了很好的效果，诵读起来也很有韵味，有很强的音乐性。二是铺排。与屈原各骚体之作比较起来，这一点表现得十分突出，这也是由屈原骚体诗向汉代骚体赋过渡的表现。

《悲回风》自有其主题，自有其艺术上的特征，以往被误归入屈原名下，多强同屈原生平联系起来解说，所以淹没了它自身思想与艺术上的光彩。

# 九　辩

　　《九辩》是宋玉的代表作。《楚辞章句·九辩序》说："《九辩》者，楚大夫宋玉之所作也。"其说是。不过又解释本篇的主旨是宋玉"闵惜其师，忠而放逐，故作《九辩》以述其志"，这一点并不正确。由内容可知《九辩》是宋玉自述身世之作，由第八章中"愿赐不肖之躯而别离兮，放游志乎云中"二句看，他已完全不同于顷襄王前期被亲信的状况，在君王眼中已毫无价值。而且他希望脱离约束，到云中之地去。云中，指云梦汉北之地，屈原在怀王朝曾被遣放在那里。这两句诗的意思是说：即使遣放，他也愿意到汉北去。由第五章中"泊莽莽与野草同死"及全篇关于辽阔荒野之地的描写也可以看出，宋玉作《九辩》时楚都已迁于陈（今河南淮阳），宋玉被放于郢陈以北山野之地。由此看，宋玉之被流放，应在顷襄王迁陈之后，即顷襄王晚年的几年中。《九辩》也应作于这一时期。

　　"九辩"本上古乐曲名，同"九歌"俱见于《离骚》《天问》。故本篇同屈原的《九歌》一样是承袭自古相传乐曲之名而创为新词，也开后代文人用旧曲或旧曲名填写新词之先声。唯后三章文字有所窜乱，影响到全篇结构。今为便于阅读及彰显宋玉此赋的艺术特色，消除前人的误解，俱加订正。关于本篇的分章，洪兴祖分为十章，晁公武《楚辞释文》、朱熹《楚辞集注》分为九章，而五章以后各家划分互有异同。今参取前人诸说，细味诗意层次，仍分为九章，即九大段。

朱熹云："秋者,一岁之运盛极而衰,肃杀寒凉,阴气用事,草木零落,百物凋悴之时,有似叔世危邦,主昏政乱,贤智屏绌,奸凶得志,民贫财匮,不复振起之象,是以忠臣志士遭谗放逐者,感事兴怀,尤切悲叹也。萧瑟、寒凉之意。憭栗,犹凄怆也。在远行羁旅之中,而登高望远,临流叹逝,以送将归之人,因离别之怀,动家乡之念,可悲之甚也。"(《楚辞集注》)

以上第一段,通过秋天的萧瑟景象表现诗人的悲凉情绪。

悲哉,秋之为气也!萧瑟兮[1],草木摇落而变衰。憭栗兮[2],若在远行。登山临水兮,送将归。泬寥兮[3],天高而气清[4]。寂寥兮,收潦而水清[5]。憯凄增欷兮[6],薄寒之中人[7]。怆恍懭悢兮[8],去故而就新。坎壈兮[9],贫士失职而志不平。

廓落兮[10],羁旅而无友生。惆怅兮,而私自怜。燕翩翩其辞归兮,蝉寂寞而无声。雁嗈嗈而南游兮[11],鹍鸡啁哳而悲鸣[12]。独申旦而不寐兮[13],哀蟋蟀之宵征[14]。时亹亹而过中兮[15],蹇淹留而无成[16]。

**［注释］**

[1]萧瑟:草木被秋风吹拂所发出的声音。 [2]憭栗(liáo lì):凄怆。 [3]泬(xuè)寥:高旷空虚的样子。 [4]清(qìng):原作"清",与下句韵脚字重复,显然有误。刘永济言为"清"之借。亦或为其误。《说文》:"瀞,冷寒也。""瀞""清"一字。 [5]寂寥:迭韵联绵词,静寂空洞的样子。 [6]憯(cǎn)凄:惨痛。憯,同"惨"。增欷(xī):一次次地悲叹。欷,叹泣声。 [7]薄寒:微寒。中(zhòng):击中,引申为袭击。此句指突然感到秋寒,有别于严冬有准备情况下的寒冷。 [8]怆恍:悲伤。懭悢(kuǎng liàng):失意怅惘的样子。 [9]坎壈(lǎn):迭韵联绵词,困顿、不得志的意思。王夫之《通释》就"悲哉,秋之为气也"一段说:"因时而发叹也。人之有秋心,天之有秋气,物之有秋

容，三合而怀人之情，凄怆不容已矣。"　[10]廓落：孤独空寂的样子。　[11]噰（yōng）噰：雁叫声。原作"廱廱"，《文选》尤本、五臣本和《北堂书钞》卷一五四、《太平御览》卷二五、《事类赋注》卷五并引作"噰噰"，洪兴祖、朱熹也皆引一本作"噰噰"，音义同。今据改。　[12]鹍（kūn）鸡：飞禽名，似鹤，黄白色。啁哳（zhāo zhā）：忽大忽小地叫。　[13]申旦：彻夜。申，达，至。旦，凌晨。　[14]宵征：夜行。此处借蟋蟀在早晨为生存而跳来跳去，比喻自身的痛苦。　[15]时亹（wěi）亹：岁月不停息地过去。亹亹，不停息地。　[16]蹇（jiǎn）：梗阻。淹留：久留。此下原有"悲忧穷戚兮独处廓"至"心怦怦兮谅直"十八句，为原第二章。上一章及下一章都写秋景，插入此十八句个人抒怀文字，使文意隔离。且"兮"字在句中，显系"乱辞"窜于此。今移至篇末。

皇天平分四时兮，窃独悲此凛秋[1]。白露既下百草兮，奄离披此梧楸[2]。去白日之昭昭兮[3]，袭长夜之悠悠。离芳蔼之方壮兮[4]，余萎约而悲愁[5]。

秋既先戒以白露兮[6]，冬又申之以严霜[7]。收恢台之孟夏兮[8]，然欲傺而沉藏[9]。叶菸邑而无色兮[10]，枝烦挐而交横[11]；颜淫溢而将罢兮[12]，柯仿佛而萎黄[13]；萷櫹椮之可哀兮[14]，形销铄而瘀伤[15]。惟其纷糅而将落兮[16]，恨其失时而无当[17]。

揽骒辔而下节兮[18]，聊逍遥以相佯[19]。岁

为下面写失眠时长夜难尽张本。

忽忽而遒尽兮[20]，恐余寿之弗将[21]。悼余生之不时兮，逢此世之伅攘[22]。澹容与而独倚兮[23]，蟋蟀鸣此西堂。心怵惕而震荡兮[24]，何所忧之多方[25]！仰明月而太息兮[26]，步列星而极明[27]。

以上第二段，以秋季树木花草凋零枯萎的凄凉景象表现自己悲伤的心情，也连带写出个人的生不逢时。

[注释]

[1]凛秋：寒秋。凛，原作"廪"，《文选》几个重要早期刻本均作"凛"，洪兴祖、朱熹皆引一本作"凛"，今据改。本章王逸、朱熹本为第三章，今为第二章。以下其他各章之章次依次而变。 [2]奄离披此梧楸（qiū）：转眼间这些梧桐和楸树都叶片零落。奄，忽然，急遽地。离披，分散零落。 [3]"去白日之昭昭兮"二句：言慢慢变得夜长，为下面长夜失眠作铺垫。去，离开。 [4]芳：指芳香的花草。蔼：茂盛。方壮：指夏季正茂盛之时。 [5]余：我，诗人自指。萎约：处境困窘。洪兴祖："萎……草木枯也。约，穷也。" [6]戒：警戒，警告。 [7]申：重。 [8]恢台：恢宏、广大的样子。也作"恢炱"，古通。傅毅《舞赋》："舒恢炱之广度。"李善注："恢炱，广大之貌。"引申为丰茂旺盛的意思。 [9]然：乃。欿傺（kǎn chì）：低落而停止。欿，同"坎"，地面凹陷处。傺，止，站定停止。沉藏：潜藏。沉，原作"沈"，其字归同"沉"，今改用此义之正体。 [10]菸邑（yū yì）：黯淡的样子。以下六句是写初秋树木花草的变化。 [11]烦挐（rú）：纷乱纠缠。挐，牵引。交横：交错。 [12]颜：指叶色。淫溢：浸渐（王夫之《楚辞通释》说）。罢：通"疲"，衰竭。 [13]柯（kē）：树枝。仿佛：指看不真切。这里为暗淡不清之意。 [14]蔳（shāo）：通

"梢"，树梢。横槮（xiāo sēn）：草木凋零的样子。这里形容树枝上的花叶落尽。 [15]销铄（shuò）：销损。瘀（yū）伤：肿瘤病伤。瘀，本指人的血液瘀积。这里指树木因受伤而生瘤。 [16]惟：想，想到。纷糅（róu）：纷乱。糅，混杂。 [17]恨：遗憾。无当：未遇到好的时候。 [18]揽：持，牵着。骓（fēi）：驾在车前左右两旁的马，也称为骖。辔（pèi）：缰绳，古人驾车执骓马之辔以驭四马。 [19]相佯：同"徜徉"，自由自在地走。 [20]忽忽：形容过得快。遒（qiú）尽：迫近，终，尽。 [21]寿之弗将：寿命之将终。将，持，保有。 [22]伥攘（kuáng rǎng）：纷扰混乱的样子。 [23]澹（dàn）：恬淡，安定。容与：徐步而行。独倚：一个人倚几独坐。倚，靠着。 [24]怵惕（chù tì）：恐惧。 [25]方：头绪。 [26]太息：叹息。 [27]步列星：在星下漫步、徘徊。极明：到天亮。极，至。

窃悲夫蕙华之曾敷兮[1]，纷旖旎乎都房[2]。何曾华之无实兮[3]，从风雨而飞扬[4]。以为君独服此蕙兮[5]，羌无以异于众芳。闵奇思之不通兮[6]，将去君而高翔。心闵怜之惨凄兮[7]，愿一见而有明[8]。重无怨而生离兮[9]，中结轸而增伤[10]。

岂不郁陶而思君兮[11]，君之门以九重[12]。猛犬狺狺而迎吠兮[13]，关梁闭而不通。皇天淫溢而秋霖兮[14]，后土何时而得干[15]。块独守此无泽兮[16]，仰浮云而永叹。

以上为第三段，以秋天的花草为喻，言君王看重华而无实者，自己有真才实学而不能被重用，且被放于外。

**［注释］**

[1]华：同"花"。曾敷：重重开放。形容花开得很繁盛。曾，通"层"。敷，陈布。　[2]旖旎（yǐ nǐ）：繁盛的样子。都房：华屋，华贵之地。都，美。　[3]曾华：重重花朵。实：果实。　[4]扬：飘扬。以上四句喻朝臣多华而不实、缺乏操守之人。与《离骚》中"余以兰为可恃兮，羌无实而容长"之意相近。　[5]"以为君独服此蕙兮"二句："以为"贯此二句，言诗人认为君独用此等忠良之臣子，想不到把他们看得同一般平庸者没有区别。此二句是针对此前四句所说楚朝中无人而言。羌：竟，竟然，想不到。　[6]闵：伤感。奇思：指挽救国家的主张。不通：不能达于君。　[7]惨凄：伤心。　[8]一见：指见君。有明：有所表白。指对奸佞诬陷的辩白。　[9]重（zhòng）无怨而生离：思想上难以排除自己无过失而被弃的苦闷。重，看重，难于排解。无怨，指自己无过失。　[10]中：内心。结轸：纠结。形容忧思郁结。　[11]郁陶：忧思累积，难以排遣的样子。　[12]九重：形容君门深邃，难以抵达。　[13]狺（yín）狺：犬吠声。　[14]淫溢：指雨水过度。霖（lín）：久雨不止。　[15]干：原作"漧"。"漧"为"干燥"之"干"的后起字。洪兴祖、朱熹皆引一本作"乾（干）"。　[16]块：块然，孤独的样子。无泽：荒芜的水泽。无，"芜"字之借。

何时俗之工巧兮[1]，背绳墨而改错[2]！却骐骥而不乘兮[3]，策驽骀而取路[4]。当世岂无骐骥兮？诚莫之能善御[5]。见执辔者非其人兮，故駓跳而远去[6]；凫雁皆唼夫梁藻兮[7]，凤愈飘翔而高举。

圜凿而方枘兮[8]，吾固知其鉏铻而难入[9]。

众鸟皆有所登栖兮，凤独遑遑而无所集。愿衔枚而无言兮[10]，尝被君之渥洽[11]。太公九十乃显荣兮[12]，诚未遇其匹合[13]。

骐骥伏匿而不见兮，凤皇高飞而不下。鸟兽犹知怀德兮，何云贤士之不处[14]？骥不骤进而求服兮[15]，凤亦不贪喂而妄食。君弃远而不察兮[16]，虽愿忠其焉得！欲寂寞而绝端兮[17]，窃不敢忘初之厚德。独悲愁其伤人兮，冯郁郁其何极[18]！

以上第四段，揭露楚国朝廷中舍弃骐骥凤凰而任用驽骀凫雁的昏庸政治主导，指出诗人悲秋抑郁的根源。

[注释]

[1] 工巧：工于巧伪之事。工，善于。 [2] 背：违背。绳墨：木工加工木料时在上面用墨斗打的线，这里比喻法度。改错：改变法度。 [3] 却：拒绝。 [4] 策：本义为马鞭，此处用为动词，用马鞭赶。驽骀（nú tái）：劣马，喻无能的人或品质低下的人。取路：上路，行进。 [5] 御：驾驭。这里指任用人才。 [6] 骟（jú）跳：屈身跳跃。 [7] 凫（fú）：野鸭。雁：大雁。唼（shà）：水鸟或鱼吃食。粱：粟米。藻：水草。 [8] 圜：同"圆"。凿：榫眼。枘（ruì）：榫头。 [9] 固：本来。钼铻（jǔ yǔ）：不能吻合。难入：指榫头不能套入榫眼。喻人的志趣不能相合。 [10] 衔枚：指闭口。枚，古代行军时为避免喧哗，让士兵口中衔的一种横木，状如筷子。 [11] 被：身受。渥（wò）：厚。洽：恩泽。 [12] 太公：姜尚。《史记·齐太公世家》中说，周文王出猎遇到姜尚，说："吾太公望子久矣。"因而称姜尚为"太公望"，后世因而称之为"姜太公"。

姜尚助武王灭纣，当其受封于齐之时，已年届九十。下一句"诚未遇其匹合""骐骥伏匿而不见兮，凤皇高飞而不下"，也是承姜尚久困不遇，至九十岁才显荣一层意思言之。　[13]诚：确实，实在。匹合：匹配，可以共事者。此下王逸、朱熹本有"谓骐骥兮安归"四句，从句式与内容看，亦为末章文字，今移于篇末。　[14]何云：怎能说。不处：不肯留居。　[15]骤（zhòu）进：指快步地跑到主人面前。服：驾车。　[16]弃远：抛弃平时不接近的人。远，指非其亲近的人。察：细心看。　[17]绝端：切断端绪，指完全放弃仕进的念头。　[18]冯（píng）：愤懑。《广雅·释诂》："冯，怒也。"《方言》："凭（冯），……怒也。楚曰凭（冯）。"郁郁：愁闷的样子。

霜露惨凄而交下兮[1]，心尚幸其弗济[2]。霰雪雰糅其增加兮[3]，乃知遭命之将至[4]。愿徼幸而有待兮，泊莽莽与野草同死[5]。愿自直而径往兮[6]，路壅绝而不通。欲循道而平驱兮[7]，又未知其所从。然中路而迷惑兮[8]，自压按而学诵[9]。性愚陋以褊浅兮[10]，信未达乎从容[11]。

窃美申包胥之气盛兮[12]，恐时世之不固[13]。独耿介而不随兮[14]，愿慕先圣之遗教。处浊世而显荣兮，非余心之所乐。与其无义而有名兮，宁穷处而守高。食不偷而为饱兮[15]，衣不苟而为温。窃慕诗人之遗风兮[16]，愿托志乎素餐。

蹇充倔而无端兮 [17]，泊莽莽而无垠。无衣裘以御冬兮 [18]，恐溘死不得见乎阳春 [19]。

### ［注释］

[1] 霜露：比喻小人所施加的种种迫害。惨凄：此处形容寒冷变化剧烈。交下：并下，形容其多。　[2] 济：成功。　[3] 霰（xiàn）：雪珠。雰：雪盛的样子。糅（róu）：混杂，形容霰雪在空中乱飘的样子。　[4] 遭命：指行善而遭凶。王充《论衡·命义》："遭命者，行善得恶，非所冀望。逢遭于外，而得凶祸，故曰遭命。"　[5] 泊莽莽：居于野草之地。泊，洪兴祖《补注》："止也。"泊，停留，止息。莽莽，草野之地。下"泊莽莽而无垠"，王逸注："幽处山野，而无邻也。"　[6] 直：自己表白所遭枉屈。径：本义为小路，快捷方式，这里指不通过别人的引荐疏通而径直找楚王。　[7] "欲循道而平驱兮"二句：喻按一般的路子即求见楚王，不知应从何而入，找谁引荐。循道，顺着大路。平驱，相对于"径往"而言。因快捷方式、小路往往要翻越山林障碍，大路则平坦。　[8] 然：如此，这样。中路：半路。迷惑：迷茫，心神无主。　[9] 压按：指安定心志。学诵：学习作诵吟诗。　[10] 褊（biǎn）浅：心胸、见识狭隘、短浅。褊，指心胸狭隘。　[11] 信：确实，实在。　[12] 美：赞美，称赞。申包胥，春秋时楚臣。伍员因楚平王杀其父兄而逃往吴国，临行言："我必覆楚国！"其友申包胥言："子能覆之，我必能兴之！"伍员佐吴王攻占郢都，申包胥徒步十日至秦，立于秦廷泣啼七日七夜，不食不饮，乞求援救，秦哀公遂出兵救楚。此处指其能坚守誓约。　[13] 恐时世之不固：言今日之时势已不能坚守誓约。固，守信。此下原有"何时俗之工巧兮，灭规矩而改凿"二句，与上章开头二句重，且隔离上下文意，当是窜简造成。

屈复《楚辞新注》云："言困厄而死，不能再见阳春，知楚之必亡，不能复兴也。"

以上第五段，以"霜露惨凄而交下兮"领起，同篇首的"悲哉，秋之为气"、二章的"悲此凛秋"、三章的"悲夫蕙华"相照应，而同四章揭示当时社会现实的内容上下相连，结为一体，又侧重从个人的志向方面表现了对死守禄位者的鄙视和保持操守的决心。

今删。　[14]耿介：专一而不苟且。　[15]偷：随机取巧，苟且。原作"媮"，"偷"之异体。　[16]"窃慕诗人之遗风兮"二句：言仰慕《诗经·魏风·伐檀》的作者，不无功而禄。《诗经·魏风·伐檀》："彼君子兮，不素餐兮！"素餐，这里指《伐檀》一诗中"不素餐"之意，诗中因句子节奏之故省言之。　[17]蹇（jiǎn）充倔而无端：言自己困顿穷迫的状况没有尽头。蹇，梗阻穷困。充倔，同"祢裰（chōng jué）"，《方言》："以布而无缘，敝而纹之，谓之褴褛，自关而西谓之祢裰。"敝衣褴褛的样子。　[18]裘：皮衣（毛在外）。御：抵御。　[19]溘（kè）死：忽然而死。阳春：和暖的春天。与悲秋相对而言，也喻楚国形势的好转。

靓杪秋之遥夜兮[1]，心缭悷而有哀[2]。春秋逴逴而日高兮[3]，然惆怅而自悲[4]。四时递来而卒岁兮[5]，阴阳不可与俪偕[6]：白日晼晚其将入兮[7]，明月销铄而减毁[8]。岁忽忽而遒尽兮[9]，老冉冉而愈弛[10]。

心摇悦而日幸兮[11]，然怊怅而无冀[12]。中憯恻之凄怆兮[13]，长太息而增欷[14]。年洋洋以日往兮[15]，老嵺廓而无处[16]。事亹亹而觊进兮[17]，蹇淹留而踌躇。

以上第六段，写漫长的秋夜诗人思绪缭绕，悲叹时光流逝，而返回朝廷无望，因此产生无限悲情。

[注释]

[1]靓：通"静"。杪（miǎo）秋：秋末，暮秋。杪，树梢，

引申为末端、末尾。　[2]缭悷(lì)：思绪缠绕，愁结不解。　[3]春秋：年岁。逴(chuō)逴：越去越远的样子。　[4]然：义同"乃"。　[5]四时：春夏秋冬。递来：循环往复，递代而来。卒：终岁。　[6]阴阳不可与俪偕：日夜更替，不会同时出现，即不稍停顿。俪偕，偕同。　[7]晼(wǎn)晚：迭韵联绵词，日偏西将暮。　[8]销铄：消损，亏缺。指月亮由圆逐渐变为下弦，以至不见。指一月将尽。　[9]忽忽：形容时光等过得快。遒尽：将尽，终竟。遒，迫近。　[10]冉冉：渐渐。愈弛：这里指体力渐衰。弛，同"弛"，松弛、衰弱。　[11]摇悦：喜悦。"摇"同"愮"。《说文》："愮，喜也。从口，䍃声。"幸：侥幸。言有时又抱有被重新任用的幻想。　[12]怊(chāo)怅：同"惆怅"。无冀：没有希望。　[13]中：内心。憯(cǎn)恻：痛伤。凄(qī)怆：悲伤。　[14]太息：叹息。增欷：一声声地叹气。增，通"层"，重，累。　[15]洋洋：水无确定方向乱流的样子。此处形容没有什么目标地使时光流逝不止。　[16]嵺廓：同"寥廓"，空旷的样子。无处：无安身之所。　[17]"事亹(wěi)亹而觊(jì)进兮"二句：言行事勤勉，希得进用，结果却梗阻而停滞，陷入进退不定的境地。亹亹，勤勉不倦的样子。觊，企图，希望。蹇，梗阻。淹留，久留。踌躇，进退不定的样子。

何泛滥之浮云兮[1]，猋壅蔽此明月[2]。忠昭昭而愿见兮[3]，然阴曀而莫达[4]。愿皓日之显行兮[5]，云蒙蒙而蔽之。窃不自料而愿忠兮[6]，或黕点而污之[7]。彼日月之照明兮，尚黯黮而有瑕[8]。何况一国之事兮，亦多端而胶加[9]。

西汉陆贾云："故邪臣之蔽贤，犹浮云之障日月也。"（《新语·慎微》）

被荷裯之晏晏兮[10]，然潢洋而不可带[11]。既骄美而伐武兮[12]，负左右之耿介[13]。众蹊蹼而日进兮，美超远而逾迈。[14]农夫辍耕而容与兮，恐田野之芜秽。事绵绵而多私兮[15]，窃悼后之危败。世雷同而炫曜兮[16]，何毁誉之昧昧！今修饰而窥镜兮[17]，后尚可以窜藏[18]。愿寄言夫流星兮，羌倏忽而难当[19]。卒壅蔽此浮云兮[20]，下暗漠而无光[21]。

刘永济云："此言虽如上说，但使楚之君臣能及今以失败为鉴，修治内政，则后日的祸患，尚可潜消。"（《屈赋音注详解》）

以上第七段，连上秋夜失眠而仰望夜空，从浮云遮蔽明月想到朝中奸臣蒙蔽君王，表现出对国家将来的深深忧虑。

## ［注释］

[1]泛滥：本义为水涨溢横流，此处形容云的涌流。　[2]猋（biāo）：本义为犬疾走，此处形容迅速。上二句以浮云蔽月喻奸佞之蔽君主。　[3]忠昭昭：忠心明白可见。见：同"现"，表白，指陈述忠言。　[4]阴：王夫之《通释》：当作"霠"，同"阴"。《艺文类聚》卷一所引即作"阴"。曀（yì）：天阴沉。此处以天的阴曀比喻奸佞壅蔽君主。莫达：指忠言不能上达君王。[5]皓日：白日，喻君。显行：指排除壅蔽，光明地运行。喻君能明察善断。屈原作品中称君为美人、哲王，或以香草"荪"为喻。以日喻君，始于宋玉。　[6]不自料：不自量。　[7]或黕（dǎn）点而污之：有的人编造你的恶行污点来污蔑你。黕，黑斑，污垢。点，小黑点。此处"黕点"用为动词，指污蔑，诬陷。此下原有"尧舜之抗行兮，瞭冥冥而薄天。何险巇之嫉妒兮？被以不慈之伪名"四句，朱季海言"此宋玉用屈原句"，见于《涉江》，唯第三句有变化。当为窜乱造成，今删。[8]黮黮（dàn）：黑色。瑕：玉上的斑疵。　[9]多

端：头绪繁多。胶加：纷拏纠缠的样子。由此句看，宋玉的政敌借宋玉在政事上的某些疏漏或别人一时难以明了的事情攻击诬陷他，使其去职。　[10]被（pī）：披。裯（dāo）：袛（dī）裯，直襟单短衣，也叫襜褕（chān yú）。晏晏：鲜盛的样子。《诗经·郑风·羔裘》："羔裘晏兮。"毛《传》："鲜盛貌。"此下数句以比喻的手法批评君王的华而不实和易于被迷惑欺骗。　[11]潢（huáng）洋：同"潢漾""滉漾"，水深广的样子。这里用来形容衣宽大不着体。不可带：宽大不能约束。古人着衣必束带。　[12]骄美：以美好而骄傲。伐武：以勇武自夸。伐，夸耀。　[13]负：背离。左右：左右臣子。耿介：专一而不苟且。此句指君王背离左右正直大臣的意愿和主张。　[14]"众蹑（qiè）蹀（dié）"二句：用屈原《哀郢》句。此前原有"憎愠怆之修美兮，好夫人之慷慨"二句，与所引用二句为一节。当是早期读诸所批注，窜入正文。今删。蹑蹀，细步快行。　[15]绵绵：连续不断。多私：指执政多有以私害公之事。　[16]"世雷同而炫曜（yào）兮"二句：言朝臣都异口同声，自我夸耀，无是非可言。雷同，随声附和。炫曜，强光闪耀。因光强则目眩，故又引申为眩惑、迷惑。　[17]修饰：打扮。　[18]窜藏：逃匿。比喻可以免其灾难。　[19]倏（shū）忽：速度快，迅疾的样子。当：相值，相遇。　[20]卒壅蔽此浮云：为"卒壅蔽于此浮云"之省。言终究被这些浮云所遮蔽。连下句，言因为奸佞壅蔽国君，导致国家政治的黑暗。卒，终究。壅蔽，堵塞、遮蔽。　[21]暗漠：昏暗。

尧舜皆有所举任兮[1]，故高枕而自适[2]。谅无怨于天下兮[3]，心焉取此怵惕？乘骐骥之浏浏兮[4]，驭安用夫强策[5]？谅城郭之不足恃兮[6]，

虽重介之何益[7]？遭翼翼而无终兮[8]，忳惽惽
而愁约[9]。生天地之若过兮[10]，功不成而无效。
愿沉滞而不见兮[11]，尚欲布名乎天下。然潢洋
而不遇兮[12]，直怐愗而自苦[13]。

莽洋洋而无极兮[14]，忽翱翔之焉薄[15]？
国有骥而不知乘兮，焉皇皇而更索[16]？宁戚
讴于车下兮[17]，桓公闻而知之。无伯乐之善相
兮[18]，今谁使乎誉之[19]？罔流涕以聊虑兮[20]，
惟着意而将之[21]。纷纯纯之愿忠兮[22]，妒被
离而鄣之[23]。

愿赐不肖之躯而别离兮[24]，放游志乎云
中[25]。计专专之不可化兮[26]，愿遂推而为臧。
赖皇天之厚德兮[27]，还及君之无恙。

以上第八段，着重表现治国全在任用贤人的思想，其中也写到宁戚遇于齐桓的历史事实，借以批判了当时君王的愚昧昏庸。虽然这样，末尾还是表述了对君王的祝愿，这是封建社会中爱国又往往同忠君连在一起的表现，也显出诗人情绪上无法解脱的矛盾。

[注释]
[1] 有所举任：传说尧舜举任了皋陶、稷、契、夔、羲仲、羲叔、和仲、和叔、禹、益等及"八恺"（高阳氏才子八人）、"八元"（高辛氏才子八人）等众多贤能之人。举任，推举、任用。 [2] 高枕而自适：高枕无忧。适，舒适、闲适。 [3] "谅无怨于天下兮"二句：尧舜当时执政时，相信自己无怨于天下，哪里会有此惊惧恐慌之事？谅，相信。焉，哪里。 [4] 浏：水流无阻而极快的样子。此处形容马驰如疾风。 [5] 驭（yù）：驾车马。安：哪里。

强策：用马鞭使劲赶。　[6]谅：猜测，估计。　[7]重介之何益：将士都穿上层层铠甲也无益。重介，层层铠甲。　[8]遭（zhān）翼翼：恭谨的样子。无终：无尽头。　[9]忳（tún）：忧伤。惽惽：同"悯（mèn）惽"，愁闷。愁约：忧愁穷困。　[10]"生天地之若过兮"二句：人生于天地之间，倏若过隙，功不成，效不见。　[11]沉滞：隐匿，埋没。"沉"原作"沈"，统改作"沉"。不见：不显现于世。见，同"现"。　[12]潢洋：此处为无所傍依的样子。不遇：未得君王赏识。　[13]直：简直是。佝愁（kòu mào）：愚昧的样子。这里是说自己抱着一个死心眼，一心为社稷，为君王，结果自寻烦恼。　[14]莽洋洋：宽广无边的样子。极：边际，目的。　[15]忽：迷惘。焉薄：到哪里去。　[16]焉皇皇而更索：何必匆匆忙忙另外去寻求。焉，何必。皇皇，同"遑遑"，匆匆忙忙地。索，搜求。　[17]"宁戚讴于车下兮"二句：参《离骚》第三部分"宁戚之讴歌兮，齐桓闻以该辅"注。　[18]伯乐：春秋时秦国之善相马者。相（xiàng）：相马。　[19]今谁使乎訾（zī）之：现在让谁来识别人才。訾，识别，衡量。訾，原作"誉"，与"知"不同韵。洪兴祖、朱熹并引一本作"訾"，朱熹《楚辞辩证》言"当作訾为是"。只是以为下一节的"得之""彰之"似"之"字前之一字也不押韵，"不可晓"，故未改从"訾"。闻一多《校补》言下文"得"为"将"之误，并举《吴氏春秋·知度》"无伯乐之善相兮，今谁使乎訾之"为证；此二句即取于《九辩》中。今据改。　[20]罔：通"惘"，怅然失意的样子。聊虑：即"料虑"。　[21]惟：只有。着意：立定心意。"着"，原作"著"，"着"之本字，此义今通作"着"，今改作"着"。将：持。此句言得立定心意，不随波逐流。　[22]纷纯纯：一片忠诚的样子。　[23]被（pī）离：分散一片。障：遮蔽、阻挡。原作"鄣"，"障"之借，其字罕用，声调亦异，今改用本字。此处形容奸佞之徒纷纷从各方面来阻挡。　[24]不肖：犹言"不才"，自谦之词。　[25]云中：即云梦泽以北之地，云梦为楚王及楚大臣游猎之地。"云"为地名，楚人名草泽为"梦"。先秦时云梦包括今湖北安陆。此下原有"乘精气之抟抟兮"至"扈屯骑之容容"十二句，完全是神仙家游仙意识的表现，与本篇思想不合，且写神游仙界，左朱雀，右苍龙，也与本篇写被放后现实环境中心情完全不同，当是《远游》中文字，因此处有"放游志乎云中"之句，误以云中为天界而置于此。　[26]"计专专之不可化兮"二句：言自己一生的意愿专一，不会有所变化，希望在顺应形势的情况下，尽量努力有一个好的结局。计，打算。专专，十分专一的样子。遂，因而，顺遂。推，用力推转。臧，善，美。　[27]"赖皇天之厚德兮"二句：希望托上天之福，还能见到君王健康的身体。还及，还赶得上。

陈第云："余读《九辩》，其志悲。其托兴远，其言纤徐而婉曲，稍露其本质，即辄为盖藏，以此伤其抑郁愤怨之深，亦以此知楚王之终不悟，而党人接迹于世。"（《屈宋古音义》）

以上是第九段，相当于屈原《离骚》等作品的乱辞，写出一些具体回忆，补说全篇以上所发情感的根源。

悲忧穷戚兮独处廓[1]，有美一人兮心不绎[2]。去乡离家兮徕远客[3]，超逍遥兮今焉薄[4]？专思君兮不可化[5]，君不知兮可奈何！蓄怨兮积思，心烦憺兮忘食事[6]。愿一见兮道余意[7]，君之心兮与余异。车既驾兮朅而归[8]，不得见兮心伤悲。倚结𫐉兮长太息[9]，涕潺湲兮下沾轼[10]。慷慨绝兮不得[11]，中瞀乱兮迷惑[12]。私自怜兮何极[13]，心怦怦兮谅直[14]。谓骐骥兮安归？谓凤皇兮安栖？变古易俗兮世衰，今之相者兮举肥[15]。

[注释]

[1]戚："蹙（cù）"之借，《文选》作"蹙"，朱熹引一本也作"蹙"。"蹙"，窘迫、穷困。廓：空旷之地。　　[2]有美一人：一个德行美好的人。为作者自指。绎："怿"之借，愉悦，愉快。　　[3]去乡离家兮徕远客：离开家乡和家人到荒远之地为客。徕，同"来"。　　[4]超逍遥兮今焉薄：路途遥远，孤身漂泊，而今何处可以栖身？超，远。逍遥，飘泊，徘徊。焉，哪里。薄，靠近，走向。　　[5]专：只是，一味地。化：改变。　　[6]烦憺（dàn）：烦忧。食事：饮食之事。　　[7]道：诉说。　　[8]"车既驾兮朅（qiè）而归"二句：因失去信任，不被任用，故暂时归家。离开之后，又思念君王，表现出矛盾的心情。朅，离去。归，归住处。　　[9]结辂（líng）：车厢的方木格围栏。太息：叹息。[10]潺湲：泪流不断的样子。沾：沾湿。轼：车前横木。　　[11]慷慨：愤激。慷，原作"忼"，洪兴祖、朱熹皆引一本作"慷"，南宋尤袤刻本、五臣注、六臣注本《文选》并作"慷"。今据改。绝：断绝。　　[12]中：内心。瞀（mào）乱：昏乱。迷惑：迷茫，心神无主。　　[13]何极：会到何种地步。犹言"焉至"。极，终极之处。　　[14]怦（pēng）怦：忠谨的样子。谅直：诚实正直。　　[15]相者：承上"谓骐骥兮安归"言，指相马者。举肥：推举肥壮的马。言不识良马。朱熹《集注》："古语云：'相马失之瘦，相士失之贫。'即举肥之意也。"以上二十二句为最后一章，总结全文。

[点评]

陆侃如《楚辞选·九辩》小引中说："《九辩》是宋玉在屈原《离骚》影响下产生的作品，也是长篇的自叙性的抒情诗。"马茂元《楚辞选》大体同此。这个看法是正确的。

《九辩》是宋玉的代表作，也是宋玉自述身世之作，"辩"字为"辩章、辩白"之义。本篇之篇次，晁公武《楚辞释文》列于《离骚》之后，则宋玉很有可能是最早整理屈原作品者：先列《离骚》，后附己之《九辩》（其后《楚辞》的整理基本沿袭了整理者附己作于后的体例）。"九辩"本上古乐曲名，同"九歌"俱见于《离骚》《天问》。故本篇同屈原的《九歌》一样是承袭自古相传乐曲之名而创为新词，也开后代文人用旧曲或旧曲名填写新词之先河。

宋玉继承屈原《离骚》等作品的创作成就写了《九辩》，给汉以后骚赋的创作以巨大影响。

读《九辩》，首先要明白两点：

第一，宋玉之时楚国的形势比屈原之后期更差：顷襄王十九年（前280）秦伐楚，楚军大败，割上庸和房、金、均三州及汉水以北与秦。二十年（前279）秦白起拔楚之西陵和鄢、邓，二十一年（前278）拔楚都郢，楚仓皇迁都于陈。二十二年（前277）又拔巫、黔中两郡，如清人蒋骥在其《楚世家节略》之末所言："原死骨肉未寒，而国势土崩瓦解如此。"因秦所占楚大片地方，包括春秋战国之时楚国的中心地区，秦不可能有很多兵力守卫，故于楚国顷襄王二十三年收东部兵十万收复江旁十五郡，但很快又为秦所有，顷襄王并质太子于秦以求和好。这是宋玉悲伤消极情绪的根源。屈原的悲伤是怀王听信谗言远离忠良，担心国家危败倾覆，故诗中表现出强争的精神，为与奸党斗争，"虽九死其犹未悔"。但宋玉之时楚国已是日暮西山，气息奄奄。即使重用贤能，奋发图强，也不可能变得多强大，只是苟延残喘而已。宋玉伤心的是，国家的前途暗淡，心头都蒙上一层阴影，在这种情况下国君仍然远贤能、近奸邪，所以更让诗人伤心。这是我们评价《九辩》《悲回风》不能同屈原诸作相比而指责宋玉缺乏气节的原因。我们不能否定这两篇作品所表现的可贵品质。可以说，如果是苟且偷生之辈，就不会有这种深深的忧患意识。而且我们将屈原放于江南之野诸作同放于汉北时诸作相比，反映的思想情绪也是不同的。这是以往的很多学者未能注意到的。

第二，宋玉同屈原的身世和所接受的教育不同。屈氏是西周末年楚君熊渠长子句亶王熊伯庸之后，屈氏在整个春秋战国袭任莫敖等职，历史上有过一些很著名的能臣，这些不用说都对屈原产生了深刻的影响。宋氏在楚国则是一般国民之家，历史上不见有什么重要人物，宋玉算是楚国宋氏中杰出的人物，也有值得肯定之处。他能这样保持正道直行的品格，不同流合污，十分可贵。此其一。《九辩》中沉痛地写道："农夫辍耕而容与兮，恐田野之芜秽。事绵绵而多私兮，窃悼后之危败。"表现出关心人民生存状况的民本思想，也对楚国危亡之势十分痛心。此其二。就这两点，已可以看出《九辩》进步的思想性。过去有的学者以之与屈原的《离骚》等作品相比而加以否定，认为只是"自怜自叹"，这是不客观的。

《九辩》和《悲回风》都是诗人在被解职的情况下写成的。他为什么被解职？这一点关系到对宋玉人品和《九辩》思想内容、现实意义的评价。诗中说："处浊世而显荣兮，非余心之所乐。与其无义而有名兮，宁穷处而守高。"由这四句可以对诗中所有表现忧愁、激愤之语做出正确解读。诗人首先在行为上要坚持"义",在品德上要保持高尚的人格。诗中"骥不骤进而求服兮,凤亦不贪喂而妄食",这两句是上面这层意思的比喻说法。那么,其他的便都好理解。他对当时的官场、社会政治是有所批判的:"无伯乐之善相兮,今谁使乎誉之?""卒壅蔽此浮云兮,下暗漠而无光。""独耿介而不随兮,愿慕先圣之遗教。"他是有所坚守的。"食不偷而为饱兮,衣不苟而为温。窃慕诗人之遗风兮,愿托志乎素餐。"这种思想表现出正直知识分子、有社会责任感的官吏的优秀品质。这两点就体现了一个优秀文士的思想特征。

《九辩》全诗反复表白,说明诗人在仕途上受到排挤、倾轧的原因是自己不愿与误国奸佞同流合污。诗中说:"与其无义而有名兮,宁穷处而守高。食不偷而为饱兮,衣不苟而为温。"作者悲伤自己生不逢时,也对田野荒芜、国是日非深为忧虑,从侧面反映了楚国自迁陈之后政治越来越腐败、不断走下坡路、迫近危亡的状况。

本篇形式上学习《离骚》,吸收《抽思》《涉江》等借景写情的手法,并加以发展,从而取得了突出的成就。如开头"悲哉,秋之为气也!萧瑟兮,草木摇落而变衰",这是由《抽思》"悲秋风之动容兮"一句而来,但置之篇首,下面又联系草木的变化,特别提到离家远行、羁泊他乡,又送朋友回家时孤独无依的心情,非亲历者不能及此,非有细致之心理体验者不能及此。下面写"燕翩翩其辞归""雁嗈嗈而南游"等,实际上都是思乡心情的体现,而写蝉之无声、鹍鸡之悲鸣、蟋蟀之宵征,也正反映了作者彻夜失眠的情形。作品多用比喻,通过写景烘托情绪，有较强的感染力。

本篇将文人失意与伤秋结合起来，开创了中国文学的"悲秋"主题。

关于宋玉的《九辩》，有两个方面的问题影响了人们对其思想感情与艺术成就的理解：

一是《楚辞章句》言宋玉"闵惜其师，忠而放逐，故作《九辩》以述其志"。所以后代很多学者在讲疏本篇时都同屈原事迹联系，将作者因遭遇遭迍而产生的悲怆情绪看作是悲悯其师屈原。这样，不但读者对作品中悲愁困苦的理解隔着一层，就连作者似乎也隔着一层，是看他人在水火之中，而自己并无切肤之痛。

二是文字上有所错乱。首先是今本第八章窜入了《涉江》中的四句、《哀郢》中的八句，今本第六章窜入了《离骚》中二句。这些都是人们熟知的句子，好像是照搬，与本篇成熟的艺术技巧、细腻感人的心理描写、高超的语言运用手段不协调。其次是今本第九章窜入了唐勒《远游》中的十二句，写天上神游，与全篇从现实经历方面表现个人哀愁的内容不一致，也与上下文不合，同时还与宋玉的整个创作风格不合。再次，句式与其他部分不同、带有乱辞特征的原最后一章窜到前面，大部分成为今本（王逸《章句》本、洪兴祖《补注》本）第二章，有四句窜入今本第五章。本来是很有力的收尾，窜在前面，却隔离了上下文意，也使所表现的强烈情感被借景抒情所冲淡。本书已对原文之错乱做了订正。

关于本篇艺术上的成就，前人已关注到。伟大诗人杜甫诗中说："摇落深知宋玉悲，风流儒雅亦吾师。"（《咏怀

古迹》）又说："悲秋宋玉宅，失路武陵源。"（《奉汉中王
手札》）可以看出宋玉在杜甫心目中的地位。明代陆时雍
说："举物态而觉哀怨之伤人，叙人事而见萧条之感候。"
（《读楚辞语》）清代吴世尚说："《九辩》比兴居多，最得
风人之致。其于世道衰微，灵均坎壈，止以一'秋'字尽之，
何其言简而意括也！"（《楚辞疏》）所论甚中肯綮。至于
鲁迅《汉文学史纲要》所说《九辩》"虽驰神逞想，不如《离
骚》，而凄怨之情，实为独绝"，对其文学史地位以恰切定
位。陆侃如先生作于1930年的《屈原与宋玉》中对《九辩》
做了认真的分析，说道："最佳的一部分自然是'悲秋'的
几段，王夫之称之为'千秋绝唱'。那种悲歌可以当泣的
气概，真是千秋绝唱。在秋天的自然界里，他找得了自己，
他了解了自己的命运。蟋蟀的哀鸣，鹍鸡的啁哳，变成了
他的葬歌；草木的摇落，明月的销毁，变成了死神的启示。
这是他最成功的作品，而'宋玉悲歌'也成了文坛上的典
故。"陆先生在《屈原与宋玉》和《宋玉评传》中，对《九
辩》多用双声叠韵词和重叠词形成的声韵美，也有论述。

　　这里特别要指出的是，宋玉对屈原抒情诗的成就有
继承，也有创造，而且他善于继承，也善于创造，尤其
在心理描写上，借助自然环境以体现心绪的变化，细致
生动，十分感人，对后代诗歌中借景抒情手法的广泛使
用有很大影响。

# 渔　父

　　《楚辞章句·渔父序》云："《渔父》者，屈原之所作也。"一些学者对此篇和《卜居》作者提出怀疑，理由有二：一是篇首都作"屈原既放"，先秦之时古人自称是称名不称字的。而今本《史记·屈原列传》开头为"屈原者，名平"，自然是以"原"为屈原的表字。其实，《屈原列传》开头的"名平"为"字平"之误。古代人物传记一般是先书其名，再言其字。《史记·仲尼弟子列传》介绍孔子弟子七十余人，莫不如此。还有，《昭明文选》中列作者名字，都是列其字，而在《离骚》等屈作下皆标"屈平"。则"平"为屈原之字。《离骚》中说："名余曰正则兮，字余曰灵均。""正则""灵均"为屈原名和字之化名。"正则"之义为"原"，至今"原则"相连为一词；"灵均"之义为"平"，至今"平均"相连为一词。明代汪瑗《楚辞蒙引》云："五臣以'正则'为释'原'名，'灵均'为释'平'字，其说善矣，其见卓矣。……屈子之文既自称'屈原'矣，又岂可承太史公之讹而使之失其真乎？"则"原"为屈原之名，"平"为屈原之字无疑。故以"屈原既放"之行文否定《渔父》《卜居》为屈原所作之理由不能成立。二是认为其中表现了道家思想。依据是渔父说的"夫圣人者，不凝滞于物"以下几句。此实为皮相之论。这其实同《离骚》中的女嬃之言一样，只是说明人们对他的不理解，并非诗人即有此思想。郭沫若《屈原赋今译·后记》和王力《汉语诗律学·导言》中都指出这两篇所用为先秦古韵，王力《楚辞韵读》一一标出韵脚之字所属韵部，也让更多人明白了这一点（当然自明代陈第《屈宋古音义》以来很多音韵学家已关注到这一点）。如此，则认为汉以后人拟托之说也不能成立。《荀子·不苟》概括引用了"新沐者必弹冠"以下四句，则《渔父》已为荀况所引用，为屈原之作无疑。还要说明的是，《渔父》和《卜居》用第三人称的手法，这在先秦著作中多见，如《孟子》即是。也有人以此为本篇和《卜居》非屈作之依据，是以现代行文习惯衡量之，不可取。综上，《渔父》应是屈原之作无疑。从行文看，应成于被放后初至汉北时，当成于楚怀王二十四年（前305）夏。

　　屈原既放<sup>[1]</sup>，游于江潭<sup>[2]</sup>，行吟泽畔<sup>[3]</sup>，颜色憔悴<sup>[4]</sup>，形容枯槁<sup>[5]</sup>。渔父见而问之曰<sup>[6]</sup>："子非三闾大夫欤<sup>[7]</sup>？何故至于斯<sup>[8]</sup>？"

**［注释］**

[1] 既：已经。放：遣放。此次屈原被放在汉北云梦，任掌梦之职。　[2] 游于江潭：游于江潭一带。江潭指汉北一带水边之地。　[3] 行吟：一面走，一面叹气。吟，叹。《广韵》引《说文》："（吟）呻吟也。"泽：沼泽。云梦大泽最早在汉北，以后逐渐南移，战国之时，汉水以北仍有不少沼泽。西汉时司马相如《子虚赋》写云梦泽云："其南则有平原广泽……其西则有涌泉清池，激水推移，外发芙蓉、菱华，内隐巨石白沙，其中则有灵龟、蛟、鼍、玳瑁、鳖、鼋。"则该处自然有打鱼的人。　[4] 颜色：脸色。憔悴：晦暗、萎靡的样子。　[5] 形容：体态容貌。枯槁：枯瘦的样子。　[6] 渔父（fǔ）：渔翁。父，古代对老年男子的尊称。　[7] 子：古代对男子的尊称。三闾大夫：楚国负责王族子弟教育的官职。《楚辞章句·离骚序》云："三闾之职，掌王族三姓……屈原序其谱属，率其贤良，以厉国士。"楚王族三姓指西周末年楚君熊渠所封三个儿子的后代。故此后以此三姓代指楚王族。屈原在怀王十六年（前313）去左徒之职，任三闾大夫，称人以职务，总是称距说话时间最近之一职。欤：表示疑问的语气词。原作"与"，通"欤"，据洪兴祖引《史记》改。　[8] 斯：此，此种地步。此句的重点在"何故"上。渔父见屈原而问："子非三闾大夫欤？"是已知屈原被放于汉北，而不识其人，但由其衣着气质可以揣度，故不等其回答即问其何以被放。旧解或以"斯"指此地，或以指其形容，则都似已认识屈原，且也与下文屈原回答"举世皆浊我独清"等语不合。

清蒋骥云："然原之放日久，渔父岂不知之？特未悉所以放之之故。故下以'是以见放'为答也。俗解谓怪其颜色形容，则与答辞不应矣。"（《楚辞余论》）

汪瑗云:"此屈子因渔父问而自述其见放之由也。清,比己之洁,而浊比世之秽也;醒比己之明,而醉比人之昏也。清浊不同流,醉醒不同趣,邪正不并立,忠佞不相容,以屈子之独操,而仕雍君,处乱朝,安得而不见放乎?"(《楚辞集解》)

屈原曰:"举世皆浊我独清[1],众人皆醉我独醒[2],是以见放[3]。"渔父曰:"夫圣人者,不凝滞于物[4],而能与世推移[5]。举世皆浊,何不淈其泥而扬其波[6]?众人皆醉,何不餔其糟而歠其醨[7]?何故深思高举[8],自令放为[9]?"屈原曰:"吾闻之:新沐者必弹冠[10],新浴者必振衣[11]。安能以身之察察[12],受物之汶汶者乎[13]?宁赴常流[14],葬于江鱼之腹中。安能以皓皓之白[15],而蒙世俗之尘埃乎[16]?"

[ **注释** ]

[1]举世:整个社会。这里是就当时楚国上层统治者与官僚阶层而言。举,全。浊、清:就品德行为与社会风气而言。　[2]醉:指糊里糊涂,看不清楚国在内政和对外政策上一步步走向灭亡的形势,而苟且偷生。醒:指对形势的清醒认识。　[3]是以:因此。见放:被放逐。　[4]夫圣人者,不凝滞于物:圣人不会对事情抱着一个固定的看法不变。"夫""者"二字据洪兴祖《考异》引《史记》补。凝滞,黏着于某物,不灵动。引申为固执不变。　[5]与世推移:随着社会风气的变化而变化。推移,推进,变动。　[6]淈(gǔ):搅浑。扬其波:同其风,随其波。王逸注此二句:"同其风也","与沉浮也"。　[7]餔(bū):吃。糟:酒糟。歠:同"啜(chuò)",喝。醨(lí):《说文》:"薄酒也。"餔糟歠醨,指不论是非,与众同醉。　[8]深思:深入思考,想得久远。高举:为很高的目标而努力,与众不同。举,一种向上的动作。　[9]令:使,使得。

为（wéi）：表疑问的语气词。　　[10]沐（mù）：洗头。弹（tán）冠：弹去冠上的灰尘。　　[11]振衣：抖掉衣服上的灰尘。　　[12]安：怎。察察：明审清晰的样子。　　[13]物：外物，世俗。汶（mén）汶：同"闵（mǐn）闵"，忧思的样子。《左传·昭公三十二年》："余一人无日忘之，闵闵焉如农夫之望岁，惧以待时。"杜预注："闵闵，忧貌。"　　[14]宁：宁可。赴：往，投向。常流：《楚辞章句》作"湘流"，《史记·屈原列传》作"常流"。郭沫若言："案以《史记》为是。当是后人所妄改。"今改作"常"。长流，即江河之水。　　[15]皓（hào）皓：洁白的样子。这里喻品行之贞洁。　　[16]蒙：蒙受。

　　渔父莞尔而笑[1]，鼓枻而去[2]，乃歌曰："沧浪之水清兮[3]，可以濯吾缨[4]；沧浪之水浊兮，可以濯吾足！"遂去，不复与言[5]。

　　[ 注释 ]
　　[1] 莞（wǎn）尔：微笑的样子。　　[2] 鼓枻（yì）：用桨拍打水面。鼓，拍打。枻，短桨。如《湘君》中"桂棹兮兰枻，斫冰兮积雪"，棹、枻对举。王逸以来多释枻为船舷（船旁板），误。朱季海《楚辞解故》、何剑熏《楚辞新诂》并有译论。何云："若'枻'为船舷，何以言'鼓'？何以言兰叶为状？查司马相如《子虚赋》'浮文鹢，扬桂枻，张翠帷，建明旌'。此本《史记》。枻如为船舷，何能言扬？《玉篇》：'枻，楫也。'此释是。'鼓枻'即荡枻，犹今言荡桨。"　　[3] 沧浪之水：即春秋时代的清发水，又名"清水"，也即《水经注》卷三十一所说"涢（yún）水"。《水经注·涢水》："即《春秋左传·定公四年》吴败楚于柏

汪瑗云："《沧浪之歌》详见《孟子·离娄上》篇，其来远矣，其旨明矣。盖讽屈子见放，实自取之也。其所以讽其自取者，非讽其自取见放也，讽其既见放矣，道既不行矣，则容与山林可也，浮游江湖可也，又何必抑郁无聊之甚，以至憔悴枯槁其身哉？此则渔父之意也。虽然，渔父之意未可尽非，而实出于爱惜屈子之至情。要之，屈子念君忧国之心有不容自己者，其心事之幽深微婉，固非渔父之所能到，亦非渔父之所能知也。"（《楚辞集解》）

举，从之，及于清发。盖涢水兼清水之目矣。"此水发源于湖北大洪山，经随州、安陆、云梦入于汉水。至宋代时，当地仍称随州以南西侧一条支流为"浪水"。该水上游古代有"清潭"等地名，则其即为《渔父》中沧浪水。清代学者卢文弨云："仓浪，青色。在竹曰'苍筤'，在水曰'沧浪'。"（《钟山札记》卷四）"沧浪之水"即"清水"。《尚书·禹贡》云："嶓冢导漾，东流为汉，又东为沧浪之水。"因汉水在郢都以东第二次大转折，变为向东流，沧浪水即流入这一段汉水中。《禹贡》中的"又东"乃指第二次折而向东。古代某一条支流流入主干之后，此下主干之水仍常以支流的水名名之。以下四句言水清则用以濯冠缨，水浊则用以洗脚，意思是人应根据环境决定自己的行为，不能固执不变。　　[4] 濯（zhuó）：洗。缨：用以系冠的带子，由鬓边下垂，挽结于颔下。　　[5] 不复与言：不再与屈原说话。此句承上"遂去"，主语为渔父。汪瑗《集解》云："渔父因上章屈子之言而知独行之志决不肯变，故不复再言，于是笑歌而去，自适其适也。屈子之意亦自谓各行其志云耳，复何言哉？"

## [点评]

《渔父》为屈原于楚怀王二十四年（前305）初到流放地汉北所作，故渔父见而问之："子非三闾大夫欤？何故至于斯？"是渔父曾闻其事而尚未见过其人。蒋骥《楚辞余论》说："今襄陆之界，实汉北地。"襄，清襄阳府，治今襄阳；陆，安陆，治今钟祥。清安陆府有今钟祥、京山、天门等汉水以东、汉水下游以北之地。汉北云梦之地应包括今湖北钟祥、京山、天门、汉川、应城、云梦一带。

　　以前关于《渔父》的评论，似乎认为《渔父》具有道教思想是不争的事实，这也就成了一些人认为它非屈原作品的一个理由。汤炳正《释"温蠖"——兼论先秦汉初屈赋传本中两个不同的体系》一文通过细密的考证，由《渔父》篇具体词语的运用说明："屈原生于道家学说盛行的楚国，对道家观点当然是习闻常见的。所以，他在回答渔父时所说的'安能以身之察察，受物之汶汶者乎'，即系袭用道家《老子》的原话，反其意而用之以驳道家的观点。"《老子》中有这样一段话："俗人皆昭昭，我独若昏昏；俗人皆察察，我独若闷闷。"《史记索隐》即注《渔父》："汶汶者，音闷。"屈原正是针对《老子》"俗人皆察察，我独若闷闷"而反其意："安能以身之察察，受物之汶汶者乎？"而渔父所主张的同流合污，则是片面地化用《老子》的"昏昏""闷闷"而立言。《渔父》篇不仅不是宣扬道家的思想观点，相反，是"以子之矛，攻子之盾"！

　　关于《渔父》的作时与作地，王逸误以为是屈原被放江南之野时，不但后来学者多陈陈相因，甚至有人误改了其中的字。朱季海《楚辞通故》指出，"宁赴湘流"唐以前作"宁赴常流"，并再一次论证了《渔父》作于屈原被放汉北期间。屈原作于汉北时的《抽思》中说："长濑湍流，溯江潭兮。"庾信《枯树赋》："桓大司马闻而叹曰：昔年种柳，依依汉南。今看摇落，凄怆江潭。"按东晋桓温由建康赴江陵正是在郢都以东渡汉水，植树于水边。其地约在内方山以南。桓温于永和十二年进军洛阳，渡江地点也在这一带。此一带汉水以南古人名曰"汉南"，自然汉水以北名曰汉北;有水渊,俗称"江潭"。王夫之《楚辞通释》说:"南人通谓大水曰江。"前人因"江潭"之称而以《渔父》作于长江之南,大误。

本篇表现了两种对立思想的交锋,但全篇的对话用比喻的方式说出,既含蓄,耐人寻味,又深刻而令人震惊。渔父唱着《沧浪歌》而离去,"不复与言",表现了诗人无比的孤独、巨大的悲哀,这同《卜居》中郑詹尹的拒绝之语,《离骚》中女婆的骂詈,是同样的现象:没有人能理解诗人的坚持与固执。

本篇结构是用"述客主以首引"(《文心雕龙·诠赋》)的方式,主体部分是骈联的几组文字,同莫敖子华《对楚威王》相似,庄辛的《谏楚襄王》《说剑》、宋玉的《对楚王问》也与之相似,都具赋的"极声貌以穷文"的特征。及至这种体式同《大招》《招魂》场面描写上铺采摛文的手段结合,便以"赋"命名,宋玉的《风赋》《高唐赋》《神女赋》等就正式揭起了赋的旗帜。

本篇对汉代以后赋在体式即结构形式上产生了深远影响,还有一点,就是其中引述了《沧浪歌》。后来宋玉的《登徒子好色赋》、枚乘的《梁王兔园赋》、司马相如的《美人赋》等也用了系诗的方式。结尾系诗,竟成了散体赋的特点之一。

# 卜　居

　　因本篇开头有"屈原既放"一句，故前人有疑此篇非屈原所作，这个问题在《渔父》题解中已说明。《卜居》《渔父》二篇皆用先秦古韵（参王力《楚辞韵读》），这是难以作伪的。还有些问题，陈子展《论〈卜居〉〈渔父〉为屈原所作》（《中华文史论丛》第七辑）一文有详尽论述，可以参看。

　　关于《卜居》的作时，王夫之《楚辞通释》云："大夫不用，自次于郊以待命，君不赐环，谓之曰放。此盖怀王时原去位居汉北事。"蒋骥也说："详其词意，疑在怀王斥居汉北之日也。"（《山带阁注楚辞》）联系《离骚》中两写卜疑的情节看，二者反映了同样的心态与经历，则《卜居》和《渔父》一样是被放汉北期间所作。因顷襄王朝诗人被放江南之野，那里不可能有太卜。而汉北之西北有楚别都鄢，应有占卜之官。根据其开头"三年不得复见"之语，本篇应作于楚怀王二十六、二十七年（前303—前302）间，即作于《抽思》《思美人》《招魂》《惜诵》之后。

关于题意，王逸《楚辞章句》云："屈原履忠贞之性，而见嫉妒。念谗佞之臣，承君顺非，而蒙富贵；己执忠直，而身放弃。心迷意惑，不知所为。乃往至太卜之家，稽问神明，决之蓍龟，卜己居世何所宜行，冀闻异策，以定嫌疑，故曰《卜居》也。"

屈原既放[1]，三年不得复见[2]。竭智尽忠[3]，而蔽障于谗[4]，心烦虑乱[5]，不知所从[6]。乃往见郑詹尹曰[7]："余有所疑，愿因先生决之[8]。"詹尹乃端策拂龟[9]，曰："君将何以教之[10]？"

王夫之云："《卜居》者，屈原设为之辞，以章己之独志也。"（《楚辞通释》）

**［注释］**

[1]既放：指已经被放汉北。王逸注："远出郢都，处山林也。"　[2]三年不得复见：指谪居汉北已三年，不能回朝见君王之面。　[3]竭智：竭尽才智。智，原作"知"，古通"智"。洪兴祖、朱熹皆引一本作"智"，今据改。　[4]蔽障于谗：因谗言被国君疏远，不能见面。蔽障，遮蔽阻隔。当时楚国旧贵族一直反对屈原明审法度、举贤授能等改革措施，也诋毁屈原联齐抗秦的对外政策。　[5]虑乱：思绪紊乱。　[6]不知所从：无所适从，不知该怎么办。　[7]郑詹尹：姓郑；詹尹，即"占尹"。　[8]因：凭借，依靠。决之：指决疑。　[9]端策：把蓍草摆正。策，蓍草，用为筮。拂龟：拂去龟壳上的尘土。龟，龟壳，用为卜。这是开始卜筮时的虔诚表示。　[10]何以教之：有何见教。这是叩问对方动机、来意的客气说法。

屈原曰："吾宁悃悃款款朴以忠乎[1]？将送往劳来斯无穷乎[2]？宁诛锄草茅以力耕乎[3]？将游大人以成名乎[4]？宁正言不讳以危身乎[5]？将从俗富贵以媮生乎[6]？宁超然高举以保真乎[7]？将哫訾粟斯、喔咿儒儿以事妇人乎[8]？

汪瑗云："保真，谓保全吾之天真，而不贪饕于功名富贵，以决性命之情也。"（《楚辞集解》）

宁廉洁正直以自清乎[9]？将突梯滑稽、如脂如韦以絜楹乎[10]？宁昂昂若千里之驹乎[11]？将泛泛若水中之凫[12]，与波上下[13]，偷以全吾躯乎[14]？宁与骐骥亢轭乎[15]，将随驽马之迹乎[16]？宁与黄鹄比翼乎[17]？将与鸡鹜争食乎[18]？此孰吉孰凶[19]？何去何从[20]？世混浊而不清[21]：蝉翼为重[22]，千钧为轻[23]；黄钟毁弃[24]，瓦釜雷鸣[25]；谗人高张[26]，贤士无名[27]。吁嗟默默兮[28]，谁知吾之廉贞[29]？”

清胡文英云："一飞冲青天，齷齪争一餐。"(《屈骚指掌》)

**[注释]**

[1]宁：宁可，宁愿。"宁"与下句"将"组成"宁……将……"的句式，表选择。以下各句同。悃（kǔn）悃款款：忠实诚恳的样子。朴以忠：质朴而忠直。以，而，表连接。　[2]送往劳（láo）来：指接送宾客友朋，忙于应酬。劳，慰问。无穷：一直这样干下去。明闵齐华《文选瀹注》云："送往劳来，逢迎之态也。"清王萌《楚辞评注》云："送往劳来，追俗人也。邪佞之人，逢迎工巧，终日周旋于前后左右，而无有穷期也。"王夫之《通释》云："不忠于国，则唯奔走于势要。势盛则趋之，势衰则谢之，环转去来，终身不疲。"　[3]力耕：竭力耕作。本句体现了屈原重农的法家思想。　[4]游：游说。大人：指居高位有权势者。蒋骥《山带阁注楚辞》云："大人：势要之人。"按《商君书·农战》批评游说者说："说者成伍，烦言饰辞而章无用。主好其辩，不求其实；说者得意，道路曲辩，辈辈成群。民见其可以取王公大人也，而皆学之。"由

这一点也可以看出屈原的思想同法家相近。　[5]正言：直言，说实话。《管子·法法》："人主不周密，则正言直行之士危。"不讳：不隐瞒，不避忌。这一句也反映出屈原思想中法家的因素。　[6]从俗：追随世俗。媮（yú）：同"愉"，快乐。王逸注："身安乐也。"《离骚》："聊假日以媮乐。"王逸注云："故假日游戏媮乐而已。"洪兴祖《补注》："媮，乐也。音俞。"汪瑗《集解》解释此"媮生"为"安享富贵以终天年"。此解与本句中的"从俗富贵"相应，语意连贯。故不能作"苟且偷生"解（作"苟且偷生"解也同下"偷以全吾躯"的意思重复，不可取）。　[7]超然：超脱而毫无顾忌的样子。高举：指远离世俗。举，一种向上的动作，升起，起来。保真：保持真实的本性。　[8]呫訾（zú zī）：双声联绵词，怩怩，羞羞答答的样子（参朱季海《楚辞解故》）。栗斯：双声联绵词，拘谨、小心的样子。喔咿（wō yī）儒儿：皆哆声哆气装惫献媚的样子。事：侍奉、服事。妇人：朱熹《集注》："盖谓郑袖也。"当指南后郑袖之流。蒋骥《山带阁注楚辞》云："'呫訾喔咿'诸语，皆深肖上官、靳尚之情态，而著其愤嫉之思也。则此篇所谓放者，其为汉北奚疑？"　[9]自清：保持自身品质的高洁。　[10]突梯、滑稽：俱为双声联绵词，指油嘴滑舌、圆滑善变。脂：油脂，喻滑溜。韦：熟牛皮，喻柔软善变。絜楹（xié yíng）：用熟牛皮之类柔软的东西缠楹柱。"絜楹"承其前的"如脂如韦"言之。喻可随时而变。　[11]昂昂：气宇轩昂的样子。千里之驹：能日行千里、少壮多力的骏马。这里比喻目光远大、有作为的政治家。　[12]泛泛：浮游不定的样子。凫（fú）：野鸭，比喻随波逐流者。　[13]与波上下：随波浪之起伏而上下漂浮。　[14]偷：苟且，这里指苟且处世。全：用为动词，保全。　[15]骐骥：骏马。亢轭（è）：并驾齐驱。亢，通"抗"，相敌，并比。轭，车辕前套马用的横木。　[16]驽（nú）马：劣马。喻不才之臣。迹：足迹。夏大霖《屈骚心印》："随驽马，比愚劣落人后。" [17]黄鹄（hú）：即大雁，一名鸿。比翼：齐飞。 [18]鹜（wù）：鸭。鸡鹜喻没有远大目标、缺乏能力的人。争食：指为眼下的小利益互相争夺。 [19]孰：谁，哪一个，哪一方面。 [20]何去何从：应该避开哪一些？从事哪一些？去，离开。从，跟从。 [21]混浊：混乱污浊。 [22]蝉翼：蝉的翅膀，比喻极轻的东西。 [23]千钧：比喻极重的东西。钧，三十斤。 [24]黄钟毁弃：喻礼法废弛，社会混乱。黄钟，古乐十二律之一，声调最为洪亮。毁弃，毁坏废弃。 [25]瓦釜（fǔ）雷鸣：喻鄙陋之人得势上位，大行其道。《文选》五臣注李周翰曰："黄钟，乐器，喻礼乐之士。瓦釜，喻庸下之人。"瓦釜，瓦制的用于烹饪的锅，秦人也用为敲击乐器，类同"缶"。李斯《谏逐客书》："夫击瓮叩缶、弹筝搏髀而歌呼呜呜快耳目者，真秦之声也。"《说文解字》："缶，瓦器，所以盛酒浆，秦人鼓之以节歌。"则缶、釜同瑟、磬一样皆是乐器。只是中原、齐楚之地以为其陋不足登大雅之堂。雷鸣，像雷一样响。 [26]高张：得志。 [27]无名：谓被排斥出朝廷而默默无闻。 [28]吁嗟（xū jiē）：慨叹声。默默：同"嘿（mò）嘿"，昏暗，是非不明的样子。《新序·节士》："屈原疾暗王乱俗，汶汶嘿嘿，以是为非，以清为浊。""默默"即"汶汶嘿嘿"的简省说法。所以前面有感叹之词"吁嗟"，后面接"谁知吾之廉贞"。 [29]廉贞：廉洁，正直。

王夫之云："所从既决，自必逢凶，神不导人以凶，而尤不诏人以不义。君子自行其志，亢龙虽有悔，而不失其正。"（《楚辞通释》）胡文英云："用君之心，竭智尽忠也。行君之意，求不蔽障于谗也。言龟策能知寻常之祸福耳，君以挽回造化之事问之龟策，岂能与知其故哉？"（《屈骚指掌》）均合于文意。

詹尹乃释策而谢[1]，曰："夫尺有所短，寸有所长[2]；物有所不足[3]，智有所不明[4]；数有所不逮[5]，神有所不通[6]。用君之心，行君之意[7]。龟策诚不能知此事[8]！"

[ **注释** ]

[1]释：舍，从手中放下。谢：推辞，表示抱歉不能承担或不能接受。　[2]尺有所短，寸有所长：王逸注："骐骥不骤中庭者也。""鸡鹜知时而鸣。"骐骥虽能驰千里，至中庭则无所施展；鸡鹜虽不能远走高飞，但对晦明早晚最为敏感。此言奸佞之人治国无术，而行阴谋诡计，贤者不能料；国之大才深谋远虑，而谋不及自身。徐焕龙《屈辞洗髓》云："尺寸所以度物，然物长于尺，则尺短而不能知物之长。物短于寸，则寸长而又不能知物之短。言此以兴下文。"　[3]物有所不足：言客观环境有非人力所能左右者。　[4]智有所不明：即使圣哲之人，也会有意想不到的困厄。言如遇到以欺骗和玩弄手段为能事的人，再聪明的人也无法应付。　[5]数有所不逮：有些事龟策卜筮也无法计算到。数，本指卜筮时蓍草之数，后用以指卦数。不逮，不及，达不到。　[6]神有所不通：神灵有时也无法说清有些事的原因。　[7]用君之心，行君之意：用您的思想，去实践您自己的主张。意，主意，主张。　[8]诚：确实。不能知此事：王逸注："不能决君之志也。"

[ **点评** ]

《卜居》和《渔父》一样是散体赋的滥觞。

首先，它用了"述客主以首引"的结构形式。其次，篇中并列的八组文字，正如司马相如论赋的特征时所说的"合纂组以成文，列锦绣而为质"（见《西京杂记》卷二），只是宋玉、枚乘、司马相如将论列人生思想行为之多样变为铺叙山水、花草、楼阁、乐舞之目不暇接。这八组文字为全文主体，表现了作者在坚持原有主张，还是改弦更张向旧贵族妥协这二者间的思想斗争，含义是很深的。再次，这八组文字之后，有一小段收束上文，以含蓄的表现手法写出他无法解决的矛盾，也可以说是"乱以理篇，迭致文契"（《文心雕龙·诠赋》）。这比汉代的劝百讽一和卒章言志，更具有诗的含蓄与深沉。

本篇过去也被误认为表现了道家的思想，这其实是浮浅读之，未能深刻理解它的含义。《卜居》内容的理解上应注意以下两点：

一、表现了一定的法家思想。文中所列八组问题，作者的态度是明确的，他列出这些来，实际上反映了楚朝廷中改革派同旧贵族的尖锐斗争。八组问句中，上句所反映的政治主张或政治理想，都同法家接近。如第二组中提出的"力耕"和禁止游士空谈，就是法家思想的重要内容之一，商鞅、韩非都论述过这个问题。《商君书·农战》说："夫人聚党与说议于国，纷纷焉，小民乐之，大臣悦之，故其民农者寡，而游食者众；众则农者殆，农者殆则土地荒。"《韩非子》中并明确提出禁止游说之士。再如"正言不讳"反对从俗娱生的思想，《韩非子·孤愤》云："智术之士，必远见而明察，不明察不能烛私；能法之士，必强毅而劲直，不劲直不能矫奸。"所以，《卜居》中将两两相反的思想行为对立起来看，本身就反映出一种改革家的主张与体验。《韩非子·和氏》专门写了法术之士在这方面的悲剧。再如主张超然高举以保正直，反对交结君王亲幸与走妻妾门路的思想，《韩非子·亡征》云："不顾社稷之利，而听主母之令，女子用国，刑余用事者，可亡也。"（"刑余"指宦官）屈原所说的"超然高举""保真"，是主张摆脱影响法制的种种行为，以国家利益为重，保持忠于国家的正直、公正之心。《韩非子·备内》则专门论述了一些奸佞之人利用后妃和嫡子达到个人目的而导致亡国的事实。再如关于"廉洁正直以自清"的思想，《韩非子·孤愤》云："其修士且以精洁固身。""恃其精洁，而更不能以枉法为治，则修智之士不事左右，不听请谒矣。"

二、要返回朝廷，就得向腐朽的旧贵族低头；要保持自己的高尚情操，就将永远置身草野。下面"世混浊而不清"一段，就反映了他对当时楚国朝廷状况的评价与态度，作者的选择，也就在不言之中了。这是含蓄地表达了作者在以上八组问题上的选择。郑詹尹的回答则是两两并比的六句话，似乎比较空泛，而且被有的学者认为是表现了道家思想，这也是一个很大的误解。蒋骥云："此言不善既有所不从，而善又未必获吉，以明所以欲卜居之意。"（《山带阁注楚辞》）蒋骥引东汉范滂在党锢之祸中被捕临行顾谓其子的两句话："吾欲使汝为恶，则恶不可为；欲使汝为善，则我不为恶。"认为与《卜居》之语正同，"皆愤激之辞"。以此理解《卜居》末段詹尹之语，全篇之意便豁然贯通。所以说，屈原实际上是借郑詹尹之口说明他所遇到的矛盾在当时根本就无法解决。从这一点上说，《卜居》反映了诗人激烈的思想斗争与极大的不平与悲愤，它同《离骚》不仅在思想上相近，在表现手段上、构思上也相近，好像就是《离骚》中灵氛占卜、巫咸决疑的雏形。因此，《卜居》是屈原于汉北之时所作，写于《离骚》之前而时间相近。

# 招　魂

　　《招魂》是屈原被放汉北期间所作。司马迁在《史记·屈原列传》中说："余读《离骚》《天问》《招魂》《哀郢》，悲其志。"则司马迁认为《招魂》是屈原所作，表现出了屈原心念君国的情感。《楚辞章句·招魂序》言本篇是宋玉招屈原之魂而作，而诗中描写的宫室、音乐、饮食等，显然表明所招为王者，乃是受汉代很多作品都写屈原生平之风气的影响。明黄文焕，清林云铭、蒋骥、屈复、胡文英等并认为本篇是屈原所作，近代以来马其昶、张裕钊、吴汝伦、游国恩、郭沫若、徐仁甫、王泗原、汤炳正并认为本篇是屈原为招楚怀王魂而作，唯未能说明创作的时间、环境与动机。

　　屈原被放汉北任"掌梦"（掌管云梦泽的官吏）之职，负责管理云梦游猎区及楚王与公卿大臣游猎事宜。从本篇开头及乱辞看，屈原在汉北期间，楚怀王在一次田猎时遇到青兕而受到惊吓，其后身体欠安，故屈原撰辞以招王之

生魂（参拙文《汉北云梦与屈原被放汉北任"掌梦"之职
考》，收入《屈原与他的时代》）。作于怀王后期被放汉北时，
当在怀王二十六年（前 303 ）前后的一个春天。

此作者篇首题诗，何以至此狩猎之地愁苦度日。即《文心雕龙·诠赋》所谓“序以建言”。

朕幼清以廉洁兮[1]，身服义而未沬[2]。主此盛德兮[3]，牵于俗而芜秽。上无所考此盛德兮[4]，长罹殃而愁苦[5]。

［注释］

[1] 朕：我的。秦代以前尊卑通用，只用为领格（表所属关系），自秦始皇起定为皇帝专用的自称，不再限于领格。这里是作者自称。幼：指年轻时。清：清白。 [2] 身服：身体力行。服，行。沬（mèi）：通“昧”，暗淡。 [3]“主此盛德兮”二句：我虽坚守着此美盛之德，但为俗人之谗言牵累，被放于野而逐渐荒芜。主，守，持。盛德，盛美之德，指上句所说清、廉洁、义等。芜秽，田不治而多草，这里比喻因无所用而品德不显。这是作者在怀王射兕受惊后的自责之辞。 [4] 上无所考此盛德：君王无所考察我的盛美之德。上，君王，指楚怀王。考，考察。 [5] 罹（lí）：遭遇。原作“离”，据洪兴祖引一本改。殃：祸患。

以上为招魂词之小引，说明巫阳出面招魂之起因。点出同掌梦的关系。正是《文心雕龙·诠赋》所谓“首引情本”“述客主以首引”。为第一部分。以下即《文心雕龙·诠赋》所谓“极声貌以穷文”，也即所谓“铺采摛文，体物写志”，为全篇的主体。

帝告巫阳曰[1]：“有人在下[2]，我欲辅之[3]。魂魄离散[4]，汝筮予之！”巫阳对曰：“掌梦[5]！上帝命其难从。”“若必筮予之[6]，恐后之谢，不能复用。”巫阳焉乃下招曰[7]：

［注释］

[1] 帝：天帝。巫阳：神话中的巫师名，见《山海经·海内西经》。 [2] 下：下界，人间。 [3] 辅：帮助、辅助。 [4] 筮

（shì），以蓍草来占卜，这里指卜问魂魄之所在。予之：还给他（使附其身）。　[5]掌梦：此掌梦官之职责，故下面说上帝之此命难从。掌梦是掌管云梦泽的官吏之称，当时屈原被放汉北，负责管理云梦游猎区及楚王游猎事宜，其执掌相当于中原国家的泽虞。楚人名泽曰"梦"。梦，原作"瀀"，同"梦"。据洪兴祖、朱熹引一本改。　[6]"若必筮予之"三句：你必须要卜筮魂魄之所在而召还之，否则时间久了，恐魂魄失落难寻，不会再附其身。此为天帝之言，由此引起以巫阳之口吻所作《招魂》的主体部分。　[7]焉乃：于是。下招：降临下界招王之魂。

　　魂兮归来！去君之恒干，何为乎四方些[1]？舍君之乐处[2]，而罹彼不祥些[3]。

　　魂兮归来！东方不可以托些[4]。长人千仞[5]，惟魂是索些。十日并出[6]，流金铄石些[7]。彼自习之[8]，魂往必释些[9]。归来兮[10]！不可以托些。

　　魂兮归来！南方不可以止些[11]。雕题黑齿[12]，得人肉以祀，以其骨为醢些[13]。蝮蛇蓁蓁[14]，封狐千里些[15]。雄虺九首[16]，往来倏忽，吞人以益其心些。归来兮！不可以久淫些[17]。

　　魂兮归来！西方之害，流沙千里些[18]。旋入雷渊[19]，靡散而不可止些。幸而得脱，其外旷宇些[20]。赤蚁若象[21]，玄蜂若壶些[22]。五谷不生，丛菅是食些[23]。其土烂人[24]，求水无所

以上写东方之危险。

以上写南方之危险。

得些。彷徉无所倚<sup>[25]</sup>，广大无所极些<sup>[26]</sup>。归来
兮！恐自遗贼些<sup>[27]</sup>。

魂兮归来！北方不可以止些。增冰峨峨<sup>[28]</sup>，
飞雪千里些。归来兮！不可以久些。

以上写西方之危险。

以上写北方之危险。

以上第二部分第一层，写四方之凶险，均以当时传说为基础，反映了当时人们对东南西北四方特征之认识。

[ 注释 ]

[1]"去君之恒干（gàn）"二句：为何离开平常寄托自己的躯干，而四处游荡。去，离开。恒干指平常寄托魂魄的身体。些（suò），语气词。沈括《梦溪笔谈》："今夔、峡、湖、湘及南北江獠人，凡禁咒句尾皆称'些'，此乃楚人旧俗。"下同。　[2]舍：舍弃、离开。乐处：安乐的处所，指楚国。　[3]罹（lí）：遭遇。不祥：不善，此指险恶之处。以下分别讲四方的险恶，让王之魂魄不要远去。　[4]托：寄托、寄居。　[5]"长人千仞"二句：谓有巨人身高千仞，专门搜求人的魂魄。《山海经·海外东经》《大荒北经》《大荒东经》皆有"大人之国"。仞，长度单位，八尺为一仞，一说七尺（古今尺之大小不同。一仞指一般成人两臂伸开之长度）。千仞极言其高大。　[6]十日并出：言十日同时出现于天空，当空炙烤。《淮南子·本经训》言："逮至尧之时，十日并出，焦禾稼，杀草木。"则古有十日并出的传说。并出，原作"代出"。闻一多《校补》言"代出"为常态，《艺文类聚》《白孔六帖》《太平御览》等所引均作"并出"，则"代出"为"并出"之误。今据闻一多说改。　[7]流金：把金属熔化为液体。铄（shuò）石：把石头熔化。此句极言天气之热。　[8]彼：指东方之长人。习：习惯于。　[9]释：熔解。　[10]归来兮：一作"归来归来"。此下"归来兮""归来"同。　[11]止：停留。　[12]雕题黑齿：皆指当时南方未开化的人。雕题，刺有花纹的额头。是纹身的一种。题，

额头。黑齿，上古南方人常吃槟榔，牙齿变黑，于是也有用漆涂黑牙齿之风俗。《山海经·海外东经》有"黑齿国"。《礼记·王制》："南方曰蛮，雕题交趾。"　[13]醢（hǎi）：肉酱。朱熹《集注》："南方人常食蠃蟒。得人之肉，则用以祭神，复以其骨为酱而食之。"　[14]蝮（fù）蛇：一种大毒蛇，体色灰褐。蓁（zhēn）蓁：原指草木茂盛，这里形容蝮蛇聚集的样子。　[15]封狐千里：千里之地到处都是大狐。封狐，传说中的一种大狐。　[16]"雄虺（huǐ）九首"以下三句：长有九个脑袋的大毒蛇，往来迅疾，会将人的魂魄吞下，增强它的毒性。雄，大。虺，毒蛇的一种。倏忽，迅疾的样子。益，补益、滋补。　[17]久淫：长久淹留。　[18]流沙：沙漠中沙随风流动，故称流沙。　[19]"旋入雷渊"以下二句：你这灵魂如被流沙卷入回旋的深渊，就会粉身碎骨而不可收拾。旋入，卷入。雷渊，水回旋有声的深渊。靡（mí）散，糜烂碎裂。　[20]旷宇：空旷无人之地。　[21]赤蚁：红蚂蚁。若象：形体如大象一般。蒋骥《山带阁注楚辞》引《八纮译史》："蚁国在极西，其色赤，大如象。"　[22]玄蜂：黑色的蜂。壶：通"瓠（hù）"，葫芦。蜂的体形与葫芦相似，《山带阁注楚辞》："《五侯鲭》：'大蜂出昆仑，长一丈，其毒杀象。'"　[23]丛菅（jiān）是食：以丛丛茅草为食。菅，茅草。　[24]其土烂人：土地焦热，能灼烂人的身体。　[25]彷徉（páng yáng）：游荡不定。倚：依傍。　[26]极：穷，尽。这里指边际。　[27]自遗（wèi）贼：自取祸害。贼，害。　[28]增（céng）冰：层层累积的坚冰。增，通"层"。峨峨：高耸的样子。

　　魂兮归来！君无上天些[1]。虎豹九关[2]，啄害下人些[3]。豺狼从目[4]，往来侁侁些[5]。一夫九首，拔木九千些<sup>[6]</sup>。悬人以嬉<sup>[7]</sup>，投之深渊些<sup>[8]</sup>。致命于帝<sup>[9]</sup>，然后得瞑些。归来兮！往恐危身些。

以上写上天之危险。

魂兮归来！君无下此幽都些<sup>[10]</sup>。土伯九约<sup>[11]</sup>，其角觺觺些<sup>[12]</sup>。敦脄血拇<sup>[13]</sup>，逐人驶驶些<sup>[14]</sup>。三目虎首<sup>[15]</sup>，其身若牛些。此皆甘人<sup>[16]</sup>，归来兮！恐自遗灾些。

以上写地下之危险。

以上第二部分第二层，写天上、地下之凶险。

**[注释]**

[1]无：勿。  [2]虎豹九关：言天门有九重，都由虎豹把守。《山海经·海内西经》："海内昆仑之虚……面有九门。门有开明兽守之。"开明兽虎身人面。马王堆一号汉墓出土帛画有两柱似门，各有虎豹盘踞守着，应即天门。  [3]啄：吃。下人：下界之人。  [4]从（zòng）目：竖着眼睛。从，通"纵"。  [5]侁（shēn）侁：众多的样子。《诗经·小雅·皇皇者华》："侁侁征夫。"郑玄《笺》："诜诜（侁侁），众多貌。" [6]"一夫九首"以下二句：巨人长着九个头，其力一天可拔几千棵大树。"九千"为虚数，极言其多。此二句原在"豺狼从目，往来侁侁些"前。然而其下为"悬人以俟，投之深渊些"，豺狼不会悬人，也不会将人投之深渊，则"一夫九首"二句被窜于前可知。今正之。  [7]悬人：指九头巨人把人倒悬起来。嬉：玩耍。  [8]投之深渊：投之于深潭之中。  [9]"致命于帝"以下二句：九头巨人向上帝复命之后，被抛入深渊的人才得以瞑目。致命，复命、回复。瞑（míng），闭上眼睛，指死亡。  [10]幽都：地下的都城，犹后世民俗所谓阴曹地府。  [11]土伯：守地府者。九约：身体弯弯曲曲。"九"为约数，

言其多。　[12] 齰（yí）齰：锐利的样子。以下五句都是形容土伯的形象。　[13] 敦：厚。脄（méi）：背上的肉。拇：手或脚的大指。血拇：指沾满了血的手爪。　[14] 駓（pī）駓：急速奔跑的样子。　[15] 虎首：头如老虎。　[16] 此：指土伯之类。甘人：以人肉为美味。

魂兮归来！入修门些 [1]。工祝招君 [2]，背行先些 [3]。秦篝齐缕 [4]，郑绵络些 [5]。招具该备 [6]，永啸呼些 [7]。魂兮归来！反故居些 [8]。

以上第二部分第三层，呼魂归来，唯故居可以安身。

第二部分述天地四方的险恶，劝迷失的灵魂不可去其中任何一方，而劝其归还。

**［注释］**

[1] 修门：楚国郢都南关三门之一。　[2] 工祝：擅长祭祀祈祷的男巫。工，巧。祝，男巫。君：指怀王。　[3] 背行：倒退着走。工祝因为要引导被招的魂，故面向所招之魂，倒退而行。先：先导，指为灵魂引路。　[4] 秦篝（gōu）：产于秦地的竹笼。古代招魂时将被招者的衣服放入竹笼，用竿子挑起以引导魂魄回来。篝，竹笼。篝，原作“篝”，《释文》《玉篇·余部》及《太平御览》卷八三〇，俱引作“篝”今据改。齐缕：产于齐地的彩线，用作竹笼的提绳。　[5] 郑绵络：产于郑地的丝织成网络，垂于竹笼下以为装饰。均为了让先去的灵魂容易看到。　[6] 招具：招魂用的工具。该备：完备。　[7] 永啸：长啸。永，长。啸，撮口发出长而清越的声音。呼：呼号。　[8] 反：同“返”。

天地四方，多贼奸些 [1]。像设君室 [2]，静闲安些。高堂邃宇 [3]，槛层轩些 [4]。层台累榭 [5]，临高山些。网户朱缀 [6]，刻方连些 [7]。冬有突厦 [8]，

夏室寒些 [9]。川谷往复 [10]，流潺湲些 [11]。光风转蕙 [12]，泛崇兰些 [13]。升堂入奥 [14]，朱尘筵些。

砥室翠翘 [15]，挂曲琼些 [16]。翡翠珠被 [17]，烂齐光些 [18]。蒻阿拂壁 [19]，罗帱张些 [20]。纂组绮缟 [21]，结琦璜些 [22]。

室中之观 [23]，多珍怪些。兰膏明烛 [24]，华容备些 [25]。二八侍宿 [26]，射递代些 [27]。九侯淑女 [28]，多迅众些 [29]。盛鬋不同制 [30]，实满宫些 [31]。容态好比 [32]，顺弥代些 [33]。弱颜固植 [34]，謇其有意些 [35]。姱容修态 [36]，絙洞房些 [37]。蛾眉曼睩 [38]，目腾光些 [39]。靡颜腻理 [40]，遗视矊些 [41]。离榭修幕 [42]，侍君之闲些 [43]。

翡帷翠帐 [44]，饰高堂些。红壁沙版 [45]，玄玉梁些 [46]。仰观刻桷 [47]，画龙蛇些。坐堂伏槛 [48]，临曲池些。芙蓉始发，杂芰荷些 [49]。紫茎屏风 [50]，文缘波些 [51]。文异豹饰 [52]，侍陂陁些 [53]。轩辌既低 [54]，步骑罗些 [55]。兰薄户树 [56]，琼木篱些 [57]。魂兮归来！何远为些 [58]？

以上第三部分第一层，写宫苑中山水、园圃、台榭之美。

以上写君王宫室中之豪华。作为写宫中美女的铺垫。

以上写宫中嫔妃宫女装饰、容貌、情志之动人与平时对君王的侍奉。

以上又由宫室之内而至宫室之外，着重写池塘林木之美。

以上第三部分第二层，写君王宫室内陈设之美及美女侍奉之周到。

[ **注释** ]

[1] 贼奸：凶恶害人之物。贼，害。奸，恶。　[2]"像设君室"以下二句：你的画像在你的卧室之中，清静而闲适。　[3] 邃（suì）：深远。　[4] 槛（jiàn）层轩：用栏杆围绕着一条条走廊。槛，栏杆。层轩，重重走廊。　[5] 累：层层。榭（xiè）：建在台上的亭子。　[6] 网户：指带有镂空花格的门。朱缀，门上饰以朱丹。缀：装饰。《大戴礼记·明堂》："赤缀户也。"卢注："缀，饰也。"　[7] 刻方连：门上雕镂的方格相连成图。　[8] 突（yào）厦：结构深邃的大房子，可以保暖。突，深邃。　[9] 夏室寒些：此句是说屋子夏天凉爽。　[10] 川谷：指宫室周围的溪流。往复：水流往复。　[11] 流：水流。潺湲（chán yuán）：流水声。　[12] 光风：阳光和风。转：流转、摇曳。蕙：蕙草，一种香草，古代也叫薰草，药用可以止疠。　[13] 泛：飘浮，指兰香在阳光微风中飘溢。崇兰：丛丛兰草。崇，通"丛"。　[14] "升堂入奥"二句：上堂直至进入内室，都有红色地毯延伸铺盖。升，原作"经"，洪兴祖、朱熹皆言"古本作陞"。"陞"同"升"。今据汤炳正说改。奥，房屋深处。朱尘，红色的承尘。即红色的天花板。《周礼·幕人》郑玄注："在上曰幕。幕或在地。"贾公彦疏："《聘礼》：又宾入境至馆，皆展幕，是幕在地，展陈于上。"筵，"延"之借，蔓延展开。　[15] 砥室：用光滑的石板砌成的屋室。砥，磨平的石板。翠翘：翡翠鸟的长尾羽。装饰在墙上。　[16] 曲琼：玉钩。挂衣服、帘帐者。　[17] 翡翠珠被：用翡翠羽毛织成的被面，上面缀有宝珠。此极言其珍贵。翡翠，鸟名，雄性毛色赤，名翡；雌性毛色青，名翠。　[18] 烂齐光：处处放光。　[19] 蒻（ruò）：通"弱"，细软。阿：细缯，一种轻细的丝织物。拂壁：遮覆墙壁。拂，通"茀"，遮蔽。　[20] 罗帱（chóu）：罗帐。张：张挂。　[21] 纂组绮缟：泛指各种丝带。丝带红色为纂，五色相杂为组，有花纹

为绮，素色为缟。　[22]结：系，这里指系在丝带上。琦：美玉名。璜：半圆形的玉璧。　[23]观：观赏之物。　[24]兰膏：含有兰香的脂膏（制的烛）。明烛：明亮地照耀。烛，用为动词，照亮。　[25]华容：华美的容貌，代指美人。备：齐备。　[26]二八：两列，八人为一列。侍宿：侍候过夜者。　[27]射（yì）：汤炳正等《今注》说为"夜"之借字。"射""夜"古音义皆通。王逸《章句》又云："或曰：夕递代。""夕""夜"同义，且"夕"有可能为"夜"之残损所成。递代：更替，指嫔妃侍宿君王，轮流更替。　[28]九侯：指各国诸侯。淑女：美女。淑，善。　[29]迅众：出众，出类拔萃。明陈第《屈宋古音义》："迅，过也。淑女多过于众人。"郭在贻《楚辞解诂》认为迅是"迿"的借字。"迿众"即超群之意。　[30]盛鬋（jiǎn）：装饰盛美的头发。鬋，鬓发。不同制：不同样式。　[31]实满：充满。　[32]比：亲密、亲近。　[33]顺："洵"之借字，确实，真正。弥代：绝代、盖世。　[34]弱颜：柔嫩的容颜。固植："植"一本作"立"。"植""立"义相通。"固植"指在其候侍处亭亭玉立。　[35]謇（jiǎn）其有意：不说话，而表现出很深的情意。謇，楚方言，不善言的样子。　[36]姱（kuā）容：美好的容貌。修态：修长的体态。以下二句言丽容俊体的美人来去不绝。　[37]绠（gēng）：绵延，形容美人络绎不绝。洞房：深深的房屋之中。　[38]蛾眉：细长的眉痕。比喻眉似蛾之触角。曼：柔婉。睩（lù）：眼睛转动。　[39]腾光：目光闪动，明亮有神。　[40]靡颜：细腻的颜面。腻理：柔滑的肌理。　[41]遗（wèi）视：投送目光，顾盼。矊（mián）：脉脉含情的样子。　[42]离榭：离宫别馆中的台榭。修幕：长的幕帐。　[43]闲：指君王休闲游览之际。　[44]"翡帷翠帐"二句：红绿的帷帐装饰着高高的厅堂。"翡""翠"分言之，分别指红、绿色，这里泛指鲜明的色彩。　[45]红壁：红色的墙壁。沙版：涂染丹砂的隔版。　[46]玄玉梁：黑玉装饰房梁。　[47]刻桷（jué）：雕刻过的方形椽子。　[48]"坐堂伏槛"二句：在堂上伏栏杆而坐立，下临曲水清池。　[49]芰（jì）：菱，这里指菱角。荷：荷叶。　[50]屏风：王逸注言即水葵。水葵其茎紫色，又名苔菜。　[51]文缘波：叶茎在水面形成纹饰，随波而动。缘，顺着。　[52]文异：文采殊异。豹饰：豹皮为饰。是古代侍卫武士的一种特殊装束。　[53]侍陂（bēi）陁（tuó）：侍于池畔山坡。陂，水岸。陁，斜坡。　[54]轩：有篷的车。辌（liáng）：古代一种有窗而可供卧息的车。低：通"抵"，到达。　[55]步：步行的随从。骑：骑马的随从。罗：罗列。　[56]兰薄：丛生的兰草。薄，草木丛生。户树：种植在每个门前。　[57]琼木篱：用名贵的树木为篱。　[58]何远为：为何离开宫室而远去？

室家遂宗[1]，食多方些[2]。稻粢穱麦[3]，挐黄粱些[4]。大苦咸酸[5]，辛甘行些。肥牛之腱[6]，臑若芳些[7]。和酸若苦[8]，陈吴羹些[9]。胹鳖炮羔[10]，有柘浆些[11]。酸鹄臇凫[12]，煎鸿鸧些[13]。露鸡臛蠵[14]，厉而不爽些[15]。粔籹蜜饵[16]，有餦餭些[17]。瑶浆蜜勺[18]，实羽觞些[19]。挫糟冻饮[20]，酎清凉些[21]。华酌既陈[22]，有琼浆些[23]。归反故室，敬而无妨些[24]。

以上写饮食之美。

肴羞未通[25]，女乐罗些[26]。陈钟按鼓[27]，造新歌些[28]。《涉江》《采菱》，发《扬荷》些[29]。

美人既醉，朱颜酡些[30]。嬉光眇视[31]，目曾波些[32]。被文服纤[33]，丽而不奇些[34]。长发曼鬋[35]，艳陆离些[36]。二八齐容，起郑舞些[37]。衽若交竿，抚案下些[38]。竽瑟狂会[39]，搷鸣鼓些[40]。宫庭震惊，发《激楚》些[41]。吴歈蔡讴[42]，奏大吕些[43]。士女杂坐，乱而不分些[44]。放陈组缨[45]，班其相纷些[46]。郑卫妖玩[47]，来杂陈些[48]。《激楚》之结[49]，独秀先些。

琨蔽象棋[50]，有六簙些[51]。分曹并进[52]，遒相迫些[53]。成枭而牟[54]，呼五白些[55]。晋制犀比[56]，费白日些[57]。铿钟摇簴[58]，揳梓瑟些[59]。娱酒不废，沉日夜些[60]。兰膏明烛，华灯错些[61]。结撰至思[62]，兰芳假些[63]。人有所极[64]，同心赋些[65]。酎饮尽欢[66]，乐先故些[67]。魂兮归来！反故居些。

以上写歌舞之美。

以上写游艺之舒适欢快。

第三部分第二层，进一步写宫室中饮食、音乐、舞乐之美及美女之动人。

《招魂》中间主体两大部分完。

[注释]

[1]室家遂宗：全宗室仍然以你为宗主（国君）。室家，王室与宗族。遂，就。宗，用为动词，尊崇，以为宗室之首。　[2]食多方些：宗族的人设置了多种多样的食物。　[3]稻（zī）：粟米，即小米。稻（zhuō）：早熟的麦子。　[4]挐（rú）：糅，掺合。这里指用各种精细的粮食做饭。黄粱：小米。　[5]大苦：味极苦。

以下二句谓用五味来调馔菜肴。　　[6]腱（jiàn）：蹄筋。　　[7]胹（ér）若芳：煮得烂又香。胹，煮得烂。若，这里用为连词，同"而"。　　[8]和：调和。若：用为连词，同上。　　[9]陈：献上。吴羹（gēng）：吴地之羹汤。羹，用肉、菜等做的汤。　　[10]汭（ér）：煮（参朱季海《楚辞解故》）。鳖：甲鱼。炮（páo）：连着皮毛烤之（使熟）。　[11]柘浆：甘蔗汁，用于调味。柘，通"蔗"。　　[12]酸鹄：做的带有酸味的鹄肉。鹄，天鹅。臇（juǎn）凫：把野鸭熬成浓汤。臇，少汁的羹。凫，野鸭。　　[13]鸿：大雁。鸧（cāng）：鸟名，一名鸧鸹（guā）。　　[14]露鸡：风干之鸡。即于严霜之季杀鸡，悬露于风中，既可保鲜，又别有风味。臛（huò）蠵（xī）：用龟肉做羹。臛，肉羹。蠵，大龟。　　[15]厉而不爽：味道浓烈，但不伤胃口。厉，浓烈。爽，伤败。　　[16]粔籹（jù nǚ）：蜜和米油煎成的食品。蜜饵：用蜜和黍米面制成的糕饼。　　[17]餦餭（zhāng huáng）：油煎的蜜和糯米粉的食品。　　[18]瑶浆蜜勺（zhuó）：颜色如玉的美酒中，再调上蜂蜜。勺，调和。　　[19]实：倒满。羽觞（shāng）：古代的一种酒杯，鸟形有翼。　[20]挫糟：除去酒糟，滤出清酒。挫，挤压。冻饮：喝冷酒（不加热）。　[21]酎（zhòu）：醇酒。清凉：指醇酒"冻饮"清凉宜人。　　[22]华酌：有华彩的酒樽。陈：陈列。　　[23]琼浆：色如赤玉的美酒。　　[24]敬而无妨：家族的人尊敬你，不会有祸害。王逸注："无妨，长无祸害也。"蒋天枢《楚辞校释》："无妨，犹言无害。"　[25]羞：通"馐"，美味的食物。通：陈本礼《屈辞精义》言本作"彻"，汉人避汉武帝讳改。其说是。"未彻"指菜肴尚未撤去。　　[26]女乐：唱诵舞蹈之美女。罗：罗列。　　[27]陈：陈设。按鼓：用手拍击鼓面。　　[28]造新歌些：即指用旧曲作新词。下文《涉江》《采菱》，皆楚歌曲名。古代歌词的内容往往同曲名有关。屈原的《涉江》即是依旧曲作新词。　　[29]发：唱起。《扬荷》：通"阳阿"，楚歌曲名，是一种众人合唱的歌曲（参宋玉《对楚王问》）。　[30]酡（tuó）：指喝酒后脸发红。　[31]嬉（xī）光：逗人的眼神。眇（miǎo）视：眯着眼睛看，含情而视的样子。　[32]目曾波：形容闪闪目光如层层波浪。曾，通"层"。　[33]被：通"披"。文：有花纹的绮绣衣裳。服：穿。纤：细软的丝织衣裳。　[34]丽而不奇：华丽却不妖异。　[35]曼鬋（jiǎn）：黑亮的鬓发。曼，有光泽。　[36]艳：美丽。陆离：曼长的样子。　[37]二八齐容，起郑舞：一行八人的女乐，分列两行，容饰整齐，跳起郑地的舞蹈。春秋战国之时郑国为交通枢纽，商业发达，歌舞新风盛行。　[38]袵（rèn）若交竿，抚案下：写女乐舞容舞姿。袵，衣襟。竿，"干"字之借，盾。《荀子·解蔽》："诗曰：凤凰秋秋，其翼若干。"言两翼展开，如两面盾。此处形容舞者急速旋转，前后衣襟飘起，如两面盾相连。抚案下，指手臂伸开稍向下，如按抑之状，身体重心也随之降低。　[39]竽瑟：两种乐器。狂会：猛烈地合奏。会，节奏相合，也即合奏。　[40]搷（tián）：击。古代文献中常以"填填"形容鼓声。"搷"犹"填然"，由"填"用为动词而来。　[41]发：发声唱。《激楚》：楚地舞曲名，节奏急促，音调激昂，故名。　[42]歈（yú）、讴（ōu）：都是指歌曲歌谣，因其地不同而称说各异。"歈"之声细，"讴"之声洪，地理风气使然。　[43]大吕：乐调名，六律之一。　[44]士女杂坐，乱而不分：谓男女参错而坐，比肩齐膝，不同于平时的男女分列。杂，参错之义。　[45]放陈：随意放置。组：衣带。缨：帽带。朱熹《集注》："组，绶也。缨，冠系也。"林云铭《楚辞灯》："组以束衣，缨以系冠。"[46]班：次序。纷：杂乱。　[47]郑卫妖玩：郑、卫之地舞女所戴的舞具与佩玩，因其新奇，故曰妖玩。此句上承"士女"几句言，非重复言舞女。　[48]杂陈：言与士人的组缨合放在一起。[49]《激楚》之结：演出《激楚》歌曲者的特别发髻。结，王逸注："头髻也。"洪兴祖、朱熹等说同。　[50]琨（kūn）蔽：用琨玉装饰的一种博弈之具，形如箸，剖竹为之，一面称青，一面称白，共六枚，投之以决行棋之法。琨，美玉。象棋：象牙做的棋子。 [51]六簙（bó）：博弈之制。二人对局，用六个筹码，又各有六个棋子，故称六簙。 [52]分曹：指博弈的双方。曹，偶。并进：二人相对行棋。 [53]遒：急。相迫：紧相逼迫以求胜。 [54]成枭：古时下棋的术语，成为枭棋。棋子先到目的地的一方即将棋竖起，称为"枭棋"。牟：通"侔"，相等，指博弈双方势均力敌。 [55]呼：呼叫。五白：指五颗骰子未刻画的一面均在上。这是一种纯采，可得大胜，故而博弈双方都大叫"五白"。 [56]晋：通"进"，指行棋进攻。制：钳制。犀：通"迟（遟）"，指行棋缓慢。比：较量。犀比，指双方对棋进度缓慢。 [57]费白日：耗费时光。 [58]铿（kēng）：撞击。簴（jù）：悬挂钟、磬的木架。"摇簴"言撞击之力剧，以至于钟架摇动。 [59]摵（jiá）：弹奏。梓瑟：用梓木制成的瑟。梓木质地优良，轻软耐朽，故以制乐器。 [60]娱酒不废，沉日夜：饮酒作乐，日夜不停地沉浸其中。废，停止。沉，原作"沈"，古同"沉"，今此一义均作"沉"。今按《惜诵》"情沉抑而不达兮"一句之例，改作"沉"。 [61]灯：原作"镫"，古同"灯"，今只读去声（马镫）。为免误解改为本字。错：雕错成文。这也是称作"华镫"的原因。 [62]结撰：构思写作。至思：尽其想象。 [63]兰芳：同于《思美人》的"芳华"，喻华美的词藻，指诗篇。假：借作"格"，至。王逸注："假，至也。"《尚书·舜典》："帝曰：'格汝舜。'"孔传："格，来。"《仪礼·士冠礼》："孝友时格，永乃保之。"郑玄注："格，至也。" [64]人有所极：言人各尽其情思。极，至。 [65]同心赋：因心意相同，故互相酬唱、和诗。 [66]酌饮：一边斟，一边饮（酒）。酌，原作"酎"，形近而误。据洪兴祖、朱熹引一本改。 [67]先故：故旧。

乱曰:献岁发春兮[1],汩吾南征[2]。绿蘋齐叶兮[3],白芷生[4]。路贯庐江兮[5],左长薄[6]。倚沼畦瀛兮[7],遥望博[8]。青骊结驷兮[9],齐千乘[10]。悬火延起兮[11],玄颜烝[12]。步及骤处兮[13],诱骋先[14]。抑骛若通兮,引车右还[15]。与王趋梦兮,课后先[16]。君王亲发兮,青兕惮[17]。朱明承夜兮,时不可以淹[18]。皋兰被径兮,斯路渐[19]。湛湛江水兮[20],上有枫。目极千里兮,荡春心[21]。魂兮归来,哀江南[22]!

[注释]

[1]献岁:进入岁首,指进入新的一年。献,进。发春:春气发扬。 [2]汩(yù):水流急速的样子,这里形容行进之速。南征:南行。 [3]绿:原作"菉",通"绿"。日本《文选集注》卷六十六引陆善经本即作"绿"。蘋:一种生在浅水中的水草。"绿蘋"与下"白芷"对文。齐叶:整齐地生出新叶。 [4]白芷:一种香草。 [5]路贯:由水路穿行。庐江:即芦江,在襄阳与汉水之间,又叫中庐水。 [6]左长薄:左侧为一片长林。薄,草木丛。 [7]倚:靠着。沼:池泽。畦:大片的田。瀛(yíng):大泽。 [8]遥望博:远望则视野开阔。 [9]青骊:青黑色的马。驷:车上所驾四匹马。 [10]齐千乘(shèng):千乘齐发。乘,古代四马一车叫一乘。 [11]悬火延起:这是写火田的景象,指在高处点燃草木,火势蔓延,逼野兽集中在一个方向。 [12]玄颜烝(zhēng):天空中烟火升腾。玄颜,天空,这里指夜晚的

天空。《周礼·考工记》:"天谓之玄。"写夜猎中烟火蒸腾。炁,
火气上升。这是写田猎时打着很多火把,以驱赶鸟兽。　[13]步
及骤处:《六臣注文选》王逸曰:"言猎时有步行者,有乘马走骤
者,有处止者。"四字平列,言有步行者,有追逐者,有奔驰者,
有处止者。为当时围猎众人各司其守之说明。　[14]诱骋先:
引导者驰骋先行。诱,田猎时的向导。　[15]抑骛若通分,引
车右还(xuán):于是狩猎队伍如行通途,毫无障碍,进而右转
前行。抑,句首语词,略同于"于是"。《诗经·郑风·大叔于田》
写以车马狩猎者:"抑磬控忌,抑纵送忌。"此处似有意仿其语言。
骛,奔驰。若,顺。右还,右转。　[16]与王趋梦分,课后先:
跟从楚王到云梦田猎之地,都争先比试。课,比试。　[17]君
王亲发分,青兕(sì)惮:王逸注:"言怀王是时亲自射兽,惊青
兕牛,而不能制也。"发,射箭。惮,受到惊吓。青兕,古代犀
牛一类的野兽。青兕中箭后疯狂不能制,怀王因而受惊。"青兕
惮",原作"惮青兕",与上下皆不押韵。闻一多说:"本篇乱辞
逐句有韵,独此句'兕'字不入韵。疑'惮青兕'当作'青兕惮',
先、还、先、惮四字为韵也。"闻说是,今据改。　[18]朱明承
夜分,时不可以淹:此句言王受惊吓已过一昼夜。朱明承夜,白
天接续黑夜。朱明,太阳。淹,停留。　[19]皋兰被径分,斯
路渐:此言道路不好找,因而招魂,望其即回,不必久留。皋
兰,长在水边的兰草。皋,水泽之岸。被,覆盖。斯路渐,这
条路逐渐被兰草覆没。渐,这里指淹没。　[20]湛(zhàn)湛:
水清的样子。　[21]目极千里分,荡春心:举目望尽千里,一
片春色摇荡人心。言云梦春色令人迷乱,应早归为是。　[22]魂
分归来,哀江南:王的精魂归来啊,江南之地令人哀伤,魂魄不
可散落江南。此因云梦在靠近长江处,江南广袤荒瘴,散落江
南则更难以回归。其招魂词正文部分说的其东如何,其南如何,

其西如何，其北如何，家中如何，及结尾乱辞，是旧招魂辞的结构程式，唯讲四方之险恶，多承旧式，凭传说与想象，虽有夸张，应大体合于实际，此乱辞则就现实而言，与上文可以衔接，也与篇首相应。

## ［点评］

《招魂》作于何时、何地，为何而作，要从《招魂》的小引和乱辞来看。其乱辞开头说：

> 献岁发春兮，汩吾南征。绿苹齐叶兮，白芷生。路贯庐江兮，左长薄。倚沼畦瀛兮，遥望博。

其中提到的地名"庐江"，王夫之《楚辞通释》言："襄汉之间有中庐水，疑即此水。"谭其骧先生《与缪彦威论〈招魂〉庐江地望书》说与王夫之相近（《长水集》上，人民出版社 1987 年）。蒋天枢《楚辞校释》从之。庐江当在汉北云梦之地西部，由汉北至郢都所经。

乱辞中写到的"长薄"，即同样作于汉北的《思美人》中所说的"大薄"；乱辞中写到白芷，《思美人》中则说"揽大薄之芳芷"。其中又写到"沼""瀛"（大泽）。这些都正是汉北云梦西部平原草莽之地的景象。

屈原于怀王二十四年（前 305）被放汉北，任掌梦之职位，其职责是负责云梦泽的管理和国君与大臣在这一地区的狩猎活动。屈原在抒发初放汉北时忧愤情绪的《惜诵》中说：

　　　增弋机而在上兮，罻罗张而在下。设张辟以娱君
　　兮，愿侧身而无所。

　　过去学者们都认为前二句是比喻诗人所处政治环境
之险恶。如此理解，则"设张辟以娱君"将做何解释？
因为"张辟"即统称捕鸟兽的罗网。"设张辟以娱君"分
明是指诗人为了使君王愉悦而忙于做狩猎的准备工作，
而不是说别人设了罗网陷害他。

　　《招魂》乱辞的描写很明白地说明了他为什么而招魂：

　　　青骊结驷兮，齐千乘。悬火延起兮，玄颜烝。步
　　及骤处兮，诱骋先。抑骛若通兮，引车右还。与王趋
　　梦兮，课后先。君王亲发兮，青兕悺。朱明承夜兮，
　　时不可以淹。

　　能结驷千乘，在楚国只有国君能如此，而且下而明
言"与王趋梦（梦，云梦）"，"趋梦"干什么呢？君臣
狩猎并考核臣僚在狩猎中的表现，排出名次。这也是古
代国君借狩猎训练军事、选拔人才的常规做法。乱辞中
特别写到君王亲自射青兕，惊怒了青兕。接着说"朱明
承夜兮，时不可以淹"，在此草莽荒野不能久留，应该早
些回去。当是青兕中箭后发狂，吓坏了楚王，因而有招
魂之事。《招魂》的开头说：帝告巫阳："有人在下，我欲
辅之。魂魄离散，汝筮予之！"这"我欲辅之"的"辅"
也正是《离骚》中"皇天无私阿兮，览民德焉错辅"的
"辅"，两处所表现的意思也一样。这个字不会用于一般

人身上。巫阳认为王在云梦狩猎时受惊，招王之魂应是掌梦的事。首尾相应，说明了招魂者为当时任掌梦之职的屈原，被招者为楚王之魂。以前其他各说，都与《招魂》本文不合，乃不加分析沿袭旧说，不可取。

与《大招》相比，《招魂》的独创性是明显的。

首先，增加了小引部分。看来此次招魂不同于《大招》的是：《大招》是屈原撰词，而由巫觋行招魂仪式；此次则纯为个人的行为，有一定的想象、拟托的性质。因为怀王狩猎受惊，自己心有负罪之感，但作为一个被遣放于林莽中的臣子，无权为怀王作招魂词，故开头说明自己任掌梦，当有责任，因而借帝之语来招魂。散体赋（文赋）以一定情节引起全文的构思方式对宋玉的《高唐赋》《神女赋》和汉大赋以至后来之散体赋以很大影响。

其次，增加了乱辞，以说明楚王何以受惊而魂魄离散。这同上面一点一样，突出表现出屈原在楚怀王二十六年（前303）之后艺术上独创性的增强。这乱辞与《渔父》的末尾系诗一样，成为后来一些散体文赋的特征之一。

第三，篇幅大大增加，铺排描写更为细致。由此推测，楚地一般招魂词篇幅应较《大招》小。《大招》应为屈原为招楚威王之魂而特撰，较一般的要长一些；二十六年后更撰《招魂》，文学上的修养更深，艺术上更为纯熟，故汪洋恣肆，情尽则辞尽，又较《大招》长得多。

第四，开篇先是六句骚体诗作为前引，或者说是题诗。它不是招魂的组成部分，而直接抒发诗人当时的情感，使读者在阅读本篇时不只是想到招魂词所写四方与上天下地的艰难，也能联想到诗人的遭遇，显得其抒情性更强。

以上这四方面同宋玉的骋辞大赋更为接近，只是带有一定的应用性质而已。

《招魂》与《渔父》《卜居》的区别主要在篇幅上。拿刘勰在《文心雕龙·诠赋》中提出的赋的几个特征来衡量，都具有"述客主以首引，极声貌以穷文"的特征，只是《渔父》《卜居》篇幅小，主体部分较为单一，没有大的构架；再则直接抒情论事，而不是借写景以增强文势，《招魂》《大招》则完全是"睹物兴情""感物吟志"，为宋玉以后的骋辞大赋提供了范本。

第五，全文更增加了神话传说的内容。《大招》第二段写四方之可怕，已带有一般传说的性质。而《招魂》包含了更多神话的内容，同时在四方之外，又增加上天和下地两方面内容，反映出作者学养的加深和对传统文化的更多了解。如《大招》中写现实的楚王的宫廷，由饮食之美到音乐歌舞、美女，再到屋舍之美和园囿中的香花异木、珍禽种种，然后又扩大而写全国四方，显示国家之强，又回到对朝廷的赞扬，言能人无数等，这部分的篇幅比《招魂》的要长一些。但前一部分写四方之可怕的文字，不到《招魂》的一半。《大招》中"发政献行，禁暴苛只。举杰压陛，诛讥罢只。直赢在位，近禹麾只。豪杰执政，流泽施只"等两段的内容，在《招魂》中没有，因为此时楚国大不如前，诗人也失去希望。但《招魂》在写不能去的地方时还写了天上和幽都（地下）。天上是"虎豹九关，啄害下人""豺狼从目""一夫九首，拔木九千"，似乎也有象征人间世界之意，与《离骚》相近。

通过以上的比较，我们可以知道，第一，《大招》反映出楚威王至怀王初年楚国较好的发展走向与青年时代的屈原对楚国发展的信心，而《招魂》更多地反映出楚国处于四面包围无路可走的状况。因此，本篇虽然是用来招魂的，但也隐喻了当时楚国的形势。第二，可以看出诗人对于神话传说更多的了解。《招魂》前一部分写四方之可怕，多为神话传说，也有些是对现实的夸张，读者可以看出诗人的心境和当时社会的投影。

从《招魂》中，我们同样看到了屈原被放汉北期间思想、意识活动的情况。

从结构上看，当中两部分为全文主体，首尾两部分，即序和乱部分，有点题的作用，这就是《文心雕龙·诠赋》说的"既履端于唱叙，亦归余于总乱"。可以说，当中两大部分主要体现着传统招魂词的形式，而序、小引和乱体现着屈原的创造精神。《大招》中没有序、小引和乱辞，这就反映了屈原在这种类乎汉代骈辞大赋的文体上继承和改造的过程。当然，当中两大部分，《招魂》比起《大招》来也有发展，如第二大部分除四方凶险之外，又加了关于天上、地下凶险的描写，从内容和风格方面更接近于《离骚》和《天问》。或者说从中可以看出《离骚》和《天问》构思的影子。而从整个文赋（散体赋）的发展历史来说，宋玉的《高唐赋》《神女赋》正是在《招魂》基础上的创造。

# 主要参考文献

楚辞补注　（宋）洪兴祖　中华书局 1983 年版（注中简作“《补注》”）

楚辞集注　（宋）朱熹　上海古籍出版社 1979 年版（注中简作“《集注》”）

楚辞集解　（明）汪瑗　北京古籍出版社 1994 年版（注中简作“《集解》”）

楚辞通释　（清）王夫之　上海人民出版社 1975 年版（注中简作《通释》）

楚辞灯　（清）林云铭　清映雪草堂藏版

山带阁注楚辞　（清）蒋骥　上海古籍出版社 1984 年版

楚辞新注　（清）屈复　民国二十五年《关中丛书》本

屈原赋注　（清）戴震著　褚斌杰　吴贤哲校点　中华书局 1999 年版

楚辞校补　闻一多　《闻一多全集》第五卷　湖北人民出版社 1993

年版

屈原赋校注　姜亮夫　人民文学出版社 1957 年版

屈赋通笺　刘永济　人民文学出版社 1961 年版

楚辞解故　朱季海　上海古籍出版社 1980 年版

离骚纂义　游国恩主编　金开诚补辑　中华书局 1980 年版

天问纂义　游国恩主编　金开诚　董洪利　高路明补辑　中华书局 1982 年版

天问论笺　林庚　人民文学出版社 1983 年版

楚辞学论文集　姜亮夫　上海古籍出版社 1984 年版

屈赋新探　汤炳正　齐鲁书社 1984 年版　商务印书馆 2019 年版

楚辞通故　姜亮夫　齐鲁书社 1985 年版

楚辞资料海外编　尹锡康　周发祥等选编　马茂元主编　《楚辞研究集成》　湖北人民出版社　1986 年版

楚辞直解　陈子展　江苏古籍出版社 1988 年版

楚辞类稿　汤炳正　巴蜀书社 1988 年版

天问研究　孙作云　中华书局 1989 年版

屈原集校注　金开诚　董洪利　高路明　中华书局 1996 年版

屈原与他的时代　赵逵夫　人民文学出版社 1996 年版　2002 年再版

楚辞今注　汤炳正　李大明　李诚　熊良智　上海古籍出版社 1996 年版　2012 年再版

屈骚探幽　赵逵夫　甘肃人民出版社 1998 年版　巴蜀书社 2004 年版　上海古籍出版社 2018 年版

楚辞集校集释（上下）　崔富章　李大明主编　崔富章总主编　《楚辞学文库》第一卷　湖北教育出版社 2003 年版

楚辞学通典　周建忠　汤漳平主编　崔富章总主编　《楚辞学文库》

第四卷　湖北教育出版社 2003 年版

　　楚辞语言词典　赵逵夫主编　上海辞书出版社 2013 年版

　　楚辞校证　王伟　中华书局 2017 年版

# 《中华传统文化百部经典》已出版图书

| 书 名 | 解读人 | 出版时间 |
| --- | --- | --- |
| 周易 | 余敦康 | 2017 年 9 月 |
| 尚书 | 钱宗武 | 2017 年 9 月 |
| 诗经（节选） | 李 山 | 2017 年 9 月 |
| 论语 | 钱 逊 | 2017 年 9 月 |
| 孟子 | 梁 涛 | 2017 年 9 月 |
| 老子 | 王中江 | 2017 年 9 月 |
| 庄子 | 陈鼓应 | 2017 年 9 月 |
| 管子（节选） | 孙中原 | 2017 年 9 月 |
| 孙子兵法 | 黄朴民 | 2017 年 9 月 |
| 史记（节选） | 张大可 | 2017 年 9 月 |
| 传习录 | 吴 震 | 2018 年 11 月 |
| 墨子（节选） | 姜宝昌 | 2018 年 12 月 |
| 韩非子（节选） | 张 觉 | 2018 年 12 月 |
| 左传（节选） | 郭 丹 | 2018 年 12 月 |
| 吕氏春秋（节选） | 张双棣 | 2018 年 12 月 |
| 荀子（节选） | 廖名春 | 2019 年 6 月 |
| 楚辞 | 赵逵夫 | 2019 年 6 月 |
| 论衡（节选） | 邵毅平 | 2019 年 6 月 |
| 史通（节选） | 王嘉川 | 2019 年 6 月 |
| 贞观政要 | 谢保成 | 2019 年 6 月 |
| 战国策（节选） | 何 晋 | 2019 年 12 月 |
| 黄帝内经（节选） | 柳长华 | 2019 年 12 月 |
| 春秋繁露（节选） | 周桂钿 | 2019 年 12 月 |
| 九章算术 | 郭书春 | 2019 年 12 月 |
| 齐民要术（节选） | 惠富平 | 2019 年 12 月 |
| 杜甫集（节选） | 张忠纲 | 2019 年 12 月 |
| 韩愈集（节选） | 孙昌武 | 2019 年 12 月 |
| 王安石集（节选） | 刘成国 | 2019 年 12 月 |
| 西厢记 | 张燕瑾 | 2019 年 12 月 |

| 书　　名 | 解读人 | 出版时间 |
| --- | --- | --- |
| 聊斋志异（节选） | 马瑞芳 | 2019 年 12 月 |
| 礼记（节选） | 郭齐勇 | 2020 年 12 月 |
| 国语（节选） | 沈长云 | 2020 年 12 月 |
| 抱朴子（节选） | 张松辉 | 2020 年 12 月 |
| 陶渊明集 | 袁行霈 | 2020 年 12 月 |
| 坛经 | 洪修平 | 2020 年 12 月 |
| 李白集（节选） | 郁贤皓 | 2020 年 12 月 |
| 柳宗元集（节选） | 尹占华 | 2020 年 12 月 |
| 辛弃疾集（节选） | 王兆鹏 | 2020 年 12 月 |
| 本草纲目（节选） | 张瑞贤 | 2020 年 12 月 |
| 曲律 | 叶长海 | 2020 年 12 月 |
| 孝经 | 汪受宽 | 2021 年 6 月 |
| 淮南子（节选） | 陈　静 | 2021 年 6 月 |
| 太平经（节选） | 罗　炽 | 2021 年 6 月 |
| 曹操集 | 刘运好 | 2021 年 6 月 |
| 世说新语（节选） | 王能宪 | 2021 年 6 月 |
| 欧阳修集（节选） | 洪本健 | 2021 年 6 月 |
| 梦溪笔谈（节选） | 张富祥 | 2021 年 6 月 |
| 牡丹亭 | 周育德 | 2021 年 6 月 |
| 日知录（节选） | 黄　坤 | 2021 年 6 月 |
| 儒林外史（节选） | 李汉秋 | 2021 年 6 月 |
| 商君书 | 蒋重跃 | 2022 年 6 月 |
| 新书 | 方向东 | 2022 年 6 月 |
| 伤寒论 | 刘力红 | 2022 年 6 月 |
| 水经注（节选） | 李晓杰 | 2022 年 6 月 |
| 王维集（节选） | 陈铁民 | 2022 年 6 月 |
| 元好问集（节选） | 狄宝心 | 2022 年 6 月 |
| 赵氏孤儿 | 董上德 | 2022 年 6 月 |
| 王祯农书（节选） | 孙显斌 | 2022 年 6 月 |
| 三国演义（节选） | 关四平 | 2022 年 6 月 |
| 文史通义（节选） | 陈其泰 | 2022 年 6 月 |

| 书　　名 | 解读人 | 出版时间 |
|---|---|---|
| 汉书（节选） | 许殿才 | 2022 年 12 月 |
| 周易略例 | 王锦民 | 2022 年 12 月 |
| 后汉书（节选） | 王承略 | 2022 年 12 月 |
| 通典（节选） | 杜文玉 | 2022 年 12 月 |
| 资治通鉴（节选） | 张国刚 | 2022 年 12 月 |
| 张载集（节选） | 林乐昌 | 2022 年 12 月 |
| 苏轼集（节选） | 周裕锴 | 2022 年 12 月 |
| 陆游集（节选） | 欧明俊 | 2022 年 12 月 |
| 徐霞客游记（节选） | 赵伯陶 | 2022 年 12 月 |
| 桃花扇 | 谢雍君 | 2022 年 12 月 |
| 法言 | 韩敬、梁涛 | 2023 年 12 月 |
| 颜氏家训 | 杨世文 | 2023 年 12 月 |
| 大唐西域记（节选） | 王邦维 | 2023 年 12 月 |
| 法书要录（节选） 历代名画记 | 祝　帅 | 2023 年 12 月 |
| 耶律楚材集（节选） | 刘　晓 | 2023 年 12 月 |
| 水浒传（节选） | 黄　霖 | 2023 年 12 月 |
| 西游记（节选） | 刘勇强 | 2023 年 12 月 |
| 乐律全书（节选） | 李　玫 | 2023 年 12 月 |
| 读通鉴论（节选） | 向燕南 | 2023 年 12 月 |
| 孟子字义疏证 | 徐道彬 | 2023 年 12 月 |
| 嵇康集 | 崔富章 | 2024 年 12 月 |
| 白居易集（节选） | 陈才智 | 2024 年 12 月 |
| 李清照集（节选） | 诸葛忆兵 | 2024 年 12 月 |
| 近思录 | 查洪德 | 2024 年 12 月 |
| 林则徐集 | 杨国桢 | 2024 年 12 月 |